静山社ペガサス文庫

JN210146

ハリー・ポッターと謎《なぞ》のプリンス〈6-3〉

J.K.ローリング 作　松岡佑子 訳

ハリー・ポッターと謎《なぞ》のプリンス6-3　もくじ

ハリー・ポッターと謎《なぞ》のプリンス6-3 人物紹介《じんぶつしょうかい》

ハリー・ポッター
ホグワーツ魔法魔術学校《まほうまじゅつがっこう》の六年生《ねんせい》。緑《みどり》の目《め》に黒《くろ》い髪《かみ》、額《ひたい》には稲妻形《いなずまがた》の傷《きず》。幼《おさな》いころに両親《りょうしん》を亡《な》くし、マグル(人間《にんげん》)界《かい》で育《そだ》ったので、十一歳《さい》になるまで自分《じぶん》が魔法使《まほうつか》いであることを知《し》らなかった

ラベンダー・ブラウン
ハリーのクラスメートで、ロンのガールフレンドだが……

シビル・トレローニー
「占《うらな》い学《がく》」の教師《きょうし》。でたらめな予見者《よけんしゃ》だが、ハリーとヴォルデモートの宿命《しゅくめい》に関《かん》する予言《よげん》をした張《ちょう》本人《ほんにん》であることを、本人《ほんにん》は知《し》らない

フィレンツェ
ケンタウルス。「占《うらな》い学《がく》」の教師《きょうし》を引《ひ》き受《う》けたことで、誇《ほこ》り高《たか》き仲間《なかま》たちから追放《ついほう》された

嘆《なげ》きのマートル
ホグワーツのトイレに棲《す》みつく少女《しょうじょ》のゴースト

アラゴグ
ヒトの言葉《ことば》が話《はな》せる巨大《きょだい》な蜘蛛《くも》、アクロマンチュラ。生《う》まれたころからハグリッドがかわいがっていた

マールヴォロ・ゴーント
ヴォルデモート卿《きょう》の祖父《そふ》。サラザール・スリザリンの末裔《まつえい》であるゴーント一族《いちぞく》の一人《ひとり》

メローピー・ゴーント
マールヴォロの娘《むすめ》。のちのヴォルデモート卿《きょう》を産《う》んですぐに息《いき》を引《ひ》き取《と》った。「トム・マールヴォロ・リドル」の名《な》は、メローピーがつけた

モーフィン・ゴーント
マールヴォロの息子《むすこ》。メローピーの兄《あに》

フェンリール・グレイバック
残酷《ざんこく》な狼人間《おおかみにんげん》。特《とく》におさない子供《こども》を好《この》んで襲《おそ》い、ルーピンもその犠牲《ぎせい》になった。死喰《しく》い人《びと》

ヴォルデモート（例《れい》のあの人《ひと》、トム・マールヴォロ・リドル）
闇《やみ》の帝王《ていおう》。ハリーにかけた呪《のろ》いがはね返《かえ》り、死《し》のふちをさまよっていたが、ついに復活《ふっかつ》をとげた

To Mackenzie,
my beautiful daughte,
I dedicate
her ink and paper twin

インクと紙から生まれたこの本を、
双子の姉妹のように生まれた
私の美しい娘
マッケンジーに

Original Title: HARRY POTTER AND THE HALF-BLOOD PRINCE

First published in Great Britain in 2005
by Bloomsbury Publishing Plc, 50 Bedford Square, London WC1B 3DP

Japanese edition first published in 2006

This book is published in Japan by arrangement with
the author through The Blair Partnership

第《だい》20章《しょう》　ヴォルデモート卿《きょう》の頼《たの》み

ハリーとロンは月曜《げつよう》の朝一番《あさいちばん》に退院《たいいん》した。マダム・ポンフリーの介護《かいご》で完全《かんぜん》に健康《けんこう》を取《と》り戻《もど》し、強打《きょうだ》されたり毒《どく》を盛《も》られたりした見返《みかえ》りを、今《いま》こそ味《あじ》わうことができた。最大《さいだい》の収穫《しゅうかく》は、ハーマイオニーがロンと仲《なか》なおりしたことだった。

朝食《ちょうしょく》の席《せき》まで二人《ふたり》に付《つ》き添《そ》いながら、ハーマイオニーは、ジニーがディーンと口論《こうろん》したというニュースをもたらした。ハリーの胸《むね》でうとうとしていた生《い》き物《もの》が、急《きゅう》に頭《あたま》をもたげ、何《なに》か期待《きたい》するようにあたりをクンクンかぎだした。

「何《なに》を口論《こうろん》したの？」

角《かど》を曲《ま》がって八階《かい》の廊下《ろうか》に出《で》ながら、ハリーはできるだけなにげない聞《き》き方《かた》をした。廊下《ろうか》には、チュチュを着《き》たトロールのタペストリーをしげしげ見《み》ている、小《ちい》さな女《おんな》の子《こ》以外《いがい》には誰《だれ》もいなかった。六年生《ねんせい》が近《ちか》づいてくるのを見《み》て、女《おんな》の子《こ》はおびえたような顔《かお》をして、持《も》っていた重《おも》そうな真鍮《しんちゅう》のはかりを落《お》とした。

「大丈夫《だいじょうぶ》よ！」ハーマイオニーはやさしく声《こえ》をかけ、急《いそ》いで女《おんな》の子《こ》に近《ちか》づいた。

「さあ……」ハーマイオニーは壊《こわ》れたはかりを杖《つえ》でたたき、「レパロ！　直《なお》れ！」と唱《とな》えた。

女《おんな》の子《こ》は礼《れい》も言《い》わず、その場《ば》に根《ね》が生《は》えたように突《つ》っ立《た》って、三人《にん》がそこを通《とお》り過《す》ぎ、姿《すがた》が見《み》えなくなるまで見《み》ていた。

「連中《れんちゅう》、だんだん小粒《こつぶ》になってきてるぜ、まちがいない」ロンが女《おんな》の子《こ》を振《ふ》り返《かえ》って言《い》った。

「女《おんな》の子《こ》のことは気《き》にするな」ハリーは少《すこ》しあせった。

「ハーマイオニー、ジニーとディーンは、なんでけんかしたんだ？」

「ああ、マクラーゲンがあなたにブラッジャーをたたきつけたことを、ディーンが笑《わら》ったの」

ハーマイオニーが言《い》った。

「そりゃ、おかしかったろうな」ロンがもっともなことを言《い》った。

「全然《ぜんぜん》おかしくなかったわ！」ハーマイオニーが熱《あつ》くなった。

「恐《おそ》ろしかったわ。クートとピークスがハリーを捕《つか》まえてくれなかったら、大《おお》けがになっていたかもしれないのよ！」

「うん、まあ、ジニーとディーンがそんなことで別《わか》れる必要《ひつよう》はなかったのに」

ハリーは相変《あいか》わらずなにげなく聞《き》こえるように努力《どりょく》した。

「それとも、まだ一緒《いっしょ》なのかな？」

「ええ、一緒《いっしょ》よ——でもどうして気《き》になるの？」ハーマイオニーが鋭《するど》い目《め》でハリーを見《み》た。

「僕《ぼく》のクィディッチ・チームが、またもめちゃくちゃになるのがいやなだけだ！」

あわててそう答《こた》えたが、ハーマイオニーはまだ疑《うたが》わしげな目《め》をしていた。背後《はいご》で「ハリー！」と呼《よ》ぶ声《こえ》がしたときには、ハーマイオニーに背《せ》を向《む》ける口実《こうじつ》ができて、ハリーは内心《ないしん》ホッとした。

「ああ、やあ、ルーナ」

「医務室《いむしつ》にあんたを探《さが》しにいったんだけど」ルーナがかばんをゴソゴソやりながら言《い》った。「もう退院《たいいん》したって言《い》われたんだ……」

ルーナは、エシャロットみたいな物《もの》一本《ぽん》と、斑《ふ》入《い》りの大《おお》きな毒《どく》キノコ一本《ぽん》、それに相当量《そうとうりょう》の猫《ねこ》のトイレ砂《すな》のようなものを、ロンの両手《りょうて》に押《お》しつけて、やっと、かなり汚《よご》れた羊皮紙《ようひし》の巻《ま》き紙《がみ》を引《ひ》っ張《ぱ》り出《だ》し、ハリーの手《て》に渡《わた》した。

「……これをあんたに渡《わた》すように言《い》われてたんだ」

小《ちい》さな巻《ま》き紙《がみ》だった。ハリーはすぐに、それがダンブルドアからの授業《じゅぎょう》の知《し》らせだとわかった。

「今夜《こんや》だ」ハリーは羊皮紙《ようひし》を広《ひろ》げるや否《いな》や、ロンとハーマイオニーに告《つ》げた。

「この間《あいだ》の試合《しあい》の解説《かいせつ》、よかったぜ！」

ルーナがエシャロットと毒《どく》キノコと猫《ねこ》のトイレ砂《すな》を回収《かいしゅう》しているときに、ロンが言《い》った。ルーナはあいまいにほほ笑《え》んだ。

「からかってるんだ。ちがう？」ルーナが言《い》った。

「みんな、あたしがひどかったって言《い》うもン」

「ちがうよ、僕《ぼく》、ほんとにそう思《おも》う！」ロンが真顔《まがお》で言《い》った。

「あんなに解説《かいせつ》を楽《たの》しんだことないぜ！ところで、これ、何《なん》だ？」

ロンは、エシャロットのような物《もの》を目《め》の高《たか》さに持《も》ち上《あ》げて聞《き》いた。

「ああ、それ、ガーディルート」

猫《ねこ》のトイレ砂《すな》と毒《どく》キノコをかばんに押《お》し込《こ》みながら、ルーナが答《こた》えた。

「欲《ほ》しかったら、あげるよ。あたし、もっと持《も》ってるもン。ガルピング・プリンピーを撃退《げきたい》するのにすごく効果《こうか》があるんだ」

そしてルーナは行《い》ってしまった。あとに残《のこ》ったロンは、ガーディルートをつかんだまま、おもしろそうに大声《おおごえ》で笑《わら》った。

「あのさ、だんだん好《す》きになってきたよ、ルーナが」

大広間《おおひろま》に向《む》かってまた歩《ある》きだしながら、ロンが言《い》った。

「あいつが正気《しょうき》じゃないってことはわかってるけど、そいつはいい意味《いみ》で――」ロンが突然口《とつぜんくち》をつぐんだ。険悪《けんあく》な雰囲気《ふんいき》のラベンダー・ブラウンが、大理石《だいりせき》の階段下《かいだんした》に立《た》っていた。

「やあ」ロンは、落《お》ち着《つ》かない様子《ようす》で声《こえ》をかけた。

「行《い》こう」ハリーはそっとハーマイオニーに声《こえ》をかけ、急《いそ》いでその場《ば》を離《はな》れたが、ラベンダーの声《こえ》を聞《き》かないわけにはいかなかった。

「今日《きょう》が退院《たいいん》だって、どうして教《おし》えてくれなかったの？　それに、どうしてあの女《おんな》が一緒《いっしょ》なの？」

三十分後《ぷんご》に朝食《ちょうしょく》に現《あらわ》れたロンは、むっつりしていらだっていた。ラベンダーと並《なら》んで腰《こし》かけてはいたものの、ハリーはその間《あいだ》ずっと、二人《ふたり》が言葉《ことば》を交《か》わすところを見《み》なかった。ハーマイオニーは、そんなことにいっさい気《き》づかないように振《ふ》る舞《ま》っていたが、一、二度《ど》、不可解《ふかかい》なひとり笑《え》みが顔《かお》をよぎったのにハリーは気《き》づいた。その日《ひ》は一日中《いちにちじゅう》、ハーマイオニーは上機嫌《じょうきげん》で、夕方《ゆうがた》談話室《だんわしつ》にいるとき、ハリーの「薬草学《やくそうがく》」のレポートを見《み》るという（ということは、仕上《しあ》げるということなのだが）頼《たの》みに応《おう》じてくれた。そんなことをすれば、ハリーがロンに丸写《まるうつ》しさせることを知《し》っていたハーマイオニーは、これまで、そんな依頼《いらい》は絶対《ぜったい》にお断《ことわ》りだったのだ。

「ありがとう、ハーマイオニー」

ハリーは、ハーマイオニーの背中《せなか》をポンポンたたきながら腕時計《うでどけい》を見《み》た。もう八時近《じちか》くだった。

「あのね、僕《ぼく》、急《いそ》がないと、ダンブルドアとの約束《やくそく》に遅《おく》れちゃう……」

ハーマイオニーは答《こた》えずに、ハリーの文章《ぶんしょう》の弱《よわ》い所《ところ》を、大儀《たいぎ》そうに削除《さくじょ》していた。ハリーはひとりでニヤニヤ笑《わら》いながら、急《いそ》いで肖像画《しょうぞうが》の穴《あな》を通《とお》り、校長室《こうちょうしつ》に向《む》かった。怪獣像《ガーゴイル》は、「タフィー　エクレア」の合言葉《あいことば》で飛《と》びのき、ハリーが、動《うご》くらせん階段《かいだん》を二段跳《だんと》びにかけ上《あ》がってドアをたたいたときに、中《なか》の時計《とけい》がちょうど八時《じ》を打《う》った。

「お入《はい》り」

ダンブルドアの声《こえ》がした。ハリーがドアに手《て》をかけて押《お》し開《あ》けようとすると、ドアが内側《うちがわ》からぐいと引《ひ》っ張《ぱ》られた。そこに、トレローニー先生《せんせい》が立《た》っていた。

「ははーん！」

拡大鏡《かくだいきょう》のようなめがねの中《なか》から、目《め》を瞬《しばたた》かせてハリーを見《み》つめ、トレローニー先生《せんせい》は芝居《しばい》がかったしぐさでハリーを指差《ゆびさ》した。

「あたくしが邪険《じゃけん》に放《ほう》り出《だ》されるのは、このせいでしたのね、ダンブルドア！」

「これこれ、シビル」

ダンブルドアの声《こえ》がかすかにいらだっていた。

「あなたを邪険《じゃけん》に放《ほう》り出《だ》すなどありえんことじゃ。しかし、ハリーとはたしかに約束《やくそく》があるし、これ以上何《いじょうなに》も話《はな》すことはないと思《おも》うが――」

「けっこうですわ」

トレローニー先生《せんせい》は、深《ふか》く傷《きず》ついたような声《こえ》で言《い》った。

「あたくしの地位《ちい》を不当《ふとう》に奪《うば》った、あの馬《うま》を追放《ついほう》なさらないのでしたら、いたしかたございませんわ……あたくしの能力《のうりょく》をもっと評価《ひょうか》してくれる学校《がっこう》を探《さが》すべきなのかもしれません……」

トレローニー先生《せんせい》は、ハリーを押《お》しのけてらせん階段《かいだん》に消《き》えた。階段半《かいだんなか》ばでつまずく音《おと》が聞《き》こえ、ハリーは、だらりと垂《た》れたショールのどれかを踏《ふ》んづけたのだろうと思《おも》った。

「ハリー、ドアを閉《し》めて、座《すわ》るがよい」ダンブルドアはかなりつかれた声《こえ》で言《い》った。

ハリーは言《い》われたとおりにした。ダンブルドアの机《つくえ》の前《まえ》にあるいつもの椅子《いす》に座《すわ》りながら、二人《ふたり》の間《あいだ》に「憂《うれ》いの篩《ふるい》」がまた置《お》かれ、渦巻《うずま》く記憶《きおく》がぎっしり詰《つ》まったクリスタルの小瓶《こびん》が、二本並《ほんなら》んでいることに気《き》がついた。

「それじゃ、トレローニー先生《せんせい》は、フィレンツェが教《おし》えることをまだいやがっているのですか？」

ハリーが聞《き》いた。

「そうじゃ」ダンブルドアが言《い》った。

「わし自身《じしん》が占《うらな》いを学《まな》んだことがないものじゃから、『占《うらな》い学《がく》』はわしの予見《よけん》を超《こ》えて、やっかいなことになっておる。フィレンツェに森《もり》に帰《かえ》れとは言《い》えぬ。追放《ついほう》の身《み》じゃからのう。さりとてシビル・トレローニーに去《さ》れとも言《い》えぬ。ここだけの話《はなし》じゃが、シビルが城《しろ》の外《そと》に出《で》ればどんな危険《きけん》な目《め》にあうか、シビルにはまったくわかっておらぬ。シビル自身《じしん》は知《し》らぬことじゃが――それに、知《し》らせるのは賢明《けんめい》ではないと思《おも》うが――君《きみ》とヴォルデモートに関《かん》する予言《よげん》をしたのは、それ、シビル・トレローニーなのじゃから」

ダンブルドアは深《ふか》いため息《いき》をついてから、こう言《い》った。

「教職員《きょうしょくいん》の問題《もんだい》については、心配《しんぱい》するでない。我々《われわれ》にはもっと大切《たいせつ》な話《はなし》がある。まず、前回《ぜんかい》の授業《じゅぎょう》の終《お》わりに君《きみ》に出《だ》した課題《かだい》は処理《しょり》できたかね？」

「あっ」ハリーは突然《とつぜん》思《おも》い出《だ》した。

「姿《すがた》あらわし」の練習《れんしゅう》やらクィディッチやら、ロンが毒《どく》を盛《も》られたり自分《じぶん》の頭《ず》がい骨《こつ》が割《わ》られたりした上《うえ》、ドラコ・マルフォイのたくらみを暴《あば》きたい一心《いっしん》で、ハリーは、スラグホーン先生《せんせい》から記憶《きおく》を引《ひ》き出《だ》すようにとダンブルドアに言《い》われていたことを、ほとんど忘《わす》れていた……。

「あの、先生《せんせい》、スラグホーン先生《せんせい》に『魔法薬《まほうやく》』の授業《じゅぎょう》のあとでそのことを聞《き》きました。でも、あの、教《おし》えてくれませんでした」

しばらく沈黙《ちんもく》が流《なが》れた。

「さようか」やっとダンブルドアが口《くち》を開《ひら》いた。

半月《はんげつ》めがねの上《うえ》からじっとのぞかれ、ハリーは、まるでレントゲンで透視《とうし》されているような、いつもの感覚《かんかく》に襲《おそ》われた。

「それで君《きみ》は、このことに最善《さいぜん》を尽《つ》くしたと、そう思《おも》っておるかね？　君《きみ》の少《すく》なからざる創意工夫《そういくふう》の能力《のうりょく》を、余《あま》すところなく駆使《くし》したのかね？　その記憶《きおく》を取《と》り出《だ》すという探求《たんきゅう》のために、最後《さいご》の一滴《いってき》まで知恵《ちえ》をしぼりきったのかね？」

「あの……」

ハリーは何《なん》と受《う》け答《こた》えすべきか、言葉《ことば》に詰《つ》まった。記憶《きおく》を取《と》り出《だ》そうとしたのはたった一回《かい》だったというのではお粗末《そまつ》で、急《きゅう》に恥《は》ずかしく思《おも》えた。

「あの……ロンがまちがってほれ薬《ぐすり》を飲《の》んでしまった日《ひ》に、僕《ぼく》、ロンをスラグホーン先生《せんせい》の所《ところ》に連《つ》れていきました。先生《せんせい》をいい気分《きぶん》にさせれば、もしかして、と思《おも》ったんです——」

「それで、それはうまくいったのかね？」ダンブルドアが聞《き》いた。

「あの、いいえ、先生《せんせい》。ロンが毒《どく》を飲《の》んでしまったものですから——」

「——それで、当然《とうぜん》、君《きみ》は記憶《きおく》を引《ひ》き出《だ》すことなど忘《わす》れはててしまった。親友《しんゆう》が危険《きけん》なうちは、わしもそれ以外《いがい》のことを期待《きたい》せんじゃろう。しかし、ミスター・ウィーズリーが完全《かんぜん》に回復《かいふく》するとはっきりした時点《じてん》で、わしの出《だ》した課題《かだい》に戻《もど》ってもよかったのではないかな。あの記憶《きおく》がどんなに大事《だいじ》なものかということを、わしは君《きみ》にはっきり伝《つた》えたと思《おも》う。それればかりか、それが最《もっと》も肝心《かんじん》な記憶《きおく》であり、それがなければこの授業《じゅぎょう》の時間《じかん》はむだじゃと君《きみ》にわからせようと、わしは最《さい》大限努力《だいげんどりょく》したつもりじゃ」

申《もう》し訳《わけ》なさが、チクチクと熱《あつ》く、ハリーの頭《あたま》のてっぺんから体中《からだじゅう》に広《ひろ》がった。ダンブルドアは声《こえ》を荒《あら》らげなかった。怒《おこ》っているようにも聞《き》こえなかった。しかし、どなってもらったほうがむしろ楽《らく》だった。ダンブルドアのひんやりとした失望《しつぼう》が、何《なに》よりもつらかった。

「先生《せんせい》」

何《なん》とかしなければという気持《きも》ちで、ハリーが言《い》った。

「気《き》にしていなかったわけではありません。ただ、ほかの——ほかのことが……」

「ほかのことが気《き》になっていた」

ダンブルドアがハリーの言葉《ことば》を引《ひ》き取《と》った。

「なるほど」

二人《ふたり》の間《あいだ》に、また沈黙《ちんもく》が流《なが》れた。ダンブルドアとの間《あいだ》でハリーが経験《けいけん》した中《なか》でも、一番気《いちばんき》まずい沈黙《ちんもく》だった。沈黙《ちんもく》がいつまでも続《つづ》くような気《き》がした。ダンブルドアの頭《あたま》の上《うえ》にかかっているアーマンド・ディペットの肖像画《しょうぞうが》から聞《き》こえる軽《かる》い寝息《ねいき》が、ときどき沈黙《ちんもく》を破《やぶ》るだけだった。ハリーは自分《じぶん》が奇妙《きみょう》に小《ちい》さくなったような気《き》がした。この部屋《へや》に入《はい》って以来《いらい》、体《からだ》が少《すこ》し縮《ちぢ》んだような感覚《かんかく》だった。

もうそれ以上《いじょう》はたえられなくなり、ハリーが言《い》った。

「ダンブルドア先生《せんせい》、申《もう》し訳《わけ》ありませんでした。もっと努力《どりょく》すべきでした……ほんとうに大切《たいせつ》なことでなければ、先生《せんせい》は僕《ぼく》に頼《たの》まなかっただろうと、気《き》づくべきでした」

「わかってくれてありがとう、ハリー」

ダンブルドアが静《しず》かに言《い》った。

「それでは、これ以後《いご》、君《きみ》がこの課題《かだい》を最優先《さいゆうせん》にすると思《おも》ってよいかな？　あの記憶《きおく》を手《て》に入《い》れなければ、次《つぎ》からは授業《じゅぎょう》をする意味《いみ》がなくなるじゃろう」

「僕《ぼく》、そのようにします。あの記憶《きおく》を手《て》に入《い》れます」ハリーが真剣《しんけん》に言《い》った。

「それでは、今《いま》は、もうこのことを話題《わだい》にすまい」

ダンブルドアはよりやわらいだ口調《くちょう》で言《い》った。

「そして、前回《ぜんかい》の話《はなし》の続《つづ》きを進《すす》めることにしよう。どのあたりじゃったか、覚《おぼ》えておるかの？」

「はい、先生《せんせい》」ハリーが即座《そくざ》に答《こた》えた。「ヴォルデモートが父親《ちちおや》と祖父母《そふぼ》を殺《ころ》し、それをおじのモーフィンの仕業《しわざ》に見《み》せかけました。それからホグワーツに戻《もど》り、質問《しつもん》を……スラグホーン先生《せんせい》にホークラックスについて質問《しつもん》をしました」ハリーは恥《は》じ入《い》って口《くち》ごもった。

「よろしい」ダンブルドアが言《い》った。

「さて、覚《おぼ》えておると思《おも》うが、一連《いちれん》の授業《じゅぎょう》の冒頭《ぼうとう》に、我々《われわれ》は推測《すいそく》や憶測《おくそく》の域《いき》に入《はい》り込《こ》むことになるじゃろうと言《い》うたの？」

「はい、先生《せんせい》」

「これまでは、君《きみ》も同意見《どういけん》じゃと思《おも》うが、ヴォルデモートが十七歳《さい》になるまでのことに関《かん》して、わしの推量《すいりょう》の根拠《こんきょ》となるかなりたしかな事実《じじつ》を、君《きみ》に示《しめ》してきたの？」

ハリーはうなずいた。

「しかし、これからは、ハリー」ダンブルドアが言《い》った。

「これから先《さき》、事《こと》はだんだん不《ふ》たしかで、不可思議《ふかしぎ》になっていく。リドルの少年時代《しょうねんじだい》に関《かん》する証《しょう》拠《こ》を集《あつ》めるのも困難《こんなん》じゃったが、成人《せいじん》したヴォルデモートに関《かん》する記憶《きおく》を語《かた》ってくれる者《もの》を見《み》つけるのは、ほとんど不可能《ふかのう》じゃった。事実《じじつ》、リドルがホグワーツを去《さ》ってからの生《い》き方《かた》を完全《かんぜん》に語《かた》れるのは、本人《ほんにん》を除《のぞ》けば、一人《ひとり》として生存《せいぞん》していないのではないかと思《おも》う。しかし、最後《さいご》に二つ残《のこ》っておる記憶《きおく》を、これから君《きみ》とともに見《み》よう」

ダンブルドアは、「憂《うれ》いの篩《ふるい》」の横《よこ》で、かすかに光《ひか》っている二本《ほん》のクリスタルの小瓶《こびん》を指《さ》した。

「見《み》たあとで、わしの引《ひ》き出《だ》した結論《けつろん》が、ありうることかどうか、君《きみ》の意見《いけん》を聞《き》かせてもらえればありがたい」

ダンブルドアが自分《じぶん》の意見《いけん》をこれほど高《たか》く評価《ひょうか》しているのだと思《おも》うと、ホークラックスの記憶《きおく》を引《ひ》き出《だ》す課題《かだい》をやりそこねたことを、ハリーはますます深《ふか》く恥《は》じ入《い》った。ダンブルドアが最初《さいしょ》の一本《ぽん》を取《と》り上《あ》げて、光《ひかり》にかざして調《しら》べているとき、ハリーは申《もう》し訳《わけ》なさに座《すわ》ったまもじもじしていた。

「他人《たにん》の記憶《きおく》にもぐり込《こ》むことにあきてはおらんじゃろうな。これからの二つは、興味《きょうみ》ある記憶《きおく》なのでのう」

ダンブルドアが言《い》った。

「最初《さいしょ》のものは、ホキーという名《な》の非常《ひじょう》に年老《としお》いた屋敷《やしき》しもべ妖精《ようせい》から取《と》ったものじゃ。ホキーが目撃《もくげき》したものを見《み》る前《まえ》に、ヴォルデモート卿《きょう》がどのようにしてホグワーツを去《さ》ったかを手短《てみじか》に語《かた》らねばなるまい」

「あの者《もの》は七年生《ねんせい》になった。成績《せいせき》は、君《きみ》も予想《よそう》したじゃろうが、受《う》けた試験《しけん》はすべて一番《いちばん》じゃった。あの者《もの》の周囲《しゅうい》では、級友《きゅうゆう》たちが、ホグワーツ卒業後《そつぎょうご》にどんな仕事《しごと》に就《つ》くかを決《き》めているところじゃった。トム・リドルに関《かん》しては、ほとんどすべての者《もの》が、輝《かがや》かしい何《なに》かを期待《きたい》しておった。監督生《かんとくせい》で首席《しゅせき》、学校《がっこう》に対《たい》する特別功労賞《とくべつこうろうしょう》の経歴《けいれき》じゃからのう。スラグホーン先生《せんせい》をふくめて何人《なんにん》かの先生方《せんせいがた》が、魔法省《まほうしょう》に入省《にゅうしょう》するようにすすめ、面接《めんせつ》を設定《せってい》しようと申《もう》し出《で》たり、有力《ゆうりょく》な人脈《じんみゃく》を紹介《しょうかい》しようとしたりしたのじゃ。あの者《もの》はそれを全部断《ぜんぶことわ》った。教職員《きょうしょくいん》が気《き》づいたときには、あの者《もの》は『ボージン・アンド・バークス』で働《はたら》いておった」

「ボージン・アンド・バークス？」ハリーは度肝《どぎも》を抜《ぬ》かれて聞《き》き返《かえ》した。

「ボージン・アンド・バークスじゃ」ダンブルドアが静《しず》かにくり返《かえ》した。

「ホキーの記憶《きおく》に入《はい》ってみれば、その場所《ばしょ》があの者《もの》にとって、どのような魅力《みりょく》があったのかがわかるはずじゃ。しかしながら、この仕事《しごと》がヴォルデモートにとっての第《だい》一の選択肢《せんたくし》ではなかった。その時《とき》にそれを知《し》っていた者《もの》はほとんどいなかった――その当時《とうじ》の校長《こうちょう》が打《う》ち明《あ》けた数少《かずすく》ない者《もの》の一人《ひとり》がわしなのじゃが――ヴォルデモートは、まずディペット校長《こうちょう》に近《ちか》づき、ホグワーツの教《きょう》師《し》として残《のこ》れないかと聞《き》いたのじゃ」

「ここに残《のこ》りたい？　どうして？」ハリーはますます驚《おどろ》いて聞《き》いた。

「理由《りゆう》はいくつかあったじゃろうが、ヴォルデモートはディペット校長《こうちょう》に何一《なにひと》つ打《う》ち明《あ》けはせなんだ」ダンブルドアが言《い》った。

「第一《だいいち》に、非常《ひじょう》に大切《たいせつ》なことじゃが、ヴォルデモートはどんな人間《にんげん》にも感《かん》じていなかった親《した》しみを、この学校《がっこう》には感《かん》じておったのじゃろうと、わしはそう考《かんが》えておる。あの者《もの》が一番幸《いちばんしあわ》せじゃったのはホグワーツにおるときで、そこがくつろげる最初《さいしょ》の、そして唯一《ゆいいつ》の場所《ばしょ》だったのじゃ」

それを聞《き》いてハリーは、少《すこ》し当惑《とうわく》した。ハリーもホグワーツに対《たい》して、まったく同《おな》じ思《おも》いを抱《いだ》いていたからだ。

「第二《だいに》に、この城《しろ》は古代魔法《こだいまほう》の牙城《がじょう》じゃ。ヴォルデモートは、ここを通過《つうか》していった大多数《だいたすう》の生徒《せいと》たちより、ずっと多《おお》くの秘密《ひみつ》をつかんでいたにちがいない。しかし、まだ開《ひら》かれていない神秘《しんぴ》や、利用《りよう》されておらぬ魔法《まほう》の宝庫《ほうこ》があると感《かん》じておったのじゃろう」

「そして第三《だいさん》に、教師《きょうし》になれば、若《わか》い魔法使《まほうつか》いたちに大《おお》きな権力《けんりょく》と影響力《えいきょうりょく》を行使《こうし》できたはずじゃ。おそらく、一番親《いちばんした》しかったスラグホーン先生《せんせい》から、そうした考《かんが》えを得《え》たのじゃろう。教師《きょうし》がどんなに影響力《えいきょうりょく》のある役目《やくめ》をはたせるかを、スラグホーン先生《せんせい》が示《しめ》したわけじゃな。ヴォルデモートがずっと一生《いっしょう》ホグワーツで過《す》ごす計画《けいかく》だったとは、わしは微塵《みじん》も考《かんが》えてはおらぬ。しかし、人材《じんざい》を集《あつ》め、自分《じぶん》の軍隊《ぐんたい》を組織《そしき》する場所《ばしょ》として、ここが役《やく》に立《た》つと考《かんが》えたのじゃろう」

「でも、先生《せんせい》、その仕事《しごと》が得《え》られなかったのですね？」

「そうじゃ。ディペット先生《せんせい》は、十八歳《さい》では若過《わかす》ぎるとヴォルデモートに告《つ》げ、数年後《すうねんご》にまだ教《おし》えたいと願《ねが》うなら、再応募《さいおうぼ》してはどうかとすすめたのじゃ」

「先生《せんせい》は、そのことをどう思《おも》われましたか？」ハリーは遠慮《えんりょ》がちに聞《き》いた。

「非常《ひじょう》に懸念《けねん》した」ダンブルドアが言《い》った。

「わしは前《まえ》もってアーマンドに、採用《さいよう》せぬようにと進言《しんげん》しておった――今君《いまきみ》に教《おし》えたような理由《りゆう》を言《い》わずにじゃ。ディペット校長《こうちょう》はヴォルデモートを大変気《たいへんき》に入《い》っておったし、あの者《もの》の誠意《せいい》を信《しん》じておったからのう――しかしわしは、ヴォルデモート卿《きょう》がこの学校《がっこう》に戻《もど》ることを、特《とく》に権力《けんりょく》を持《も》つ職《しょく》に就《つ》くことを欲《ほっ》しなかったのじゃ」

「どの職《しょく》を望《のぞ》んだのですか、先生《せんせい》？　教《おし》えたがったのは、どの学科《がっか》ですか？」

ハリーはなぜか、ダンブルドアが答《こた》える前《まえ》に、答《こた》えがわかっていたような気《き》がした。

「『闇《やみ》の魔術《まじゅつ》に対《たい》する防衛術《ぼうえいじゅつ》』じゃ。その当時《とうじ》は、ガラテア・メリィソートという名《な》の老教授《ろうきょうじゅ》が教《おし》えておった。ほとんど半世紀《はんせいき》、ホグワーツに在職《ざいしょく》した先生《せんせい》じゃ」

「そこで、ヴォルデモートはボージン・アンド・バークスへと去《さ》り、あの者《もの》を称賛《しょうさん》しておった教《きょう》師《し》たちは、口《くち》をそろえて、あんな優秀《ゆうしゅう》な魔法使《まほうつか》いが店員《てんいん》とはもったいないと言《い》ったものじゃ。しかし、ヴォルデモートは単《たん》なる使用人《しようにん》にとどまりはしなかった。ていねいな物腰《ものごし》の上《うえ》にハンサムで賢《かしこ》いヴォルデモートは、まもなくボージン・アンド・バークスのような店《みせ》にしかない、特別《とくべつ》な仕事《しごと》を任《まか》されるようになった。あの店《みせ》は、君《きみ》も知《し》ってのとおり、強《つよ》い魔力《まりょく》のあるめずらしい品物《しなもの》を扱《あつか》っておる。ヴォルデモートは、そうした宝物《たからもの》を手放《てばな》して店《みせ》で売《う》るように説得《せっとく》する役目《やくめ》を任《まか》され、持《も》ち主《ぬし》の所《ところ》に送《おく》り込《こ》まれた。そして、ヴォルデモートは、聞《き》きおよぶところによると、その仕事《しごと》に稀有《けう》な才能《さいのう》を発揮《はっき》した」

「よくわかります」ハリーはだまっていられなくなって口《くち》を挟《はさ》んだ。

「ふむ、そうじゃろう」ダンブルドアがほほ笑《え》んだ。

「さて、ホキーの話《はなし》を聞《き》くときが来《き》た。この屋敷《やしき》しもべ妖精《ようせい》が仕《つか》えていたのは、年老《としお》いた大金持《おおがねも》ちの魔女《まじょ》で、名前《なまえ》をヘプジバ・スミスという」

ダンブルドアが杖《つえ》で瓶《びん》を軽《かる》くたたくと、コルク栓《せん》が飛《と》んだ。ダンブルドアは渦巻《うずま》く記憶《きおく》を「憂《うれ》いの篩《ふるい》」に注《そそ》ぎ込《こ》み終《お》えると、「ハリー、先《さき》にお入《はい》り」と言《い》った。

ハリーは立《た》ち上《あ》がり、また今回《こんかい》も、石《いし》の水盆《すいぼん》の中《なか》でさざ波《なみ》を立《た》てている銀色《ぎんいろ》の物質《ぶっしつ》にかがみ込《こ》み、顔《かお》をその表面《ひょうめん》につけた。暗《くら》い無《む》の空間《くうかん》を転《ころ》げ落《お》ち、ハリーが着地《ちゃくち》した先《さき》は、でっぷり太《ふと》った老婦人《ろうふじん》が座《すわ》っている居間《いま》だった。ごてごてした赤毛《あかげ》のかつらを着《つ》け、けばけばしいピンクのローブを体《からだ》の周《まわ》りに波打《なみう》たせ、デコレーション・ケーキが溶《と》けかかったような姿《すがた》だった。

婦人《ふじん》は宝石《ほうせき》で飾《かざ》られた小《ちい》さな鏡《かがみ》をのぞき込《こ》み、もともと真《ま》っ赤《か》なほおに、巨大《きょだい》なパフでほお紅《べに》をはたき込《こ》んでいた。足元《あしもと》では、ハリーがこれまで見《み》た中《なか》でも一番年寄《いちばんとしよ》りで、一番小《いちばんち》いさな老女《ろうじょ》のしもべ妖精《ようせい》が、ぶくぶくした婦人《ふじん》の足《あし》を、きつそうなサテンのスリッパに押《お》し込《こ》み、ひもを結《むす》んでいた。

「ホキー、早《はや》くおし！」ヘプジバが傲然《ごうぜん》と言《い》った。

「あの人《ひと》は四時《じ》に来《く》るって言《い》ったわ。あと一、二分《ふん》しかないじゃない。あの人《ひと》は一度《いちど》も遅《おく》れたことがないんだから！」

婦人《ふじん》は化粧《けしょう》パフをしまい込《こ》み、しもべ妖精《ようせい》が立《た》ち上《あ》がった。しもべ妖精《ようせい》の背丈《せたけ》はヘプジバの椅《い》子《す》の座面《ざめん》にも届《とど》かず、身《み》にまとった張《は》りのあるリネンのキッチン・タオルがトーガ風《ふう》に垂《た》れ下《さ》がっているのと同様《どうよう》、カサカサの紙《かみ》のような皮膚《ひふ》が垂《た》れ下《さ》がっていた。

「あたくしの顔《かお》、どうかしら？」

ヘプジバが首《くび》を回《まわ》して、鏡《かがみ》に映《うつ》る顔《かお》をあちこちの角度《かくど》から眺《なが》めながら聞《き》いた。

「おきれいですわ。マダム」ホキーがキーキー声《ごえ》で言《い》った。

この質問《しつもん》が出《で》たときには、あからさまなうそをつかねばならないと、ホキーの契約書《けいやくしょ》に書《か》いてあるのだろうと、ハリーは想像《そうぞう》せざるをえなかった。何《なに》しろ、ヘプジバ・スミスは、ハリーの見《み》るところ、おきれいからはほど遠《とお》かった。

玄関《げんかん》のベルがチリンチリンと鳴《な》り、女主人《おんなしゅじん》もしもべ妖精《ようせい》も飛《と》び上《あ》がった。

「早《はや》く、早《はや》く。あの方《かた》がいらしたわ、ホキー！」

ヘプジバが叫《さけ》び、しもべ妖精《ようせい》があわてて部屋《へや》から出《で》ていった。いろいろな物《もの》が所狭《ところせま》しと置《お》かれた部屋《へや》は、誰《だれ》でも最低《さいてい》十回《かい》ぐらい何《なに》かにつまずかないと通《とお》れそうにもなかった。うるし細工《ざいく》の小箱《こばこ》が詰《つ》まったキャビネット、金文字《きんもじ》の型押《かたお》し本《ぼん》がずらりと並《なら》んだ本箱《ほんばこ》、玉《たま》やら天体球儀《てんたいきゅうぎ》やらののった棚《たな》、真鍮《しんちゅう》の容器《ようき》に入《はい》った鉢植《はちう》えの花々《はなばな》などなど、まさに、魔法骨董店《まほうこっとうてん》と温室《おんしつ》をかけ合《あ》わせたような部屋《へや》だった。

しもべ妖精《ようせい》は、ほどなく背《せ》の高《たか》い若者《わかもの》を案内《あんない》して戻《もど》ってきた。ハリーは、それがヴォルデモートだと、何《なん》の苦《く》もなくわかった。飾《かざ》りけのない黒《くろ》いスーツ姿《すがた》で、学生時代《がっせいじだい》より髪《かみ》が少《すこ》し長《なが》く、ほおがこけていたが、そうしたものがすべて似合《にあ》っている。今《いま》までよりずっとハンサムに見《み》えた。ヴォルデモートは、これまで何度《なんど》も訪《おとず》れたことがある雰囲気《ふんいき》で、ごたごたした部屋《へや》を通《とお》り抜《ぬ》け、ヘプジバのぶくっとした小《ちい》さな手《て》を取《と》り、深々《ふかぶか》とおじぎをしてその手《て》に軽《かる》く口《くち》づけした。

「お花《はな》をどうぞ」

ヴォルデモートはそっと言《い》いながら、どこからともなくバラの花束《はなたば》を取《と》り出《だ》した。

「いけない子《こ》ね、そんなことしちゃだめよ！」

ヘプジバ老婦人《ろうふじん》がかん高《だか》い声《こえ》を出《だ》した。しかし、ハリーは、一番近《いちばんちか》いテーブルに、空《から》の花瓶《かびん》がちゃんと準備《じゅんび》されているのに気《き》づいた。

「トムったら、年寄《としよ》りを甘《あま》やかすんだから……さ、座《すわ》って。座《すわ》ってちょうだい……ホキーはどこかしら……えーと……」

しもべ妖精《ようせい》が、小《ちい》さなケーキをのせた盆《ぼん》を持《も》って部屋《へや》にかけ戻《もど》り、女主人《おんなしゅじん》のそばにそれを置《お》いた。

「どうぞ、トム、召《め》し上《あ》がって」ヘプジバが言《い》った。

「あたくしのケーキがお好《す》きなのはわかってますわよ。ねえ、お元気《げんき》？　顔色《かおいろ》がよくないわ。お店《みせ》でこき使《つか》われているのね。あたくし、もう百回《かい》ぐらいそう言《い》ってるのに……」

ヴォルデモートが機械的《きかいてき》にほほ笑《え》み、ヘプジバは間《ま》の抜《ぬ》けた顔《かお》でニッとほほ笑《え》んだ。

「今日《きょう》はどういう口実《こうじつ》でいらっしゃったのかしら？」

ヘプジバがまつげをパチパチさせながら聞《き》いた。

「店主《てんしゅ》のバークが、小鬼《ゴブリン》がきたえた甲冑《かっちゅう》の買《か》い値《ね》を上《あ》げたいと申《もう》しております」

ヴォルデモートが言《い》った。

「五百ガリオンです。これは普通《ふつう》ならつけない、よい値《ね》だと申《もう》して――」

「あら、まあ、そうお急《いそ》ぎにならないで。それじゃ、まるであたくしの小道具《こどうぐ》だけをお目当《めあ》てにいらしたと思《おも》ってしまいますことよ！」

ヘプジバが唇《くちびる》をとがらせた。

「そうした物《もの》のために、ここに来《く》るように命《めい》じられております」

ヴォルデモートが静《しず》かに言《い》った。

「マダム、私《わたくし》は単《たん》なる使用人《しようにん》の身《み》です。命《めい》じられたとおりにしなければなりません。店主《てんしゅ》のバークから、おうかがいしてくるようにと命《めい》じられまして――」

「まあ、バークさんなんか、プフー！」ヘプジバは小《ちい》さな手《て》を振《ふ》りながら言《い》った。

「あなたにお見《み》せする物《もの》がありますのよ。バークさんには見《み》せたことがない物《もの》なの！　トム、秘《ひ》密《みつ》を守《まも》ってくださる？　バークさんには、あたくしが持《も》っているなんて言《い》わないって約束《やくそく》してくださる？　あなたに見《み》せたとわかったら、あの人《ひと》、あたくしを一時《いっとき》も安《やす》らがせてくれませんわ。でもあたくしは売《う》りません。バークには売《う》らないし、誰《だれ》にも売《う》りませんわ！　でも、トム、あなたには、その物《もの》の歴史的価値《れきしてきかち》がおわかりになるわ。ガリオン金貨《きんか》が何枚《なんまい》になるかの価値《かち》じゃなくってね……」

「ミス・ヘプジバが見《み》せてくださる物《もの》でしたら、何《なん》でも喜《よろこ》んで拝見《はいけん》します」

ヴォルデモートが静《しず》かに言《い》った。ヘプジバは、また少女《しょうじょ》のようにクスクス笑《わら》った。

「ホキーに持《も》ってこさせてありますのよ……ホキー、どこなの？　リドルさんにわが家《や》の最高《さいこう》の秘宝《ひほう》をお見《み》せしたいのよ……ついでだから、二《ふた》つとも持《も》っていらっしゃい……」

「マダム、お持《も》ちしました」

しもべ妖精《ようせい》のキーキー声《ごえ》でハリーが見《み》ると、二《ふた》つ重《がさ》ねにした革製《かわせい》の箱《はこ》が動《うご》いていた。小《ちい》さなしもべ妖精《ようせい》が頭《あたま》にのせて運《はこ》んでいることはわかってはいたが、まるでひとりでに動《うご》いているかのように、テーブルやクッション、足《あし》のせ台《だい》の間《あいだ》を縫《ぬ》って部屋《へや》の向《む》こうからやってくるのが見《み》えた。

「さあ」しもべ妖精《ようせい》から箱《はこ》を受《う》け取《と》り、ひざの上《うえ》にのせて上《うえ》の箱《はこ》を開《あ》ける準備《じゅんび》をしながら、ヘプジバがうれしそうに言《い》った。

「きっと気《き》に入《い》ると思《おも》うわ、トム……あぁ、あなたにこれを見《み》せていることを親族《しんぞく》が知《し》ったら……あの人《ひと》たち、のどから手《て》が出《で》るほどこれが欲《ほ》しいんだから！」

ヘプジバがふたを開《あ》けた。ハリーはよく見《み》ようとして少《すこ》し身《み》を乗《の》り出《だ》した。入念《にゅうねん》に細工《さいく》された二つの取《と》っ手《て》がついた、小《ちい》さな金《きん》のカップが見《み》えた。

「何《なん》だかおわかりになるかしら、トム？　手《て》に取《と》ってよく見《み》てごらんなさい！」

ヘプジバがささやくように言《い》った。ヴォルデモートはすらりとした指《ゆび》を伸《の》ばし、絹《きぬ》の中《なか》にすっぽりと納《おさ》まっているカップを、取《と》っ手《て》の片方《かたほう》を握《にぎ》って取《と》り出《だ》した。ハリーは、ヴォルデモートの暗《くら》い目《め》がちらりと赤《あか》く光《ひか》るのを見《み》たような気《き》がした。舌《した》なめずりするようなヴォルデモートの表情《ひょうじょう》は、奇妙《きみょう》なことに、ヘプジバの顔《かお》にも見《み》られた。ただし、その小《ちい》さな目《め》は、ヴォルデモートのハンサムな顔《かお》にくぎづけになっていた。

「穴熊《あなぐま》」

ヴォルデモートがカップの刻印《こくいん》を調《しら》べながらつぶやいた。

「すると、これは……？」

「ヘルガ・ハッフルパフの物《もの》よ。よくご存《ぞん》じのようにね。なんて賢《かしこ》い子《こ》！」

ヘプジバはコルセットのきしむ大《おお》きな音《おと》とともに、前《まえ》かがみになり、ヴォルデモートのくぼんだほおをほんとうにつねった。

「あたくしが、ずっと離《はな》れた子孫《しそん》だって言《い》わなかった？　これは先祖代々《せんぞだいだい》受《う》け継《つ》がれてきた物《もの》なの。きれいでしょう？　それに、どんなにいろいろな力《ちから》が秘《ひ》められていることか。でも、あたくしは完全《かんぜん》に試《ため》してみたことがないの。ただ、こうして大事《だいじ》に、安全《あんぜん》にしまっておくだけ……」

ヘプジバはヴォルデモートの長《なが》い指《ゆび》からカップをはずし、そっと箱《はこ》に戻《もど》した。ていねいに元《もと》の場所《ばしょ》に収《おさ》めるのに気《き》を取《と》られて、ヘプジバは、カップが取《と》り上《あ》げられたときにヴォルデモートの顔《かお》をよぎった影《かげ》に気《き》づかなかった。

「さて、それじゃあ」ヘプジバがうれしそうに言《い》った。

「ホキーはどこ？　ああ、そこにいたのね——これを片《かた》づけなさい、ホキー——」

しもべ妖精《ようせい》は従順《じゅうじゅん》に箱入《はこい》りのカップを受《う》け取《と》り、ヘプジバはひざにのっているもっと平《ひら》たい箱《はこ》に取《と》りかかった。

「トム、あなたには、こちらがもっと気《き》に入《い》ると思《おも》うわ」ヘプジバがささやいた。

「少《すこ》しかがんでね、さあ、よく見《み》えるように……もちろん、バークは、あたくしがこれを持《も》っていることを知《し》っていますよ。あの人《ひと》から買《か》ったのですからね。あたくしが死《し》んだら、きっと買《か》い戻《もど》したがるでしょうね……」

ヘプジバは精緻《せいち》な金銀線細工《きんぎんせんざいく》のとめ金《がね》をはずし、パチンと箱《はこ》を開《あ》けた。なめらかな真紅《しんく》のビロードの上《うえ》にのっていたのは、どっしりした金《きん》のロケットだった。

ヴォルデモートは、今度《こんど》はうながされるのも待《ま》たずに手《て》を伸《の》ばし、ロケットを明《あ》かりにかざしてじっと見《み》つめた。

「スリザリンの印《しるし》」ヴォルデモートが小声《こごえ》で言《い》った。

曲《ま》がりくねった飾《かざ》り文字《もじ》の「S《エス》」に光《ひかり》が踊《おど》り、きらめかせていた。

「そのとおりよ！」ヘプジバが大喜《おおよろこ》びで言《い》った。

ヴォルデモートが、魅入《みい》られたようにじっと自分《じぶん》のロケットを見《み》つめている姿《すがた》が、うれしかったらしい。

「身《み》ぐるみはがされるほど高《たか》かったわ。でも、見逃《みのが》すことはできなかったわね。こんなに貴重《きちょう》な物《もの》を。どうしても、あたくしのコレクションに加《くわ》えたかったのよ。バークはどうやら、みすぼらしい身《み》なりの女《おんな》から買《か》ったらしいわ。その女《おんな》は、これを盗《ぬす》んだのでしょうけれど、ほんとうの価値《かち》をまったく知《し》らなかったようね――」

今度《こんど》はまちがいない。この言葉《ことば》を聞《き》いた瞬間《しゅんかん》、ヴォルデモートの目《め》が真《ま》っ赤《か》に光《ひか》った。ロケットの鎖《くさり》にかかった手《て》が、血《ち》の気《け》が失《う》せるほどギュッと握《にぎ》りしめられるのを、ハリーは見《み》た。

「――バークはその女《おんな》に、きっと雀《すずめ》の涙《なみだ》ほどしか払《はら》わなかったことでしょうよ。でも、しょうがないわね……きれいでしょう？　それに、これにも、どんなに多《おお》くの力《ちから》が秘《ひ》められていることでしょう。でも、あたくしは、大事《だいじ》に、安全《あんぜん》にしまっておくだけ……」

ヘプジバがロケットに手《て》を伸《の》ばして取《と》り戻《もど》そうとした。ハリーは一瞬《いっしゅん》、ヴォルデモートが手放《てばな》さないのではないかと思《おも》ったが、ロケットはその指《ゆび》の間《あいだ》をすべり、真紅《しんく》のビロードのクッションへと戻《もど》された。

「そういうわけよ、トム。楽《たの》しんだでしょうね！」

ヘプジバが、トムの顔《かお》を真正面《ましょうめん》から見《み》た。そしてハリーは、ヘプジバの間《ま》の抜《ぬ》けた笑顔《えがお》が、この時《とき》、初《はじ》めて崩《くず》れるのを見《み》た。

「トム、大丈夫《だいじょうぶ》なの？」

「ええ」ヴォルデモートが静《しず》かに言《い》った。「ええ、すべて大丈夫《だいじょうぶ》です……」

「あたくしは――でも、きっと光《ひかり》のいたずらね――」

ヘプジバが落《お》ち着《つ》かない様子《ようす》で言《い》った。ヘプジバもヴォルデモートの目《め》にチラチラと赤《あか》い光《ひかり》が走《はし》るのを見《み》たのだと、ハリーは思《おも》った。

「ホキー、ほら、二つとも持《も》っていって、また鍵《かぎ》をかけておきなさい……いつもの呪文《じゅもん》をかけて……」

「ハリー、帰《かえ》る時間《じかん》じゃ」

ダンブルドアが小声《こごえ》で言《い》った。小《ちい》さなしもべ妖精《ようせい》が箱《はこ》を持《も》ってひょこひょこ歩《ある》きはじめると同《どう》時《じ》に、ダンブルドアは再《ふたた》びハリーの腕《うで》をつかんだ。二人《ふたり》は連《つ》れ立《だ》って無意識《むいしき》の中《なか》を上昇《じょうしょう》し、ダンブルドアの校長室《こうちょうしつ》に戻《もど》った。

「ヘプジバ・スミスは、あの短《みじか》い場面《ばめん》の二日後《ふつかご》に死《し》んだ」

ダンブルドアが席《せき》に戻《もど》り、ハリーにも座《すわ》るようにうながしながら言《い》った。

「屋敷《やしき》しもべ妖精《ようせい》のホキーが、誤《あやま》って女主人《おんなしゅじん》の夜食《やしょく》のココアに毒《どく》を入《い》れた廉《かど》で、魔法省《まほうしょう》から有罪《ゆうざい》判決《はんけつ》を受《う》けたのじゃ」

「絶対《ぜったい》ちがう！」ハリーが憤慨《ふんがい》した。

「我々《われわれ》は同意見《どういけん》のようじゃな」ダンブルドアが言《い》った。

「紛《まぎ》れもなく、今度《こんど》の死《し》とリドル一家《いっか》の死亡《しぼう》との間《あいだ》には、多《おお》くの類似点《るいじてん》がある。どちらの場合《ばあい》も、誰《だれ》かほかの者《もの》が責《せ》めを負《お》うた。死《し》にいたらしめたというはっきりした記憶《きおく》を持《も》つ誰《だれ》かがじゃ――」

「ホキーが自白《じはく》を？」

「ホキーは女主人《おんなしゅじん》のココアに何《なに》か入《い》れたことを覚《おぼ》えておった。それが砂糖《さとう》ではなく、ほとんど知《し》られていない猛毒《もうどく》だったとわかったのじゃ」

ダンブルドアが言《い》った。

「ホキーにはそのつもりがなかったが、年《とし》を取《と》って混乱《こんらん》したのだという結論《けつろん》になった――」

「ヴォルデモートがホキーの記憶《きおく》を修正《しゅうせい》したんだ。モーフィンにしたことと同《おな》じだ！」

「いかにも。わしも同《おな》じ結論《けつろん》じゃ」ダンブルドアが言《い》った。

「さらに、モーフィンのときと同《おな》じく、魔法省《まほうしょう》ははじめからホキーを疑《うたが》ってかかっておった――」

「――ホキーが屋敷《やしき》しもべ妖精《ようせい》だから」ハリーが言《い》った。

ハリーはこの時《とき》ほどハーマイオニーが設立《せつりつ》した「S・P・E・W《しもべ妖精福祉振興協会》」に共鳴《きょうめい》したことはなかった。

「そのとおりじゃ」ダンブルドアが言《い》った。

「ホキーは老《お》いぼれていたし、飲《の》み物《もの》に細工《さいく》をしたことを認《みと》めたのじゃから、魔法省《まほうしょう》には、それ以上調《いじょうしら》べようとする者《もの》は誰《だれ》もおらなんだ。モーフィンの場合《ばあい》と同様《どうよう》、わしがホキーを見《み》つけ出《だ》してこの記憶《きおく》を取《と》り出《だ》したときには、もうホキーの命《いのち》は尽《つ》きようとしておった――しかし言《い》うまでもなく、ホキーの記憶《きおく》は、ヴォルデモートが、カップとロケットの存在《そんざい》を知《し》っておったということを証明《しょうめい》するにすぎぬ」

「ホキーが有罪《ゆうざい》になったころに、ヘプジバの親族《しんぞく》たちが、最《もっと》も大切《たいせつ》な秘蔵《ひぞう》の品《しな》が二つなくなっていることに気《き》づいた。それを確認《かくにん》するまでに、しばらく時間《じかん》がかかった。何《なに》しろヘプジバは蒐《しゅう》集品《しゅうひん》を油断《ゆだん》なく保管《ほかん》しており、隠《かく》し場所《ばしょ》が多《おお》かったからじゃ。しかし、カップとロケットの紛《ふん》失《しつ》が、親族《しんぞく》にとって疑《うたが》いの余地《よち》のないものとなったときには、すでに、ボージン・アンド・バークスの店員《てんいん》で、ヘプジバをひんぱんに訪《たず》ねては見事《みごと》にとりこにしていた青年《せいねん》は、店《みせ》を辞《や》めて姿《すがた》を消《け》してしまっておった。店《みせ》の上司《じょうし》たちは、青年《せいねん》がどこに行《い》ってしまったのかさっぱりわからず、その失踪《しっそう》には誰《だれ》よりも驚《おどろ》いていた。そして、その時《とき》を最後《さいご》に、トム・リドルは長《なが》い間《あいだ》、誰《だれ》の目《め》にも耳《みみ》にも触《ふ》れることがなかったのじゃ」

「さて」ダンブルドアが言《い》った。

「ここで、ハリー、我々《われわれ》が今見《いまみ》た物語《ものがたり》に関《かん》して、いくつか君《きみ》の注意《ちゅうい》を喚起《かんき》しておきたいので、一息《ひといき》入《い》れてみようかのう。ヴォルデモートはまたしても殺人《さつじん》を犯《おか》した。リドル一家《いっか》を殺《ころ》して以来《いらい》、初《はじ》めてだったかどうかはわからぬが、そうだったのじゃろう。今回《こんかい》は、君《きみ》も見《み》たとおり、復讐《ふくしゅう》のためではなく、欲《ほ》しい物《もの》を手《て》に入《い》れるためじゃった。熱《ねつ》を上《あ》げたあの哀《あわ》れな老女《ろうじょ》に見《み》せられたすばらしい二つの記念品《きねんひん》を、ヴォルデモートは欲《ほ》しがった。かつて孤児院《こじいん》でほかの子供《こども》たちから奪《うば》ったように、おじのモーフィンの指輪《ゆびわ》を盗《ぬす》んだように、今度《こんど》はヘプジバのカップとロケットを奪《うば》って逃《に》げたのじゃ」

「でも」ハリーが顔《かお》をしかめた。

「まともじゃない……そんな物《もの》のためにあらゆる危険《きけん》をおかして、仕事《しごと》も投《な》げ打《う》つなんて……」

「君《きみ》にとっては、たぶんまともではなかろうが、ヴォルデモートにとってはちがうのじゃ」

ダンブルドアが言《い》った。

「こうした品々《しなじな》が、ヴォルデモートにとってどういう意味《いみ》があったのか、ハリー、君《きみ》にも追《お》い追《お》いわかってくるはずじゃ。ただし、当然《とうぜん》じゃが、あの者《もの》が、ロケットはいずれにせよ正当《せいとう》に自分《じぶん》の物《もの》だと考《かんが》えたであろうことは想像《そうぞう》にかたくない」

「ロケットはそうかもしれません」ハリーが言《い》った。

「でも、どうしてカップまで奪《うば》うのでしょう?」

「カップは、ホグワーツのもう一人《ひとり》の創始者《そうししゃ》に連《つら》なる物《もの》じゃ」ダンブルドアが言《い》った。

「あの者《もの》はまだこの学校《がっこう》に強《つよ》くひかれており、ホグワーツの歴史《れきし》がたっぷりしみ込《こ》んだ品物《しなもの》には抗《こう》しがたかったのじゃろう。ほかにも理由《りゆう》はある。おそらく……。時《とき》が来《き》たら、君《きみ》に具体的《ぐたいてき》に説《せつ》明《めい》することができることじゃろう」

「さて次《つぎ》は、わしが所有《しょゆう》しておる記憶《きおく》としては、君《きみ》に見《み》せる最後《さいご》のものじゃ。少《すく》なくとも、スラグホーン先生《せんせい》の記憶《きおく》を君《きみ》が首尾《しゅび》よく回収《かいしゅう》するまではじゃが。この記憶《きおく》は、ホキーの記憶《きおく》から十年《ねん》隔《へだ》たっておる。その十年《ねん》の間《あいだ》、ヴォルデモート卿《きょう》が何《なに》をしていたのかは、想像《そうぞう》するしかない……」

ダンブルドアが最後《さいご》の記憶《きおく》を「憂《うれ》いの篩《ふるい》」にあけ、ハリーが再《ふたた》び立《た》ち上《あ》がった。

「誰《だれ》の記憶《きおく》ですか？」ハリーが聞《き》いた。

「わしのじゃ」ダンブルドアが答《こた》えた。

そして、ハリーは、ダンブルドアのあとからゆらゆら揺《ゆ》れる銀色《ぎんいろ》の物質《ぶっしつ》をくぐって、今出発《いましゅっぱつ》したばかりの同《おな》じ校長室《こうちょうしつ》に降《お》り立《た》った。フォークスが止《と》まり木《ぎ》で幸福《こうふく》そうにまどろみ、そして机《つくえ》のむこう側《がわ》に、なんとダンブルドアがいた。ハリーの横《よこ》に立《た》っている今《いま》のダンブルドアとほとんど変《か》わらなかったが、両手《りょうて》はそろって傷《きず》もなく、顔《かお》は、もしかしたらしわがやや少《すく》ないかもしれない。現在《げんざい》の校長室《こうちょうしつ》とのちがいは、過去《かこ》のその日《ひ》に雪《ゆき》が降《ふ》っていたことだ。外《そと》は暗《くら》く、青《あお》みがかった雪片《せっぺん》が窓《まど》をよぎって舞《ま》い、外《そと》の窓枠《まどわく》に積《つ》もっていた。

今《いま》より少《すこ》し若《わか》いダンブルドアは、何《なに》かを待《ま》っている様子《ようす》だった。予想《よそう》どおり、二人《ふたり》がこの場面《ばめん》に到着《とうちゃく》してまもなく、ドアをたたく音《おと》がした。「お入《はい》り」とダンブルドアが言《い》った。

ハリーはアッと声《こえ》を上《あ》げそうになり、あわてて押《お》し殺《ころ》した。ヴォルデモートが部屋《へや》に入《はい》ってきた。二年《ねん》ほど前《まえ》ハリーが目撃《もくげき》した、石《いし》の大鍋《おおなべ》からよみがえったヴォルデモートの顔《かお》ではなかった。それほど蛇《へび》に似《に》てはいなかったし、両眼《りょうがん》もまだ赤《あか》くはない。まだ仮面《かめん》をかぶったような顔《かお》になってはいない。しかし、あのハンサムなトム・リドルではなくなっていた。火傷《やけど》を負《お》って顔立《かおだ》ちがはっきりしなくなったような、奇妙《きみょう》に変形《へんけい》したろう細工《ざいく》のようだった。白目《しろめ》はすでに、永久《えいきゅう》に血《ち》走《ばし》っているようだったが、瞳孔《どうこう》はまだ、ハリーの見《み》た現在《げんざい》のヴォルデモートの瞳《ひとみ》のように細《ほそ》く縦《たて》に切《き》れ込《こ》んだような形《かたち》にはなっていなかった。ヴォルデモートは黒《くろ》い長《なが》いマントをまとい、その顔《かお》は、両肩《りょうかた》に光《ひか》る雪《ゆき》と同《おな》じように蒼白《あおじろ》かった。

机《つくえ》の向《む》こうのダンブルドアは、まったく驚《おどろ》いた様子《ようす》がない。訪問《ほうもん》は前《まえ》もって約束《やくそく》してあったにちがいない。

「こんばんは、トム」

ダンブルドアがくつろいだ様子《ようす》で言《い》った。

「かけるがよい」

「ありがとうございます」

ヴォルデモートはダンブルドアが示《しめ》した椅子《いす》に腰《こし》かけた――椅子《いす》の形《かたち》からして、現在《げんざい》のハリーが、たった今《いま》そこから立《た》ち上《あ》がったばかりの椅子《いす》だった。

「あなたが校長《こうちょう》になったと聞《き》きました」

ヴォルデモートの声《こえ》は以前《いぜん》より少《すこ》し高《たか》く、冷《つめ》たかった。

「すばらしい人選《じんせん》です」

「君《きみ》が賛成《さんせい》してくれてうれしい」ダンブルドアがほほ笑《え》んだ。

「何《なに》か飲《の》み物《もの》はどうかね？」

「いただきます」ヴォルデモートが言《い》った。「遠《とお》くから参《まい》りましたので」

ダンブルドアは立《た》ち上《あ》がって、現在《げんざい》は「憂《うれ》いの篩《ふるい》」が入《い》れてある棚《たな》の所《ところ》へ行《い》った。そこには瓶《びん》がたくさん並《なら》んでいた。ヴォルデモートにワインの入《はい》ったゴブレットを渡《わた》し、自分《じぶん》にも一杯《ぱい》注《そそ》いでから、ダンブルドアは机《つくえ》の向《む》こうに戻《もど》った。

「それで、トム……どんな用件《ようけん》でお訪《たず》ねくださったのかな？」

ヴォルデモートはすぐには答《こた》えず、ただワインを一口《ひとくち》飲《の》んだ。

「私《わたくし》はもう『トム』と呼《よ》ばれていません」ヴォルデモートが言《い》った。

「このごろ私《わたくし》の名《な》は――」

「君《きみ》が何《なん》と呼《よ》ばれているかは知《し》っておる」ダンブルドアが愛想《あいそ》よくほほ笑《え》みながら言《い》った。

「しかし、わしにとっては、君《きみ》はずっとトム・リドルなのじゃ。いらいらするかもしれぬが、これは年寄《としよ》りの教師《きょうし》にありがちなくせでのう。生徒《せいと》たちの若《わか》いころのことを完全《かんぜん》に忘《わす》れることができんのじゃ」

ダンブルドアはヴォルデモートに乾杯《かんぱい》するかのようにグラスを掲《かか》げた。ヴォルデモートは相変《あいか》わらず無表情《むひょうじょう》だ。しかし、ハリーはその部屋《へや》の空気《くうき》が微妙《びみょう》に変《か》わるのを感《かん》じた。ヴォルデモート自身《じしん》が選《えら》んだ名前《なまえ》を使《つか》うのを拒《こば》んだということは、ヴォルデモートがこの会合《かいごう》の主導権《しゅどうけん》を握《にぎ》るのを許《ゆる》さないということであり、ヴォルデモートもそう受《う》け取《と》ったのがハリーにはわかったのだ。

「あなたがこれほど長《なが》くここにとどまっていることに、驚《おどろ》いています」

短《みじか》い沈黙《ちんもく》のあと、ヴォルデモートが言《い》った。

「あなたほどの魔法使《まほうつか》いが、なぜ学校《がっこう》を去《さ》りたいと思《おも》われなかったのか、いつも不思議《ふしぎ》に思《おも》っていました」

「さよう」ダンブルドアはまだほほ笑《え》んでいた。「わしのような魔法使《まほうつか》いにとって一番大切《いちばんたいせつ》なことは、昔《むかし》からの技《わざ》を伝《つた》え、若《わか》い才能《さいのう》を磨《みが》く手助《てだす》けをすることなのじゃ。わしの記憶《きおく》が正《ただ》しければ、君《きみ》もかつて教《おし》えることにひかれたことがあったのう」

「今《いま》でもそうです」ヴォルデモートが言《い》った。「ただ、なぜあなたほどの方《かた》が、と疑問《ぎもん》に思《おも》っただけです――魔法省《まほうしょう》からしばしば助言《じょげん》を求《もと》められ、魔法大臣《まほうだいじん》になるようにと、たしか二度《にど》も請《こ》われたあなたが――」

「実《じつ》は最終的《さいしゅうてき》に三度《ど》じゃ」ダンブルドアが言《い》った。

「しかしわしは、一生《いっしょう》の仕事《しごと》として、魔法省《まほうしょう》には一度《いちど》もひかれたことはない。またしても、君《きみ》とわしとの共通点《きょうつうてん》じゃのう」

ヴォルデモートはほほ笑《え》みもせず首《くび》をかしげて、またワインを一口《ひとくち》飲《の》んだ。今《いま》や二人《ふたり》の間《あいだ》に張《は》り詰《つ》めている沈黙《ちんもく》を、ダンブルドアは自分《じぶん》からは破《やぶ》らず、楽《たの》しげに期待《きたい》するかのような表情《ひょうじょう》で、ヴォルデモートが口《くち》を開《ひら》くのを待《ま》ち続《つづ》けていた。

「私《わたくし》は戻《もど》ってきました」しばらくしてヴォルデモートが言《い》った。

「ディペット校長《こうちょう》が期待《きたい》していたよりも遅《おく》れたかもしれませんが……しかし、戻《もど》ってきたことには変《か》わりありません。ディペット校長《こうちょう》がかつて、私《わたくし》が若過《わかす》ぎるからとお断《ことわ》りになったことを再《ふたた》び要請《ようせい》するために戻《もど》りました。この城《しろ》に戻《もど》って教《おし》えさせていただきたいと、あなたにお願《ねが》いするためにやってきたのです。ここを去《さ》って以来《いらい》、私《わたくし》が多《おお》くのことを見聞《けんぶん》し、成《な》しとげたことを、あなたはご存《ぞん》じだと思《おも》います。私《わたくし》は、生徒《せいと》たちに、ほかの魔法使《まほうつか》いからは得《え》られないことを示《しめ》し、教《おし》えることができるでしょう」

ダンブルドアは、手《て》にしたゴブレットの上《うえ》から、しばらくヴォルデモートを観察《かんさつ》していたが、やがて口《くち》を開《ひら》いた。

「いかにもわしは、君《きみ》がここを去《さ》って以来《いらい》、多《おお》くのことを見聞《けんぶん》し、成《な》しとげてきたことを知《し》っておる」ダンブルドアが静《しず》かに言《い》った。

「君《きみ》の所業《しょぎょう》は、トム、風《かぜ》の便《たよ》りで君《きみ》の母校《ぼこう》にまで届《とど》いておる。わしはその半分《はんぶん》も信《しん》じたくない気《き》持《も》ちじゃ」

ヴォルデモートは相変《あいか》わらずうかがい知《し》れない表情《ひょうじょう》で、こう言《い》った。

「偉大《いだい》さはねたみを招《まね》き、ねたみは恨《うら》みを、恨《うら》みはうそを招《まね》く。ダンブルドア、このことは当然《とうぜん》ご存《ぞん》じでしょう」

「自分《じぶん》がやってきたことを、君《きみ》は『偉大《いだい》さ』と呼《よ》ぶ。そうかね？」

ダンブルドアは微妙《びみょう》な言《い》い方《かた》をした。

「もちろんです」

ヴォルデモートの目《め》が赤《あか》く燃《も》えるように見《み》えた。

「私《わたくし》は実験《じっけん》した。魔法《まほう》の境界線《きょうかいせん》を広《ひろ》げてきた。おそらく、これまでになかったほどに――」

「ある種《しゅ》の魔法《まほう》と言《い》うべきじゃろう」ダンブルドアが静《しず》かに訂正《ていせい》した。

「ある種《しゅ》の、ということじゃ。ほかのことに関《かん》して、君《きみ》は……失礼《しつれい》ながら……嘆《なげ》かわしいまでに無知《むち》じゃ」

ヴォルデモートが初《はじ》めて笑《え》みを浮《う》かべた。引《ひ》きつったような薄《うす》ら笑《わら》いは、怒《いか》りの表情《ひょうじょう》よりももっと人《ひと》をおびやかす、邪悪《じゃあく》な笑《え》みだった。

「古《ふる》くさい議論《ぎろん》だ」ヴォルデモートが低《ひく》い声《こえ》で言《い》った。

「しかし、ダンブルドア、私《わたくし》が見《み》てきた世《よ》の中《なか》では、私流《わたくしりゅう》の魔法《まほう》より愛《あい》のほうがはるかに強《つよ》いものだという、あなたの有名《ゆうめい》な見解《けんかい》を支持《しじ》するものは皆無《かいむ》だった」

「君《きみ》はおそらく、まちがった所《ところ》を見《み》てきたのであろう」ダンブルドアが言《い》った。

「それならば、私《わたくし》が新《あら》たに研究《けんきゅう》を始《はじ》める場《ば》として、ここ、ホグワーツほど適切《てきせつ》な場所《ばしょ》があるでしょうか？」ヴォルデモートが言《い》った。

「戻《もど》ることをお許《ゆる》し願《ねが》えませんか？　私《わたくし》の知識《ちしき》を、あなたの生徒《せいと》たちに与《あた》えさせてくださいませんか？　私自身《わたくしじしん》と私《わたくし》の才能《さいのう》を、あなたの手《て》にゆだねます。あなたの指揮《しき》に従《したが》います」

ダンブルドアが眉《まゆ》を吊《つ》り上《あ》げた。

「すると、君《きみ》が指揮《しき》する者《もの》たちはどうなるのかね？　自《みずか》ら名乗《なの》って――というううわさではあるが――『死喰《しく》い人《びと》』と称《しょう》する者《もの》たちはどうなるのかね？」

ヴォルデモートには、ダンブルドアがこの呼称《こしょう》を知《し》っていることが予想外《よそうがい》だったのだと、ハリーにはわかった。ヴォルデモートの目《め》がまた赤《あか》く光《ひか》り、細《ほそ》く切《き》れ込《こ》んだような鼻《はな》の穴《あな》が広《ひろ》がるのを、ハリーは見《み》た。

「私《わたくし》の友達《ともだち》は――」

しばらくの沈黙《ちんもく》のあと、ヴォルデモートが言《い》った。

「私《わたくし》がいなくとも、きっとやっていけます」

「その者《もの》たちを、友達《ともだち》と考《かんが》えておるのは喜《よろこ》ばしい」ダンブルドアが言《い》った。

「むしろ、召使《めしつか》いの地位《ちい》ではないかという印象《いんしょう》を持《も》っておったのじゃが」

「まちがっています」ヴォルデモートが言《い》った。

「さすれば、今夜《こんや》ホッグズ・ヘッドを訪《おとず》れても、そういう集団《しゅうだん》はおらんのじゃろうな――ノット、ロジエール、マルシベール、ドロホフ――君《きみ》の帰《かえ》りを待《ま》っていたりはせぬじゃろうな？　まさに献身的《けんしんてき》な友達《ともだち》じゃ。雪《ゆき》の夜《よる》を、君《きみ》とともにこれほどの長旅《ながたび》をするとは。君《きみ》が教職《きょうしょく》を得《え》ようとする試《こころ》みに成功《せいこう》するようにと願《ねが》うためだけにのう」

一緒《いっしょ》に旅《たび》してきた者《もの》たちのことをダンブルドアがくわしく把握《はあく》しているのが、ヴォルデモートにとって、なおさらありがたくないということは、目《め》に見《み》えて明《あき》らかだった。しかし、ヴォルデモートは、たちまち気《き》を取《と》りなおした。

「相変《あいか》わらず何《なん》でもご存《ぞん》じですね、ダンブルドア」

「いや、いや、あそこのバーテンと親《した》しいだけじゃ」ダンブルドアが気楽《きらく》に言《い》った。

「さて、トム……」

ダンブルドアは空《から》のグラスを置《お》き、椅子《いす》に座《すわ》りなおして、両手《りょうて》の指先《ゆびさき》を組《く》み合《あ》わせる独特《どくとく》のしぐさをした。

「……率直《そっちょく》に話《はな》そうぞ。互《たが》いにわかっていることじゃが、望《のぞ》んでもおらぬ仕事《しごと》を求《もと》めるために、腹心《ふくしん》の部下《ぶか》を引《ひ》き連《つ》れて、君《きみ》が今夜《こんや》ここを訪《おとず》れたのは、なぜなのじゃ？」

ヴォルデモートは冷《ひ》ややかに、驚《おどろ》いた顔《かお》をした。

「私《わたくし》が望《のぞ》まない仕事《しごと》？　とんでもない、ダンブルドア。私《わたくし》は強《つよ》く望《のぞ》んでいます」

「ああ、君《きみ》はホグワーツに戻《もど》りたいと思《おも》っておるのじゃ。しかし、十八歳《さい》のときも今《いま》も、君《きみ》は教《おし》えたいなどとは思《おも》っておらぬ。トム、何《なに》がねらいじゃ？　一度《いちど》ぐらい、正直《しょうじき》に願《ねが》い出《で》てはどうじゃ？」

ヴォルデモートが鼻先《はなさき》で笑《わら》った。

「あなたが私《わたくし》に仕事《しごと》をくださるつもりがないなら――」

「もちろん、そのつもりはない」ダンブルドアが言《い》った。

「それに、わしが受《う》け入《い》れるという期待《きたい》を君《きみ》が持《も》ったとは、まったく考《かんが》えられぬ。にもかかわらず、君《きみ》はやってきて、頼《たの》んだ。何《なに》か目的《もくてき》があるにちがいない」

ヴォルデモートが立《た》ち上《あ》がった。ますますトム・リドルの面影《おもかげ》が消《き》え、顔《かお》の隅々《すみずみ》まで怒《いか》りでふくれ上《あ》がっていた。

「それが最後《さいご》の言葉《ことば》なのか？」

「そうじゃ」ダンブルドアも立《た》ち上《あ》がった。

「では、互《たが》いに何《なに》も言《い》うことはない」

「いかにも、何《なに》もない」ダンブルドアの顔《かお》に、大《おお》きな悲《かな》しみが広《ひろ》がった。「君《きみ》の洋《よう》だんすを燃《も》やして怖《こわ》がらせたり、君《きみ》が犯《おか》した罪《つみ》をつぐなわせたりできた時代《じだい》は、とうの昔《むかし》になってしもうた。しかし、トム、わしはできることならそうしてやりたい……できることなら……」

一瞬《いっしゅん》、ハリーは、叫《さけ》んでも意味《いみ》がないのに、危《あぶ》ないと叫《さけ》びそうになった。ヴォルデモートの手《て》が、ポケットの杖《つえ》に向《む》かってたしかにピクリと動《うご》いたと思《おも》ったのだ。しかし、一瞬《いっしゅん》が過《す》ぎ、ヴォルデモートは背《せ》を向《む》けた。ドアが閉《し》まり、ヴォルデモートは行《い》ってしまった。

ハリーはダンブルドアの手《て》が再《ふたた》び自分《じぶん》の腕《うで》をつかむのを感《かん》じ、次《つぎ》の瞬間《しゅんかん》、二人《ふたり》はほとんど同《おな》じ位置《いち》に立《た》っていた。しかし窓枠《まどわく》に積《つ》もっていた雪《ゆき》はなく、ダンブルドアの右手《みぎて》は、死《し》んだような黒《くろ》い手《て》に戻《もど》っていた。

「なぜでしょう？」

ハリーは、ダンブルドアの顔《かお》を見上《みあ》げてすぐさま聞《き》いた。

「ヴォルデモートはなぜ戻《もど》ってきたのですか？　先生《せんせい》は結局《けっきょく》、理由《りゆう》がおわかりになったのですか？」

「わしなりの考《かんが》えはある」ダンブルドアが言《い》った。

「しかし、わしの考《かんが》えにすぎぬ」

「どんなお考《かんが》えなのですか、先生《せんせい》？」

「君《きみ》がスラグホーン先生《せんせい》の記憶《きおく》を回収《かいしゅう》したら、ハリー、その時《とき》には話《はな》して聞《き》かせよう」

ダンブルドアが言《い》った。

「ジグソーパズルのその最後《さいご》の一片《いっぺん》を、君《きみ》が手《て》に入《い》れたとき、すべてが明《あき》らかになることを願《ねが》っておる……わしにとっても、君《きみ》にとってもじゃ」

ハリーは、知《し》りたくてたまらない気持《きも》ちが消《き》えず、ダンブルドアが出口《でぐち》まで歩《ある》いていって、ハリーのためにドアを開《あ》けてくれたときも、すぐには動《うご》かなかった。

「先生《せんせい》、ヴォルデモートはあの時《とき》も、『闇《やみ》の魔術《まじゅつ》に対《たい》する防衛術《ぼうえいじゅつ》』を教《おし》えたがっていたのですか？

何《なに》も言《い》わなかったので……」

「おお、まちがいなく『闇《やみ》の魔術《まじゅつ》に対《たい》する防衛術《ぼうえいじゅつ》』の職《しょく》を欲《ほっ》しておった」

ダンブルドアが言《い》った。

「あの短《みじか》い会合《かいごう》の後日談《ごじつだん》が、それを示《しめ》しておる。よいかな、ヴォルデモート卿《きょう》がその職《しょく》に就《つ》くことをわしが拒《こば》んで以来《いらい》、この学校《がっこう》には、一年《ねん》を超《こ》えてその職《しょく》にとどまった教師《きょうし》は一人《ひとり》もおらぬ」

第《だい》21章《しょう》 不可知《ふかち》の部屋《へや》

次《つぎ》の週《しゅう》、どうやったらスラグホーンを説得《せっとく》してほんとうの記憶《きおく》を手《て》に入《い》れられるかと、ハリーは知恵《ちえ》をしぼった。しかし何《なん》のひらめきもなく、このごろとほうに暮《く》れたときについやってしまうことを、くり返《かえ》すばかりだった。それは、「魔法薬《まほうやく》」の教科書《きょうかしょ》をすみずみまで調《しら》べることだ。これまでもたびたびそういうことがあったので、プリンスが何《なに》か役立《やくだ》つことを余白《よはく》に書《か》き込《こ》んでいるかもしれないと期待《きたい》したのだ。

「そこからは何《なに》も出《で》てこないわよ」

日曜《にちよう》の夜《よる》もふけたころ、ハーマイオニーがきっぱりと言《い》った。

「文句《もんく》を言《い》うなよ、ハーマイオニー」ハリーが言《い》った。

「プリンスがいなかったら、ロンはこんなふうに座《すわ》っていられなかっただろう」

「いられたわよ。あなたが一年生《ねんせい》のときにスネイプの授業《じゅぎょう》をよく聞《き》いてさえいたらね」

ハーマイオニーが簡単《かんたん》に却下《きゃっか》した。

ハリーは知《し》らんぷりをした。「敵《てき》に対《たい》して」という言葉《ことば》に興味《きょうみ》をそそられて、その上《うえ》の余白《よはく》になぐり書《か》きしてある呪文《じゅもん》（セクタムセンプラ！）が目《め》に入《はい》ったところだった。ハリーは使《つか》ってみたくてうずうずしていたが、ハーマイオニーの前《まえ》ではやめたほうがいいと思《おも》った。そのかわり、そっとそのページの端《はし》を折《お》り曲《ま》げた。

三人《にん》は談話室《だんわしつ》の暖炉脇《だんろわき》に座《すわ》っていた。ほかにまだ起《お》きているのは、同学年《どうがくねん》の六年生《ねんせい》たちだけだった。夕食《ゆうしょく》から戻《もど》ったときに、掲示板《けいじばん》に「姿《すがた》あらわし」試験《しけん》の日付《ひづけ》が貼《は》り出《だ》されていたので、六年生《ねんせい》たちがちょっとした興奮状態《こうふんじょうたい》におちいった。四月二十一日《がつにち》が試験《しけん》の最初《さいしょ》の日《ひ》だが、その日《ひ》までに十七歳《さい》になる生徒《せいと》は、追加練習《ついかれんしゅう》の申《もう》し込《こ》みができる。練習《れんしゅう》は（厳《きび》しい監視《かんし》の下《もと》で）ホグズミードで行《おこな》われる、という掲示《けいじ》だった。

ロンは掲示《けいじ》を見《み》てパニック状態《じょうたい》になった。まだ「姿《すがた》あらわし」をこなしていなかったので、テストの準備《じゅんび》が間《ま》に合《あ》わないのではないかと恐《おそ》れたのだ。ハーマイオニーは、すでに二度《ど》「姿《すがた》あらわし」に成功《せいこう》していたので、少《すこ》しは自信《じしん》があった。ハリーはと言《い》えば、あと四か月《げつ》たたないと十七歳《さい》にならないので、準備《じゅんび》ができていようといなかろうと、テストを受《う》けることはできなかった。

「だけど、君《きみ》は少《すく》なくとも『姿《すがた》あらわし』できるじゃないか！」

ロンはせっぱ詰《つ》まった声《こえ》で言《い》った。

「君《きみ》、七月《がつ》には何《なん》の問題《もんだい》もないよ」

「一回《かい》できただけだ」

ハリーが訂正《ていせい》した。前回《ぜんかい》の練習《れんしゅう》でやっと、姿《すがた》をくらましたあと、輪《わ》っかの中《なか》に再出現《さいしゅつげん》できたのだ。

「姿《すがた》あらわし」が心配《しんぱい》だと、さんざんしゃべって時間《じかん》をむだにしてしまったロンは、今度《こんど》はとほうもなく難《むずか》しいスネイプの宿題《しゅくだい》と格闘《かくとう》していた。ハリーもハーマイオニーもそのレポートはもう仕上《しあ》げていた。吸魂鬼《きゅうこんき》と取《と》り組《く》む最善《さいぜん》の方法《ほうほう》に関《かん》して、ハリーはスネイプと意見《いけん》が合《あ》わなかったので、どうせ低《ひく》い点《てん》しかもらえないと充分予想《じゅうぶんよそう》できた。しかし、そんなことはどうでもよかった。むしろスラグホーンの記憶《きおく》が、今《いま》のハリーには最重要課題《さいじゅうようかだい》だった。

「言《い》っておきますけど、ハリー、このことに関《かん》しては、バカバカしいプリンスは助《たす》けてくれないわよ！」

ハーマイオニーは一段《いちだん》と声高《こわだか》に言《い》った。

「無理《むり》やりこちらの思《おも》いどおりにさせる方法《ほうほう》は、一つしかないわ。『服従《ふくじゅう》の呪文《じゅもん》』だけど、それは違法《いほう》だし——」

「ああ、わかってるよ。ありがと」

ハリーは本《ほん》から目《め》を離《はな》さずに言《い》った。

「だから、何《なに》か別《べつ》の方法《ほうほう》を探《さが》してるんじゃないか。ダンブルドアは、『真実薬《しんじつやく》』も役《やく》に立《た》たないって言《い》ったんだ。でも、何《なに》かほかの薬《くすり》とか、呪文《じゅもん》とか……」

「あなた、やり方《かた》をまちがえてるわ」

ハーマイオニーが言《い》った。

「あなただけが記憶《きおく》を手《て》に入《い》れられるって、ダンブルドアがそう言《い》ったのよ。ほかの人《ひと》ができなくとも、あなたならスラグホーンを説得《せっとく》できるという意味《いみ》にちがいないわ。スラグホーンにこっそり薬《くすり》を飲《の》ませるなんていう問題《もんだい》じゃない。それなら誰《だれ》だってできるもの――」

「『こうせん的《てき》』って、どう書《か》くの？」

ロンが羊皮紙《ようひし》をにらんで、羽根《はね》ペンを強《つよ》く振《ふ》りながら聞《き》いた。

「向《む》かう戦《いくさ》じゃないみたいだし」

「ちがうわね」

ハーマイオニーがロンの宿題《しゅくだい》を引《ひ》き寄《よ》せながら言《い》った。

「それに『卜占《ぼくせん》』は『木占《ぼくせん》』じゃないわよ。いったいどんな羽根《はね》ペンを使《つか》っているの？」

「フレッドとジョージの『つづり修正付《しゅうせいつ》き』のやつさ……だけど、呪文《じゅもん》が切《き》れかかってるみたいだ……」

「ええ、きっとそうよ」

ハーマイオニーが、ロンのエッセイの題《だい》を指差《ゆびさ》しながら言《い》った。

「だって、宿題《しゅくだい》は『吸魂鬼《きゅうこんき》』について書《か》くことで、『球根木《きゅうこんき》』じゃないもの。それに、あなたが名前《なまえ》を『ローニル・ワズリブ』に変《か》えたなんて、記憶《きおく》にないけど」

「ええっ！」

ロンは真《ま》っ青《さお》になって羊皮紙《ようひし》を見《み》つめた。

「まさか、もう一回全部《いっかいぜんぶ》書《か》きなおしかよ！」

「大丈夫《だいじょうぶ》よ。直《なお》せるわ」

ハーマイオニーが宿題《しゅくだい》を手元《てもと》に引《ひ》き寄《よ》せて、杖《つえ》を取《と》り出《だ》した。

「愛《あい》してるよ、ハーマイオニー」

ロンはつかれたように目《め》をこすりながら、椅子《いす》にドサリと座《すわ》り込《こ》んだ。

ハーマイオニーはほんのりほおを染《そ》めたが、「そんなこと、ラベンダーに聞《き》かれないほうがいいわよ」と言《い》っただけだった。

「聞《き》かせないよ」

ロンが、自分《じぶん》の両手《りょうて》に向《む》かって言《い》った。

「それとも、聞《き》かせようかな……そしたらあいつが捨《す》ててくれるかも……」

「おしまいにしたいんだったら、君《きみ》が捨《す》てればいいじゃないか？」ハリーが言《い》った。

「君《きみ》は誰《だれ》かを振《ふ》ったことがないんだろう？」ロンが言《い》った。「君《きみ》とチョウはただ――」

「何《なん》となく別《わか》れた、うん」ハリーが言《い》った。

「僕《ぼく》とラベンダーも、そうなってくれればいいのに」

ロンが、ハーマイオニーを見《み》ながら憂《ゆう》うつそうに言《い》った。ハーマイオニーは黙々《もくもく》と、杖《つえ》の先《さき》でつづりのまちがいを一つずつ軽《かる》くたたき、羊皮紙上《ようひしじょう》で自動修正《じどうしゅうせい》させていた。

「だけど、おしまいにしたいってほのめかせばほのめかすほど、あいつはしがみついて来《く》るんだ。巨大《きょだい》イカとつき合《あ》ってるみたいだよ」

「できたわ」二十分《ぷん》ぐらいしてから、ハーマイオニーが宿題《しゅくだい》をロンに返《かえ》した。

「感謝感激《かんしゃかんげき》」ロンが言《い》った。

「結論《けつろん》を書《か》くから、君《きみ》の羽根《はね》ペン貸《か》してくれる？」

ハリーは、プリンスの書《か》き込《こ》みに、何《なに》も役《やく》に立《た》つものが見《み》つからなかったので、あたりを見回《みまわ》した。談話室《だんわしつ》に残《のこ》っているのは、もう三人《にん》だけになっていた。シェーマスが、スネイプと宿題《しゅくだい》を呪《のろ》いながら寝室《しんしつ》に上《あ》がっていったばかりだった。暖炉《だんろ》の火《ひ》がはぜる音《おと》と、ロンがハーマイオニーの羽根《はね》ペンを使《つか》って「吸魂鬼《きゅうこんき》」の最後《さいご》の一節《いっせつ》を書《か》くカリカリという音《おと》しか聞《き》こえなかった。ハリーがプリンスの教科書《きょうかしょ》を閉《と》じ、あくびをしたその時《とき》──。

バチン。

ハーマイオニーが小《ちい》さな悲鳴《ひめい》を上《あ》げ、ロンはレポートいっぱいにインクをこぼした。

「クリーチャー！」ハリーが言《い》った。

屋敷《やしき》しもべ妖精《ようせい》は深々《ふかぶか》とおじぎをして、節《ふし》くれだった自分《じぶん》の足《あし》の親指《おやゆび》に向《む》かって話《はな》しかけた。

「ご主人様《しゅじんさま》は、マルフォイ坊《ぼっ》ちゃんが何《なに》をしているか、定期的《ていきてき》な報告《ほうこく》をお望《のぞ》みでしたから、クリーチャーはこうして──」

バチン。

ドビーがクリーチャーの横《よこ》に現《あらわ》れた。帽子《ぼうし》がわりのティーポット・カバーが、横《よこ》っちょにずれている。

「ドビーも手伝《てつだ》っていました、ハリー・ポッター！」

ドビーはクリーチャーを恨《うら》みがましい目《め》で見《み》ながら、キーキー声《ごえ》で言《い》った。

「そしてクリーチャーはドビーに、いつハリー・ポッターに会《あ》いにいくかを教《おし》えるべきでした。

二人《ふたり》で一緒《いっしょ》に報告《ほうこく》するためです！」

突然《とつぜん》の出現《しゅつげん》に、ハーマイオニーはまだ衝撃《しょうげき》から立《た》ちなおれない顔《かお》だった。

「何事《なにごと》なの？」

「ハリー、いったい何《なに》が起《お》こっているの？」

ハリーはどう答《こた》えようかと迷《まよ》った。ハーマイオニーには、クリーチャーとドビーにマルフォイを尾行《びこう》させたことを話《はな》していなかった。屋敷《やしき》しもべ妖精《ようせい》のことになると、ハーマイオニーはいつも非常《ひじょう》に敏感《びんかん》になるからだ。

「その……二人《ふたり》は僕《ぼく》のためにマルフォイをつけていたんだ」ハリーが言《い》った。

「昼《ひる》も夜《よる》もです」

クリーチャーがしわがれ声《ごえ》で言《い》った。

「ドビーは一週間《しゅうかん》、寝《ね》ていません、ハリー・ポッター！」

ドビーはふらふらっとしながら、誇《ほこ》らしげに言《い》った。

ハーマイオニーが憤慨《ふんがい》した顔《かお》になった。

「ドビー、寝《ね》てないんですって？　でも、ハリー、あなた、まさか眠《ねむ》るななんて――」

「もちろん、そんなこと言《い》ってないよ」ハリーがあわてて言《い》った。

「ドビー、寝《ね》ていいんだ、わかった？　でも、どっちかが何《なに》か見《み》つけたのかい？」

ハーマイオニーがまたじゃまをしないうちにと、ハリーは急《いそ》いで聞《き》いた。

「マルフォイ様《さま》は純血《じゅんけつ》にふさわしい高貴《こうき》な動《うご》きをいたします」

クリーチャーが即座《そくざ》に答《こた》えた。

「その顔《かお》かたちはわたしの女主人様《おんなしゅじんさま》の美《うつく》しい顔立《かおだ》ちを思《おも》い起《お》こさせ、その立《た》ち居振《いふ》る舞《ま》いはまるで――」

「ドラコ・マルフォイは悪《わる》い子《こ》です！」ドビーが怒《おこ》ってキーキー言《い》った。

「悪《わる》い子《こ》で、そして――そして――」

ドビーは、ティーポット・カバーのてっぺんの房飾《ふさかざ》りから靴下《くつした》のつま先《さき》までブルブル震《ふる》え、暖炉《だんろ》めがけて飛《と》び込《こ》みそうな勢《いきお》いでかけだした。ハリーはこういうこともありうると予想《よそう》していたので、腰《こし》のあたりをつかまえてすばやくドビーを押《お》さえた。ドビーは数秒間《すうびょうかん》もがいていたが、やがてだらりとなった。

「ありがとうございます。ハリー・ポッター」

ドビーが息《いき》を切《き》らしながら言《い》った。

「ドビーはまだ、昔《むかし》のご主人《しゅじん》のことを悪《わる》く言《い》えないのです……」

ハリーがドビーを放《はな》すと、ドビーはティーポット・カバーをかぶりなおし、クリーチャーに向《む》かって挑《いど》むように言《い》った。

「でも、クリーチャーは、ドラコ・マルフォイが、しもべ妖精《ようせい》にとってよいご主人《しゅじん》ではないと知《し》るべきです！」

「そうだ。君《きみ》がマルフォイを愛《あい》しているなんて聞《き》く必要《ひつよう》はない」

ハリーがクリーチャーに言《い》った。

「早回《はやまわ》しにして、マルフォイが実際《じっさい》どこに出《で》かけているのかを聞《き》こう」

クリーチャーは憤慨《ふんがい》した顔《かお》で、また深々《ふかぶか》とおじぎをしてから言《い》った。

「マルフォイ様《さま》は大広間《おおひろま》で食事《しょくじ》をなさり、地下室《ちかしつ》にある寮《りょう》で眠《ねむ》られ、授業《じゅぎょう》はさまざまな所《ところ》――」

「ドビー、君《きみ》が話《はな》してくれ」ハリーはクリーチャーをさえぎって言《い》った。

「マルフォイは、どこか、行《い》くべきではない所《ところ》に行《い》かなかったか？」

「ハリー・ポッター様《さま》」

ドビーは、テニスボールのような大《おお》きい目《め》を暖炉《だんろ》の灯《あか》りにきらめかせながら、キーキー言《い》った。

「マルフォイは、ドビーが見《み》つけられる範囲《はんい》では、何《なん》の規則《きそく》も破《やぶ》っておりません。でも、やっぱり、探《さぐ》られないようにとても気《き》を使《つか》っています。いろいろな生徒《せいと》と一緒《いっしょ》に、しょっちゅう八階《かい》に行《い》きます。その生徒《せいと》たちに見張《みは》らせて、自分《じぶん》は――」

「『必要《ひつよう》の部屋《へや》』だ！」

ハリーは『上級魔法薬《じょうきゅうまほうやく》』の教科書《きょうかしょ》で自分《じぶん》の額《ひたい》をバンとたたいた。ハーマイオニーとロンが、目《め》を丸《まる》くしてハリーを見《み》た。

「そこに姿《すがた》をくらましていたんだ！　そこでやっているんだ……何《なに》かをやってる！　きっとそれで、地図《ちず》から消《き》えてしまったんだ――そういえば、地図《ちず》で『必要《ひつよう》の部屋《へや》』を見《み》たことがない！」

「忍《しの》びの者《もの》たちは、そんな部屋《へや》があることを知《し》らなかったのかもな」ロンが言《い》った。

「それが『必要《ひつよう》の部屋《へや》』の魔法《まほう》の一つなんだと思《おも》うわ」ハーマイオニーが言《い》った。

「地図上《ちずじょう》に表示《ひょうじ》されないようにする必要《ひつよう》があれば、部屋《へや》がそうするのよ」

「ドビー、うまく部屋《へや》に入《はい》って、マルフォイが何《なに》をしているかのぞけたかい？」

ハリーが急《せ》き込《こ》んで聞《き》いた。

「いいえ、ハリー・ポッター。それは不可能《ふかのう》です」ドビーが言《い》った。

「そんなことはない」ハリーが即座《そくざ》に言《い》った。

「マルフォイは、先学期《せんがっき》、僕《ぼく》たちの本部《ほんぶ》に入《はい》ってきた。だから僕《ぼく》も入《はい》り込《こ》んで、あいつのことを探《さぐ》れる。大丈夫《だいじょうぶ》だ」

「だけど、ハリー、それはできないと思《おも》うわ」

ハーマイオニーが考《かんが》えながら言《い》った。

「マルフォイは、私《わたし》たちがあの部屋《へや》をどう使《つか》っていたかをちゃんと知《し》っていた。そうでしょう？ だって、あのバカなマリエッタがベラベラしゃべったから。マルフォイには、あの部屋《へや》がDA《ディーエー》の本部《ほんぶ》になる必要《ひつよう》があったから、部屋《へや》はその必要《ひつよう》に応《こた》えたのよ。でも、あなたは、マルフォイが部屋《へや》に入《はい》っているときに、あの部屋《へや》が何《なん》の部屋《へや》になっているのかを知《し》らない。だからあなたは、どういう部屋《へや》になれって願《ねが》うことができないわ」

「何《なん》とかなるさ」ハリーが事《こと》もなげに言《い》った。

「ドビー、君《きみ》はすばらしい仕事《しごと》をしてくれたよ」

「クリーチャーもよくやったわ」

ハーマイオニーがやさしく言《い》ったが、クリーチャーは感謝《かんしゃ》の表情《ひょうじょう》を見《み》せるどころか、大《おお》きな血《ち》走《ばし》った目《め》をそらし、しわがれ声《ごえ》で天井《てんじょう》に話《はな》しかけた。

「『穢《けが》れた血《ち》』がクリーチャーに話《はな》しかけている。クリーチャーは聞《き》こえないふりをする――」

「やめろ」ハリーが鋭《するど》く言《い》った。

クリーチャーは最後《さいご》にまた深々《ふかぶか》とおじぎをして、「姿《すがた》くらまし」した。

「ドビー、君《きみ》も帰《かえ》って少《すこ》し寝《ね》たほうがいいよ」

「ありがとうございます、ハリー・ポッター様《さま》！」

ドビーはうれしそうにキーキー言《い》って、こちらも姿《すがた》を消《け》した。

「上出来《じょうでき》だろ？」

談話室《だんわしつ》がまた元《もと》どおり、しもべ妖精《ようせい》なしの状態《じょうたい》になったとたん、ハリーはロンとハーマイオニーに熱《ねっ》ぽく言《い》った。

「マルフォイがどこに出《で》かけているのか、わかったんだ！　とうとう追《お》い詰《つ》めたぞ！」

「ああ、すごいよ」

宿題《しゅくだい》にしみ込《こ》んだ大量《たいりょう》のインクをぬぐい取《と》りながら、ロンが不機嫌《ふきげん》に言《い》った。ついさっきまでは、ほとんど完成《かんせい》していたレポートだ。ハーマイオニーがロンの宿題《しゅくだい》を引《ひ》き寄《よ》せて、杖《つえ》でインクを吸《す》い込《こ》みはじめた。

「だけど、『いろいろな生徒《せいと》』と一緒《いっしょ》にそこに行《い》くって、どういうことかしら？」

ハーマイオニーが言《い》った。

「何人関《なんにんかか》わっているの？　マルフォイが大勢《おおぜい》の人間《にんげん》を信用《しんよう》して、自分《じぶん》のやっていることを知《し》らせるとは思《おも》えないけど……」

「うん、それは変《へん》だ」ハリーが顔《かお》をしかめた。

「マルフォイが、自分《じぶん》のやっていることはおまえの知《し》ったこっちゃないって、クラッブに言《い》ってるのを聞《き》いた……それなら、マルフォイはほかの見張《みは》りの連中《れんちゅう》に……連中《れんちゅう》に……」

ハリーの声《こえ》がだんだん小《ちい》さくなり、じっと暖炉《だんろ》の火《ひ》を見《み》つめた。

「そうか、なんてバカだったんだろう」ハリーがつぶやいた。

「はっきりしてるじゃないか？　地下牢教室《ちかろうきょうしつ》には、あれの大《おお》きな貯蔵桶《ちょぞうおけ》があった……マルフォイは授業中《じゅぎょうちゅう》にいつでも少《すこ》しくすねることができたはずだ……」

「くすねるって、何《なに》を？」ロンが聞《き》いた。

「『ポリジュース薬《やく》』。スラグホーンが最初《さいしょ》の授業《じゅぎょう》で見《み》せてくれたポリジュース薬《やく》を、少《すこ》し盗《ぬす》んだんだ……マルフォイの見張《みは》りをする生徒《せいと》がそんなにいろいろいるわけがない……いつものように、クラッブとゴイルだけなんだ……うん、これでつじつまが合《あ》う！」

ハリーは勢《いきお》いよく立《た》ち上《あ》がり、暖炉《だんろ》の前《まえ》を往《い》ったり来《き》たりしはじめた。

「あいつらバカだから、マルフォイが何《なに》をしようとしているかを教《おし》えてくれなくとも、やれと言《い》われたことをやる……でもマルフォイは、『必要《ひつよう》の部屋《へや》』の外《そと》を二人《ふたり》がうろついているところを見《み》られたくなかった。だからポリジュース薬《やく》を飲《の》ませて、ほかの人間《にんげん》の姿《すがた》を取《と》らせたんだ……マルフォイがクィディッチに来《こ》なかったとき、マルフォイと一緒《いっしょ》にいた二人《ふたり》の女《おんな》の子《こ》——そうだ！　クラッブとゴイルだ！」

「ということは——」ハーマイオニーがささやき声《ごえ》で言《い》った。

「私《わたし》がはかりを直《なお》してあげた、あの小《ちい》さな女《おんな》の子《こ》——？」

「ああ、もちろんだ！」

ハリーは、ハーマイオニーを見《み》つめて大声《おおごえ》で言《い》った。

「もちろんさ！　マルフォイがあの時《とき》、『部屋《へや》』の中《なか》にいたにちがいない。それで女《おんな》の子《こ》は——何《なに》を寝《ね》ぼけたことを言《い》ってるんだか——男《おとこ》の子《こ》は、はかりを落《お》として、外《そと》に誰《だれ》かいるから出《で》てくるなって、マルフォイに知《し》らせたんだ！　それに、ヒキガエルの卵《たまご》を落《お》としたあの女《おんな》の子《こ》もだ！　マルフォイのすぐそばを、しょっちゅう通《とお》り過《す》ぎていながら、僕《ぼく》たち、気《き》がつかなかったんだ！」

「マルフォイのやつ、クラッブとゴイルを女《おんな》の子《こ》に変身《へんしん》させたのか？」

ロンがゲラゲラ笑《わら》いだした。

「おっどろきー……あいつらがこのごろふてくされているわけだ……あいつら、マルフォイにやーめたって言《い》わないのが不思議《ふしぎ》だよ……」

「そりゃあ、できっこないさ。うん。マルフォイが、あいつらに腕《うで》の『闇《やみ》の印《しるし》』を見《み》せたなら」

ハリーが言《い》った。

「んんんん……『闇《やみ》の印《しるし》』があるかどうかはわからないわ」

ハーマイオニーは、疑《うたが》わしいという言《い》い方《かた》をしながら、ロンの羊皮紙《ようひし》をかわかし終《お》え、それ以《い》上《じょう》被害《ひがい》をこうむらないうちにと丸《まる》めてロンに渡《わた》した。

「そのうちわかるさ」ハリーが、自信《じしん》ありげに言《い》った。

「ええ、そのうちね」ハーマイオニーは立《た》ち上《あ》がって伸《の》びをしながら言《い》った。

「でもね、ハリー、あんまり興奮《こうふん》しないうちに言《い》っておくけど、『必要《ひつよう》の部屋《へや》』の中《なか》に何《なに》があるかをまず知《し》らないと、部屋《へや》には入《はい》れないと思《おも》うわ。それに、忘《わす》れちゃだめよ」

ハーマイオニーはかばんを持《も》ち上《あ》げて肩《かた》にかけながら、真剣《しんけん》なまなざしでハリーを見《み》た。

「あなたは、スラグホーンの記憶《きおく》を取《と》り出《だ》すことに集中《しゅうちゅう》しているはずなんですからね。おやすみなさい」

ハリーは、ちょっと不機嫌《ふきげん》になって、ハーマイオニーを見送《みおく》った。女子寮《じょしりょう》のドアが閉《し》まったとたん、ハリーはロンに振《ふ》り向《む》いた。

「どう思《おも》う？」

「屋敷《やしき》しもべ妖精《ようせい》みたいに『姿《すがた》くらまし』できたらなあ」

ロンは、ドビーが消えたあたりを見《み》つめて言《い》った。

「そしたら『姿《すがた》あらわし』試験《しけん》はいただきなんだけど」


ハリーはその晩《ばん》よく眠《ねむ》れなかった。目《め》がさえたまま何時間《なんじかん》も過《す》ぎたような気《き》がした。マルフォイは、「必要《ひつよう》の部屋《へや》」をどんな用途《ようと》に使《つか》っているのだろう。あしたそこに入《はい》ったら、何《なに》を目《め》にするだろう？　ハーマイオニーが何《なん》と言《い》おうと、マルフォイがDA《ディーエー》の本部《ほんぶ》を見《み》ることができたのなら、ハリーにも部屋《へや》の中《なか》が見《み》られるはずだ。マルフォイの……いったい何《なん》だろう？　会合《かいごう》の場《ば》？　隠《かく》れ家《が》？　納戸《なんど》？　作業場《さぎょうば》？　ハリーは必死《ひっし》で考《かんが》えた。やっと眠《ねむ》り込《こ》んでからも、とぎれとぎれの夢《ゆめ》で眠《ねむ》りがさまたげられた。マルフォイがスラグホーンになり、スラグホーンがスネイプに変《か》わり……。

次《つぎ》の朝《あさ》、朝食《ちょうしょく》の間中《あいだじゅう》、ハリーは大《おお》きな期待《きたい》で胸《むね》を高鳴《たかな》らせていた。「闇《やみ》の魔術《まじゅつ》に対《たい》する防衛《ぼうえい》術《じゅつ》」の授業《じゅぎょう》の前《まえ》に自由時間《じゆうじかん》がある。その時間《じかん》を使《つか》い、何《なん》とか「必要《ひつよう》の部屋《へや》」に入《はい》ろうと決心《けっしん》していた。ハーマイオニーは、ハリーが「部屋《へや》」に侵入《しんにゅう》する計画《けいかく》を小声《こごえ》で言《い》っても、ことさらに無関《むかん》心《しん》の態度《たいど》を示《しめ》した。ハリーを助《たす》けるつもりになれば、ハーマイオニーはとても役《やく》に立《た》つのにと考《かんが》えると、ハリーはいらいらした。

「いいかい」

ハリーは身《み》を乗《の》り出《だ》して、ふくろう便《びん》が配達《はいたつ》したばかりの「日刊予言者新聞《にっかんよげんしゃしんぶん》」を押《お》さえ、ハーマイオニーが広《ひろ》げた新聞《しんぶん》の陰《かげ》に隠《かく》れてしまうのを防《ふせ》ぎながら、小声《こごえ》で言《い》った。

「僕《ぼく》はスラグホーンのことを忘《わす》れちゃいない。だけど、どうやったら記憶《きおく》を引《ひ》き出《だ》せるか、まったく見当《けんとう》がつかないんだ。頭《あたま》に何《なに》かひらめくまで、マルフォイが何《なに》をやってるか探《さが》し出《だ》したっていいだろう？」

「もう言《い》ったはずよ。あなたはスラグホーンを説得《せっとく》する必要《ひつよう》があるの」

ハーマイオニーが言《い》った。

「小細工《こざいく》するとか、呪文《じゅもん》をかけるとかの問題《もんだい》じゃないわ。そんなことだったら、ダンブルドアがあっという間《ま》にできたはずですもの。『必要《ひつよう》の部屋《へや》』の前《まえ》でちょっかいを出《だ》しているひまがあったら——」

ハーマイオニーは、ハリーの手《て》から「日刊予言者《にっかんよげんしゃ》」をぐいと引《ひ》っ張《ぱ》り、広《ひろ》げて一面《めん》に目《め》をやりながら言《い》った。

「スラグホーンを探《さが》し出《だ》して、あの人《ひと》の善良《ぜんりょう》なところに訴《うった》えてみることね」

「誰《だれ》か知《し》ってる人《ひと》は――？」

ハーマイオニーが見出《みだ》しを読《よ》み出《だ》したので、ロンが聞《き》いた。

「いるわ！」

ハーマイオニーの声《こえ》に、朝食《ちょうしょく》を食《た》べていたハリーもロンもむせ込《こ》んだ。

「でも大丈夫《だいじょうぶ》。死《し》んじゃいないわ――マンダンガス。捕《つか》まってアズカバンに送《おく》られたわ。『亡者《もうじゃ》』のふりをして押《お》し込《こ》み強盗《ごうとう》しようとしたことに関係《かんけい》しているらしいわね……オクタビウス・ペッパーとかいう人《ひと》が姿《すがた》を消《け》したし……まあ、なんてひどい話《はなし》。九歳《さい》の男《おとこ》の子《こ》が、祖父母《そふぼ》を殺《ころ》そうとして捕《つか》まったわ。『服従《ふくじゅう》の呪文《じゅもん》』をかけられていたんじゃないかって……」

三人《にん》はだまり込《こ》んで朝食《ちょうしょく》を終《お》えた。ハーマイオニーはすぐに「古代《こだい》ルーン文字《もじ》」の授業《じゅぎょう》に向《む》かい、ロンは、スネイプの「吸魂鬼《きゅうこんき》」のレポートの結論《けつろん》を仕上《しあ》げに、談話室《だんわしつ》に戻《もど》った。ハリーは八階《かい》の廊下《ろうか》に向《む》かい、「バカのバーナバス」がトロールにバレエを教《おし》えているタペストリーの反対《はんたい》側《がわ》にある、長《なが》い石壁《いしかべ》を目指《めざ》した。

人影《ひとかげ》のない通路《つうろ》に出《で》るとすぐ、ハリーは「透明《とうめい》マント」をかぶったが、何《なに》も気《き》にする必要《ひつよう》はなかった。目的地《もくてきち》に着《つ》いたときにも、誰《だれ》もいなかった。「部屋《へや》」に入《はい》るのには、マルフォイが中《なか》にいるときがいいのか、いないときのほうがいいのか、ハリーには判断《はんだん》がつかなかった。いずれにせよ初回《しょかい》の試《こころ》みには、十一歳《さい》の女《おんな》の子《こ》に化《ば》けたクラッブやゴイルがいないほうが、事《こと》は簡単《かんたん》に運《はこ》ぶだろう。

ハリーは目《め》を閉《と》じて、「必要《ひつよう》の部屋《へや》」の扉《とびら》が隠《かく》されている壁《かべ》に近《ちか》づいた。先学年《せんがくねん》に習熟《しゅうじゅく》していたので、やり方《かた》はわかっていた。全神経《ぜんしんけい》を集中《しゅうちゅう》して、ハリーは考《かんが》えた。

「僕《ぼく》はマルフォイがここで何《なに》をしているか見《み》る必要《ひつよう》がある……僕《ぼく》はマルフォイがここで何《なに》をしているか見《み》る必要《ひつよう》がある……僕《ぼく》はマルフォイがここで何《なに》をしているか見《み》る必要《ひつよう》がある……」

ハリーは扉《とびら》の前《まえ》を、三度通《どとお》り過《す》ぎた。そして、興奮《こうふん》に胸《むね》を高鳴《たかな》らせながら壁《かべ》に向《む》かって立《た》ち、目《め》を開《あ》けた——見《み》えたのは、相変《あいか》わらず何《なん》の変哲《へんてつ》もない、長《なが》い石壁《いしかべ》だった。

ハリーは壁《かべ》に近《ちか》づき、ためしに押《お》してみた。石壁《いしかべ》は固《かた》く頑固《がんこ》に突《つ》っ張《ぱ》ったままだった。

「オッケー」ハリーは声《こえ》に出《だ》して言《い》った。

「オッケー……念《ねん》じたことがちがってたんだ……」

ハリーはしばらく考《かんが》えてから、また開始《かいし》した。目《め》をつむり、できるだけ神経《しんけい》を集中《しゅうちゅう》した。

「僕《ぼく》はマルフォイが何度《なんど》もこっそりやってくる場所《ばしょ》を見《み》る必要《ひつよう》がある……僕《ぼく》はマルフォイが何度《なんど》もこっそりやってくる場所《ばしょ》を見《み》る必要《ひつよう》がある……」

三回通《かいとお》り過《す》ぎて、今度《こんど》こそと目《め》を開《あ》けた。

扉《とびら》はなかった。

「おい、いいかげんにしろ」ハリーは壁《かべ》に向《む》かっていらいらと言《い》った。

「はっきり指示《しじ》したのに……ようし……」ハリーは数分間必死《すうふんかんひっし》に考《かんが》えてから、また歩《ある》きだした。

「君《きみ》がドラコ・マルフォイのためになる場所《ばしょ》になってほしい……」

往復《おうふく》をやり終《お》えても、ハリーはすぐには目《め》を開《ひら》かなかった。扉《とびら》がポンと現《あらわ》れる音《おと》が聞《き》こえはしないかと、ハリーは耳《みみ》をすました。しかし、何《なに》も聞《き》こえない。どこか遠《とお》くのほうで、鳥《とり》の鳴《な》き声《ごえ》が聞《き》こえるばかりだった。ハリーは目《め》を開《あ》けた。

またしても扉《とびら》はなかった。

ハリーは、悪態《あくたい》をついた。すると誰《だれ》かが悲鳴《ひめい》を上《あ》げた。振《ふ》り返《かえ》ると、一年生《ねんせい》の群《む》れが、大騒《おおさわ》ぎで角《かど》を曲《ま》がって逃《に》げていくところだった。ひどく口汚《くちぎたな》いゴーストに出《で》くわしてしまったと思《おも》い込《こ》んだらしい。

ハリーは一時間《じかん》のうちに考《かんが》えられるかぎり、「僕《ぼく》はドラコ・マルフォイが部屋《へや》の中《なか》でやっていることを見《み》る必要《ひつよう》がある」の言《い》い方《かた》を変《か》えてやってみたが、最後《さいご》には、ハーマイオニーの言《い》うことが正《ただ》しいかもしれないと、しぶしぶ認《みと》めざるをえなくなった。「部屋《へや》」は頑《がん》としてハリーのために開《ひら》いてはくれなかった。ハリーは「透明《とうめい》マント」を脱《ぬ》いでかばんにしまい、挫折感《ざせつかん》でいらいらしながら、「闇《やみ》の魔術《まじゅつ》に対《たい》する防衛術《ぼうえいじゅつ》」の授業《じゅぎょう》に向《む》かった。

「また遅刻《ちこく》だぞ、ポッター」

ハリーが、ろうそくの灯《あか》りに照《て》らされた教室《きょうしつ》に、急《いそ》いで入《はい》っていくと、スネイプが冷《つめ》たく言《い》った。

「グリフィンドール、十点減点《てんげんてん》」

ハリーはロンの隣《となり》の席《せき》にドサリと座《すわ》りながら、スネイプをにらみつけた。クラスの半分《はんぶん》はまだ立《た》ったままで、学用品《がくようひん》をそろえていた。ハリーがみんなより特《とく》に遅《おく》れたとは言《い》えないはずだ。

「授業《じゅぎょう》を始《はじ》める前《まえ》に、『吸魂鬼《きゅうこんき》』のレポートを出《だ》したまえ」

スネイプがぞんざいに杖《つえ》を振《ふ》ると、二十五本《ほん》の羊皮紙《ようひし》の巻《ま》き紙《がみ》が宙《ちゅう》に舞《ま》い上《あ》がり、スネイプの机《つくえ》の上《うえ》に整然《せいぜん》と積《つ》み上《あ》がった。

「『服従《ふくじゅう》の呪文《じゅもん》』への抵抗《ていこう》に関《かん》するレポートのくだらなさに、我輩《わがはい》はたえ忍《しの》ばねばならなかったが、今回《こんかい》のレポートはそれよりはましなものであることを、諸君《しょくん》のために望《のぞ》みたいものだ。さて、教科書《きょうかしょ》を開《ひら》いて、ページは――ミスター・フィネガン、何《なん》だ？」

「先生《せんせい》」シェーマスが言《い》った。「質問《しつもん》があるのですが、『亡者《もうじゃ》』と『ゴースト』はどうやって見分《みわ》けられますか？　実《じつ》は『日刊予言者《にっかんよげんしゃ》』に、『亡者《もうじゃ》』のことが出《で》ていたものですから――」

「出《で》ていない」スネイプがうんざりした声《こえ》で言《い》った。

「でも、先生《せんせい》、僕《ぼく》、聞《き》きました。みんなが話《はな》しているのを――」

「ミスター・フィネガン、問題《もんだい》の記事《きじ》を自分《じぶん》で読《よ》めば、『亡者《もうじゃ》』と呼《よ》ばれたものが、実《じつ》はマンダンガス・フレッチャーという名《な》の、小汚《こぎたな》いコソ泥《どろ》にすぎなかったことがわかるはずだ」

「スネイプとマンダンガスは味方同士《みかたどうし》じゃなかったのか？」

ハリーは、ロンとハーマイオニーに小声《こごえ》で言《い》った。

「マンダンガスが逮捕《たいほ》されても平気《へいき》なのか――？」

「しかし、ポッターはこの件《けん》について、ひとくさり言《い》うことがありそうだ」

スネイプは突然《とつぜん》教室《きょうしつ》の後《うし》ろを指差《ゆびさ》し、暗《くら》い目《め》でハタとハリーを見すえた。

「ポッターに聞《き》いてみることにしよう。『亡者《もうじゃ》』と『ゴースト』をどのようにして見分《みわ》けるか」

クラス中《じゅう》がハリーを振《ふ》り返《かえ》った。ハリーは、スラグホーンを訪《おとず》れた夜《よる》にダンブルドアが教《おし》えてくれたことを、あわてて思《おも》い出《だ》そうとした。

「えーと――あの――ゴーストは透明《とうめい》で――」ハリーが言《い》った。

「ほう、大変《たいへん》よろしい」

答《こた》えをさえぎったスネイプの口元《くちもと》が皮肉《ひにく》にゆがんだ。

「なるほど、ポッター、ほぼ六年《ねん》におよぶ魔法教育《まほうきょういく》はむだではなかったということがよくわかる。**ゴーストは透明《とうめい》で**」

パンジー・パーキンソンが、かん高《だか》いクスクス笑《わら》いをもらした。ほかにも何人《なんにん》かがニヤニヤ笑《わら》っていた。ハリーは腸《はらわた》が煮《に》えくり返《かえ》っていたが、深《ふか》く息《いき》を吸《す》って、静《しず》かに続《つづ》けた。

「ええ、ゴーストは透明《とうめい》です。でも『亡者《もうじゃ》』は死体《したい》です。そうでしょう？　ですから、固《かた》い実体《じったい》があり――」

「五歳《さい》の子供《こども》でもその程度《ていど》は教《おし》えてくれるだろう」スネイプが鼻先《はなさき》で笑《わら》った。

「『亡者《もうじゃ》』は、闇《やみ》の魔法使《まほうつか》いの呪文《じゅもん》により動《うご》きを取《と》り戻《もど》した屍《しかばね》だ。生《い》きてはいない。その魔法使《まほうつか》いの命《めい》ずる仕事《しごと》をするため、傀儡《かいらい》のごとくに使《つか》われるだけだ。ゴーストは、そろそろ諸君《しょくん》も気《き》づいたと思《おも》うが、この世《よ》を離《はな》れた魂《たましい》が地上《ちじょう》に残《のこ》した痕跡《こんせき》だ……それに、もちろん、ポッターが賢《さか》しくも教《おし》えてくれたように、**透明《とうめい》だ**」

「でも、ハリーが言《い》ったことは、どっちなのかを見分《みわ》けるのには、一番役《いちばんやく》に立《た》つ！」

ロンが言《い》った。

「暗《くら》い路地《ろじ》でそいつらと出《で》くわしたら、固《かた》いかどうかちょっと見《み》てみるんじゃないかなあ？　質問《しつもん》なんかしないと思《おも》うけど。『すみませんが、あなたは魂《たましい》の痕跡《こんせき》ですか？』なんてさ」

笑《わら》いがさざ波《なみ》のように広《ひろ》がったが、スネイプが生徒《せいと》をひとにらみするとたちまち消《き》えた。

「グリフィンドール、もう十点減点《てんげんてん》。ロナルド・ウィーズリー、我輩《わがはい》は君《きみ》に、それ以上高度《いじょうこうど》なものは何《なに》も期待《きたい》しておらぬ。その固《かた》さたるや、教室内《きょうしつない》で一寸《いっすん》たりとも『姿《すがた》あらわし』できまいな」

「だめ！」憤慨《ふんがい》して口《くち》を開《ひら》きかけたハリーの腕《うで》をつかみ、ハーマイオニーが小声《こごえ》で言《い》った。

「何《なん》にもならないわ。また罰則《ばっそく》を受《う》けるだけよ。ほっときなさい！」

「さて、教科書《きょうかしょ》の二一三ページを開《ひら》くのだ」

スネイプが、得意《とくい》げな薄《うす》ら笑《わら》いを浮《う》かべながら言《い》った。

「『磔《はりつけ》の呪文《じゅもん》』の最初《さいしょ》の二つの段落《だんらく》を読《よ》みたまえ……」

ロンは、そのあとずっと沈《しず》んでいた。終業《しゅうぎょう》ベルが鳴《な》ると、ラベンダーがロンとハリーを追《お》いかけてきて（ラベンダーが近《ちか》づくと、ハーマイオニーの姿《すがた》が不思議《ふしぎ》にも溶《と》けるように見《み》えなくなった）、スネイプがロンの「姿《すがた》あらわし」を嘲《あざけ》ったことを、カンカンになってののしった。しかし、ロンはかえっていらだった様子《ようす》で、ハリーと二人《ふたり》でわざと男子《だんし》トイレに立《た》ち寄《よ》って、ラベンダーを振《ふ》り切《き》ってしまった。

「だけど、スネイプの言《い》うとおりだ。そうだろう？」

ひびの入《はい》った鏡《かがみ》を一、二分見《ふんみ》つめたあと、ロンが言《い》った。

「僕《ぼく》なんて、試験《しけん》を受《う》ける価値《かち》があるかどうかわかんないよ。『姿《すがた》あらわし』のコツがどうしてもつかめないいんだ」

「取《と》りあえず、ホグズミードでの追加訓練《ついかくんれん》を受《う》けて、どこまでやれるようになるか見《み》てみたらどうだ」ハリーが理性的《りせいてき》に言《い》った。

「バカバカしい輪《わ》っかに入《はい》る練習《れんしゅう》よりおもしろいことはたしかだ。それで、もしもまだ――つまり――自分《じぶん》の思《おも》うようにはできなかったら、試験《しけん》を延《の》ばせばいい。僕《ぼく》と一緒《いっしょ》に、夏《なつ》に――マートル、ここは男子《だんし》トイレだぞ！」

女《おんな》の子《こ》のゴーストが、二人《ふたり》の背後《はいご》の小部屋《こべや》の便器《べんき》から出《で》てきて宙《ちゅう》に浮《う》き、白《しろ》く曇《くも》った分厚《ぶあつ》い丸《まる》いめがねの奥《おく》から、じっと二人《ふたり》を見《み》つめていた。

「あら」マートルが不機嫌《ふきげん》に言《い》った。「あんたたちだったの」

「誰《だれ》を待《ま》ってたんだ？」ロンが、鏡《かがみ》に映《うつ》るマートルを見《み》ながら言《い》った。

「別《べつ》に」マートルは、物憂《ものう》げにあごのにきびをつぶした。

「あの人《ひと》、またわたしに会《あ》いにここに来《く》るって言《い》ったの。でも、あなただって、またわたしに会《あ》いに立《た》ち寄《よ》るって言《い》ったけどね……」

マートルはハリーを非難《ひなん》がましい目《め》で見《み》た。

「……それなのに、あなたは何《なん》か月《げつ》も何《なん》か月《げつ》も姿《すがた》を見《み》せなかったわ。男《おとこ》の子《こ》にはあまり期待《きたい》しちゃだめだって、わたし、わかったの」

「君《きみ》は女子《じょし》トイレに住《す》んでいるものと思《おも》ってたけど？」

ハリーはここ数年《すうねん》、その場所《ばしょ》を慎重《しんちょう》に遠《とお》ざけていた。

「そうよ」

マートルは、すねたように小《ちい》さく肩《かた》をすくめた。

「だけど、ほかの場所《ばしょ》を訪問《ほうもん》できないってことじゃないわ。あなたに会《あ》いに、一度《いちど》お風呂場《ふろば》に行《い》ったこと、覚《おぼ》えてる？」

「はっきりとね」ハリーが言《い》った。

「だけど、あの人《ひと》はわたしのことが好《す》きだと思《おも》ったんだけど……」

マートルが悲《かな》しげに言《い》った。

「二人《ふたり》がいなくなったら、もしかしてあの人《ひと》が戻《もど》ってくるかもしれない……わたしたちって、共通点《きょうつうてん》がたくさんあるもの……あの人《ひと》はきっとそれを感《かん》じたと思《おも》うわ……」

マートルは、もしかしたら、という目《め》つきで入口《いりぐち》を見《み》た。

「共通点《きょうつうてん》が多《おお》いっていうことは――」

ロンが、おもしろくなってきたという口《くち》ぶりで言《い》った。

「そいつもS字《エスじ》パイプに住《す》んでるのかい？」

「ちがうわ」

マートルの挑戦的《ちょうせんてき》な声《こえ》が、トイレの古《ふる》いタイルに反響《はんきょう》した。

「つまり、その人《ひと》は繊細《せんさい》なの。みんながあの人《ひと》のこともいじめる。孤独《こどく》で、誰《だれ》も話《はな》す相手《あいて》がいないのよ。それに自分《じぶん》の感情《かんじょう》を表《あらわ》すことを恐《おそ》れないで、泣《な》くの！」

「ここで泣《な》いてる男《おとこ》がいるのか？」ハリーが興味津々《きょうみしんしん》で聞《き》いた。

「まだ小《ちい》さい男《おとこ》の子《こ》かい？」

「気《き》にしないで！」

マートルは、今《いま》やニタニタ笑《わら》っているロンを、小《ちい》さなぬれた目《め》で見《み》すえながら言《い》った。

「誰《だれ》にも言《い》わないって、わたし、約束《やくそく》したんだから。あの人《ひと》の秘密《ひみつ》は言《い》わない。死《し》んでも――」

「――墓場《はかば》まで持《も》っていく、じゃないよな？」ロンがフンと鼻《はな》を鳴《な》らした。

「下水《げすい》まで持《も》っていく、かもな……」

怒《おこ》ったマートルは、ほえるように叫《さけ》んで便器《べんき》に飛《と》び込《こ》み、あふれた水《みず》が床《ゆか》をぬらした。マートルをからかうことで、ロンは気《き》を取《と》りなおしたようだった。

「君《きみ》の言《い》うとおりだ」

ロンは、かばんを肩《かた》に放《ほう》り上《あ》げながら言《い》った。

「ホグズミードで追加練習《ついかれんしゅう》をしてから、試験《しけん》を受《う》けるかどうか決《き》めるよ」


試験《しけん》まであと二週間《しゅうかん》と迫《せま》った次《つぎ》の週末《しゅうまつ》、ロンは、ハーマイオニーや試験《しけん》までに十七歳《さい》になるほかの六年生《ねんせい》たちと一緒《いっしょ》に出《で》かけることになった。村《むら》に行《い》く準備《じゅんび》をしているみんなを、ハリーはねたましい思《おも》いで眺《なが》めていた。村《むら》までの遠足《えんそく》ができなくなったことを、ハリーはさびしく思《おも》っていたし、その日《ひ》は特《とく》によく晴《は》れた春《はる》の日《ひ》で、しかもこんな快晴《かいせい》はここしばらくなかったからだ。しかし、ハリーはこの時間《じかん》を使《つか》って、「必要《ひつよう》の部屋《へや》」への突撃《とつげき》に再挑戦《さいちょうせん》しようと決《き》めていた。

「それよりもね」

玄関《げんかん》ホールでハリーがロンとハーマイオニーにその計画《けいかく》を打《う》ち明《あ》けると、ハーマイオニーが言《い》った。

「まっすぐスラグホーンの部屋《へや》に行《い》って、記憶《きおく》を引《ひ》き出《だ》す努力《どりょく》をするほうがいいわ」

「努力《どりょく》してるよ！」

ハリーは不機嫌《ふきげん》になった。まちがいなく努力《どりょく》はしていた。ここ一週間《しゅうかん》、「魔法薬《まほうやく》」の授業《じゅぎょう》のたびに、ハリーはあとに残《のこ》ってスラグホーンを追《お》い詰《つ》めようとした。しかし「魔法薬《まほうやく》」の先生《せんせい》は、いつもすばやく地下牢《ちかろう》教室《きょうしつ》からいなくなり、捕《つか》まえることができなかった。ハリーは、二度《ど》も先生《せんせい》の部屋《へや》に行《い》ってドアをたたいたが、返事《へんじ》はなかった。しかし、二度目《どめ》のときは、たしかに、古《ふる》い蓄音機《ちくおんき》の音《おと》をあわてて消《け》す気配《けはい》がした。

「ハーマイオニー、あの人《ひと》は、僕《ぼく》と話《はな》したがらないんだよ！　スラグホーンが一人《ひとり》のときを僕《ぼく》がねらっていると知《し》ってて、そうさせまいとしてるんだ！」

「まあね、でも、がんばり続《つづ》けるしかないでしょう？」

管理人《かんりにん》のフィルチの前《まえ》には短《みじか》い列《れつ》ができていて、フィルチはいつもの「詮索《せんさく》センサー」でつついていた。列《れつ》が二、三歩前《ぼまえ》に進《すす》んだので、ハリーは管理人《かんりにん》に聞《き》かれてはまずいと思《おも》い、答《こた》えなかった。ロンとハーマイオニーを、がんばれと見送《みおく》ったあと、ハーマイオニーが何《なん》と言《い》おうと、一、二時間《じかん》は「必要《ひつよう》の部屋《へや》」に専念《せんねん》しようと決意《けつい》して、ハリーは大理石《だいりせき》の階段《かいだん》を戻《もど》った。

玄関《げんかん》ホールから見《み》えない場所《ばしょ》まで来《く》ると、ハリーは「忍《しの》びの地図《ちず》」と「透明《とうめい》マント」をかばんから取《と》り出《だ》した。身《み》を隠《かく》してから、ハリーは地図《ちず》をたたいて「我《われ》、ここに誓《ちか》う。我《われ》、よからぬことをたくらむ者《もの》なり」と唱《とな》え、地図《ちず》を細《こま》かく見回《みまわ》した。

日曜《にちよう》の朝《あさ》だったので、ほとんどの生徒《せいと》は各寮《かくりょう》の談話室《だんわしつ》にいた。グリフィンドール生《せい》とレイブンクロー生《せい》はそれぞれの塔《とう》に、スリザリン生《せい》は地下牢《ちかろう》で、ハッフルパフ生《せい》は厨房近《ちゅうぼうちか》くの地下《ちか》の部屋《へや》だった。図書室《としょしつ》や廊下《ろうか》を一人《ひとり》でぶらぶら歩《ある》いている生徒《せいと》が、あちらこちらに見《み》えた……何人《なんにん》かは校庭《こうてい》だ……そして、見《み》よ、八階《かい》の廊下《ろうか》に、グレゴリー・ゴイルがたった一人《ひとり》でいる。「必要《ひつよう》の部屋《へや》」の印《しるし》は何《なに》もないが、ハリーは気《き》にならなかった。ゴイルが外《そと》で看視《かんし》に立《た》っているなら、地図《ちず》が認識《にんしき》しようとしまいと、「部屋《へや》」は開《ひら》いている。

ハリーは階段《かいだん》を全速力《ぜんそくりょく》でかけ上《あ》がり、八階《かい》の廊下《ろうか》に出《で》る曲《ま》がり角近《かどちか》くでやっと速度《そくど》を落《お》とした。そこからはゆっくりと忍《しの》び足《あし》で、小《ちい》さな女《おんな》の子《こ》に近《ちか》づいた。二週間前《しゅうかんまえ》、ハーマイオニーが親切《しんせつ》に助《たす》けてやった、重《おも》そうな真鍮《しんちゅう》のはかりをしっかり抱《かか》えたあの女《おんな》の子《こ》だ。ハリーは女《おんな》の子《こ》の真後《まうし》ろに近《ちか》づいてから、低《ひく》く身《み》をかがめてささやき声《ごえ》で言《い》った。

「やあ……君《きみ》、とってもかわいいじゃないか？」

度肝《どぎも》を抜《ぬ》かれたゴイルは、かん高《だか》い叫《さけ》び声《ごえ》を上《あ》げ、はかりを放《ほう》り投《な》げてかけ出《だ》した。はかりが落《お》ちて廊下《ろうか》に反響《はんきょう》する音《おと》が消《き》えたときには、ゴイルの姿《すがた》はとっくに見《み》えなくなっていた。ハリーは笑《わら》いながら、のっぺりした石壁《いしかべ》を凝視《ぎょうし》した。その陰《かげ》に今《いま》、ドラコ・マルフォイが、都合《つごう》の悪《わる》い誰《だれ》かが外《そと》にいることを知《し》って、姿《すがた》を現《あらわ》すこともできず、凍《こお》りついたように立《た》っているにちがいない。まだ試《ため》していない言葉《ことば》の組《く》み合《あ》わせを考《かんが》えながら、ハリーは主導権《しゅどうけん》を握《にぎ》った心地《ここち》よさを味《あじ》わっていた。

しかし、この高揚《こうよう》した状態《じょうたい》は、長《なが》くは続《つづ》かなかった。マルフォイが何《なに》をしているかを見《み》るという必要《ひつよう》を、あらゆる言《い》い方《かた》で試《ため》してみたにもかかわらず、三十分《ぷん》たっても壁《かべ》は頑《がん》としてドアを現《あらわ》してくれなかった。ハリーはどうしようもないほどいらだった。マルフォイは、すぐそこにいるかもしれないのだ。それなのに、そこでマルフォイが何《なに》をしているのか、いまだに爪《つめ》の先《さき》ほどの証拠《しょうこ》もない。堪忍袋《かんにんぶくろ》の緒《お》がぷっつり切《き》れ、ハリーは壁《かべ》に突進《とっしん》してけりつけた。

「アイタッ！」

足《あし》の親指《おやゆび》が折《お》れたかと思《おも》った。ハリーは足《あし》をつかんで片足《かたあし》でピョンピョン跳《は》ね、透明《とうめい》マントがすべり落《お》ちた。

「ハリー？」

ハリーは片足《かたあし》のまま振《ふ》り返《かえ》り、ひっくり返《かえ》った。そこには、何《なん》と驚《おどろ》いたことに、トンクスがいた。この廊下《ろうか》をしょっちゅうぶらついているかのように、ハリーに近《ちか》づいてくる。

「こんな所《ところ》で、何《なに》してるの？」

ハリーはあわてて立《た》ち上《あ》がりながら聞《き》いた。トンクスはどうして、自分《じぶん》が床《ゆか》に転《ころ》がっているときばかり現《あらわ》れるんだろう？

「ダンブルドアに会《あ》いにきたの」トンクスが言《い》った。

ハリーは、トンクスがひどい様子《ようす》をしていると思《おも》った。前《まえ》よりやつれて、くすんだ茶色《ちゃいろ》の髪《かみ》はだらりと伸《の》びきっていた。

「校長室《こうちょうしつ》はここじゃないよ」ハリーが言《い》った。

「城《しろ》の反対側《はんたいがわ》で、怪獣像《ガーゴイル》の裏《うら》の――」

「知《し》ってる」トンクスが言《い》った。「そこにはいない。どうやらまた出《で》かけている」

「また？」ハリーは痛《いた》めた足《あし》をそっと床《ゆか》に下《お》ろした。

「ねえ――トンクスは、ダンブルドアがどこに出《で》かけるのか、知《し》らないだろうね？」

「知《し》らない」トンクスが言《い》った。

「何《なん》の用《よう》でダンブルドアに会《あ》いにきたの？」

「別《べつ》に特別《とくべつ》なことじゃないんだけど」

トンクスは、どうやら無意識《むいしき》にローブのそでを何度《なんど》もつまみながら、言《い》った。

「ただ、何《なに》が起《お》こっているか、ダンブルドアなら知《し》っているんじゃないかと思《おも》って……うわさを聞《き》いたんだ……人《ひと》が傷《きず》ついている……」

「うん、知《し》ってる。新聞《しんぶん》にいろいろ出《で》ているし」ハリーが言《い》った。

「小《ちい》さい子《こ》が人《ひと》を殺《ころ》そうとしたとか――」

「『日刊予言者《にっかんよげんしゃ》』は、ニュースが遅《おそ》いことが多《おお》いんだ」

トンクスが言《い》った。ハリーの言《い》うことは聞《き》いていないように見《み》えた。

「騎士団《きしだん》の誰《だれ》かから、最近手紙《さいきんてがみ》が来《き》てないでしょうね？」

「騎士団《きしだん》にはもう、手紙《てがみ》をくれる人《ひと》は誰《だれ》もいない」ハリーが言《い》った。「シリウスはもう――」

ハリーは、トンクスの目《め》が涙《なみだ》でいっぱいなのを見《み》た。

「ごめん」ハリーは当惑《とうわく》してつぶやいた。

「あの……僕《ぼく》もあの人《ひと》がいなくてさびしいんだ……」

「えっ？」

トンクスは、ハリーの言《い》ったことが聞《き》こえなかったかのように、キョトンとした。

「じゃあ……またね、ハリー……」

トンクスは唐突《とうとつ》にきびすを返《かえ》し、廊下《ろうか》を戻《もど》っていった。残《のこ》されたハリーは目《め》を丸《まる》くして見送《みおく》った。一、二分《ふん》がたち、ハリーは透明《とうめい》マントをかぶりなおして、再《ふたた》び「必要《ひつよう》の部屋《へや》」に入《はい》ろうと取《と》り組《く》みはじめたが、もう気《き》が抜《ぬ》けてしまっていた。胃袋《いぶくろ》もからっぽだったし、考《かんが》えてみれば、ロンとハーマイオニーがまもなく昼食《ちゅうしょく》に戻《もど》ってくる。ハリーはついにあきらめ、廊下《ろうか》をマルフォイに明《あ》け渡《わた》した。おそらくマルフォイは、不安《ふあん》であと数時間《すうじかん》はここから出《で》られないだろう。いい気《き》味《み》だ。

ロンとハーマイオニーは大広間《おおひろま》にいた。早《はや》い昼食《ちゅうしょく》を、もう半分《はんぶん》すませていた。

「できたよ――まあ、ちょっとね！」

ロンはハリーの姿《すがた》を見《み》つけると、興奮《こうふん》して言《い》った。

「マダム・パディフットの喫茶店《きっさてん》の外《そと》に『姿《すがた》あらわし』するはずだったんだけど、ちょっと行《い》き過《す》ぎて、スクリベンシャフト羽根《はね》ペン専門店《せんもんてん》の近《ちか》くに出《で》ちゃってさ。でも、とにかく動《うご》いた！」

「やったね」ハリーが言《い》った。「君《きみ》はどうだった？　ハーマイオニー？」

「ああ、完璧《かんぺき》さ。当然《とうぜん》」ハーマイオニーより先《さき》に、ロンが言《い》った。「完璧《かんぺき》な３Ｄ《ディー》だ。『どういう意図《いと》で』、『どっちらけ』、『どん底《ぞこ》』、だったかな、まあどうでもいいや――そのあと、みんなで『三本《さんぼん》の箒《ほうき》』にちょっと飲《の》みにいったんだけど、トワイクロスが、ハーマイオニーをほめるのほめないのって――そのうちきっと結婚《けっこん》の申《もう》し込《こ》みを――」

「それで、あなたはどうだったの？」

ハーマイオニーはロンを無視《むし》して聞《き》いた。

「ずっと『必要《ひつよう》の部屋《へや》』に関《かか》わりきりだったの？」

「そっ」ハリーが言《い》った。「それで、誰《だれ》に出会《であ》ったと思《おも》う？　トンクスさ！」

「トンクス？」ロンとハーマイオニーがびっくりして同時《どうじ》に聞《き》き返《かえ》した。

「ああ。ダンブルドアに会《あ》いにきたって言《い》ってた……」

「僕《ぼく》が思《おも》うには――」

ハリーが、トンクスとの会話《かいわ》のことを話《はな》し終《お》わると、ロンが言《い》った。

「トンクスはちょっと変《へん》だよ。魔法省《まほうしょう》での出来事《できごと》のあと、意気地《いくじ》がない」

「ちょっとおかしいわね」

ハーマイオニーは、何《なに》か思《おも》うところがあるのか、とても心配《しんぱい》そうだった。

「トンクスは学校《がっこう》を護《まも》っているはずなのに、どうして急《きゅう》に任務《にんむ》を放棄《ほうき》して、ダンブルドアに会《あ》いにきたのかしら？　しかも留守《るす》なのに」

「こういうことじゃないかな」

ハリーは遠慮《えんりょ》がちに言《い》った。こんなことを自分《じぶん》が言《い》うのはそぐわないような気《き》がした。むしろハーマイオニーの領域《りょういき》だ。

「トンクスは、もしかしたら……ほら……シリウスを愛《あい》してた？」

ハーマイオニーは、目《め》を見張《みは》った。

「いったいどうしてそう思《おも》うの？」

「さあね」ハリーは肩《かた》をすくめた。

「だけど、僕《ぼく》がシリウスの名前《なまえ》を言《い》ったら、ほとんど泣《な》きそうだった……それに、トンクスの今《いま》の守護霊《しゅごれい》は、大《おお》きな動物《どうぶつ》なんだ……もしかしたら、守護霊《しゅごれい》が変《か》わったんじゃないかな……ほら……シリウスに」

「一理《いちり》あるわ」ハーマイオニーが考《かんが》えながら言《い》った。

「でも、突然《とつぜん》、城《しろ》に飛《と》び込《こ》んできた理由《りゆう》がまだわからないわ。もしほんとうにダンブルドアに会《あ》いにきたのだとしたら……」

「結局《けっきょく》、僕《ぼく》の言《い》ったことに戻《もど》るわけだろ？」

ロンが、今度《こんど》はマッシュポテトをかっ込《こ》みながら言《い》った。

「トンクスはちょっとおかしくなった。意気地《いくじ》がない。女《おんな》ってやつは――」

ロンは賢《さか》しげにハリーに向《む》かって言《い》った。

「あいつらは簡単《かんたん》に動揺《どうよう》する」

「だけど――」

ハーマイオニーが、突然現実《とつぜんげんじつ》に戻《もど》ったように言《い》った。

「女《おんな》なら、誰《だれ》かさんの鬼婆《おにばば》とか癒師《いし》の冗談《じょうだん》や、ミンビュラス・ミンブルトニアの冗談《じょうだん》で、マダム・ロスメルタが笑《わら》ってくれなかったからといって、三十分《ぷん》もすねたりしないでしょうね」

ロンが顔《かお》をしかめた。

第《だい》22章《しょう》　埋葬《まいそう》のあと

城《しろ》の尖塔《せんとう》の上《うえ》に、青空《あおぞら》が切《き》れ切《ぎ》れにのぞきはじめた。しかし、こうした夏《なつ》の訪《おとず》れのしるしも、ハリーの心《こころ》を高揚《こうよう》させてはくれなかった。マルフォイのくわだてを見《み》つけ出《だ》す試《こころ》みも、スラグホーンと会話《かいわ》する努力《どりょく》も挫折《ざせつ》し、何十年《なんねん》も押《お》し込《こ》められていたであろう記憶《きおく》をスラグホーンから引《ひ》き出《だ》す糸口《いとぐち》は、見《み》つかっていなかった。

「もう、これっきり言《い》わないけど、マルフォイのことは忘《わす》れなさい」

ハーマイオニーがきっぱりと言《い》った。

昼食《ちゅうしょく》のあと、三人《にん》は中庭《なかにわ》の陽《ひ》だまりに座《すわ》っていた。ハーマイオニーもロンも、魔法省《まほうしょう》のパンフレット、『「姿《すがた》あらわし」のよくあるまちがいと対処法《たいしょほう》』を握《にぎ》りしめていた。二人《ふたり》とも、その日《ひ》の午後《ごご》に試験《しけん》を受《う》けることになっていたからだ。しかし、パンフレットなどというものは、概《がい》して神経《しんけい》をなだめてくれるものではない。女《おんな》の子《こ》が一人《ひとり》、曲《ま》がり角《かど》から現《あらわ》れたのを見《み》て、ロンはぎくりとしてハーマイオニーの陰《かげ》に隠《かく》れた。

「ラベンダーじゃないわよ」ハーマイオニーがうんざりしたように言《い》った。

「あ、よかった」ロンがホッとしたように言《い》った。

「ハリー・ポッター？」女《おんな》の子《こ》が聞《き》いた。「これを渡《わた》すように言《い》われたの」

「ありがとう……」

小《ちい》さな羊皮紙《ようひし》の巻《ま》き紙《がみ》を受《う》け取《と》りながら、ハリーは気持《きも》ちが落《お》ち込《こ》んだ。女《おんな》の子《こ》が声《こえ》の届《とど》かない所《ところ》まで行《い》くのを待《ま》って、ハリーが言《い》った。

「僕《ぼく》が記憶《きおく》を手《て》に入《い》れるまではもう授業《じゅぎょう》をしないって、ダンブルドアはそう言《い》ったんだ！」

「あなたがどうしているか、様子《ようす》を見《み》たいんじゃないかしら？」

ハリーが羊皮紙《ようひし》を広《ひろ》げる間《あいだ》、ハーマイオニーが意見《いけん》を述《の》べた。しかし、羊皮紙《ようひし》には、ダンブルドアの細長《ほそなが》い斜《なな》め文字《もじ》ではなく、ぐちゃぐちゃした文字《もじ》がのたくっていた。何《なん》か所《しょ》も、インクがにじんで大《おお》きなしみになっているので、とても読《よ》みにくい。

ハリー、ロン、ハーマイオニー
アラゴグが昨晩《さくばん》死《し》んだ。

ハリー、ロン、おまえさんたちはアラゴグに会《あ》ったな。だからあいつがどんなに特別《とくべつ》なやつだったかわかるだろう。ハーマイオニー、おまえさんもきっと、あいつが好《す》きになっただろうに。

今日《きょう》、あとで、おまえさんたちが埋葬《まいそう》にちょっくら来《き》てくれたら、俺《おれ》は、うんとうれしい。夕闇《ゆうやみ》が迫《せま》るころに埋《う》めてやろうと思《おも》う。あいつの好《す》きな時間《じかん》だったしな。

そんなに遅《おそ》くに出《で》てこれねぇってことは知《し》っちょる。だが、おまえさんたちは「マント」が使《つか》える。無理《むり》は言《い》わねえが、俺《おれ》ひとりじゃたえきれねえ。

ハグリッド

「これ、読《よ》んでよ」

ハリーはハーマイオニーに手紙《てがみ》を渡《わた》した。

「まあ、どうしましょう」

ハーマイオニーは急《いそ》いで読《よ》んで、ロンに渡《わた》した。ロンは読《よ》みながら、だんだん「マジかよ」という顔《かお》になった。

「まともじゃない！」

ロンが憤慨《ふんがい》した。

「仲間《なかま》の連中《れんちゅう》に、僕《ぼく》とハリーを食《く》えって言《い》ったやつだぜ！　勝手《かって》に食《く》えって、そう言《い》ったんだぜ！　それなのにハグリッドは、今度《こんど》は僕《ぼく》たちが出《で》かけていって、おっそろしい毛《け》むくじゃら死体《したい》に涙《なみだ》を流《なが》せっていうのか！」

「それだけじゃないわ」ハーマイオニーが言《い》った。

「夜《よる》に城《しろ》を抜《ぬ》け出《だ》せって頼《たの》んでるのよ。安全対策《あんぜんたいさく》が百万倍《まんばい》も強化《きょうか》されているし、私《わたし》たちが捕《つか》まったら大問題《だいもんだい》になるのを知《し》ってるはずなのに」

「前《まえ》にも夜《よる》に訪《たず》ねていったことがあるよ」ハリーが言《い》った。

「ええ、でも、こういうことのためだった？」ハーマイオニーが言《い》った。

「私《わたし》たち、ハグリッドを助《たす》けるために危険《きけん》をおかしてきたわ。でもどうせ――アラゴグはもう死《し》んでるのよ。これがアラゴグを助《たす》けるためだったら――」

「――ますます行《い》きたくないね」ロンがきっぱりと言《い》った。

「ハーマイオニー、君《きみ》はあいつに会《あ》ってない。いいかい、死《し》んだことで、やつはずっとましになったはずだ」

ハリーは手紙《てがみ》を取《と》り戻《もど》して、羊皮紙《ようひし》いっぱい飛《と》び散《ち》っているインクのしみを見《み》つめた。羊皮紙《ようひし》に大粒《おおつぶ》の涙《なみだ》がポタポタこぼれたにちがいない……。

「ハリー、まさか、行《い》くつもりじゃないでしょうね」

ハーマイオニーが言《い》った。

「そのために罰則《ばっそく》を受《う》けるのはまったく意味《いみ》がないわ」

ハリーはため息《いき》をついた。

「うん、わかってる」ハリーが言《い》った。

「ハグリッドは、僕《ぼく》たち抜《ぬ》きで埋葬《まいそう》しなければならないだろうな」

「ええ、そうよ」

ハーマイオニーがホッとしたように言《い》った。

「ねえ、『魔法薬《まほうやく》』の授業《じゅぎょう》は今日《きょう》、ほとんどがらがらよ。私《わたし》たちが全部試験《ぜんぶしけん》に出《で》てしまうから……その時《とき》に、スラグホーンを少《すこ》し懐柔《かいじゅう》してごらんなさい！」

「五十七回目《かいめ》に、やっと幸運《こううん》ありっていうわけ？」ハリーが苦々《にがにが》しげに言《い》った。

「幸運《こううん》――」

ロンが突然口走《とつぜんくちばし》った。

「ハリー、それだ――幸運《こううん》になれ！」

「何《なん》のことだい？」

「『幸運《こううん》の液体《えきたい》』を使《つか》え！」

「ロン、それって――それよ！」

ハーマイオニーが、ハッとしたように言《い》った。

「もちろんそうだわ！　どうして思《おも》いつかなかったのかしら？」

ハリーは目《め》を見張《みは》って二人《ふたり》を見《み》た。

「『フェリックス・フェリシス』？　どうかな……僕《ぼく》、取《と》っておいたんだけど……」

「何《なん》のために？」

ロンが信《しん》じられないという顔《かお》で問《と》い詰《つ》めた。

「ハリー、スラグホーンの記憶《きおく》ほど大切《たいせつ》なものがほかにある？」

ハーマイオニーが問《と》いただした。

ハリーは答《こた》えなかった。このところしばらく、金色《きんいろ》の小瓶《こびん》が、ハリーの空想《くうそう》の片隅《かたすみ》に浮《う》かぶようになっていた。漠然《ばくぜん》とした形《かたち》のない計画《けいかく》だったが、ジニーがディーンと別《わか》れ、ロンはジニーの新《あたら》しいボーイフレンドを見《み》てなぜか喜《よろこ》ぶ、というような筋書《すじが》きが、頭《あたま》の奥《おく》のほうでふつふつと醸成《じょうせい》されていた。夢《ゆめ》の中《なか》や、眠《ねむ》りと目覚《めざ》めとの間《あいだ》の、ぼんやりした時間《じかん》にだけしか意識《いしき》していなかったのだが……。

「ハリー、ちゃんと聞《き》いてるの？」ハーマイオニーが聞《き》いた。

「えっ――？　ああ、もちろん」

ハリーは我《われ》に返《かえ》った。

「うん……オッケー。今日《きょう》の午後《ごご》にスラグホーンを捕《つか》まえられなかったら、『フェリックス』を少《すこ》し飲《の》んで、もう一度《いちど》夕方《ゆうがた》にやってみる」

「じゃ、決《き》まったわね」

ハーマイオニーはきびきび言《い》いながら、立《た》ち上《あ》がってつま先《さき》で優雅《ゆうが》にくるりと回《まわ》った。

「どこへ……どうしても……どういう意図《いと》で……」ハーマイオニーがブツブツ言《い》った。

「おい、やめてくれ」ロンが哀願《あいがん》した。

「僕《ぼく》、それでなくても、もう気分《きぶん》が悪《わる》いんだから……あ、隠《かく》して！」

「ラベンダーじゃないわよ！」

ハーマイオニーがいらいらしながら言《い》った。中庭《なかにわ》に女《おんな》の子《こ》が二人《ふたり》現《あらわ》れたとたん、ロンはたちまちハーマイオニーの陰《かげ》に飛《と》び込《こ》んでいた。

「よーし」

ロンはハーマイオニーの肩越《かたご》しにのぞいてたしかめた。

「おかしいな、あいつら、何《なん》だか沈《しず》んでるぜ、なあ?」

「モンゴメリー姉妹《しまい》よ。沈《しず》んでるはずだわ。弟《おとうと》に何《なに》が起《お》こったか、聞《き》いていないの?」

ハーマイオニーが言《い》った。

「正直言《しょうじきい》って、誰《だれ》の親《しん》せきに何《なに》があったなんて、僕《ぼく》もうわかんなくなってるんだ」

ロンが言《い》った。

「あのね、弟《おとうと》が狼人間《おおかみにんげん》に襲《おそ》われたの。うわさでは、母親《ははおや》が死喰《しく》い人《びと》に手《て》を貸《か》すことを拒《こば》んだそうよ。とにかく、その子《こ》はまだ五歳《さい》で、聖《せい》マンゴで死《し》んだの。助《たす》けられなかったのね」

「死《し》んだ?」

ハリーがショックを受《う》けて聞《き》き返《かえ》した。

「だけど、狼人間《おおかみにんげん》はまさか、殺《ころ》しはしないだろう? 狼人間《おおかみにんげん》にしてしまうだけじゃないのか?」

「時《とき》には殺《ころ》す」

ロンがいつになく暗《くら》い表情《ひょうじょう》で言《い》った。

「狼人間《おおかみにんげん》が興奮《こうふん》すると、そういうことが起《お》こるって聞《き》いた」

「その狼人間《おおかみにんげん》、何《なん》ていう名前《なまえ》だった？」ハリーが急《せ》き込《こ》んで聞《き》いた。

「どうやら、フェンリール・グレイバックだったといううわさよ」ハーマイオニーが言《い》った。

「そうだと思《おも》った――子供《こども》を襲《おそ》うのが好《す》きな狂《くる》ったやつだ。ルーピンがそいつのことを話《はな》してくれた！」ハリーが怒《おこ》った。

ハーマイオニーは暗《くら》い顔《かお》でハリーを見《み》た。

「ハリー、あの記憶《きおく》を引《ひ》き出《だ》さないといけないわ」

「すべては、ヴォルデモートを阻止《そし》することにかかっているのよ。恐《おそ》ろしいことがいろいろ起《お》こっているのは、結局《けっきょく》みんなヴォルデモートに帰結《きけつ》するんだわ……」

頭上《ずじょう》で城《しろ》の鐘《かね》が鳴《な》り、ハーマイオニーとロンが、引《ひ》きつった顔《かお》ではじかれたように立《た》ち上《あ》がった。

「きっと大丈夫《だいじょうぶ》だよ」

「姿《すがた》あらわし」試験《しけん》を受《う》ける生徒《せいと》たちと合流《ごうりゅう》するために、玄関《げんかん》ホールに向《む》かう二人《ふたり》に、ハリーは声《こえ》をかけた。

「がんばれよ」

「あなたもね！」

ハーマイオニーは意味《いみ》ありげな目《め》でハリーを見《み》ながら、地下牢《ちかろう》に向《む》かうハリーに声《こえ》をかけた。

午後《ごご》の「魔法薬《まほうやく》」の授業《じゅぎょう》には、三人《にん》の生徒《せいと》しかいなかった。ハリー、アーニー、ドラコ・マルフォイだった。

「みんな『姿《すがた》あらわし』するにはまだ若過《わかす》ぎるのかね？」

スラグホーンが愛想《あいそ》よく言《い》った。

「まだ十七歳《さい》にならないのか？」

三人《にん》ともうなずいた。

「そうか、そうか」スラグホーンがゆかいそうに言《い》った。

「これだけしかいないのだから、何《なに》か楽《たの》しいことをしよう。何《なん》でもいいから、おもしろいものを煎《せん》じてみてくれ」

「いいですね、先生《せんせい》」

アーニーが両手《りょうて》をこすり合《あ》わせながら、へつらうように言《い》った。一方《いっぽう》マルフォイは、ニコリともしなかった。

「『おもしろいもの』って、どういう意味《いみ》ですか？」

マルフォイがいらいらしながら言《い》った。

「ああ、わたしを驚《おどろ》かせてくれ」スラグホーンが気軽《きがる》に言《い》った。

マルフォイはむっつりと『上級魔法薬《じょうきゅうまほうやく》』の教科書《きょうかしょ》を開《ひら》いた。この授業《じゅぎょう》がむだだと思《おも》っていることは明《あき》らかだ。ハリーは教科書《きょうかしょ》の陰《かげ》から、上目《うわめ》づかいでマルフォイを見《み》ながら、この時間《じかん》を「必要《ひつよう》の部屋《へや》」で過《す》ごせないことを悔《くや》しがっているにちがいないと思《おも》った。

ハリーの思《おも》いすごしかもしれないが、マルフォイもトンクスと同《おな》じように、やつれたのではないだろうか？　マルフォイの顔色《かおいろ》が悪《わる》いのはたしかだ。相変《あいか》わらず青黒《あおぐろ》いくまがある。このごろほとんど陽《ひ》に当《あ》たっていないからなのかもしれない。しかし、その顔《かお》には、取《と》りすました傲慢《ごうまん》さも、興奮《こうふん》も優越感《ゆうえつかん》も見《み》られない。ホグワーツ特急《とっきゅう》で、ヴォルデモートに与《あた》えられた任務《にんむ》をおっぴらに自慢《じまん》していたときの、あのいばりくさった態度《たいど》は微塵《みじん》もない……結論《けつろん》は一つしかない、とハリーは考《かんが》えた。どんな任務《にんむ》かは知《し》らないが、その任務《にんむ》がうまくいっていないのだ。

そう思《おも》うと元気《げんき》が出《で》て、ハリーは『上級魔法薬《じょうきゅうまほうやく》』の教科書《きょうかしょ》を拾《ひろ》い読《よ》みした。すると、教科書《きょうかしょ》をさんざん書《か》き替《か》えた、プリンス版《ばん》の「陶酔感《とうすいかん》を誘《さそ》う霊薬《れいやく》」が目《め》にとまった。スラグホーンの課《か》題《だい》にぴったりなばかりか、もしかすると（そう考《かんが》えたとたん、ハリーは心《こころ》がおどった）、その薬《くすり》を一口《ひとくち》飲《の》むようにハリーがうまく説得《せっとく》できればの話《はなし》だが、スラグホーンがご機嫌《きげん》な状態《じょうたい》になり、あの記憶《きおく》をハリーに渡《わた》してもよいと思《おも》うかもしれない……。

「さーて、これはまた何《なん》ともすばらしい」

一時間半後《じかんはんご》に、スラグホーンがハリーの大鍋《おおなべ》をのぞき、太陽《たいよう》のように輝《かがや》かしい黄金色《こがねいろ》の薬《くすり》を見《み》下《お》ろして、手《て》をたたいた。

「陶酔薬《とうすいやく》、そうだね？　それにこの香《かお》りは何《なん》だ？　ウムム……ハッカの葉《は》を入《い》れたね？　正統《せいとう》派《は》ではないが、ハリー、何《なん》たるひらめきだ。もちろん、ハッカは、たまに起《お》こる副作用《ふくさよう》を相殺《そうさい》する働《はたら》きがある。唄《うた》を歌《うた》いまくったり、やたらと人《ひと》の鼻《はな》をつまんだりする副作用《ふくさよう》だがね……いったいどこからそんなことを思《おも》いつくのやら、さっぱりわからんね……もしや——」

ハリーはプリンスの教科書《きょうかしょ》を、足《あし》でかばんの奥《おく》に押《お》し込《こ》んだ。

「——母親《ははおや》の遺伝子《いでんし》が、君《きみ》に現《あらわ》れたのだろう！」

「あ……ええ、たぶん」ハリーはホッとした。

アーニーは、かなり不機嫌《ふきげん》だった。今度《こんど》こそハリーよりうまくやろうとして、無謀《むぼう》にも独自《どくじ》の魔法薬《まほうやく》を創作《そうさく》しようとしたのだが、薬《くすり》はチーズのように固《かた》まり、鍋底《なべぞこ》で紫《むらさき》のだんご状《じょう》になっていた。マルフォイはふてくされた顔《かお》で、もう荷物《にもつ》を片《かた》づけはじめていた。スラグホーンは、マルフォイの「しゃっくり薬《やく》」を「まあまあ」と評価《ひょうか》しただけだった。

終業《しゅうぎょう》ベルが鳴《な》り、アーニーもマルフォイもすぐに出《で》ていった。

「先生《せんせい》」

ハリーが切《き》り出《だ》したが、スラグホーンはすぐに振《ふ》り返《かえ》って教室《きょうしつ》をざっと眺《なが》めた。自分《じぶん》とハリー以外《いがい》に誰《だれ》もいないと見《み》て取《と》ると、スラグホーンは大急《おおいそ》ぎで立《た》ち去《さ》ろうとした。

「先生《せんせい》――先生《せんせい》、試《ため》してみませんか？　僕《ぼく》の――」

ハリーは必死《ひっし》になって呼《よ》びかけた。

しかし、スラグホーンは行《い》ってしまった。がっかりして、ハリーは鍋《なべ》をあけて荷物《にもつ》をまとめ、足取《あしど》りも重《おも》く地下牢《ちかろう》教室《きょうしつ》を出《で》て、談話室《だんわしつ》まで戻《もど》った。


ロンとハーマイオニーは、午後《ごご》の遅《おそ》い時間《じかん》に帰《かえ》ってきた。

「ハリー！」

ハーマイオニーが肖像画《しょうぞうが》の穴《あな》を抜《ぬ》けながら呼《よ》びかけた。

「ハリー、合格《ごうかく》したわ！」

「よかったね！」ハリーが言《い》った。

「ロンは？」

「ロンは――ロンはおしいとこで落《お》ちたわ」

ハーマイオニーが小声《こごえ》で言《い》った。陰気《いんき》くさい顔《かお》のロンが、がっくり肩《かた》を落《お》として穴《あな》から出《で》てきたところだった。

「ほんとに運《うん》が悪《わる》かったわ。些細《ささい》なことなのに。試験官《しけんかん》が、ロンの片方《かたほう》の眉《まゆ》が半分《はんぶん》だけ置《お》き去《ざ》りになっていることに気《き》づいちゃったの……スラグホーンはどうだった？」

「アウトさ」

ハリーがそう答《こた》えたとき、ロンがやってきた。

「運《うん》が悪《わる》かったな、おい。だけど、次《つぎ》は合格《ごうかく》だよ――一緒《いっしょ》に受験《じゅけん》できる」

「ああ、そうだな」ロンが不機嫌《ふきげん》に言《い》った。

「だけど、**眉半分《まゆはんぶん》だぜ！**　目《め》くじら立《た》てるほどのことか？」

「そうよね」

ハーマイオニーがなぐさめるように言《い》った。

「ほんとに厳《きび》し過《す》ぎるわ……」

夕食《ゆうしょく》の時間《じかん》のほとんどを、三人《にん》は「姿《すがた》あらわし」の試験官《しけんかん》を、こてんぱんにこき下《お》ろすことに費やした。　談話室に戻りはじめるころまでには、ロンはわずかに元気《げんき》を取《と》り戻《もど》し、今度《こんど》は三人《にん》で、まだ解決《かいけつ》していないスラグホーンの記憶《きおく》の問題《もんだい》について話《はな》しはじめた。

「それじゃ、ハリー――『フェリックス・フェリシス』を使《つか》うのか、使《つか》わないのか？」

ロンがせまった。

「うん、使《つか》ったほうがよさそうだ」

ハリーが言《い》った。

「全部使《ぜんぶつか》う必要《ひつよう》はないと思《おも》う。十二時間分《じかんぶん》はいらない。一晩中《ひとばんじゅう》はかからない……一口《ひとくち》だけ飲《の》むよ。二、三時間《じかん》で大丈夫《だいじょうぶ》だろう」

「飲《の》むと最高《さいこう》の気分《きぶん》だぞ」

ロンが思《おも》い出《だ》すように言《い》った。

「失敗《しっぱい》なんてありえないみたいな」

「何《なに》を言《い》ってるの？」

ハーマイオニーが笑《わら》いながら言《い》った。

「あなたは飲《の》んだことがないのよ！」

「ああ、だけど、飲《の》んだと思《おも》ったんだ。そうだろ？」

ロンは、言《い》わなくともわかるだろうと言《い》わんばかりだった。

「効果《こうか》はおんなじさ……」

スラグホーンが今《いま》しがた大広間《おおひろま》に入《はい》ったのを見届《みとど》けた三人《にん》は、スラグホーンが食事《しょくじ》に充分時間《じゅうぶんじかん》をかけることを知《し》っていたので、しばらく談話室《だんわしつ》で時間《じかん》をつぶした。スラグホーンが自分《じぶん》の部屋《へや》に戻《もど》るまで待《ま》って、ハリーが出《で》かけていくという計画《けいかく》だった。禁《きん》じられた森《もり》の梢《こずえ》まで太陽《たいよう》が沈《しず》んだとき、三人《にん》はいよいよだと判断《はんだん》した。ネビル、ディーン、シェーマスが、全員談話室《ぜんいんだんわしつ》にいることを慎重《しんちょう》にたしかめてから、三人《にん》はこっそり男子寮《だんしりょう》に上《あ》がった。

ハリーは、トランクの底《そこ》から丸《まる》めたソックスを取《と》り出《だ》し、かすかに輝《かがや》く小瓶《こびん》を引《ひ》っ張《ぱ》り出《だ》した。

「じゃ、いくよ」

ハリーは小瓶《こびん》を傾《かたむ》け、慎重《しんちょう》に量《りょう》の見当《けんとう》をつけて一口《ひとくち》飲《の》んだ。

「どんな気分《きぶん》？」ハーマイオニーが小声《こごえ》で聞《き》いた。

ハリーはしばらく答《こた》えなかった。やがて、無限大《むげんだい》の可能性《かのうせい》が広《ひろ》がるようなうきうきした気分《きぶん》が、ゆっくりと、しかし確実《かくじつ》に体中《からだじゅう》にしみ渡《わた》った。何《なん》でもできそうな気《き》がした。どんなことだって……そして、突然《とつぜん》、スラグホーンから記憶《きおく》を取《と》り出《だ》すことが可能《かのう》に思《おも》えた。そればかりか、たやすいことだと……。

ハリーはニッコリと立《た》ち上《あ》がった。自信満々《じしんまんまん》だった。

「最高《さいこう》だ」ハリーが言《い》った。

「ほんとに最高《さいこう》だ。よーし……これからハグリッドの所《ところ》に行《い》く」

「えーっ？」

ロンとハーマイオニーが、とんでもないという顔《かお》で同時《どうじ》に言《い》った。

「ちがうわ、ハリー――あなたはスラグホーンの所《ところ》に行《い》かなきゃならないのよ。覚《おぼ》えてる？」

ハーマイオニーが言《い》った。

「いや」ハリーが自信《じしん》たっぷりに言《い》った。

「ハグリッドの所《ところ》に行《い》く。ハグリッドの所《ところ》に行《い》くといいことが起《お》こるって気《き》がする」

「巨大蜘蛛《きょだいぐも》を埋《う》めにいくのが、いいことだって気《き》がするのか？」ロンがあぜんとして言《い》った。

「そうさ」

ハリーは「透明《とうめい》マント」をかばんから取《と》り出《だ》した。

「今晩《こんばん》、そこに行《い》くべきだという予感《よかん》だ。わかるだろう？」

「全然《ぜんぜん》」

ロンもハーマイオニーも、仰天《ぎょうてん》していた。

「これ、『フェリックス・フェリシス』よね？」

ハーマイオニーは心配《しんぱい》そうに、小瓶《こびん》を灯《あか》りにかざして見《み》た。

「ほかに小瓶《こびん》は持《も》ってないでしょうね。たとえば――えーと――」

「『的外《まとはず》れ薬《やく》』？」

ハリーが「マント」を肩《かた》に引《ひ》っかけるのを見《み》ながら、ロンが意見《いけん》を述《の》べた。

ハリーが声《こえ》を上《あ》げて笑《わら》い、ロンもハーマイオニーもますます仰天《ぎょうてん》した。

「心配《しんぱい》ないよ」ハリーが言《い》った。

「自分《じぶん》が何《なに》をやってるのか、僕《ぼく》にはちゃんとわかってる……少《すく》なくとも……」

ハリーは自信《じしん》たっぷりドアに向《む》かって歩《ある》きだした。

「フェリックスには、ちゃんとわかっているんだ」

ハリーは透明《とうめい》マントを頭《あたま》からかぶり、寮《りょう》の階段《かいだん》を下《お》りはじめた。ロンとハーマイオニーは急《いそ》いであとに続《つづ》いた。階段《かいだん》を降《お》りきったところで、ハリーは開《あ》いていたドアをすっと通《とお》り抜《ぬ》けた。

「そんなところで、**その人《ひと》と何《なに》をしてたの？**」

ロンとハーマイオニーが男子寮《だんしりょう》から一緒《いっしょ》に現《あらわ》れたところを、ラベンダー・ブラウンがハリーの体《からだ》を通過《つうか》して目撃《もくげき》し、金切《かなき》り声《ごえ》を上《あ》げた。ロンがしどろもどろになるのを背後《はいご》に聞《き》きながら、ハリーは矢《や》のように談話室《だんわしつ》を横切《よこぎ》り、その場《ば》から遠《とお》ざかった。

肖像画《しょうぞうが》の穴《あな》を通過《つうか》するのは、簡単《かんたん》だった。ハリーが穴《あな》に近《ちか》づくのと、ジニーとディーンが出《で》てくるのとが同時《どうじ》で、ハリーは二人《ふたり》の間《あいだ》をすり抜《ぬ》けることができたが、誤《あやま》ってジニーに触《ふ》れてしまった。

「**押《お》さないでちょうだい、ディーン**」

ジニーがいらいらしながら言《い》った。

「あなたって、いつもそうするんだから。私《わたし》、一人《ひとり》でちゃんと通《とお》れるわ……」

肖像画《しょうぞうが》はハリーの背後《はいご》でバタンと閉《し》まったが、その前《まえ》に、ディーンが怒《おこ》って言《い》い返《かえ》す声《こえ》が聞《き》こえた……ハリーの高揚感《こうようかん》はますます高《たか》まった。ハリーは城《しろ》の中《なか》を堂々《どうどう》と歩《ある》いた。忍《しの》び歩《ある》きの必要《ひつよう》はなかった。途中《とちゅう》、誰《だれ》にも会《あ》わなかったが、別《べつ》に変《へん》だとも思《おも》わなかった。今夜《こんや》のハリーは、ホグワーツで一番幸運《いちばんこううん》な人間《にんげん》なのだ。

ハグリッドの所《ところ》に行《い》くのが正《ただ》しいと感《かん》じたのはなぜなのか、ハリーはまったくわからなかった。薬《くすり》は、一度《いちど》に数歩先《すうほさき》までしか、照《て》らしてくれないようだった。最終目的地《さいしゅうもくてきち》は見《み》えなかったし、スラグホーンがどこで登場《とうじょう》するのかわからなかったが、しかしこれが記憶《きおく》を獲得《かくとく》する正《ただ》しい道《みち》だということはわかっていた。

玄関《げんかん》ホールに着《つ》くと、フィルチが正面《しょうめん》の扉《とびら》に鍵《かぎ》をかけ忘《わす》れていることがわかった。ハリーはニッコリ笑《わら》って勢《いきお》いよく扉《とびら》を開《ひら》き、しばらくの間《あいだ》、新鮮《しんせん》な空気《くうき》と草《くさ》の匂《にお》いを吸《す》い込《こ》み、それから黄昏《たそがれ》の中《なか》へと歩《ある》きだした。

階段《かいだん》を降《お》りきったところで、ハリーは急《きゅう》に、ハグリッドの小屋《こや》まで、野菜畑《やさいばたけ》を通《とお》っていくとどんなに心地《ここち》よいだろうと思《おも》いついた。厳密《げんみつ》には寄《よ》り道《みち》になるのだが、ハリーにとっては、この気《き》まぐれを行動《こうどう》に移《うつ》さなければならないことがはっきりしていた。そこですぐさま野菜畑《やさいばたけ》に足《あし》を向《む》けた。うれしいことに、そして別《べつ》に不思議《ふしぎ》だとは思《おも》わなかったが、そこでスラグホーン先生《せんせい》がスプラウト先生《せんせい》と話《はな》しているのに出《で》くわした。ハリーは、ゆったりとした安《やす》らぎを感《かん》じながら、低《ひく》い石垣《いしがき》の陰《かげ》に隠《かく》れて、二人《ふたり》の会話《かいわ》を聞《き》いた。

「……ポモーナ、お手間《てま》を取《と》らせてすまなかった」

スラグホーンが礼儀《れいぎ》正《ただ》しく挨拶《あいさつ》していた。

「権威者《けんいしゃ》のほとんどが、夕暮《ゆうぐ》れ時《どき》につむのが一番効果《いちばんこうか》があるという意見《いけん》ですのでね」

「ええ、そのとおりです」スプラウト先生《せんせい》が温《あたた》かく言《い》った。

「それで充分《じゅうぶん》ですか？」

「充分《じゅうぶん》、充分《じゅうぶん》」

ハリーが見《み》ると、スラグホーンはたっぷり葉《は》のしげった植物《しょくぶつ》を腕《うで》いっぱいに抱《かか》えていた。

「三年生《ねんせい》の全員《ぜんいん》に数枚《すうまい》ずつ行《い》き渡《わた》るでしょうし、煮込《にこ》み過《す》ぎた子《こ》のために少《すこ》し余分《よぶん》もある……さあ、それではおやすみなさい。ほんとうにありがとう！」

スプラウト先生《せんせい》はだんだん暗《くら》くなる道《みち》を、温室《おんしつ》のほうに向《む》かい、スラグホーンは透明《とうめい》なハリーが立《た》っている場所《ばしょ》に近《ちか》づいてきた。

ハリーは突然姿《とつぜんすがた》を現《あらわ》したくなり、「マント」を派手《はで》に打《う》ち振《ふ》って脱《ぬ》ぎ捨《す》てた。

「先生《せんせい》、こんばんは」

「こりゃあびっくり、ハリー、腰《こし》を抜《ぬ》かすところだったぞ」

スラグホーンはバッタリ立《た》ち止《ど》まり、警戒《けいかい》するような顔《かお》で言《い》った。

「どうやって城《しろ》を抜《ぬ》け出《だ》したんだね？」

「フィルチが扉《とびら》に鍵《かぎ》をかけ忘《わす》れたにちがいありません」

ハリーはほがらかに答《こた》え、スラグホーンがしかめっ面《つら》をするのを見《み》てうれしくなった。

「このことは報告《ほうこく》しておかねば。まったく、あいつは、適切《てきせつ》な保安対策《ほあんたいさく》より、ごみのことを気《き》にしている……ところで、ハリー、どうしてこんな所《ところ》にいるんだね？」

「ええ、先生《せんせい》、ハグリッドのことなんです」

ハリーには、今《いま》はほんとうのことを言《い》うべきときだとわかっていた。

「ハグリッドはとても動揺《どうよう》しています……でも、先生《せんせい》、誰《だれ》にも言《い》わないでくださいますか？　ハグリッドが困《こま》ったことになるのはいやですから……」

スラグホーンは明《あき》らかに好奇心《こうきしん》を刺激《しげき》されたようだった。

「さあ、約束《やくそく》はできかねる」

スラグホーンはぶっきらぼうに言《い》った。

「しかし、ダンブルドアがハグリッドを徹底的《てっていてき》に信用《しんよう》していることは知《し》っている。だから、ハグリッドがそれほど恐《おそ》ろしいことをしでかすはずはないと思《おも》うが……」

「ええ、巨大蜘蛛《きょだいぐも》のことなんです。ハグリッドが何年《なんねん》も飼《か》っていたんです……禁《きん》じられた森《もり》に棲《す》んでいて……話《はなし》ができたりする蜘蛛《くも》でした――」

「森《もり》には、毒蜘蛛《どくぐも》のアクロマンチュラがいるというわさは、聞《き》いたことがある」

黒々《くろぐろ》としげる木々《きぎ》のかなたに目《め》をやりながら、スラグホーンがひっそりと言《い》った。

「それでは、ほんとうだったのかね？」

「はい」ハリーが答《こた》えた。

「でも、この蜘蛛《くも》はアラゴグといって、ハグリッドが初《はじ》めて飼《か》った蜘蛛《くも》です。昨夜《さくや》死《し》にました。ハグリッドは打《う》ちのめされています。アラゴグを埋葬《まいそう》するときに、誰《だれ》かそばにいてほしいと言《い》うので、僕《ぼく》が行《い》くって言《い》いました」

「やさしいことだ、やさしいことだ」

遠《とお》くに見《み》えるハグリッドの小屋《こや》の灯《あか》りを、大《おお》きな垂《た》れ目《め》で見《み》つめながら、スラグホーンが上《うわ》の空《そら》で言《い》った。

「しかし、アクロマンチュラの毒《どく》は非常《ひじょう》に貴重《きちょう》だ……その怪物《かいぶつ》が死《し》んだばかりなら、まだかわききってはおるまい……もちろん、ハグリッドが動揺《どうよう》しているなら、心《こころ》ないことは何《なに》もしたくない……しかし、多少《たしょう》なりと手《て》に入《い》れる方法《ほうほう》があれば……つまり、アクロマンチュラが生《い》きているうちに毒《どく》を取《と》るのは、ほとんど不可能《ふかのう》だ……」

スラグホーンは、ハリーにというより、今《いま》や自分《じぶん》に向《む》かって話《はな》しているようだった。

「……採集《さいしゅう》しないのはいかにももったいない……半《はん》リットルで百ガリオンになるかもしれない……正直言《しょうじきい》って、私《わたし》の給料《きゅうりょう》は高《たか》くない……」

ハリーはもう、何《なに》をすべきかがはっきりわかった。

「えーっと」

ハリーは、いかにも躊躇《ちゅうちょ》しているように言《い》った。

「えーっと、もし先生《せんせい》がいらっしゃりたいのでしたら、ハグリッドはたぶん、とても喜《よろこ》ぶと思《おも》います……アラゴグのために、ほら、よりよい野辺送《のべおく》りができますから……」

「いや、もちろんだ」

スラグホーンの目《め》が、今《いま》や情熱的《じょうねつてき》に輝《かがや》いていた。

「いいかね、ハリー、あっちで君《きみ》と落《お》ち合《あ》おう。わたしは飲《の》み物《もの》を一、二本《ほん》持《も》って……哀《あわ》れな大《おお》蜘蛛《ぐも》に乾杯《かんぱい》するとしよう──まあ──死者《ししゃ》の健康《けんこう》を祝《しゅく》してというわけにはいかんが──とにかく、埋葬《まいそう》がすんだら、格式《かくしき》ある葬儀《そうぎ》をしてやろう。それに、ネクタイを変《か》えてこなくては。このネクタイは葬式《そうしき》には少《すこ》し派手《はで》だ……」

スラグホーンはバタバタと城《しろ》に戻《もど》り、ハリーは大満悦《だいまんえつ》でハグリッドの小屋《こや》へと急《いそ》いだ。

「来《き》てくれたんか」

戸《と》を開《あ》け、ハリーが透明《とうめい》マントから姿《すがた》を現《あらわ》したのを見《み》て、ハグリッドはかすれ声《ごえ》で言《い》った。

「うん──ロンとハーマイオニーは来《こ》られなかったけど」ハリーが言《い》った。

「とっても申《もう》し訳《わけ》ないって言《い》ってた」

「そんな──そんなことはええ……そんでも、ハリー、おまえさんが来《き》てくれて、あいつは感激《かんげき》してるだろうよ……」

ハグリッドは大《おお》きく泣《な》きじゃくった。靴墨《くつずみ》に浸《ひた》したボロ布《ぬの》で作《つく》ったような喪章《もしょう》をつけ、目《め》を真《ま》っ赤《か》に泣《な》き腫《は》らしている。ハリーはなぐさめるようにハグリッドのひじをポンポンたたいた。

ハリーが楽《らく》に届《とど》くのは、せいぜいその高《たか》さ止《ど》まりだった。

「どこに埋《う》めるの？」ハリーが聞《き》いた。

「禁《きん》じられた森《もり》？」

「とんでもねえ」

ハグリッドがシャツのすそで流《なが》れ落《お》ちる涙《なみだ》をぬぐった。

「アラゴグが死《し》んじまったんで、ほかの蜘蛛《くも》のやつらは、俺《おれ》を巣《す》のそばに一歩《いっぽ》も近《ちか》づかせねえ。連中《れんちゅう》が俺《おれ》を食《く》わんかったんは、どうやら、アラゴグが命令《めいれい》してたかららしい！ハリー、信《しん》じられっか？」

正直《しょうじき》な答《こた》えは、「信《しん》じられる」だった。ハリーとロンが、アクロマンチュラと顔《かお》をつき合《あ》わせた場面《ばめん》を、ハリーは痛《いた》いほどよく覚《おぼ》えている。アラゴグがいるからハグリッドを食《く》わなかったのだと、連中《れんちゅう》がはっきり言《い》った。

「森《もり》ン中《なか》で、俺《おれ》が行《い》けねえ所《ところ》なんか、今《いま》まではなかった！」

ハグリッドは頭《あたま》を振《ふ》り振《ふ》り言《い》った。

「アラゴグのむくろをここまで持《も》ってくるんは、並《なみ》たいてぇじゃあなかったぞ。まったく――連《れん》中《ちゅう》は死《し》んだもんを食《く》っちまうからな……だけんど、俺《おれ》は、こいつにいい埋葬《まいそう》をしてやりたかった……ちゃんとした葬式《そうしき》をな……」

ハグリッドはまた激《はげ》しくすすり上《あ》げはじめた。ハリーはハグリッドのひじをまたポンポンたたきながら（薬《くすり》がそうするのが正《ただ》しいと知《し》らせているような気《き》がしたので）、こう言《い》った。

「ハグリッド、ここに来《く》る途中《とちゅう》で、スラグホーン先生《せんせい》に会《あ》ったんだ」

「問題《もんだい》になったんか？」

ハグリッドは驚《おどろ》いて顔《かお》を上《あ》げた。

「夜《よる》は城《しろ》を出《で》ちゃなんねえ。わかってるんだ。俺《おれ》が悪《わる》い――」

「ちがうよ。僕《ぼく》がしようとしていることを、先生《せんせい》に話《はな》したら、先生《せんせい》もアラゴグに最後《さいご》の敬意《けいい》を表《ひょう》しにきたいって言《い》うんだ」

ハリーが言《い》った。

「もっとふさわしい服《ふく》に着替《きが》えるのに、城《しろ》に戻《もど》ったんだ、と思《おも》うよ……それに、飲《の》み物《もの》を何本《なんぼん》か持《も》ってくるって。アラゴグの思《おも》い出《で》に乾杯《かんぱい》するために……」

「そう言《い》ったんか？」

ハグリッドは驚《おどろ》いたような、感激《かんげき》したような顔《かお》をした。

「そりゃ——そりゃ親切《しんせつ》だ。そりゃあ。それに、おまえさんを突《つ》き出《だ》さんかったこともな。俺《おれ》はこれまであんまり、ホラス・スラグホーンと付《つ》き合《あ》いがあったわけじゃねえが……だけんど、アラゴグのやつを見送《みおく》りにきてくれるっちゅうのか？　え？　フム……きっと喜《よろこ》んだだろうよ……アラゴグのやつがな……」

ハリーは内心《ないしん》、スラグホーンに食《く》える肉《にく》がたっぷりあるところが、一番《いちばん》アラゴグを喜《よろこ》ばせただろうと思《おも》ったが、だまってハグリッドの小屋《こや》の裏側《うらがわ》の窓《まど》に近寄《ちかよ》った。そこから、かなり恐《おそ》ろしい光景《こうけい》が見《み》えた。巨大《きょだい》な蜘蛛《くも》の死体《したい》がひっくり返《かえ》って、もつれて丸《まる》まった足《あし》をさらしていた。

「ハグリッド、ここに埋《う》めるの？　庭《にわ》に？」

「かぼちゃ畑《ばたけ》の、ちょっと向《む》こうがええと思《おも》ってな」

ハグリッドが声《こえ》を詰《つ》まらせた。

「もう掘《ほ》ってあるんだ——ほれ——墓穴《はかあな》をな。何《なに》かええことを言《い》ってやりてえと思《おも》ってなあ——ほれ、楽《たの》しかった思《おも》い出《で》とか——」

ハグリッドの声《こえ》がわなわなと震《ふる》えて涙声《なみだごえ》になった。戸《と》をたたく音《おと》がして、ハグリッドは、でっかい水玉模様《みずたまもよう》のハンカチで鼻《はな》をチンとかみながら、戸《と》を開《あ》けにいった。スラグホーンが急《いそ》いで敷居《しきい》をまたいで入《はい》ってきた。腕《うで》に瓶《びん》を何本《なんぼん》か抱《かか》え、厳粛《げんしゅく》な黒《くろ》いネクタイをしめている。

「ハグリッド」スラグホーンが深《ふか》い沈《しず》んだ声《こえ》で言《い》った。

「まことにご愁傷《しゅうしょう》さまで」

「ごていねいなこって」ハグリッドが言《い》った。

「感謝《かんしゃ》します。それに、ハリーを罰則《ばっそく》にしなかったことも、ありがてえ……」

「そんなことは考《かんが》えもしなかっただろう」スラグホーンが言《い》った。

「悲《かな》しい夜《よる》だ。悲《かな》しい夜《よる》だ……哀《あわ》れな仏《ほとけ》は、どこにいるのかね？」

「こっちだ」

ハグリッドは声《こえ》を震《ふる》わせた。

「そんじゃ――そんじゃ、始《はじ》めるかね？」

三人《にん》は裏庭《うらにわ》に出《で》た。木《き》の間《あいだ》からかいま見《み》える月《つき》が、淡《あわ》い光《ひかり》を放《はな》ち、ハグリッドの小屋《こや》からもれる灯《あか》りとまじり合《あ》って、アラゴグのなきがらを照《て》らした。掘《ほ》ったばかりの土《つち》が三メートルもの高《たか》さに盛《も》り上《あ》げられ、その脇《わき》の巨大《きょだい》な穴《あな》の縁《ふち》に、むくろが横《よこ》たわっている。

「壮大《そうだい》なものだ」

スラグホーンが、蜘蛛《くも》の頭部《とうぶ》に近《ちか》づいた。乳白色《にゅうはくしょく》の目《め》が八個《こ》、うつろに空《そら》を見上《みあ》げ、二本《ほん》の巨《きょ》大《だい》な曲《ま》がったはさみが、動《うご》きもせず、月明《つきあ》かりに輝《かがや》いていた。スラグホーンが、巨大《きょだい》な毛《け》むくじゃらの頭部《とうぶ》を調《しら》べるような様子《ようす》ではさみの上《うえ》にかがみ込《こ》んだとき、ハリーは瓶《びん》が触《ふ》れ合《あ》う音《おと》を聞《き》いたような気《き》がした。

「こいつらがどんなに美《うつく》しいか、誰《だれ》にでもわかるっちゅうわけじゃねえ」

目尻《めじり》のしわから涙《なみだ》をあふれさせながら、ハグリッドがスラグホーンの背中《せなか》に向《む》かって言《い》った。

「ホラス、あんたがアラゴグみてえな生《い》き物《もの》に興味《きょうみ》があるとは、知《し》らんかった」

「興味《きょうみ》がある？　ハグリッドや、わたしは連中《れんちゅう》をあがめているのだよ」

スラグホーンが死体《したい》から離《はな》れた。ハリーは、瓶《びん》がキラリと光《ひか》ってスラグホーンのマントの下《した》に消《き》えるのを見《み》た。しかし、また目《め》をぬぐっていたハグリッドは、何《なに》も気《き》づいていない。

「さて……埋葬《まいそう》を始《はじ》めるとするかね？」

ハグリッドはうなずいて、進《すす》み出《で》た。巨大蜘蛛《きょだいぐも》を両腕《りょううで》に抱《かか》え、大《おお》きなうなり声《ごえ》とともに、ハグリッドはなきがらを暗《くら》い穴《あな》に転《ころ》がした。死《し》がいはかなり恐《おそ》ろしげなバリバリッという音《おと》を立《た》てて、穴《あな》の底《そこ》に落《お》ちた。ハグリッドがまた泣《な》きはじめた。

「もちろん、彼《かれ》を最《もっと》もよく知《し》る君《きみ》には、つらいことだろう」

スラグホーンは、ハリー同様《どうよう》、ハグリッドのひじの高《たか》さまでしか届《とど》かなかったが、やはりポンポンとたたいた。

「お別《わか》れの言葉《ことば》を述《の》べてもいいかな？」

墓穴《はかあな》の縁《ふち》に進《すす》み出《で》たスラグホーンの口元《くちもと》が、満足《まんぞく》げにゆるんでいた。上質《じょうしつ》のアラゴグの毒《どく》をたっぷり採集《さいしゅう》したにちがいない、とハリーは思《おも》った。スラグホーンはゆっくりと、厳《おごそ》かな声《こえ》で唱《とな》えた。

「さらば、アラゴグよ。蜘蛛《くも》の王者《おうじゃ》よ。汝《なんじ》との長《なが》き固《かた》き友情《ゆうじょう》を、なれを知《し》る者《もの》すべて忘《わす》れまじ！　なれがなきがらはくちはてんとも、汝《なんじ》が魂《たましい》は、なつかしき森《もり》の棲家《すみか》の、蜘蛛《くも》の巣《す》に覆《おお》われし静《しず》けき場所《ばしょ》にとどまらん。汝《なんじ》が子孫《しそん》の多目《たもく》の眷属《けんぞく》が永久《とこしえ》に栄《さか》え、汝《なんじ》が友《とも》どちとせし人々《ひとびと》が、汝《なんじ》を失《うしな》いし悲《かな》しみになぐさめを見出《みいだ》さんことを」

「なんと……なんと……美《うつく》しい！」

ハグリッドはほえるような声《こえ》を上《あ》げ、堆肥《たいひ》の山《やま》に突《つ》っ伏《ぷ》して、ますます激《はげ》しくオンオン泣《な》いた。

「さあ、さあ」

スラグホーンが杖《つえ》を振《ふ》ると、高々《たかだか》と盛《も》り上《あ》げられた土《つち》が飛《と》び上《あ》がり、ドスンと鈍《にぶ》い音《おと》を立《た》てて蜘蛛《くも》の死《し》がいの上《うえ》に落《お》ち、なめらかな塚《つか》になった。

「中《なか》に入《はい》って一杯《いっぱい》飲《の》もう。ハリー、ハグリッドのむこう側《がわ》に回《まわ》って……そうそう……さあ、ハグリッド、立《た》って……よしよし……」

二人《ふたり》はハグリッドを、テーブルのそばの椅子《いす》に座《すわ》らせた。埋葬《まいそう》の間《あいだ》、バスケットにコソコソ隠《かく》れていたファングが、そっと近《ちか》づいてきて、いつものように、重《おも》たい頭《あたま》をハリーのひざにのせた。

スラグホーンは持《も》ってきたワインを一本《ぽん》開《あ》けた。

「すべて毒味《どくみ》をすませてある」

最初《さいしょ》の一本《ぽん》のほとんどを、ハグリッドのバケツ並《な》みのマグに注《そそ》ぎ、それをハグリッドに渡《わた》しながら、スラグホーンがハリーに請《う》け合《あ》った。

「君《きみ》の気《き》の毒《どく》な友達《ともだち》のルパートにあんなことがあったあと、屋敷《やしき》しもべ妖精《ようせい》に、全部《ぜんぶ》のボトルを毒味《どくみ》させた」

ハリーの心《こころ》にハーマイオニーの表情《ひょうじょう》が浮《う》かんだ。屋敷《やしき》しもべ妖精《ようせい》へのこの虐待《ぎゃくたい》を聞《き》いたら、どんな顔《かお》をするか。ハリーはハーマイオニーには絶対《ぜったい》に言《い》うまいと決《き》めた。

「ハリーにも一杯《いっぱい》……」

スラグホーンが、二本目《ほんめ》を二つのマグに分《わ》けて注《そそ》ぎながら言《い》った。

「……私《わたし》にも一杯《いっぱい》。さて」

スラグホーンがマグを高《たか》く掲《かか》げた。

「アラゴグに」

「アラゴグに」ハリーとハグリッドが唱和《しょうわ》した。

スラグホーンもハグリッドも一気《いっき》にぐいと飲《の》んだが、ハリーは、「フェリックス・フェリシス」のおかげで行《ゆ》き先《さき》が照《て》らし出《だ》されていたので、自分《じぶん》は飲《の》んではいけないことがわかっていた。ハリーは飲《の》むまねだけで、テーブルにマグを戻《もど》した。

「俺《おれ》は、なあ、あいつを卵《たまご》から孵《かえ》したんだ」

ハグリッドがむっつりと言《い》った。

「孵《かえ》ったときにゃあ、ちっちゃな、かわいいやつだった。ペキニーズの犬《いぬ》ぐれえの」

「かわいいな」スラグホーンが言《い》った。

「学校《がっこう》の納戸《なんど》に隠《かく》しておいたもんだ。ある時《とき》まではな……あー……」

ハグリッドの顔《かお》が曇《くも》った。ハリーはわけを知《し》っていた。トム・リドルが、「秘密《ひみつ》の部屋《へや》」を開《ひら》いた罪《つみ》をハグリッドに着《き》せ、退学《たいがく》になるように仕組《しく》んだのだ。しかし、スラグホーンは聞《き》いていないようだった。天井《てんじょう》を見上《みあ》げていた。そこには真鍮《しんちゅう》の鍋《なべ》がいくつかぶら下《さ》がっていたが、同時《どうじ》に絹糸《きぬいと》のような輝《かがや》く白《しろ》い長《なが》い毛《け》が、糸束《いとたば》になって下《さ》がっていた。

「ハグリッド、あれはまさか、一角獣《ユニコーン》の毛《け》じゃなかろうね？」

「ああ、そうだ」ハグリッドが無頓着《むとんちゃく》に言《い》った。

「しっぽの毛《け》が、ほれ、森《もり》の木《き》の枝《えだ》なんぞに引《ひ》っかかって抜《ぬ》けたもんだ……」

「しかし、君《きみ》、あれがどんなに高価《こうか》な物《もの》か知《し》っているかね？」

「俺《おれ》は、けがした動物《どうぶつ》に、包帯《ほうたい》を縛《しば》ったりするのに使《つか》っちょる」

　ハグリッドは肩《かた》をすくめて言《い》った。

「うんと役《やく》に立《た》つぞ……何《なに》せ頑丈《がんじょう》だ」

　スラグホーンは、もう一回《かい》ぐいっと飲《の》んだ。その目《め》が、今度《こんど》は注意深《ちゅういぶか》く小屋《こや》を見回《みまわ》していた。ほかのお宝《たから》を探《さが》しているのだと、ハリーにはわかった。オーク樽《だる》で熟成《じゅくせい》した蜂蜜酒《はちみつしゅ》だとか、砂糖《さとう》漬《づ》けパイナップル、ゆったりしたベルベットの上着《うわぎ》などが、たんまり手《て》に入《はい》る宝《たから》だ。スラグホーンは、ハグリッドのマグに注《つ》ぎ足《た》し、自分《じぶん》のにも注《つ》いで、最近森《さいきんもり》に棲《す》む動物《どうぶつ》についてや、ハグリッドがどんなふうに面倒《めんどう》を看《み》ているのかなどを質問《しつもん》した。酒《さけ》とスラグホーンのおだて用《よう》の興味《きょうみ》に乗《の》せられたせいで、ハグリッドは気《き》が大《おお》きくなり、もう涙《なみだ》をぬぐうのはやめて、うれしそうに、ボウトラックルの飼育《しいく》を長々《ながなが》と説明《せつめい》しはじめた。

「フェリックス・フェリシス」が、ここでハリーを軽《かる》くこづいた。ハリーは、スラグホーンが持《も》ってきた酒《さけ》が急激《きゅうげき》に少《すく》なくなっているのに気《き》づいた。ハリーはまだ、沈黙《ちんもく》したまま「補充呪文《ほじゅうじゅもん》」をかけることができなかったが、しかし今夜《こんや》は、できないかもしれないなどと考《かんが》えること自体《じたい》が、笑止千万《しょうしせんばん》だった。ハリーは一人《ひとり》でほくそ笑《え》みながら、ハグリッドにもスラグホーンにも気《き》づかれず（二人《ふたり》は今《いま》や、ドラゴンの卵《たまご》の非合法取引《ひごうほうとりひき》についての逸話《いつわ》を交換《こうかん》していた）、テーブルの下《した》から空《から》になりかけた瓶《びん》に杖《つえ》を向《む》けた。たちまち酒《さけ》が補充《ほじゅう》されはじめた。

一時間《じかん》ほどたつと、ハグリッドとスラグホーンは、乾杯《かんぱい》の大盤振《おおばんぶ》る舞《ま》いを始《はじ》めた。ホグワーツ乾杯《かんぱい》、ダンブルドア乾杯《かんぱい》、しもべ妖精醸造《ようせいじょうぞう》のワイン乾杯《かんぱい》――。

「ハリー・ポッターに乾杯《かんぱい》！」

バケツ大《だい》のマグで十四杯目《はいめ》のワインを飲《の》み干《ほ》し、飲《の》みこぼしをあごから滴《したた》らせながら、ハグリッドが破鐘《われがね》のような声《こえ》で言《い》った。

「そうだ」

スラグホーンは少《すこ》しろれつが回《まわ》らなくなっていた。

「パリー・オッター、『選《えら》ばれし生《い》き残《のこ》った男《おとこ》の者《もの》』――いや――とか何《なん》とかに」

ブツブツ言《い》いながら、スラグホーンもマグを飲《の》み干《ほ》した。

それからまもなく、ハグリッドはまた涙《なみだ》もろくなり、一角獣《ユニコーン》のしっぽの毛《け》を全部《ぜんぶ》ごっそりスラグホーンに押《お》しつけた。スラグホーンはそれをポケットに入《い》れながら叫《さけ》んだ。

「友情《ゆうじょう》に乾杯《かんぱい》！　気前《きまえ》のよさに乾杯《かんぱい》！　一本《ぽん》十ガリオンに乾杯《かんぱい》！」

それからは、ハグリッドとスラグホーンは並《なら》んで腰《こし》かけ、互《たが》いの体《からだ》に腕《うで》を回《まわ》して、オドと呼《よ》ばれた魔法使《まほうつか》いの死《し》を語《かた》る、ゆっくりした悲《かな》しい曲《きょく》をしばらく歌《うた》っていた。

「あぁぁあー、いいやつぁ早死《はやじ》にする」

ハグリッドは、テーブルの上《うえ》にだらりとうなだれながら、酔眼《すいがん》でつぶやいた。一方《いっぽう》スラグホーンは、声《こえ》を震《ふる》わせて歌《うた》のリフレインをくり返《かえ》していた。

「俺《おれ》の親父《おやじ》はまーぁだ逝《い》く年《とし》じゃあなかったし……おまえさんの父《とう》さん母《かあ》さんもだぁ、なあ、ハリー……」

大粒《おおつぶ》の涙《なみだ》が、またしてもハグリッドの目尻《めじり》のしわからにじみだした。ハグリッドは、ハリーの腕《うで》を握《にぎ》って振《ふ》りながら言《い》った。

「……あの年頃《としごろ》の魔女《まじょ》と魔法使《まほうつか》いン中《なか》じゃあ、俺《おれ》の知《ち》っちょるかぎりイッチ（一）番《ばん》だ……ひどいもんだ……ひどいもんだ……」

スラグホーンは悲《かな》しげに歌《うた》った。

かくしてみんなは英雄《えいゆう》の、オドを家《いえ》へと運《はこ》び込《こ》む
その家《や》はオドがその昔《むかし》、青年《せいねん》の日《ひ》を過《す》ごした場《ば》
オドの帽子《ぼうし》は裏返《うらがえ》り、オドの杖《つえ》まで真《ま》っ二《ぷた》つ
悲《かな》しい汚名《おめい》の英雄《えいゆう》の、オドはその家《や》に葬《ほうむ》らる

「……ひどいもんだ」

ハグリッドが低《ひく》くうめき、ぼうぼうの頭《あたま》がゴロリと横《よこ》にかしいで、両腕《りょううで》にもたれたとたん、大《おお》いびきをかいて眠《ねむ》り込《こ》んだ。

「すまん」

スラグホーンがしゃっくりしながら言《い》った。

「どうしても調子《ちょうし》っぱずれになる」

「ハグリッドは、先生《せんせい》の歌《うた》のことを言《い》ったのじゃありません」ハリーが静《しず》かに言《い》った。

「僕《ぼく》の両親《りょうしん》が死《し》んだことを言《い》っていたんです」

「ああ」スラグホーンが、大《おお》きなゲップを押《お》さえ込《こ》みながら言《い》った。

「ああ、なんと。いや、あれは――あれはほんとうにひどいことだった。ひどい……ひどい……」

スラグホーンは言葉《ことば》に窮《きゅう》した様子《ようす》で、その場《ば》しのぎに二人《ふたり》のマグに酒《さけ》を注《そそ》いだ。

「たぶん――たぶん君《きみ》は、覚《おぼ》えてないのだろう？　ハリー？」

スラグホーンが気《き》まずそうに聞《き》いた。

「はい――だって、僕《ぼく》はまだ一歳《さい》でしたから」

ハリーは、ハグリッドのいびきで揺《ゆ》らめいている、ろうそくの炎《ほのお》を見《み》つめながら言《い》った。

「でも、何《なに》が起《お》こったのか、あとになってずいぶんくわしくわかりました。父《ちち》が先《さき》に死《し》んだんです。ご存《ぞん》じでしたか？」

「い――いや、それは」

スラグホーンが消《き》え入《い》るような声《こえ》で言《い》った。

「そうなんです……ヴォルデモートが父《ちち》を殺《ころ》し、そのなきがらをまたいで母《はは》に迫《せま》ったんです」

ハリーが言《い》った。

スラグホーンは大《おお》きく身震《みぶる》いしたが、目《め》をそらすことができない様子《ようす》で、おびえた目《め》でハリーの顔《かお》を見《み》つめ続《つづ》けた。

「あいつは母《はは》にどけと言《い》いました」

ハリーは、容赦《ようしゃ》なく話《はな》し続《つづ》けた。

「ヴォルデモートは僕《ぼく》に、母《はは》は死《し》ぬ必要《ひつよう》がなかったと言《い》いました。あいつは僕《ぼく》だけが目当《めあ》てだった。母《はは》は逃《に》げることができたんです」

「おお、なんと」スラグホーンがひっそりと言《い》った。

「逃《に》げられたのに……死《し》ぬ必要《ひつよう》は……なんとむごい……」

「そうでしょう？」

ハリーはほとんどささやくように言《い》った。

「でも母《はは》は動《うご》かなかった。父《ちち》はもう死《し》んでしまったけれど、母《はは》は僕《ぼく》までも死《し》なせたくなかった。母《はは》はヴォルデモートに哀願《あいがん》しました……でも、あいつはただ高笑《たかわら》いを……」

「もういい！」

突然《とつぜん》スラグホーンが、震《ふる》える手《て》でさえぎった。

「もう充分《じゅうぶん》だ。ハリー、もう……わたしは老人《ろうじん》だ……聞《き》く必要《ひつよう》はない……聞《き》きたくない……」

「忘《わす》れていた」

ハリーは、「フェリックス・フェリシス」が示《しめ》すままにでまかせを言《い》った。

「先生《せんせい》は、母《はは》が好《す》きだったのですね？」

「好《す》きだった？」

スラグホーンの目《め》に、再《ふたた》び涙《なみだ》があふれた。

「あの子《こ》に会《あ》った者《もの》は、誰《だれ》だって好《す》きにならずにはいられない……あれほど勇敢《ゆうかん》で……あれほどユーモアがあって……何《なん》という恐《おそ》ろしいことだ……」

「それなのに、先生《せんせい》は、その息子《むすこ》を助《たす》けようとしない」ハリーが言《い》った。「母《はは》は僕《ぼく》に命《いのち》をくれました。それなのに、先生《せんせい》は記憶《きおく》をくれようとしない」

ハグリッドのごうごうたるいびきが小屋《こや》を満《み》たした。ハリーは涙《なみだ》をためたスラグホーンの目《め》をしっかり見《み》つめた。「魔法薬《まほうやく》」の教授《きょうじゅ》は、目《め》をそらすことができないようだった。

「そんなことを言《い》わんでくれ」スラグホーンがかすかな声《こえ》で言《い》った。「君《きみ》にやるかやらないかの問題《もんだい》ではない……君《きみ》を助《たす》けるためなら、もちろん……しかし、何《なん》の役《やく》にも立《た》たない……」

「役《やく》に立《た》ちます」ハリーははっきりと言《い》った。「ダンブルドアには情報《じょうほう》が必要《ひつよう》です。僕《ぼく》には情報《じょうほう》が必要《ひつよう》です」

何《なに》を言《い》っても安全《あんぜん》だと、ハリーにはわかっていた。朝《あさ》になれば、スラグホーンは何《なに》も覚《おぼ》えていないと、フェリックスが教《おし》えてくれていた。スラグホーンの目《め》をまっすぐに見《み》つめながら、ハリーは少《すこ》し身《み》を乗《の》り出《だ》した。

「僕《ぼく》は『選《えら》ばれし者《もの》』だ。やつを殺《ころ》さなければならない。あの記憶《きおく》が必要《ひつよう》なんだ」

スラグホーンはサッと青《あお》ざめた。テカテカした額《ひたい》に、汗《あせ》が光《ひか》っていた。

「君《きみ》はやはり、『選《えら》ばれし者《もの》』なのか？」

「もちろんそうです」ハリーは静《しず》かに言《い》った。

「しかし、そうすると……君《きみ》は……君《きみ》は大変《たいへん》なことを頼《たの》んでいる……わたしに頼《たの》んでいるのは、実《じつ》は、君《きみ》が『あの人《ひと》』を破滅《はめつ》させるのを援助《えんじょ》しろと――」

「リリー・エバンズを殺《ころ》した魔法使《まほうつか》いを、退治《たいじ》したくないんですか？」

「ハリー、ハリー、もちろんそうしたい。しかし――」

「怖《こわ》いんですね？　僕《ぼく》を助《たす》けたとあいつに知《し》られてしまうことが」

スラグホーンは無言《むごん》だった。恐《おそ》れおののいているようだった。

「先生《せんせい》、僕《ぼく》の母《はは》のように、勇気《ゆうき》を出《だ》して……」

スラグホーンはむっちりした片手《かたて》を上《あ》げ、指《ゆび》を震《ふる》わせながら口《くち》を覆《おお》った。一瞬《いっしゅん》、育《そだ》ち過《す》ぎた赤《あか》ん坊《ぼう》のように見《み》えた。

「自慢《じまん》できることではない……」

指《ゆび》の間《あいだ》から、スラグホーンがささやいた。

「恥《は》ずかしい――あの記憶《きおく》のあらわすことが――あの日《ひ》に、わたしはとんでもない惨事《さんじ》を引《ひ》き起《お》こしてしまったのではないかと思《おも》う……」

「僕《ぼく》にその記憶《きおく》を渡《わた》せば、先生《せんせい》のやったことはすべて帳消《ちょうけ》しになります」

ハリーが言《い》った。

「そうするのは、とても勇敢《ゆうかん》で気高《けだか》いことです」

ハグリッドは眠《ねむ》ったままでピクリと動《うご》いたが、またいびきをかき続《つづ》けた。スラグホーンとハリーは、ろうそくのなびく炎《ほのお》を挟《はさ》んで見《み》つめ合《あ》った。長《なが》い、長《なが》い沈黙《ちんもく》が流《なが》れた。フェリックス・フェリシスが、ハリーに、そのままだまって待《ま》てと教《おし》えていた。

やがてスラグホーンは、ゆっくりとポケットに手《て》を入《い》れ、杖《つえ》を取《と》り出《だ》した。もう一方《いっぽう》の手《て》をマントに突《つ》っ込《こ》み、小《ちい》さな空《あ》き瓶《びん》を取《と》り出《だ》した。ハリーの目《め》を見《み》つめたまま、スラグホーンは杖《つえ》の先《さき》でこめかみに触《ふ》れ、杖《つえ》を引《ひ》いた。記憶《きおく》の長《なが》い銀色《ぎんいろ》の糸《いと》が、杖先《つえさき》について出《で》てきた。記憶《きおく》は、長々《ながなが》と伸《の》び、最後《さいご》に切《き》れて、銀色《ぎんいろ》に輝《かがや》きながら杖《つえ》の先《さき》で揺《ゆ》れた。スラグホーンがそれを瓶《びん》に入《い》れると、糸《いと》はらせん状《じょう》に巻《ま》き、やがて広《ひろ》がってガスのように渦巻《うずま》いた。震《ふる》える手《て》でコルク栓《せん》を閉《し》め、スラグホーンはテーブル越《ご》しに瓶《びん》をハリーに渡《わた》した。

「ありがとう、先生《せんせい》」

「君《きみ》はいい子《こ》だ」

スラグホーンのふくれたほおを涙《なみだ》が伝《つた》い、セイウチひげに落《お》ちた。

「それに、君《きみ》の目《め》は母親《ははおや》の目《め》だ……それを見《み》ても、わたしのことをあまり悪《わる》く思《おも》わんでくれ……」

そして、両腕《りょううで》に頭《あたま》をもたせて深《ふか》いため息《いき》をつき、スラグホーンもまた眠《ねむ》り込《こ》んだ。

第《だい》23章《しょう》 ホークラックス

　こっそりと城《しろ》に戻《もど》る途中《とちゅう》、ハリーは「フェリックス・フェリシス」の幸運《こううん》の効《き》き目《め》がだんだん切《き》れていくのを感《かん》じた。正面《しょうめん》の扉《とびら》こそまだ鍵《かぎ》がかかっていなかったものの、四階《かい》でピーブズに出《で》くわし、いつもの近道《ちかみち》の一つに横《よこ》っ飛《と》びに飛《と》び込《こ》んで、かろうじて見《み》つからずにすんだ。さらに時間《じかん》がたって、「太《ふと》った婦人《レディ》」の肖像画《しょうぞうが》の前《まえ》で「透明《とうめい》マント」を脱《ぬ》いだときに、「婦人《レディ》」が最悪《さいあく》のムードだったのも、別《べつ》に変《へん》だとは思《おも》わなかった。

「今何時《いまなんじ》だと思《おも》ってるの？」

「ごめんなさい――大事《だいじ》な用《よう》で出《で》かけなければならなかったので――」

「あのね、合言葉《あいことば》は真夜中《まよなか》に変《か》わったの。だから、あなたは廊下《ろうか》で寝《ね》なければならないことになるわね？」

「まさか！」ハリーが言《い》った。「どうして真夜中《まよなか》に変《か》わらなきゃいけないんだ？」

「そうなっているのよ」

「太《ふと》った婦人《レディ》」が言《い》った。

「腹《はら》が立《た》つなら校長先生《こうちょうせんせい》に抗議《こうぎ》しなさい。安全対策《あんぜんたいさく》を厳《きび》しくしたのはあの方《かた》ですからね」

「そりゃいいや」

硬《かた》そうな床《ゆか》を見回《みまわ》しながら、ハリーが苦々《にがにが》しげに言《い》った。

「まったくすごいや。ああ、ダンブルドアが学校《がっこう》にいるなら、抗議《こうぎ》しにいくよ。だって、僕《ぼく》の用事《ようじ》はダンブルドアが――」

「いらっしゃいますぞ」

背後《はいご》で声《こえ》がした。

「ダンブルドア校長《こうちょう》は、一時間前《じかんまえ》に学校《がっこう》に戻《もど》られました」

「ほとんど首無《くびな》しニック」が、いつものようにひだえりの上《うえ》で首《くび》をぐらぐらさせながら、するするとハリーに近《ちか》づいてきた。

「校長《こうちょう》が到着《とうちゃく》するのを見《み》ていた、『血《ち》みどろ男爵《だんしゃく》』から聞《き》きました」ニックが言《い》った。

「男爵《だんしゃく》が言《い》うには、校長《こうちょう》は、もちろん少《すこ》しおつかれのご様子《ようす》ですが、お元気《げんき》だそうです」

「どこにいるの？」ハリーは心《こころ》が躍《おど》った。

「ああ、天文台《てんもんだい》の塔《とう》でうめいたり、鎧《よろい》をガチャつかせたりしていますよ。男爵《だんしゃく》の趣味《しゅみ》でして――」

「『血《ち》みどろ男爵《だんしゃく》』じゃなくて、ダンブルドア！」

「ああ――校長室《こうちょうしつ》です」ニックが言《い》った。

「男爵《だんしゃく》の言《い》い方《かた》から察《さっ》しますに、おやすみになる前《まえ》に何《なに》か用事《ようじ》がおありのようで――」

「うん、そうなんだ」

あの記憶《きおく》を手《て》に入《い》れたことを、ダンブルドアに報告《ほうこく》できると思《おも》うと、ハリーの胸《むね》は興奮《こうふん》で熱《あつ》くなった。くるりと向《む》きを変《か》え、「太《ふと》った婦人《レディ》」の声《こえ》が追《お》いかけてくるのを無視《むし》して、ハリーはまたかけ出《だ》した。

「戻《もど》ってらっしゃい！ ええ、私《わたし》がうそをついたの！ 起《お》こされていらいらしたからよ！ 合言葉《あいことば》は変《か》わってないわ。『サナダムシ』よ！」

しかし、ハリーはもう、廊下《ろうか》を疾走《しっそう》していた。数分後《すうふんご》には、ダンブルドアの怪獣像《ガーゴイル》に向《む》かって「タフィー エクレア」と合言葉《あいことば》を言《い》い、怪獣像《ガーゴイル》は飛《と》びのいて、ハリーをらせん階段《かいだん》に通《とお》していた。

「お入《はい》り」ハリーのノックにダンブルドアが答《こた》えた。つかれきった声《こえ》だった。

ハリーは扉《とびら》を押《お》して入《はい》った。ダンブルドアの校長室《こうちょうしつ》はいつもどおりだったが、窓《まど》の外《そと》は真《ま》っ暗《くら》な空《そら》に星《ほし》が散《ち》っていた。

「なんと、ハリー」ダンブルドアは驚《おどろ》いたように言《い》った。

「こんなに夜《よ》ふけにわしを訪《たず》ねてきてくれるとは、いったいどんなわけがあるのじゃ？」

「先生《せんせい》――手《て》に入《い》れました。スラグホーンの記憶《きおく》を、手《て》に入《い》れました」

ハリーはガラスの小瓶《こびん》を取《と》り出《だ》して、ダンブルドアに見《み》せた。ダンブルドアは一瞬《いっしゅん》、不意《ふい》を突《つ》かれた様子《ようす》だったが、やがてニッコリと顔《かお》をほころばせた。

「ハリー、すばらしい知《し》らせじゃ！　ようやった！　君《きみ》ならできると思《おも》うておった」

時間《じかん》が遅《おそ》いことなど、すっかり忘《わす》れてしまったように、ダンブルドアは急《いそ》いで机《つくえ》の向《む》こうから出《で》てきて、傷《きず》ついていないほうの手《て》でスラグホーンの記憶《きおく》の瓶《びん》を受《う》け取《と》り、「憂《うれ》いの篩《ふるい》」がしまってある棚《たな》にツカツカと歩《あゆ》み寄《よ》った。

「今《いま》こそ」

ダンブルドアは石《いし》の水盆《すいぼん》を机《つくえ》に置《お》き、瓶《びん》の中身《なかみ》をそこに注《そそ》ぎながら言《い》った。

「ついに今《いま》こそ、見《み》ることができる。ハリー、急《いそ》ぐのじゃ……」

ハリーは素直《すなお》に「憂《うれ》いの篩《ふるい》」をのぞき込《こ》み、床《ゆか》から足《あし》が離《はな》れるのを感《かん》じた……今回《こんかい》もまたハリーは、暗闇《くらやみ》の中《なか》を落《お》ちていき、何年《なんねん》も前《まえ》のホラス・スラグホーンの部屋《へや》に降《お》り立《た》った。

今《いま》よりずっと若《わか》いホラス・スラグホーンがいる。つやのある豊《ゆた》かな麦藁色《むぎわらいろ》の髪《かみ》に、赤毛《あかげ》まじりのブロンドの口《くち》ひげのスラグホーンは、前《まえ》の記憶《きおく》と同《おな》じように、心地《ここち》よさそうなひじかけ椅子《いす》に腰《こし》かけ、ビロードのクッションに足《あし》をのせ、片手《かたて》に小《ちい》さなワイングラスをつかみ、もう一方《いっぽう》の手《て》で、砂糖漬《さとうづ》けパイナップルの箱《はこ》を探《さぐ》っていた。十代《じゅうだい》の男《おとこ》の子《こ》が六人《にん》ほど、スラグホーンの周《まわ》りに座《すわ》り、その真《ま》ん中《なか》にトム・リドルがいる。その指《ゆび》に、マールヴォロの金《きん》と黒《くろ》の指輪《ゆびわ》が光《ひか》っていた。

ダンブルドアがハリーの横《よこ》に姿《すがた》を現《あらわ》したとき、リドルが聞《き》いた。

「先生《せんせい》、メリィソート先生《せんせい》が退職《たいしょく》なさるというのはほんとうですか？」

「トム、トム、たとえ知《し》っていても、君《きみ》には教《おし》えられないね」

スラグホーンは指《ゆび》をリドルに向《む》けて、叱《しか》るように振《ふ》ったが、同時《どうじ》にウィンクした。

「まったく、君《きみ》って子《こ》は、どこで情報《じょうほう》を仕入《しい》れてくるのか、知《し》りたいものだ。教師《きょうし》の半数《はんすう》より情《じょう》報通《ほうつう》だね、君《きみ》は」

リドルは微笑《びしょう》した。ほかの少年《しょうねん》たちは笑《わら》って、リドルを称賛《しょうさん》のまなざしで見《み》た。

「知《し》るべきではないことを知《し》るという、君《きみ》のなぞのような能力《のうりょく》、大事《だいじ》な人間《にんげん》をうれしがらせる心《こころ》づかい――ところで、パイナップルをありがとう。君《きみ》の考《かんが》えどおり、これはわたしの好物《こうぶつ》で――」

何人《なんにん》かの男《おとこ》の子《こ》が、またクスクス笑《わら》った。

「――君《きみ》は、これから二十年のうちに魔法大臣《まほうだいじん》になれると、わたしは確信《かくしん》しているよ。引《ひ》き続《つづ》きパイナップルを送《おく》ってくれたら十五年《ねん》だ。魔法省《まほうしょう》にはすばらしいコネがある」

ほかの男《おとこ》の子《こ》はまた笑《わら》ったが、トム・リドルはほほ笑《え》んだだけだった。リドルがそのグループで最年長《さいねんちょう》ではないのに、全員《ぜんいん》がリドルをリーダーとみなしているらしいことに、ハリーは気《き》がついた。

「先生《せんせい》、僕《ぼく》に政治《せいじ》が向《む》いているかどうかわかりません」

笑《わら》い声《ごえ》が収《おさ》まったところで、リドルが言《い》った。

「一つには、僕《ぼく》の生《お》い立《た》ちがふさわしいものではありません」

リドルの周《まわ》りにいた男《おとこ》の子《こ》が二人《ふたり》、顔《かお》を見合《みあ》わせてニヤリと笑《わら》った。仲間《なかま》だけに通《つう》じる冗談《じょうだん》を楽《たの》しんでいるのだと、ハリーにはわかった。自分《じぶん》たちの大将《たいしょう》が、有名《ゆうめい》な先祖《せんぞ》の子孫《しそん》だと知《し》っているか、またはそうだろうと考《かんが》えているにちがいない。

「バカな」スラグホーンがきびきびと言《い》った。

「君《きみ》ほどの能力《のうりょく》だ。由緒正《ゆいしょただ》しい魔法使《まほうつか》いの家系《かけい》であることは火《ひ》を見《み》るよりも明《あき》らかだ。いや、トム、君《きみ》は出世《しゅっせ》する。生徒《せいと》に関《かん》して、わたしがまちがったためしはない」

スラグホーンの背後《はいご》で、机《つくえ》の上《うえ》の小《ちい》さな金色《きんいろ》の置《お》き時計《どけい》が、十一時《じ》を打《う》ち、スラグホーンが振《ふ》り返《かえ》った。

「なんとまあ、もうそんな時間《じかん》か？　みんな、もう戻《もど》ったほうがいい。そうしないと、困《こま》ったことになるからね。レストレンジ、明日《あす》までにレポートを書《か》いてこないと、罰則《ばっそく》だぞ。エイブリー、君《きみ》もだ」

男《おとこ》の子《こ》たちがぞろぞろ出《で》ていく間《あいだ》、スラグホーンはひじかけ椅子《いす》から重《おも》い腰《こし》を上《あ》げ、空《から》になったグラスを机《つくえ》のほうに持《も》っていった。背後《はいご》の気配《けはい》でスラグホーンが振《ふ》り返《かえ》ると、リドルがまだそこに立《た》っていた。

「トム、早《はや》くせんか。時間外《じかんがい》にベッドを抜《ぬ》け出《だ》しているところを捕《つか》まりたくはないだろう。君《きみ》は監督生《かんとくせい》なのだし……」

「先生《せんせい》、おうかがいしたいことがあるんです」

「それじゃ、遠慮《えんりょ》なく聞《き》きなさい、トム、遠慮《えんりょ》なく」

「先生《せんせい》、ご存《ぞん》じでしょうか……ホークラックスのことですが？」

スラグホーンはリドルをじっと見《み》つめた。ずんぐりした指《ゆび》が、ワイングラスの足《あし》を無意識《むいしき》になでている。

「『闇《やみ》の魔術《まじゅつ》に対《たい》する防衛術《ぼうえいじゅつ》』の課題《かだい》かね？」

学校《がっこう》の課題《かだい》ではないことを、スラグホーンは百《ひゃく》も承知《しょうち》だと、ハリーは思《おも》った。

「いいえ、先生《せんせい》、そういうことでは」リドルが答《こた》えた。

「本《ほん》を読《よ》んでいて見《み》つけた言葉《ことば》ですが、完全《かんぜん》にはわかりませんでした」

「ふむ……まあ……トム、ホグワーツでホークラックスの詳細《しょうさい》を書《か》いた本《ほん》を見《み》つけるのは骨《ほね》だろう。闇《やみ》も闇《やみ》、真《ま》っ暗闇《くらやみ》の術《じゅつ》だ」スラグホーンが言《い》った。

「でも、先生《せんせい》はすべてご存《ぞん》じなのでしょう？　つまり、先生《せんせい》ほどの魔法使《まほうつか》いなら――すみません、つまり、先生《せんせい》が教《おし》えてくださらないなら、当然《とうぜん》――誰《だれ》かが教《おし》えてくれるとしたなら、先生《せんせい》しかないと思《おも》ったのです――ですから、とにかくうかがってみようと――」

うまい、とハリーは思《おも》った。遠慮《えんりょ》がちに、なにげない調子《ちょうし》で慎重《しんちょう》におだて上《あ》げる。どれ一つとしてやり過《す》ぎてはいない。気《き》が進《すす》まない相手《あいて》をうまく乗《の》せて情報《じょうほう》を聞《き》き出《だ》すことにかけては、ハリー自身《じしん》がいやというほど経験《けいけん》していたので、名人芸《めいじんげい》だと認《みと》めることができた。リドルはその情《じょう》報《ほう》が欲《ほ》しくてたまらないのだとわかった。おそらく、この時《とき》のために何週間《なんしゅうかん》も準備《じゅんび》していたのだろう。

「さてと」

スラグホーンはリドルの顔《かお》を見《み》ずに、砂糖漬《さとうづ》けパイナップルの箱《はこ》の上《うえ》のリボンをいじりながら言《い》った。

「まあ、もちろん、ざっとしたことを君《きみ》に話《はな》しても別《べつ》にかまわないだろう。その言葉《ことば》を理解《りかい》するためだけにならね。ホークラックスとは、人《ひと》がその魂《たましい》の一部《いちぶ》を隠《かく》すために用《もち》いられる物《もの》を指《さ》す言葉《ことば》で、分霊箱《ぶんれいばこ》のことを言《い》う」

「でも、先生《せんせい》、どうやってやるのか、僕《ぼく》にはよくわかりません」リドルが言《い》った。

慎重《しんちょう》に声《こえ》を抑《おさ》えてはいたが、ハリーはリドルが興奮《こうふん》しているのを感《かん》じることができた。

「それはだね、魂《たましい》を分断《ぶんだん》するわけだ」スラグホーンが言《い》った。

「そして、その部分《ぶぶん》を体《からだ》の外《そと》にある物《もの》に隠《かく》す。すると、体《からだ》が攻撃《こうげき》されたり破滅《はめつ》したりしても、死《し》ぬことはない。なぜなら、魂《たましい》の一部《いちぶ》は滅《ほろ》びずに地上《ちじょう》に残《のこ》るからだ。しかし、もちろん、そういう形《かたち》での存在《そんざい》は……」

スラグホーンは激《はげ》しく顔《かお》をしかめた。ハリー自身《じしん》も、思《おも》わずほぼ二年前《ねんまえ》に聞《き》いた言葉《ことば》を思《おも》い出《だ》していた。

――俺様《おれさま》は肉体《にくたい》から引《ひ》き裂《さ》かれ、霊魂《れいこん》にも満《み》たない、ゴーストの端《はし》くれにも劣《おと》るものになった……しかし、俺様《おれさま》はまだ生《い》きていた――。

「……トム、それを望《のぞ》む者《もの》はめったにおるまい。めったに。死《し》のほうが望《のぞ》ましいだろう」

しかし、リドルは今《いま》や欲望《よくぼう》をむき出《だ》しにしていた。渇望《かつぼう》を隠《かく》しきれず、貪欲《どんよく》な表情《ひょうじょう》になっていた。

「どうやって魂《たましい》を分断《ぶんだん》するのですか？」

「それは」

スラグホーンが当惑《とうわく》しながら言《い》った。

「魂《たましい》は完全《かんぜん》な一体《いったい》であるはずだということを理解《りかい》しなければならない。分断《ぶんだん》するのは暴力行為《ぼうりょくこうい》であり、自然《しぜん》に逆《さか》らう」

「でも、どうやるのですか？」

「邪悪《じゃあく》な行為《こうい》――悪《あく》の極《きわ》みの行為《こうい》による。殺人《さつじん》を犯《おか》すことによってだ。殺人《さつじん》は魂《たましい》を引《ひ》き裂《さ》く。分《ぶん》霊箱《れいばこ》を作《つく》ろうと意図《いと》する魔法使《まほうつか》いは、破壊《はかい》を自《みずか》らのために利用《りよう》する。引《ひ》き裂《さ》かれた部分《ぶぶん》を物《もの》に閉《と》じ込《こ》める――」

「閉《と》じ込《こ》める？　でも、どうやって――？」

「呪文《じゅもん》がある。聞《き》かないでくれ。わたしは知《し》らない！」

スラグホーンは年老《としお》いた象《ぞう》がうるさい蚊《か》を追《お》い払《はら》うように頭《あたま》を振《ふ》った。

「わたしがやったことがあるように見《み》えるかね？　――わたしが殺人者《さつじんしゃ》に見《み》えるかね？」

「いいえ、先生《せんせい》、もちろん、ちがいます」リドルが急《いそ》いで言《い》った。

「すみません……お気《き》を悪《わる》くさせるつもりは……」

「いや、いや、気《き》を悪《わる》くしてはいない」

スラグホーンがぶっきらぼうに言《い》った。

「こういうことにちょっと興味《きょうみ》を持《も》つのは自然《しぜん》なことだ……ある程度《ていど》の才能《さいのう》を持《も》った魔法使《まほうつか》いは、常《つね》にその類《たぐい》の魔法《まほう》にひかれてきた……」

「そうですね、先生《せんせい》」リドルが言《い》った。

「でも、僕《ぼく》がわからないのは——ほんの好奇心《こうきしん》ですが——あの、一個《こ》だけの分霊箱《ぶんれいばこ》で役《やく》に立《た》つのでしょうか？　魂《たましい》は一回《かい》しか分断《ぶんだん》できないのでしょうか？　もっとたくさん分断《ぶんだん》するほうがよりたしかで、より強力《きょうりょく》になれるのではないでしょうか？　つまり、たとえば、七という数《かず》は、一番《いちばん》強《つよ》い魔法数字《まほうすうじ》ではないですか？　七個《こ》の場合《ばあい》は——？」

「とんでもない、トム！」

スラグホーンがかん高《だか》く叫《さけ》んだ。

「七個《こ》！　一人《ひとり》を殺《ころ》すと考《かんが》えるだけでも充分《じゅうぶん》に悪《わる》いことじゃないかね？　それに、いずれにしても……魂《たましい》を二つに分断《ぶんだん》するだけでも充分《じゅうぶん》に悪《わる》い……七つに引《ひ》き裂《さ》くなど……」

スラグホーンは、今度《こんど》は困《こま》りはてた顔《かお》で、それまで一度《いちど》もはっきりとリドルを見《み》たことがないかのような目《め》で、じっとリドルを見《み》つめていた。そもそもこんな話《はなし》を始《はじ》めたこと自体《じたい》を後悔《こうかい》しているのだと、ハリーには察《さっ》しがついた。

「もちろん」スラグホーンがつぶやいた。

「すべて仮定《かてい》の上《うえ》での話《はなし》だ。我々《われわれ》が話《はな》していることは。そうだね？　すべて学問的《がくもんてき》な……」

「ええ、もちろんです、先生《せんせい》」リドルがすぐに答《こた》えた。

「しかし、いずれにしても、トム……だまっていてくれ。わたしが話《はな》したことは——つまり、我々《われわれ》が話《はな》したことは、という意味《いみ》だが。我々《われわれ》が分霊箱《ぶんれいばこ》のことを気軽《きがる》に話《はな》したことが知《し》れると、世《せ》間体《けんてい》が悪《わる》い。ホグワーツでは、つまり、この話題《わだい》は禁《きん》じられている……ダンブルドアは特《とく》にこのことについて厳《きび》しい……」

「一言《ひとこと》も言《い》いません、先生《せんせい》」

そう言《い》うと、リドルは出《で》ていった。しかしその前《まえ》に、ハリーはちらりとその顔《かお》を見《み》た。自分《じぶん》が魔法使《まほうつか》いだと初《はじ》めて知《し》ったときに見《み》せたと同《おな》じ、あのむき出《だ》しの幸福感《こうふくかん》に満《み》ちた顔《かお》だった。幸福《こうふく》感《かん》が端正《たんせい》な面立《おもだ》ちを引《ひ》き立《た》たせるのではなく、なぜか非人間的《ひにんげんてき》な顔《かお》にしていた……。

「ハリー、ありがとう」ダンブルドアが静《しず》かに言《い》った。「戻《もど》ろうぞ……」

ハリーが校長室《こうちょうしつ》の床《ゆか》に着地《ちゃくち》したとき、ダンブルドアはすでに机《つくえ》のむこう側《がわ》に座《すわ》っていた。ハリーも腰《こし》かけて、ダンブルドアの言葉《ことば》を待《ま》った。

「わしはずいぶん長《なが》い間《あいだ》、この証拠《しょうこ》を求《もと》めておった」

しばらくしてダンブルドアが話《はな》しはじめた。

「わしが考《かんが》えていた理論《りろん》を裏《うら》づける証拠《しょうこ》じゃ。これで、わしの理論《りろん》が正《ただ》しいということと同時《どうじ》に、道《みち》のりがまだ遠《とお》いことがわかる……」

ハリーは突然《とつぜん》、壁《かべ》の歴代校長《れきだいこうちょう》の肖像画《しょうぞうが》がすべて目《め》を覚《さ》まして、二人《ふたり》の会話《かいわ》に聞《き》き入《い》っていることに気《き》がついた。でっぷり太《ふと》った赤鼻《あかはな》の魔法使《まほうつか》いは、古《ふる》いらっぱ形補聴器《がたほちょうき》まで取《と》り出《だ》していた。

「さて、ハリー」ダンブルドアが言《い》った。

「君《きみ》は、今《いま》しがた我々《われわれ》が耳《みみ》にしたことの重大《じゅうだい》さに気《き》づいておることじゃろう。今《いま》の君《きみ》とほんの数《すう》か月《げつ》とたがわぬ同《おな》い年《どし》で、トム・リドルは、自《みずか》らを不滅《ふめつ》にする方策《ほうさく》を探《さが》し出《だ》すのに全力《ぜんりょく》を傾《かたむ》けておった」

「先生《せんせい》はそれが成功《せいこう》したとお考《かんが》えですか？」ハリーが聞《き》いた。

「あいつは分霊箱《ぶんれいばこ》を作《つく》ったのですか？　僕《ぼく》を襲《おそ》ったときに死《し》ななかったのは、そのせいなのですか？　どこかに分霊箱《ぶんれいばこ》を一つ隠《かく》していたのですか？　魂《たましい》の一部《いちぶ》は安全《あんぜん》だったのですか？」

「一部《いちぶ》……もしくはそれ以上《いじょう》」ダンブルドアが言《い》った。

「ヴォルデモートの言葉《ことば》を聞《き》いたじゃろうが、ホラスから特《とく》に聞《き》き出《だ》したがっていたのは、複数《ふくすう》の分霊箱《ぶんれいばこ》を作《つく》った魔法使《まほうつか》いはどうなるかに関《かん》する意見《いけん》じゃった。是《ぜ》が非《ひ》でも死《し》を回避《かいひ》せんと、何《なん》度《ど》も殺人《さつじん》を犯《おか》すことをも辞《じ》さない魔法使《まほうつか》いが、くり返《かえ》し引《ひ》き裂《さ》いた魂《たましい》を、数多《かずおお》くの分霊箱《ぶんれいばこ》に別々《べつべつ》に収《おさ》めて隠《かく》した場合《ばあい》、その魔法使《まほうつか》いがどうなるかについての意見《いけん》じゃ。どの本《ほん》からもそのような情報《じょうほう》は得《え》られなかったじゃろう。わしの知《し》るかぎり――ヴォルデモートの知《し》るかぎりでもあろうと確信《かくしん》しておるが――魂《たましい》を二つに引《ひ》き裂《さ》く以上《いじょう》のことをした魔法使《まほうつか》いは、いまだかつておらぬ」

ダンブルドアは一瞬《いっしゅん》言葉《ことば》を切《き》り、考《かんが》えを整理《せいり》していたが、やがて口《くち》を開《ひら》いた。

「四年前《ねんまえ》、わしは、ヴォルデモートが魂《たましい》を分断《ぶんだん》した、たしかな証拠《しょうこ》と考《かんが》えられる物《もの》を受《う》け取《と》った」

「どこでですか？」ハリーが聞《き》いた。「どうやってですか？」

「君《きみ》がわしに手渡《てわた》したのじゃ、ハリー」ダンブルドアが言《い》った。

「日記《にっき》、リドルの日記《にっき》じゃ。『秘密《ひみつ》の部屋《へや》』を、いかにして再《ふたた》び開《ひら》くかを指示《しじ》した日記《にっき》じゃ」

「よくわかりません、先生《せんせい》」ハリーが言《い》った。

「されば、日記《にっき》から現《あらわ》れたリドルをわしは見《み》ておらぬが、君《きみ》が説明《せつめい》してくれた現象《げんしょう》は、わしが一《いち》度《ど》も目撃《もくげき》したことのないものじゃった。単《たん》なる記憶《きおく》が行動《こうどう》を起《お》こし、自分《じぶん》で考《かんが》えるとは？　単《たん》なる記憶《きおく》が、手中《しゅちゅう》にした少女《しょうじょ》の命《いのち》を搾《しぼ》り取《と》るであろうか？　ありえぬ。あの本《ほん》の中《なか》には、何《なに》かもっと邪悪《じゃあく》なものが棲《す》みついておったのじゃ……魂《たましい》のかけらが。わしはほぼ確信《かくしん》した。日記《にっき》は分霊箱《ぶんれいばこ》じゃった。しかし、これで一つの答《こた》えを得《え》たものの、より多《おお》くの疑問《ぎもん》が起《お》こった。わしが最《もっと》も関《かん》心《しん》を持《も》ち、また驚愕《きょうがく》したのは、あの日記《にっき》が護《まも》りの道具《どうぐ》としてだけではなく、武器《ぶき》として意図《いと》されていたことじゃった」

「まだよくわかりません、先生《せんせい》」ハリーが言《い》った。

「さよう。あれは分霊箱《ぶんれいばこ》としてしかるべき機能《きのう》をはたした――換言《かんげん》すれば、その中《なか》に隠《かく》された魂《たましい》のかけらは安全《あんぜん》に保管《ほかん》され、まちがいなく、その所有者《しょゆうしゃ》が死《し》ぬことを回避《かいひ》する役目《やくめ》をはたした。しかし、リドルが実《じつ》は、あの日記《にっき》が読《よ》まれることを望《のぞ》んでいたのは、疑《うたが》いの余地《よち》がない。スリザリンの怪物《かいぶつ》が再《ふたた》び解《と》き放《はな》たれるよう、自分《じぶん》の魂《たましい》のかけらが、誰《だれ》かの中《なか》に棲《す》みつくか取《と》り憑《つ》くかすることを望《のぞ》んでおったのじゃ」

「ええ、せっかく苦労《くろう》して作《つく》ったものを、むだにはしたくなかったのでしょう」

ハリーが言《い》った。

「自分《じぶん》がスリザリンの継承者《けいしょうしゃ》だということを、みんなに知《し》ってほしかったんだ。あの時代《じだい》にはそういう評価《ひょうか》が得《え》られなかったから」

「まさにそのとおりじゃ」ダンブルドアがうなずいた。

「しかし、ハリー、気《き》づかぬか？　日記《にっき》を未来《みらい》のホグワーツの生徒《せいと》の手《て》に渡《わた》したり、こっそり忍《しの》び込《こ》ませたりすることを、ヴォルデモートが意図《いと》していたとすれば、その中《なか》に隠《かく》した大切《たいせつ》な自分《じぶん》の魂《たましい》のかけらに関《かん》して、あまりに投《な》げやりではないか。分霊箱《ぶんれいばこ》の所以《ゆえん》は、スラグホーン先生《せんせい》の説《せつ》明《めい》にもあったように、自分《じぶん》の一部《いちぶ》を安全《あんぜん》に隠《かく》しておくことであり、誰《だれ》かの行《ゆ》く手《て》に投《な》げ出《だ》して、破壊《はかい》されてしまう危険《きけん》をおかしたりせぬものじゃ――事実《じじつ》そうなってしもうた。あの魂《たましい》のかけらは失《うしな》われた。君《きみ》がそうしたのじゃ」

「ヴォルデモートがあの分霊箱《ぶんれいばこ》を軽率《けいそつ》に考《かんが》えていたということが、わしにとっては最《もっと》も不気味《ぶきみ》なのじゃ。つまり、それは、ヴォルデモートがすでに、さらに複数《ふくすう》の分霊箱《ぶんれいばこ》を作《つく》った――または作《つく》ろうとしていた――ということを示唆《しさ》しておる。つまり最初《さいしょ》の分霊箱《ぶんれいばこ》の喪失《そうしつ》が、それほど致命的《ちめいてき》にならぬようにしたのじゃ。信《しん》じたくはないが、それ以外《いがい》には説明《せつめい》がつかぬ」

「それから二年後《ねんご》、君《きみ》は、ヴォルデモートが肉体《にくたい》を取《と》り戻《もど》した夜《よる》のことを、わしに語《かた》ってくれた。

死喰い人《しくいびと》たちに、ヴォルデモートは、まことに示唆《しさ》に富《と》む、驚《おどろ》くべきことを言《い》うておる。『誰《だれ》よりも深《ふか》く不死《ふし》の道《みち》へと入《はい》り込《こ》んでいたこの俺様《おれさま》が』とな。ヴォルデモートがそう言《い》うたと、君《きみ》が話《はな》してくれた。『誰《だれ》よりも深《ふか》く』と。そして、死喰い人《しくいびと》には理解《りかい》できなんじゃったろうが、わしはその意味《いみ》がわかった。ヴォルデモートは分霊箱《ぶんれいばこ》のことを言《い》うておったのじゃ。複数《ふくすう》の分霊箱《ぶんれいばこ》じゃよ、ハリー。ほかの魔法使《まほうつか》いにそのような前例《ぜんれい》はないじゃろう。しかし、つじつまが合《あ》う。ヴォルデモート卿《きょう》は、年月《ねんげつ》がたつにつれ、ますます人間離《にんげんばな》れした姿《すがた》になっていった。わしが思《おも》うに、そうした変身《へんしん》の道《みち》を説明《せつめい》できるのは、唯一《ゆいいつ》、あの者《もの》がその魂《たましい》を、我々《われわれ》が通常《つうじょう》の悪《あく》と呼《よ》ぶものを超《こ》えた領域《りょういき》にまで切《き》り刻《きざ》んでいたということじゃ……」

「それじゃ、あいつは、ほかの人間《にんげん》を殺《ころ》すことで、自分《じぶん》が殺《ころ》されるのを不可能《ふかのう》にしたのですか？」ハリーが聞《き》いた。「それほど不滅《ふめつ》になりたかったのなら、どうして自分《じぶん》で『賢者《けんじゃ》の石《いし》』を創《つく》るか、盗《ぬす》むかしなかったのでしょう？」

「いや、そうしようとしたことはわかっておる。五年前《ねんまえ》のことじゃ」

ダンブルドアが言《い》った。

「しかし、ヴォルデモート卿《きょう》にとって、『賢者《けんじゃ》の石《いし》』は分霊箱《ぶんれいばこ》ほど魅力《みりょく》がなかったのではないかと、わしは考《かんが》えておる。それにはいくつか理由《りゆう》がある」

『命《いのち》の霊薬《れいやく》』はたしかに生命《せいめい》を延長《えんちょう》するものではあるが、不滅《ふめつ》の命《いのち》を保《たも》つには、定期的《ていきてき》に、永《えい》遠《えん》に飲《の》み続《つづ》けなければならない。さすれば、ヴォルデモートは、その霊薬《れいやく》に全面的《ぜんめんてき》に依存《いぞん》することになり、霊薬《れいやく》が切《き》れたり不純《ふじゅん》なものになったりするか、または『石《いし》』が盗《ぬす》まれた場合《ばあい》は、ヴォルデモートはほかの者同様《ものどうよう》、死《し》ぬことになるであろう。ヴォルデモートは、覚《おぼ》えておろうが、自《じ》分《ぶん》ひとりで事《こと》を為《な》したがる。依存《いぞん》するということは、たとえそれが霊薬《れいやく》への依存《いぞん》であろうとも、がまんならなかったのであろうと思《おも》う。もちろん、君《きみ》を襲《おそ》ったあとに、あのように恐《おそ》ろしい半生《はんせい》命《めい》の状態《じょうたい》におとしめられ、そこから抜《ぬ》け出《だ》すためであれば霊薬《れいやく》を飲《の》もうと思《おも》ったのであろう。しかし、それは肉体《にくたい》を取《と》り戻《もど》すためにのみじゃ。それ以後《いご》は、引《ひ》き続《つづ》き分霊箱《ぶんれいばこ》を信頼《しんらい》しようとしていたと、わしは確信《かくしん》しておる。それ以外《いがい》には何《なに》も必要《ひつよう》ではなかった。ただ人間《にんげん》としての形《かたち》を取《と》り戻《もど》すことさえできれば。あの者《もの》はすでに不滅《ふめつ》だったのじゃから……もしくは、ほかの誰《だれ》も到達《とうたつ》できないほどに、不滅《ふめつ》に近《ちか》かったのじゃから」

「しかし、ハリーよ、君《きみ》が首尾《しゅび》よく手《て》に入《い》れてくれた、この肝心《かんじん》な記憶《きおく》という情報《じょうほう》が武器《ぶき》になり、我々《われわれ》は今《いま》こそ、ヴォルデモート卿《きょう》を破滅《はめつ》させるための秘密《ひみつ》に、これまでの誰《だれ》よりも近《ちか》づいておる。ハリー、あの者《もの》の言葉《ことば》を聞《き》いたじゃろう。『もっとたくさん分断《ぶんだん》するほうがよりたしかで、より強《きょう》力《りょく》になれるのではないでしょうか？……七という数《かず》は、一番強《いちばんつよ》い魔法数字《まほうすうじ》ではないですか……？』。七という数《かず》は、一番強《いちばんつよ》い魔法数字《まほうすうじ》ではないですか。さよう。七分断《ななぶんだん》された魂《たましい》という考《かんが》えが、ヴォルデモート卿《きょう》を強《つよ》くひきつけたであろうと思《おも》うのじゃ」

「七個《こ》の分霊箱《ぶんれいばこ》を作《つく》ったのですか？」

ハリーは恐《おそ》ろしさに身震《みぶる》いし、壁《かべ》の肖像画《しょうぞうが》の何枚《なんまい》かも、同《おな》じように衝撃《しょうげき》と怒《いか》りの声《こえ》を上《あ》げた。

「でも、その七個《こ》は、世界中《せかいじゅう》のどこにだってありうる──隠《かく》して──埋《う》めたり、見《み》えなくしたり──」

「問題《もんだい》の大《おお》きさに気《き》づいてくれたのはうれしい」

ダンブルドアが冷静《れいせい》に言《い》った。

「しかし、まず、ハリー、七個《こ》の分霊箱《ぶんれいばこ》ではない。六個《こ》じゃ。七個目《こめ》の魂《たましい》は、どのように損傷《そんしょう》されていようとも、よみがえった身体《からだ》の中《なか》に宿《やど》っておる。長年《ながねん》の逃亡中《とうぼうちゅう》、幽霊《ゆうれい》のような存在《そんざい》で生《い》きていた部分《ぶぶん》じゃ。それなしでは、あの者《もの》に自己《じこ》というものはまったくない。その七番目《ばんめ》の魂《たましい》こそ、ヴォルデモートを殺《ころ》そうとする者《もの》が最後《さいご》に攻撃《こうげき》しなければならない部分《ぶぶん》じゃ──ヴォルデモートの身体《からだ》の中《なか》に棲《す》む魂《たましい》のかけらじゃ」

「でも、それじゃ、六個《こ》の分霊箱《ぶんれいばこ》は」ハリーは絶望気味《ぜつぼうぎみ》に言《い》った。

「いったいどこを探《さが》せばよいのですか？」

「忘《わす》れておるようじゃの……君《きみ》はすでにそのうちの一個《こ》を破壊《はかい》した。そしてわしももう一個《こ》を破《は》壊《かい》した」

「先生《せんせい》が？」ハリーは急《せ》き込《こ》んだ。

「いかにも」

ダンブルドアはそう言《い》うと、黒《くろ》く焼《や》け焦《こ》げたような手《て》を挙《あ》げた。

「指輪《ゆびわ》じゃよ、ハリー。マールヴォロの指輪《ゆびわ》じゃ。それにも恐《おそ》ろしい呪《のろ》いがかけられておった。わしの並《なみ》はずれた術《じゅつ》と――謙譲《けんじょう》という美徳《びとく》に欠《か》ける言《い》い方《かた》を許《ゆる》しておくれ――さらに、著《いちじる》しく傷《きず》ついてホグワーツに戻《もど》ったときのスネイプ先生《せんせい》のすばやい処置《しょち》がなければ、わしは生《い》きてこの話《はなし》をすることができなかったことじゃろう。しかし、片手《かたて》がなえようとも、ヴォルデモートの七分《ぶん》の一の魂《たましい》と引《ひ》き換《か》えなら、理不尽《りふじん》ではないじゃろう。指輪《ゆびわ》はもはや分霊箱《ぶんれいばこ》ではない」

「でも、どうやって見《み》つけたのですか？」

「そうじゃのう。もう君《きみ》にもわかったじゃろうが、わしは長年《ながねん》、ヴォルデモートの過去《かこ》をできるだけつまびらかにすることを責務《せきむ》としてきた。ヴォルデモートがかつて知《し》っておった場所《ばしょ》を訪《たず》ねて、わしはあちこちを旅《たび》した。たまたま廃屋《はいおく》になったゴーントの家《いえ》に、指輪《ゆびわ》が隠《かく》してあったのを見《み》つけたのじゃ。その中《なか》に魂《たましい》の一部《いちぶ》を首尾《しゅび》よく封《ふう》じ込《こ》めたあとは、ヴォルデモートはもう指輪《ゆびわ》をはめたくなかったのじゃな。先祖《せんぞ》がかつて住《す》んでいた小屋《こや》に指輪《ゆびわ》を隠《かく》し、幾重《いくえ》にも強力《きょうりょく》な魔術《まじゅつ》を施《ほどこ》して指輪《ゆびわ》を護《まも》った――もちろん、モーフィンはすでにアズカバンに連《つ》れ去《さ》られておった――いつの日《ひ》か、わしがわざわざその廃屋《はいおく》を訪《たず》ねるだろうとは、またわしが魔法《まほう》による秘匿《ひとく》の跡《あと》に目《め》を光《ひか》らせるだろうとは、夢《ゆめ》にも思《おも》わなかったことじゃろう」

「しかし、心《こころ》から祝《いわ》うわけにはいかぬ。君《きみ》は日記《にっき》を、わしは指輪《ゆびわ》を破壊《はかい》したが、魂《たましい》の七分断説《ななぶんだんせつ》が正《ただ》しいとすれば、あと四個《こ》の分霊箱《ぶんれいばこ》が残《のこ》っておる」

「それはどんな形《かたち》でもありうるのですね？」ハリーが言《い》った。

「古《ふる》い缶詰《かんづめ》とか、えーと、空《から》の薬瓶《くすりびん》とか……？」

「君《きみ》が考《かんが》えているのは、ハリー、移動《ポート》キーじゃ。それはあたりまえの物《もの》で、簡単《かんたん》に見落《みお》とされそうな物《もの》でなければならない。しかし、ヴォルデモート卿《きょう》が、自分《じぶん》の大切《たいせつ》な魂《たましい》を護《まも》るのに、ブリキ缶《かん》や古《ふる》い薬瓶《くすりびん》を使《つか》うと思《おも》うかね？　わしがこれまで君《きみ》に見《み》せたことを忘《わす》れているようじゃ。ヴォルデモート卿《きょう》は勝利《しょうり》のトロフィーを集《あつ》めたがったし、強力《きょうりょく》な魔法《まほう》の歴史《れきし》を持《も》った物《もの》を好《この》んだ。自尊心《じそんしん》、自分《じぶん》の優位性《ゆういせい》に対《たい》する信仰《しんこう》、魔法史《まほうし》に驚《おどろ》くべき一角《いっかく》を占《し》めようとする決意《けつい》。こうしたことから考《かんが》えると、ヴォルデモートは分霊箱《ぶんれいばこ》をある程度《ていど》慎重《しんちょう》に選《えら》び、名誉《めいよ》にふさわしい品々《しなじな》を好《この》んで選《えら》んだと思《おも》われる」

「日記《にっき》はそれほど特別《とくべつ》ではありませんでした」

「日記《にっき》は、君自身《きみじしん》が言《い》うたように、ヴォルデモートがスリザリンの後継者《こうけいしゃ》であるという証《あか》しとなるものじゃった。ヴォルデモートはそのことを、この上《うえ》なく大切《たいせつ》だと考《かんが》えたにちがいない」

「それじゃ、ほかの分霊箱《ぶんれいばこ》は？」

ハリーが聞《き》いた。

「先生《せんせい》、どういう品《しな》か、ご存《ぞん》じなのですか？」

「推量《すいりょう》するしかない」ダンブルドアが言《い》った。

「今《いま》も言《い》うたような理由《りゆう》から、ヴォルデモート卿《きょう》は、品物自体《しなものじたい》が何《なん》らかの意味《いみ》で偉大《いだい》なものを好《この》んだであろうと思《おも》う。そこでわしは、ヴォルデモートの過去《かこ》をくまなく探《さぐ》り、あの者《もの》の周囲《しゅうい》で何《なに》か品物《しなもの》が紛失《ふんしつ》した形跡《けいせき》を見《み》つけようとした」

「ロケットだ！」ハリーが大声《おおごえ》を出《だ》した。

「ハッフルパフのカップ！」

「そうじゃ」ダンブルドアがほほ笑《え》んだ。

「賭《か》けてもよいが――もう一方《いっぽう》の手《て》を賭《か》けるわけにはいかぬのう――指《ゆび》の一、二本《ほん》ぐらいなら賭《か》けてもよいが、その二つの品《しな》が三番目《ばんめ》と四番目《ばんめ》の分霊箱《ぶんれいばこ》になった。残《のこ》る二個《こ》は、全部《ぜんぶ》で六個《こ》を作《つく》ったと仮定《かてい》しての話《はなし》じゃが、もっと難《むずか》しい。しかし、当《あ》たるも八卦《はっけ》で言《い》うならば、ハッフルパフとスリザリンの品《しな》を確保《かくほ》したあと、ヴォルデモートは、グリフィンドールとレイブンクローの所持品《しょじひん》を探《さが》しはじめたであろう。四人《にん》の創始者《そうししゃ》の四つの品々《しなじな》は、ヴォルデモートの頭《あたま》の中《なか》で、強《つよ》い引力《いんりょく》になっていたにちがいあるまい。はたしてレイブンクローの品《しな》を何《なに》か見《み》つけたかどうか、わしは答《こた》えを持《も》たぬが、しかし、グリフィンドール縁《ゆかり》の品《しな》として知《し》られる唯一《ゆいいつ》の物《もの》は、いまだに無事《ぶじ》じゃ」

ダンブルドアは黒焦《くろこ》げの指《ゆび》で背後《はいご》の壁《かべ》を指《さ》した。そこには、ルビーをちりばめた剣《つるぎ》が、ガラスケースに収《おさ》まっていた。

「先生《せんせい》、ヴォルデモートは、ほんとうはそれが目当《めあ》てで、ホグワーツに戻《もど》ってきたかったのでしょうか？」

ハリーが言《い》った。

「創始者《そうししゃ》の一人《ひとり》の品《しな》を何《なに》か見《み》つけようとして？」

「わしもまさにそう思《おも》う」ダンブルドアが言《い》った。

「しかし、残念《ざんねん》ながら、そこから先《さき》はあまり説明《せつめい》できぬ。なぜなら、ヴォルデモートは学校《がっこう》の中《なか》を探索《たんさく》する機会《きかい》もなく――とわしは信《しん》じておるのじゃが――門前払《もんぜんばら》いされてしもうたのじゃから。

ヴォルデモートは、四人《にん》の創始者《そうししゃ》の品々《しなじな》を集《あつ》めるという野望《やぼう》を満《み》たすことができなかった、と結《けつ》論《ろん》せざるをえんじゃろう。まちがいなく二つは手《て》に入《い》れた——三つ見《み》つけたかもしれぬ——今《いま》はせいぜいそこまでしか考《かんが》えられぬ」

「レイブンクローかグリフィンドールの品《しな》のどちらかを手《て》に入《い》れたとしても、まだ六番目《ばんめ》の分霊《ぶんれい》箱《ばこ》が残《のこ》っています」

ハリーは指《ゆび》を折《お》って数《かぞ》えながら言《い》った。

「それとも、二つの品《しな》を両方《りょうほう》とも手《て》に入《い》れたのでしょうか？」

「そうは思《おも》わぬ」ダンブルドアが言《い》った。

「六番目《ばんめ》が何《なに》か、わしにはわかるような気《き》がする。わしが、蛇《へび》のナギニの行動《こうどう》にしばらく興味《きょうみ》を持《も》っていたと打《う》ち明《あ》けたら、君《きみ》はどう思《おも》うかね？」

「あの蛇《へび》ですか？」ハリーはギクッとした。

「動物《どうぶつ》を分霊箱《ぶんれいばこ》に使《つか》えるのですか？」

「いや、賢明《けんめい》とは言《い》えぬ」ダンブルドアが言《い》った。

「それ自身《じしん》が考《かんが》えたり動《うご》いたりできるものに、魂《たましい》の一部《いちぶ》を預《あず》けるのは、当然危険《とうぜんきけん》をともなう。しかし、わしの計算《けいさん》が正《ただ》しければ、ヴォルデモートが君《きみ》を殺《ころ》そうとして、ご両親《りょうしん》の家《いえ》に侵入《しんにゅう》したとき、六個《こ》の分霊箱《ぶんれいばこ》という目標《もくひょう》には、まだ少《すく》なくとも一個《こ》欠《か》けておった」

「ヴォルデモートは、特《とく》に重大《じゅうだい》な者《もの》の死《し》の時《とき》まで、分霊箱《ぶんれいばこ》を作《つく》る過程《かてい》を延期《えんき》していたようじゃ。君《きみ》の場合《ばあい》は、紛《まぎ》れもなくそうした死《し》の一つじゃったろう。ヴォルデモートは、君《きみ》を殺《ころ》せば、予言《よげん》が示《しめ》した危機《きき》を打《う》ち砕《くだ》くことになると信《しん》じていた。自分《じぶん》を無敵《むてき》の存在《そんざい》にできると信《しん》じていた。君《きみ》を殺《ころ》して最後《さいご》の分霊箱《ぶんれいばこ》を作《つく》ろうと考《かんが》えていたと、わしは確信《かくしん》を持《も》っておる」

「知《し》ってのとおり、あの者《もの》はしくじった。しかし、何年《なんねん》かの後《のち》、ヴォルデモートはナギニを使《つか》って年老《としお》いたマグルの男《おとこ》を殺《ころ》し、たぶんその時《とき》に、ナギニを最後《さいご》の分霊箱《ぶんれいばこ》にすることを思《おも》いついたのじゃろう。ナギニはスリザリンとのつながりを際立《きわだ》たせるし、ヴォルデモート卿《きょう》の神秘的《しんぴてき》な雰囲気《ふんいき》を高《たか》める。ヴォルデモートが好《す》きになれる何《なに》かがあるとするならば、おそらくそれはナギニじゃと思《おも》う。たしかにナギニをそばに置《お》きたがっておるし、いくら蛇語使《へびごづか》いじゃと言《い》うても、異常《いじょう》なほどナギニを強《つよ》く操《あやつ》っているようじゃ」

「すると」ハリーが言《い》った。

「日記《にっき》もなくなったし、指輪《ゆびわ》もなくなった。カップ、ロケット、それと蛇《へび》はまだ残《のこ》っている。そして先生《せんせい》は、かつてレイブンクローかグリフィンドールのものだった品《しな》か何《なに》かが、分霊箱《ぶんれいばこ》になっているかもしれないとお考《かんが》えなのですね？」

「見事《みごと》に簡潔《かんけつ》で正確《せいかく》な要約《ようやく》じゃ。そのとおり」ダンブルドアは一礼《いちれい》しながら言《い》った。

「それで……先生《せんせい》はまだ、そうした物《もの》を探《さが》していらっしゃるのですね？　学校《がっこう》を留守《るす》になさったとき、そういう場所《ばしょ》を訪《たず》ねていらっしゃったのですか？」

「そうじゃ」ダンブルドアが答《こた》えた。

「長《なが》いこと探《さが》しておった。たぶん……わしの考《かんが》えでは……ほどなくもう一つ発見《はっけん》できるかもしれぬ。それらしい印《しるし》がある」

「発見《はっけん》なさったら」ハリーが急《いそ》いで言《い》った。

「僕《ぼく》も一緒《いっしょ》に行《い》って、それを破壊《はかい》する手伝《てつだ》いができませんか？」

ダンブルドアは一瞬《いっしゅん》、ハリーをじっと見《み》つめ、やがて口《くち》を開《ひら》いた。

「いいじゃろう」

「いいんですか？」

ハリーは、まさかの答《こた》えに衝撃《しょうげき》を受《う》けた。

「いかにも」ダンブルドアはわずかにほほ笑《え》んでいた。

「君《きみ》はその権利《けんり》を勝《か》ち取《と》ったと思《おも》う」

ハリーは胸《むね》が高鳴《たかな》った。初《はじ》めて警告《けいこく》や庇護《ひご》の言葉《ことば》を聞《き》かされなかったのがうれしかった。周囲《しゅうい》の歴代校長《れきだいこうちょう》たちは、ダンブルドアの決断《けつだん》に、あまり感心《かんしん》しないようだった。ハリーには何人《なんにん》かが首《くび》を横《よこ》に振《ふ》っているのが見《み》えたし、フィニアス・ナイジェラスはフンと鼻《はな》を鳴《な》らした。

「先生《せんせい》、ヴォルデモートは、分霊箱《ぶんれいばこ》が壊《こわ》されたとき、それがわかるのですか？　感《かん》じるのですか？」ハリーは肖像画《しょうぞうが》の反応《はんのう》を無視《むし》して尋《たず》ねた。

「非常《ひじょう》に興味《きょうみ》ある質問《しつもん》じゃよ、ハリー。答《こた》えは否《いな》じゃろう。ヴォルデモートは今《いま》や、どっぷりと悪《あく》に染《そ》まっておるし、さらに自分自身《じぶんじしん》の肝心《かんじん》な部分《ぶぶん》である分霊《ぶんれい》が、ずいぶん長《なが》いこと本体《ほんたい》から切《き》り離《はな》されておるので、我々《われわれ》が感《かん》じるようには感《かん》じない。たぶん、自分《じぶん》が死《し》ぬ時点《じてん》で、あの者《もの》は失《うしな》った物《もの》に気《き》づくのであろう……たとえば、ルシウス・マルフォイの口《くち》から真実《しんじつ》を吐《は》かせるまで、あの者《もの》は日記《にっき》が破壊《はかい》されてしまったことに気《き》づかなんだ。日記《にっき》がズタズタになり、そのすべての力《ちから》を失《うしな》ったと知《し》ったとき、ヴォルデモートの怒《いか》りたるや、見《み》るも恐《おそ》ろしいほどじゃったと聞《き》きおよぶ」

「でも、ルシウス・マルフォイがホグワーツに日記《にっき》を忍《しの》び込《こ》ませたのは、あいつがそう指示《しじ》したからでしょう？」

「いかにも。何年《なんねん》も前《まえ》のことじゃが、あの者《もの》が複数《ふくすう》の分霊箱《ぶんれいばこ》を作《つく》れるという確信《かくしん》があったときにじゃ。しかしながら、ヴォルデモートの命令《めいれい》を待《ま》つ手《て》はずじゃったルシウスは、その命令《めいれい》を受《う》けることはなかった。日記《にっき》をルシウスに預《あず》けてからまもなく、ヴォルデモートが消《き》えたからじゃ。あの者《もの》は、ルシウスが分霊箱《ぶんれいばこ》をただ大切《たいせつ》に護《まも》るじゃろうと思《おも》い、まさか、それ以外《いがい》のことをするとは思《おも》わなかったにちがいない。しかし、ヴォルデモートは、ルシウスの恐怖心《きょうふしん》を過大《かだい》に考《かんが》えておった。何年《なんねん》も姿《すがた》を消《け》したままの、死《し》んだと思《おも》われるご主人様《しゅじんさま》に対《たい》して、ルシウスが持《も》つ恐怖心《きょうふしん》のことじゃ。もちろん、ルシウスは日記《にっき》の本性《ほんしょう》を知《し》らなんだ。あの日記《にっき》には巧《たく》みな魔法《まほう》がかけてあるので、『秘密《ひみつ》の部屋《へや》』をもう一度《いちど》開《ひら》かせる物《もの》になるだろうと、ヴォルデモートがルシウスに話《はな》しておいたのじゃろうと思《おも》う。ご主人様《しゅじんさま》の魂《たましい》の一部《いちぶ》が託《たく》されている物《もの》だと知《し》っていたなら、ルシウスはまちがいなくあの日記《にっき》を、もっとうやうやしく扱《あつか》ったことじゃろう――しかし、そうはせずに、ルシウスは、古《ふる》いくわだてを自分自身《じぶんじしん》の目的《もくてき》のために勝手《かって》に実行《じっこう》してしまった。アーサー・ウィーズリーの娘《むすめ》のもとに日記《にっき》を忍《しの》び込《こ》ませることで、アーサーの信用《しんよう》を傷《きず》つけ、わしをホグワーツから追放《ついほう》させ、同時《どうじ》に自分《じぶん》にとって非常《ひじょう》に不利《ふり》になる物証《ぶっしょう》を片《かた》づけるという、一石三鳥《いっせきさんちょう》をねらったのじゃ。ああ、哀《あわ》れなルシウスよ……一つには、自《みずか》らの利益《りえき》のために分霊箱《ぶんれいばこ》を捨《す》ててしもうたという事実《じじつ》、また一つには昨年《さくねん》の魔法省《まほうしょう》での大失態《だいしったい》で、ヴォルデモートの逆鱗《げきりん》に触《ふ》れてしもうた。現在《げんざい》はアズカバンに収監《しゅうかん》されているから安全《あんぜん》じゃと、本人《ほんにん》が内心喜《ないしんよろこ》んでいるとしても無理《むり》からぬことじゃ」

ハリーはしばらく考《かんが》え込《こ》み、やがて質問《しつもん》した。

「すると、分霊箱《ぶんれいばこ》を全部破壊《ぜんぶはかい》すれば、ヴォルデモートを殺《ころ》すことが可能《かのう》なのですか？」

「そうじゃろうと思《おも》う」ダンブルドアが言《い》った。

「分霊箱《ぶんれいばこ》がなければ、ヴォルデモートは切《き》り刻《きざ》まれて減少《げんしょう》した魂《たましい》を持《も》つ、滅《めっ》すべき運命《うんめい》の存在《そんざい》じゃ。しかし、忘《わす》れるでない。あの者《もの》の魂《たましい》は、修復不能《しゅうふくふのう》なまでに損傷《そんしょう》されておるかもしれぬが、頭脳《ずのう》と魔力《まりょく》は無傷《むきず》じゃ。ヴォルデモートのような魔法使《まほうつか》いを殺《ころ》すには、たとえ『分霊箱《ぶんれいばこ》』がなくなっても、非凡《ひぼん》な技《わざ》と力《ちから》を要《よう》するじゃろう」

「でも、僕《ぼく》は非凡《ひぼん》な技《わざ》も力《ちから》も持《も》っていません」ハリーは思《おも》わず口走《くちばし》った。

「いや、持《も》っておる」

ダンブルドアがきっぱりと言《い》った。

「君《きみ》はヴォルデモートが持《も》ったことがない力《ちから》を持《も》っておる。君《きみ》の力《ちから》は――」

「わかっています！」

ハリーはいらいらしながら言《い》った。

「僕《ぼく》は愛《あい》することができます！」

そのあとにもう一言《ひとこと》、「それがどうした！」と言《い》いたいのを、ハリーはやっとの思《おも》いでのみ込《こ》んだ。

「そうじゃよ、ハリー、君《きみ》は愛《あい》することができる」

ダンブルドアは、ハリーが今《いま》のみ込《こ》んだ言葉《ことば》をはっきりと知《し》っているかのような表情《ひょうじょう》で言《い》った。

「これまで君《きみ》の身《み》に起《お》こったさまざまな出来事《できごと》を考《かんが》えてみれば、それは偉大《いだい》なすばらしいものなのじゃ。ハリー、自分《じぶん》がどんなに非凡《ひぼん》な人間《にんげん》であるかを理解《りかい》するには、君《きみ》はまだ若過《わかす》ぎる」

「それじゃ、予言《よげん》で、僕《ぼく》が『闇《やみ》の帝王《ていおう》の知《し》らぬ力《ちから》』を持《も》つと言《い》っていたのは、ただ単《たん》なる――愛《あい》？」ハリーは少《すこ》し失望《しつぼう》した。

「そうじゃ――単《たん》なる愛《あい》じゃ」ダンブルドアが言《い》った。

「しかし、ハリー、忘《わす》れるでないぞ。予言《よげん》が予言《よげん》として意味《いみ》を持《も》つのは、ヴォルデモートがそのようにしたからなのじゃということを。先学年《せんがくねん》の終《お》わりに君《きみ》に話《はな》したが、ヴォルデモートは、自《じ》分《ぶん》にとって一番危険《いちばんきけん》になりうる人物《じんぶつ》として、君《きみ》を選《えら》んだ――そうすることで、あの者《もの》は君《きみ》を、自《じ》分《ぶん》にとって最《もっと》も危険《きけん》な人物《じんぶつ》にしたのじゃ」

「でも、結局《けっきょく》はおんなじことになる――」

「いや、同《おな》じにはならぬ！」

今度《こんど》はダンブルドアがいらだった口調《くちょう》になった。黒《くろ》くしなびた手《て》でハリーを指《さ》しながら、ダンブルドアが言《い》った。

「君《きみ》は予言《よげん》に重《おも》きを置《お》き過《す》ぎておる」

「でも」ハリーは急《せ》き込《こ》んだ。「でも先生《せんせい》は、予言《よげん》の意味《いみ》を――」

「ヴォルデモートがまったく予言《よげん》を聞《き》かなかったとしたら、予言《よげん》は実現《じつげん》したじゃろうか？　予言《よげん》に意味《いみ》があったじゃろうか？　もちろん、ない！『予言《よげん》の間《ま》』のすべての予言《よげん》が現実《げんじつ》のものとなったと思《おも》うかね？」

「でも」ハリーは当惑《とうわく》した。

「でも先生《せんせい》は先学年《せんがくねん》の終《お》わりにおっしゃいました。二人《ふたり》のうちどちらかが、もう一人《ひとり》を殺《ころ》さなければならないと――」

「ハリー、ハリー、それはヴォルデモートが重大《じゅうだい》なまちがいを犯《おか》し、トレローニー先生《せんせい》の言葉《ことば》に応《おう》じて行動《こうどう》したからじゃ！　ヴォルデモートが君《きみ》の父君《ちちぎみ》を殺《ころ》さなかったら、君《きみ》の心《こころ》に燃《も》えるような復讐《ふくしゅう》の願《ねが》いをかき立《た》てたじゃろうか？　もちろん否《いな》じゃ！　ヴォルデモートが、君《きみ》を護《まも》ろうとした母君《ははぎみ》を死《し》に追《お》いやらなかったら、あの者《もの》が侵入《しんにゅう》できぬほどの強《つよ》い魔法《まほう》の護《まも》りを、君《きみ》に与《あた》えることになったじゃろうか？　もちろん否《いな》じゃよ、ハリー！

わからぬか？　すべての暴君《ぼうくん》たる者《もの》がそうであるように、ヴォルデモート自身《じしん》が、最大《さいだい》の敵《てき》を創《つく》り出《だ》したのじゃ！　暴君《ぼうくん》たる者《もの》が、自《みずか》ら虐《しいた》げている民《たみ》をどんなに恐《おそ》れているか、わかるかね？　暴君《ぼうくん》は、多《おお》くの虐《しいた》げられた者《もの》の中《なか》から、ある日《ひ》必《かなら》ず誰《だれ》かが立《た》ち上《あ》がり、反撃《はんげき》することを認識《にんしき》しておるのじゃ。ヴォルデモートとて例外《れいがい》ではない！　誰《だれ》かが自分《じぶん》に刃向《はむ》かうのを、常《つね》に警戒《けいかい》しておる。予言《よげん》を聞《き》いたヴォルデモートは、すぐさま行動《こうどう》した。その結果《けっか》、自分《じぶん》を破滅《はめつ》させる可能性《かのうせい》の最《もっと》も高《たか》い人物《じんぶつ》を自《みずか》ら選《えら》んだばかりでなく、その者《もの》に無類《むるい》の破壊的《はかいてき》な武器《ぶき》まで手渡《てわた》したのじゃ」

「でも――」

「君《きみ》がこのことを理解《りかい》するのが肝心《かんじん》なのじゃ！」

ダンブルドアは立《た》ち上《あ》がって、輝《かがや》くローブをひるがえしながら、部屋《へや》の中《なか》を大股《おおまた》で歩《ある》き回《まわ》っていた。こんなに激《はげ》しく論《ろん》じるダンブルドアを、ハリーは初《はじ》めて見《み》た。

「君《きみ》を殺《ころ》そうとしたことで、ヴォルデモート自身《じしん》が、非凡《ひぼん》なる人物《じんぶつ》を選《えら》び出《だ》した。その人物《じんぶつ》はわしの目《め》の前《まえ》におる。そしてその人物《じんぶつ》に、任務《にんむ》のための道具《どうぐ》まで与《あた》えた！　君《きみ》がヴォルデモートの考《かんが》えや野心《やしん》をのぞき見《み》ることができ、あの者《もの》が命令《めいれい》する際《さい》に使《つか》う、蛇《へび》の言葉《ことば》を理解《りかい》することさえできるようにしたのは、ヴォルデモートの失敗《しっぱい》じゃった。しかも、ハリー、ヴォルデモートの世《せ》界《かい》を洞察《どうさつ》できるという、君《きみ》の特権《とっけん》にもかかわらず――ついでながら、そのような才能《さいのう》を得《え》るためなら、死喰《しく》い人《びと》は殺人《さつじん》もいとわぬことじゃろう――君《きみ》は一度《いちど》たりとも闇《やみ》の魔術《まじゅつ》に誘惑《ゆうわく》されたことがない。けっして、一瞬《いっしゅん》たりとも、ヴォルデモートの従者《じゅうしゃ》になりたいという願望《がんぼう》を、露《つゆ》ほども見《み》せたことがない！」

「当然《とうぜん》です！」

ハリーはいきどおった。

「あいつは僕《ぼく》の父《とう》さんと母《かあ》さんを殺《ころ》した！」

「つまり、君《きみ》は、愛《あい》する力《ちから》によって護《まも》られておるのじゃ！」

ダンブルドアが声《こえ》を張《は》り上《あ》げた。

「ヴォルデモートが持《も》つ類《たぐい》の力《ちから》の誘惑《ゆうわく》に抗《こう》する唯一《ゆいいつ》の護《まも》りじゃ！　あらゆる誘惑《ゆうわく》にたえなければならなかったにもかかわらず、あらゆる苦《くる》しみにもかかわらず、君《きみ》の心《こころ》は純粋《じゅんすい》なままじゃ。十一歳《さい》のとき、君《きみ》の心《こころ》の望《のぞ》みを映《うつ》す鏡《かがみ》を見《み》つめていたときと変《か》わらぬ純粋《じゅんすい》さじゃ。あの鏡《かがみ》が示《しめ》しておったのは、不滅《ふめつ》の命《いのち》でも富《とみ》でもなく、ヴォルデモート卿《きょう》を倒《たお》す方法《ほうほう》のみじゃった。ハリー、あの鏡《かがみ》に、君《きみ》が見《み》たと同《おな》じものを見《み》る魔法使《まほうつか》いがいかに少《すく》ないか、わかっておるか？　ヴォルデモートはあの時《とき》に、自分《じぶん》が対峙《たいじ》しているものが何《なん》なのかを知《し》るべきじゃった。しかし、あの者《もの》は気《き》づかなんだ！」

「しかし、あの者《もの》は、今《いま》ではそれを知《し》っておる。君《きみ》は自《みずか》らをそこなうことなしに、ヴォルデモート卿《きょう》の心《こころ》に舞《ま》い込《こ》むことができた。一方《いっぽう》、あの者《もの》は、君《きみ》に取《と》り憑《つ》こうとすれば、死《し》ぬほどの苦《くる》しみにたえなければならないということに、魔法省《まほうしょう》で気《き》づいたのじゃ。なぜそうなるのか、ハリー、あの者《もの》にはわかっておらぬと思《おも》う。あの者《もの》は、自《みずか》らの魂《たましい》を分断《ぶんだん》することを急《いそ》ぐあまり、汚《けが》れのない、全《まった》き魂《たましい》の比類《ひるい》なき力《ちから》を理解《りかい》する間《ま》がなかったのじゃ」

「でも、先生《せんせい》」

ハリーは反論《はんろん》がましく聞《き》こえないよう、けなげに努力《どりょく》しながら言《い》った。

「結局《けっきょく》は、すべて同《おな》じことなのではないですか？　僕《ぼく》はあいつを殺《ころ》さなければならない。さもないと——」

「なければならない？」

ダンブルドアが言《い》った。

「もちろん、君《きみ》はそうしなければならない！　しかし、予言《よげん》のせいではない！　君《きみ》が、君自身《きみじしん》が、そうしなければ休《やす》まることがないからじゃ！　わしも、君《きみ》もそれを知《し》っておる！　頼《たの》む、しばしの間《あいだ》でよいから、あの予言《よげん》を聞《き》かなかったと思《おも》ってほしい！　さあ、ヴォルデモートについて、君《きみ》はどう感《かん》じるかな？　考《かん》えるのじゃ！」

ハリーは、目《め》の前《まえ》を大股《おおまた》で往《い》ったり来《き》たりしているダンブルドアを見《み》つめながら、考《かんが》えた。母《はは》親《おや》のこと、父親《ちちおや》のこと、そしてシリウスのことを思《おも》った。セドリック・ディゴリーのことを思《おも》った。ヴォルデモート卿《きょう》の仕業《しわざ》であることがわかっている、あらゆる恐《おそ》ろしい行為《こうい》のことを思《おも》った。胸《むね》の中《なか》にメラメラと炎《ほのお》が燃《も》え上《あ》がり、のど元《もと》を焦《こ》がすような気《き》がした。

「あいつを破滅《はめつ》させたい」

ハリーは静《しず》かに言《い》った。

「そして、僕《ぼく》が、そうしてやりたい」

「もちろん君《きみ》がそうしたいのじゃ！」ダンブルドアが叫《さけ》んだ。

「よいか。予言《よげん》は君《きみ》が何《なに》かをしなければならないという意味《いみ》ではない！　しかし、予言《よげん》は、ヴォルデモート卿《きょう》に、君《きみ》を『**自分《じぶん》に比肩《ひけん》する者《もの》としてしるす**』ように仕向《しむ》けた。つまり、君《きみ》がどういう道《みち》を選《えら》ぼうと自由《じゆう》じゃ。予言《よげん》に背《せ》を向《む》けるのも自由《じゆう》なのじゃ！　しかしヴォルデモートは、今《いま》でも予言《よげん》を重要視《じゅうようし》しておる。君《きみ》を追《お》い続《つづ》けるじゃろう……さすれば、確実《かくじつ》に、まさに……」

「一方《いっぽう》が、他方《たほう》の手《て》にかかって死《し》ぬ」ハリーが言《い》った。「そうです」

ハリーはやっと、ダンブルドアが自分《じぶん》に言《い》わんとしていたことがわかった。死《し》に直面《ちょくめん》する戦《たたか》いの場《ば》に引《ひ》きずり込《こ》まれるか、頭《あたま》を高《たか》く上《あ》げてその場《ば》に歩《あゆ》み入《い》るかのちがいなのだ、とハリーは思《おも》った。その二つの道《みち》の間《あいだ》には、選択《せんたく》の余地《よち》はほとんどないという人《ひと》も、たぶんいるだろう。しかし、ダンブルドアは知《し》っている——僕《ぼく》も知《し》っている。そう思《おも》うと、誇《ほこ》らしさが一気《いっき》に込《こ》み上《あ》げてきた。そして、僕《ぼく》の両親《りょうしん》も知《し》っていた——その二つの間《あいだ》は、天《てん》と地《ち》ほどにちがうのだということを。

第《だい》24章《しょう》　セクタムセンプラ

夜更《よふ》けの授業《じゅぎょう》でつかれきっていたが、ハリーはうれしかった。翌朝《よくあさ》の「呪文学《じゅもんがく》」のクラスで、ハリーは、ロンとハーマイオニーに一部始終《いちぶしじゅう》を話《はな》して聞《き》かせた（その前《まえ》に近《ちか》くの生徒《せいと》たちに「耳《みみ》ふさぎ」呪文《じゅもん》をかけておいた）。どんなふうにしてスラグホーンを乗《の》せ、記憶《きおく》を引《ひ》き出《だ》したかを聞《き》いて、二人《ふたり》とも感心《かんしん》したので、ハリーは満足《まんぞく》だった。ヴォルデモートの分霊箱《ぶんれいばこ》のことや、ダンブルドアが、次《つぎ》の一個《こ》を発見《はっけん》したらハリーを連《つ》れていくと約束《やくそく》した話《はなし》をすると、二人《ふたり》は感服《かんぷく》しておそれ入《い》った。

「ウワー」

ハリーがやっとすべてを話《はな》し終《お》えると、ロンが声《こえ》をもらした。ロンは自分《じぶん》が何《なに》をやっているのかまったく意識《いしき》せず、何《なん》となく天井《てんじょう》に向《む》けて杖《つえ》を振《ふ》っていた。

「ウワー、君《きみ》、ほんとうにダンブルドアと一緒《いっしょ》に行《い》くんだ……そして破壊《はかい》する……ウワー」

「ロン、あなた、雪《ゆき》を降《ふ》らせてるわよ」

ハーマイオニーがロンの手首《てくび》をつかみ、杖《つえ》を天井《てんじょう》からそらせながら、やさしく言《い》った。たしかに、大《おお》きな雪片《せっぺん》が舞《ま》い落《お》ちはじめていた。目《め》を真《ま》っ赤《か》にしたラベンダー・ブラウンが、隣《となり》のテーブルからハーマイオニーをにらみつけているのに、ハリーは気《き》がついた。ハーマイオニーもすぐにロンの腕《うで》を放《はな》した。

「ああ、ほんとだ」

ロンは驚《おどろ》いたような驚《おどろ》かないような顔《かお》で、自分《じぶん》の肩《かた》を見下《みお》ろした。

「ごめん……みんなひどいふけ症《しょう》になったみたいだな……」

ロンはにせの雪《ゆき》をハーマイオニーの肩《かた》からちょっと払《はら》った。ラベンダーが泣《な》きだした。ロンは大《おお》いに申《もう》し訳《わけ》なさそうな顔《かお》になり、ラベンダーに背《せ》を向《む》けた。

「僕《ぼく》たち、別《わか》れたんだ」

ロンは、ほとんど口《くち》を動《うご》かさずにハリーに言《い》った。

「きのうの夜《よる》。ラベンダーは、僕《ぼく》がハーマイオニーと一緒《いっしょ》に寮《りょう》から出《で》てくるのを見《み》たんだ。当然《とうぜん》、君《きみ》の姿《すがた》は見《み》えなかった。だから、ラベンダーは、二人《ふたり》きりだったと思《おも》い込《こ》んだよ」

「ああ」ハリーが言《い》った。「まあね——だめになったって、いいんだろ？」

「うん」ロンが認《みと》めた。「あいつがわめいてた間《あいだ》は、相当まいったけど、少《すく》なくとも僕《ぼく》のほうからおしまいにせずにすんだ」

「弱虫《よわむし》」

そう言《い》いながら、ハーマイオニーはおもしろがっているようだった。

「まあ、ロマンスにとってはいろいろと受難《じゅなん》の夜《よる》だったみたいね。ジニーとディーンも別《わか》れたわよ、ハリー」

ハリーは、ハーマイオニーがハリーにそう言《い》いながら、わけ知《し》り顔《がお》の目《め》つきをしたような気《き》がした。しかしまさか、ハリーの胸《むね》の中《なか》が、急《きゅう》にコンガを踊《おど》りだしたことまでは気《き》づくはずがない。できるかぎり無表情《むひょうじょう》で、できるだけなにげない声《こえ》で、ハリーは聞《き》いた。

「どうして？」

「ええ、何《なん》だかとってもバカバカしいこと……ジニーが言《い》うには、肖像画《しょうぞうが》の穴《あな》を通《とお》るとき、まるでジニーがひとりで登《のぼ》れないみたいに、ディーンがいつも助《たす》けようとしたとか……でも、あの二人《ふたり》はずっと前《まえ》から危《あや》うかったのよ」

ハリーは、教室《きょうしつ》の反対側《はんたいがわ》にいるディーンをちらりと見《み》た。たしかに落《お》ち込《こ》んでいる。

「そうなると、もちろん、あなたにとってはちょっとしたジレンマね？」

ハーマイオニーが言《い》った。

「どういうこと？」ハリーがあわてて聞《き》いた。

「クィディッチのチームのことよ」ハーマイオニーが言《い》った。

「ジニーとディーンが口《くち》をきかなくなると……」

「あ――ああ、うん」ハリーが言《い》った。

「フリットウィックだ」ロンが警報《けいほう》を出《だ》した。

呪文学《じゅもんがく》のちっちゃい先生《せんせい》が、三人《にん》のほうにひょこひょこやってきた。酢《す》をワインに変《か》えおおせていたのはハーマイオニーだけで、そのフラスコは真紅《しんく》の液体《えきたい》で満《み》たされていたが、ハリーとロンのフラスコの中身《なかみ》はにごった茶色《ちゃいろ》だった。

「さあ、さあ、そこの二人《ふたり》」

フリットウィック先生《せんせい》がとがめるようにキーキー言《い》った。

「おしゃべりを減《へ》らして、行動《こうどう》を増《ふ》やす……先生《せんせい》にやってみせてごらん……」

二人《ふたり》は一緒《いっしょ》に杖《つえ》を上《あ》げ、念力《ねんりき》を集中《しゅうちゅう》させてフラスコに杖《つえ》を向《む》けた。ハリーの酢《す》は氷《こおり》に変《か》わり、ロンのフラスコは爆発《ばくはつ》した。

「はい……宿題《しゅくだい》ね……」

机《つくえ》の下《した》から再《ふたた》び姿《すがた》を現《あらわ》し、帽子《ぼうし》のてっぺんからガラスの破片《はへん》を取《と》り除《のぞ》きながら、フリットウィック先生《せんせい》が言《い》った。

「練習《れんしゅう》しなさい」

呪文学《じゅもんがく》のあとは、めずらしく三人《にん》そろっての自由時間《じゆうじかん》だったので、一緒《いっしょ》に談話室《だんわしつ》に戻《もど》った。ロンは、ラベンダーとの仲《なか》が終《お》わったことで俄然《がぜん》、気楽《きらく》になったようだったし、ハーマイオニーも何《なん》だか機嫌《きげん》がよかった。ただ、どうしてニヤニヤしているのかと聞《き》くと、ハーマイオニーは、「いい天気《てんき》ね」と言《い》っただけだった。二人《ふたり》とも、ハリーの頭《あたま》の中《なか》で激《はげ》しい戦《たたか》いがくり広《ひろ》げられていることに、気《き》づかないようだった。

あの女《ひと》はロンの妹《いもうと》だ。

でもディーンを振《ふ》った！

それでもロンの妹《いもうと》だ。

僕《ぼく》はロンの親友《しんゆう》だ！

だからますます悪《わる》い。

最初《さいしょ》にロンに話《はな》せば――。

ロンは君《きみ》をぶんなぐるぞ。

僕《ぼく》が気《き》にしないと言《い》ったら？

ロンは君《きみ》の親友《しんゆう》だぞ！

ハリーは、肖像画《しょうぞうが》の穴《あな》を乗《の》り越《こ》えて陽当《ひあ》たりのよい談話室《だんわしつ》に入《はい》っていたことに、自分《じぶん》ではほとんど気《き》づかなかったし、七年生《ねんせい》が小《ちい》さな群《む》れを作《つく》っていることも、ハーマイオニーの声《こえ》を聞《き》くまでは何《なん》となく意識《いしき》しただけだった。

「ケイティ！　帰《かえ》ってきたのね！　大丈夫《だいじょうぶ》？」

ハリーは目《め》を見張《みは》った。まちがいなくケイティ・ベルだった。完全《かんぜん》に健康《けんこう》を取《と》り戻《もど》した様子《ようす》のケイティを、友達《ともだち》が歓声《かんせい》を上《あ》げて取《と》り囲《かこ》んでいた。

「すっかり元気《げんき》よ！」ケイティがうれしそうに言《い》った。「月曜日《げつようび》に『聖《せい》マンゴ』から退院《たいいん》したんだけど、二、三日《にち》、パパやママと家《いえ》で一緒《いっしょ》に過《す》ごして、今朝《けさ》、戻《もど》ってきたの。ちょうど今《いま》、リーアンが、マクラーゲンのことや、この間《あいだ》の試合《しあい》のことを話《はな》してくれていたところよ。ハリー……」

「うん」ハリーが言《い》った。

「まあ、君《きみ》が戻《もど》ったし、ロンも好調《こうちょう》だし、レイブンクローを打倒《だとう》するチャンスは充分《じゅうぶん》だ。つまり、まだ優勝杯《ゆうしょうはい》をねらえる。ところで、ケイティ……」

ハリーは、早速《さっそく》ケイティに聞《き》かないではいられなかった。知《し》りたさのあまり、ジニーのことさえ一時頭《いっときあたま》から吹《ふ》っ飛《と》んでいた。ケイティの友達《ともだち》が、どうやら「変身術《へんしんじゅつ》」の授業《じゅぎょう》に遅《おく》れそうになっているらしく、出《で》かける準備《じゅんび》をしていたが、ハリーは声《こえ》を落《お》として聞《き》いた。

「……あのネックレス……誰《だれ》が君《きみ》に渡《わた》したのか、今《いま》、思《おも》い出《だ》せるかい？」

「ううん」ケイティは残念《ざんねん》そうに首《くび》を振《ふ》った。

「みんなに聞《き》かれたんだけど、全然覚《ぜんぜんおぼ》えていないの。最後《さいご》に『三本《さんぼん》の箒《ほうき》』の女子《じょし》トイレに入《はい》ったことまでしか」

「それじゃ、まちがいなくトイレに入《はい》ったのね？」ハーマイオニーが聞《き》いた。

「うーん、ドアを押《お》し開《あ》けたところまでは覚《おぼ》えがあるわ」ケイティが言《い》った。

「だから、私《わたし》に『服従《ふくじゅう》の呪文《じゅもん》』をかけた誰《だれ》かは、ドアのすぐ後《うし》ろに立《た》っていたんだと思《おも》う。そのあとは、二週間前《しゅうかんまえ》に『聖《せい》マンゴ』で目《め》を覚《さ》ますまで、記憶《きおく》が真《ま》っ白《しろ》。さあ、もう行《い》かなくちゃ。帰《かえ》ってきた最初《さいしょ》の日《ひ》だからって、『反復書《はんぷくか》き取《と》り』罰《ばつ》を免除《めんじょ》してくれるようなマクゴナガルじゃないしね……」

ケイティはかばんと教科書類《きょうかしょるい》をつかみ、急《いそ》いで友達《ともだち》のあとを追《お》った。残《のこ》されたハリー、ロン、ハーマイオニーは、窓際《まどぎわ》のテーブルに席《せき》を取《と》り、ケイティが今言《いまい》ったことを考《かんが》えた。

「ということは、ケイティにネックレスを渡《わた》したのは、女《おんな》の子《こ》、または女性《じょせい》だったことになるわね」ハーマイオニーが言《い》った。

「女子《じょし》トイレにいたのなら」

「それとも、女《おんな》の子《こ》か女性《じょせい》に見《み》える誰《だれ》かだ」ハリーが言《い》った。

「忘《わす》れないでくれよ。ホグワーツには大鍋《おおなべ》いっぱいの『ポリジュース薬《やく》』があるってこと。少《すこ》し盗《ぬす》まれたこともわかってるんだ……」

ハリーは、クラッブとゴイルが何人《なんにん》もの女《おんな》の子《こ》の姿《すがた》に変身《へんしん》して、踊《おど》り跳《は》ねながら行進《こうしん》していく姿《すがた》を、頭《あたま》の中《なか》で思《おも》い浮《う》かべていた。

「もう一回《いっかい》『フェリックス』を飲《の》もうかと思《おも》う」ハリーが言《い》った。

「そして、もう一度《いちど》『必要《ひつよう》の部屋《へや》』に挑戦《ちょうせん》してみる」

「それは、まったくのむだづかいよ」

ハーマイオニーが、今《いま》かばんから取《と》り出《だ》したばかりの『スペルマンのすっきり音節《おんせつ》』をテーブルに置《お》きながら、にべもなく言《い》った。

「幸運《こううん》には幸運《こううん》の限界《げんかい》があるわ、ハリー。スラグホーンの場合《ばあい》は状況《じょうきょう》がちがうの。あなたにははじめからスラグホーンを説得《せっとく》する能力《のうりょく》があったのよ。あなたは、状況《じょうきょう》をちょっとつねってやる必《ひつ》要《よう》があっただけ。でも、強力《きょうりょく》な魔法《まほう》を破《やぶ》るには、幸運《こううん》だけでは足《た》りない。あの薬《くすり》の残《のこ》りをむだにしないで！　ダンブルドアがあなたを一緒《いっしょ》に連《つ》れていくときに、あらゆる幸運《こううん》が必要《ひつよう》になるわ……」

ハーマイオニーは声《こえ》を落《お》とし、ささやき声《ごえ》で言《い》った。

「もっと煎《せん》じればどうだ？」

ロンはハーマイオニーを無視《むし》して、ハリーに言《い》った。

「たくさんためておけたらいいだろうな……あの教科書《きょうかしょ》を見《み》てみろよ……」

ハリーは『上級魔法薬《じょうきゅうまほうやく》』の本《ほん》をかばんから引《ひ》っ張《ぱ》り出《だ》し、「フェリックス・フェリシス」を探《さが》した。

「驚《おどろ》いたなあ。マジで複雑《ふくざつ》だ」

材料《ざいりょう》のリストに目《め》を走《はし》らせながら、ハリーが言《い》った。

「それに、六か月《げつ》かかる……煮込《にこ》まないといけない……」

「いつもこれだもんな」ロンが言《い》った。

ハリーが本《ほん》を元《もと》に戻《もど》そうとしたそのとき、ページの端《はし》が折《お》れているのに気《き》づいた。そこを開《あ》けると、ハリーが数週間前《すうしゅうかんまえ》に印《しるし》をつけた、「セクタムセンプラ」の呪文《じゅもん》が見《み》えた。「敵《てき》に対《たい》して」と見出《みだ》しがついている。ハーマイオニーがそばにいるときに試《ため》すのは気《き》が引《ひ》けて、何《なに》をする呪文《じゅもん》なのか、まだわかっていなかった。しかし、この次《つぎ》にマクラーゲンの背後《はいご》に忍《しの》び寄《よ》ったときに、試《ため》してみようと考《かんが》えていた。

ケイティ・ベルが帰《かえ》ってきてうれしくなかったのは、ディーン・トーマスだけだった。チェイサーとしてケイティのかわりを務《つと》める必要《ひつよう》がなくなるからだ。ハリーがそう告《つ》げたとき、ディーンはさばさばと打撃《だげき》を受《う》け止《と》め、ただうめいて肩《かた》をすくめただけだった。しかし、ハリーがそばを離《はな》れたとき、ディーンとシェーマスが、背後《はいご》で反抗的《はんこうてき》にブツクサつぶやく気配《けはい》がはっきり感《かん》じ取《と》れた。

それから二週間《しゅうかん》は、ハリーがキャプテンになって以来最高《いらいさいこう》の練習《れんしゅう》が続《つづ》いた。チーム全員《ぜんいん》が、マクラーゲンがいなくなったことを喜《よろこ》び、ケイティがやっと戻《もど》ってきたことがうれしくて、抜群《ばつぐん》の飛《と》びっぷりだった。

ジニーは、ディーンと別《わか》れたことをちっとも気《き》にかけていない様子《ようす》で、それどころか、ジニーこそチームを楽《たの》しませる中心人物《ちゅうしんじんぶつ》だった。クアッフルがロンに向《む》かって猛進《もうしん》してきたとき、ロンがゴールポストの前《まえ》で不安《ふあん》そうにピョコピョコする様子《ようす》をまねしたり、ハリーがノックアウトされて気絶《きぜつ》する直前《ちょくぜん》にマクラーゲンに向《む》かって大声《おおごえ》で命令《めいれい》するところをまねたり、ジニーはしょっちゅう全員《ぜんいん》を楽《たの》しませた。ハリーもみんなと一緒《いっしょ》に笑《わら》いながら、無邪気《むじゃき》な理由《りゆう》でジニーを見《み》ていられるのがうれしかった。しかし、まともにスニッチを探《さが》していなかったせいで、練習中《れんしゅうちゅう》にまたもや数回《すうかい》ブラッジャーを食《く》らってけがをした。

頭《あたま》の中《なか》の戦《たたか》いは相変《あいか》わらず壮絶《そうぜつ》だった。ジニーかロンか？「ラベンダー後《ご》」のロンは、ハリーがジニーを誘《さそ》っても、あまり気《き》にしないのではないかと、時《とき》にはそう思《おも》ったが、そのたびに、ジニーがディーンにキスしているところを目撃《もくげき》したときのロンの表情《ひょうじょう》を思《おも》い出《だ》した。ハリーがジニーの手《て》を握《にぎ》っただけで、ロンはきっと、いやしい裏切《うらぎ》りだと考《かんが》えるだろう……。

それでもハリーは、ジニーに話《はな》しかけたかったし、一緒《いっしょ》に笑《わら》いたかったし、練習《れんしゅう》のあとで一緒《いっしょ》に歩《ある》いて戻《もど》りたかった。どんなに良心《りょうしん》がうずこうと、気《き》がつくと、どうやったらジニーと二人《ふたり》きりになれるかを考《かんが》えていた。スラグホーンがまた小宴会《しょうえんかい》を催《もよお》してくれれば理想的《りそうてき》だったろう。ロンがそばにいないだろうから——しかし、残念《ざんねん》なことに、スラグホーンはパーティをあきらめてしまった様子《ようす》だった。

一度《ど》か二度《ど》、ハリーはハーマイオニーに助《たす》けてもらおうかと思《おも》ったが、わかっていたわよ、という顔《かお》をされるのはがまんできなかった。ハリーが、ジニーを見《み》つめたり、ジニーの冗談《じょうだん》で笑《わら》っていたりするのを、ハーマイオニーが見《み》つけてそういう表情《ひょうじょう》をするのを、ハリーはときどき見《み》たような気《き》がした。さらに問題《もんだい》を複雑《ふくざつ》にしたのは、自分《じぶん》が申《もう》し込《こ》まなければ、たちまち誰《だれ》かがジニーを誘《さそ》うにちがいないという心配《しんぱい》が、ハリーを悩《なや》ませたことだった。ハリーもロンも、人気《にんき》があり過《す》ぎるのはジニー本人《ほんにん》のためによくないという認識《にんしき》では、少《すく》なくとも一致《いっち》していた。結局《けっきょく》のところ、もう一度《いちど》「フェリックス・フェリシス」を飲《の》みたいという誘惑《ゆうわく》が日増《ひま》しに強《つよ》くなっていた。何《なに》しろこの件《けん》は、ハーマイオニーに言《い》わせれば、確実《かくじつ》に「状況《じょうきょう》をちょっとつねる」に当《あ》たるのではないだろうか？

かぐわしい五月《がつ》の日々《ひび》がいつの間《ま》にか過《す》ぎていくのに、ハリーがジニーを目《め》にするときには、なぜかロンが必《かなら》ずハリーのすぐそばにいた。

ハリーは一滴《いってき》の幸運《こううん》を切望《せつぼう》していた。ロンが、親友《しんゆう》と妹《いもうと》が互《たが》いに好《す》きになるのはこの上《うえ》ない幸《しあわ》せなことだと気《き》がついてほしい。そして、少《すこ》しまとまった時間《じかん》、ジニーと二人《ふたり》きりにしてくれるような幸運《こううん》が欲《ほ》しい。しかし、シーズン最後《さいご》のクィディッチの試合《しあい》が近《ちか》づいていたため、ロンは四六時中《しろくじちゅう》ハリーと戦術《せんじゅつ》を話《はな》したがり、それ以外《いがい》はほとんど何《なに》も考《かんが》えていなかったので、どちらのチャンスもめぐってきそうになかった。

ロンだけが何《なに》も特別《とくべつ》なわけではなかった。学校中《がっこうじゅう》で、グリフィンドール対《たい》レイブンクローの試《し》合《あい》への関心《かんしん》が、極限《きょくげん》まで高《たか》まっていた。この試合《しあい》が、まだ混戦状態《こんせんじょうたい》の優勝杯《ゆうしょうはい》の行方《ゆくえ》を決定《けってい》するはずだからだ。グリフィンドールがレイブンクローに三百点差《てんさ》で勝《か》てば（相当難《そうとうむずか》しいが、ハリーには自分《じぶん》のチームの飛《と》びっぷりが、これまでで最高《さいこう》だとわかっていた）、それでグリフィンドールが優勝《ゆうしょう》する。三百点《てん》を下回《したまわ》る得点差《とくてんさ》で勝《か》った場合《ばあい》は、レイブンクローに次《つ》いで二位《い》になる。百点差《てんさ》で負《ま》ければ、ハッフルパフより下位《かい》の三位《い》になり、百点《てん》を超《こ》える得点差《とくてんさ》で負《ま》ければ四位《い》だ。そうなれば、この二世紀来《せいきらい》、初《はじ》めてグリフィンドールを最下位《さいかい》に落《お》としたキャプテンがハリーだと、みんなが、一生涯思《いっしょうがいおも》い出《だ》させてくれることだろう。

雌雄《しゆう》を決《けっ》するこの試合《しあい》への序盤戦《じょばんせん》は、お定《さだ》まりの行事《ぎょうじ》だった。対抗《たいこう》する寮《りょう》の生徒《せいと》たちが、相手《あいて》のチームを廊下《ろうか》で脅《おど》そうとしたり、選手《せんしゅ》が通《とお》り過《す》ぎるときには、それぞれの選手《せんしゅ》をいやみったらしく声高《こわだか》にはやしたてたりした。選手《せんしゅ》のほうは、肩《かた》で風《かぜ》を切《き》って歩《ある》き、注目《ちゅうもく》されることを楽《たの》しむか、授業《じゅぎょう》の合間《あいま》にトイレにかけ込《こ》んでゲーゲー吐《は》くかのどちらかだった。

なぜかハリーの頭《あたま》の中《なか》では、試合《しあい》の行方《ゆくえ》と、ジニーに対《たい》する自分《じぶん》の計画《けいかく》の成否《せいひ》とが密接《みっせつ》に関連《かんれん》していた。三百点《てん》より多《おお》い得点差《とくてんさ》で勝《か》てば、陶酔状態《とうすいじょうたい》と試合後《しあいご》のすてきな大騒《おおさわ》ぎのパーティが、「フェリックス・フェリシス」を思《おも》いきり飲《の》んだと同《おな》じ効果《こうか》をもたらすような気《き》がして、しかたがなかった。

いろいろと考《かんが》えごとの多《おお》い中《なか》で、ハリーはもう一つの野心《やしん》も捨《す》てていなかった。マルフォイが「必要《ひつよう》の部屋《へや》」で何《なに》をしているかを知《し》ることだ。ハリーは相変《あいか》わらず「忍《しの》びの地図《ちず》」を調《しら》べていたし、マルフォイがしばしば地図《ちず》から消《き》えてしまうのは、「必要《ひつよう》の部屋《へや》」で相当《そうとう》の時間《じかん》を過《す》ごしているからだろうと推量《すいりょう》していた。首尾《しゅび》よくその部屋《へや》に入《はい》り込《こ》むという望《のぞ》みは失《うしな》いかけていたものの、部屋《へや》の近《ちか》くにいるときは、ハリーは必《かなら》ず試《ため》してみた。しかし、どんなに言葉《ことば》を変《か》えて自分《じぶん》の必要《ひつよう》を唱《とな》えてみても、壁《かべ》は頑《がん》として扉《とびら》を現《あらわ》さなかった。

レイブンクロー戦《せん》の数日前《すうじつまえ》、ハリーは一人《ひとり》で談話室《だんわしつ》を出《で》て、夕食《ゆうしょく》に向《む》かっていた。ロンは、またしてもゲーゲーやるのに近《ちか》くのトイレにかけ込《こ》み、ハーマイオニーは、前回《ぜんかい》の「数占《かずうらな》い」の授業《じゅぎょう》で提出《ていしゅつ》したレポートにまちがいが一つあったかもしれないと、ベクトル先生《せんせい》に会《あ》いに飛《と》んでいった。

ハリーはつい習慣《しゅうかん》で、いつものように回《まわ》り道《みち》して八階《かい》の廊下《ろうか》に向《む》かいながら、「忍《しの》びの地図《ちず》」をチェックした。ざっと見《み》ても、どこにもマルフォイの姿《すがた》が見《み》つからなかったので、また「必要《ひつよう》の部屋《へや》」の中《なか》にちがいないと思《おも》ったが、その時《とき》ふと、マルフォイと記《しる》された小《ちい》さな点《てん》が、下《した》の階《かい》の男子《だんし》トイレにたたずんでいるのが見《み》えた。一緒《いっしょ》にいるのは、クラッブでもゴイルでもない。なんと「嘆《なげ》きのマートル」だった。

あまりにありえない組《く》み合《あ》わせだったので、ハリーは地図《ちず》から目《め》を離《はな》せず、鎧《よろい》に正面衝突《しょうめんしょうとつ》してしまった。大《おお》きな衝突音《しょうとつおん》で我《われ》に返《かえ》ったハリーは、フィルチが現《あらわ》れないうちにと急《いそ》いでその場《ば》を離《はな》れ、大理石《だいりせき》の階段《かいだん》をかけ下《お》りて、下《した》の階《かい》の廊下《ろうか》を走《はし》った。トイレの外《そと》でドアに耳《みみ》を押《お》しつけたが、何《なに》も聞《き》こえない。ハリーはそうっとドアを開《あ》けた。

ドラコ・マルフォイがドアに背《せ》を向《む》けて立《た》っていた。両手《りょうて》で洗面台《せんめんだい》の両端《りょうたん》を握《にぎ》り、プラチナ・ブロンドの頭《あたま》を垂《た》れている。

「やめて」

感傷的《かんしょうてき》な「嘆《なげ》きのマートル」の声《こえ》が、小部屋《こべや》の一つから聞《き》こえてきた。

「やめてちょうだい……困《こま》ってることを話《はな》してよ……私《わたし》が助《たす》けてあげる……」

「誰《だれ》にも助《たす》けられない」

マルフォイが言《い》った。体中《からだじゅう》を震《ふる》わせていた。

「僕《ぼく》にはできない……できない……うまくいかない……それに、すぐにやらないと……あの人《ひと》は僕《ぼく》を殺《ころ》すって言《い》うんだ……」

その時《とき》、ハリーは気《き》がついた。あまりの衝撃《しょうげき》で、ハリーはその場《ば》に根《ね》が生《は》えてしまったような気《き》がした。マルフォイが泣《な》いている——ほんとうに泣《な》いている——涙《なみだ》が青白《あおじろ》いほおを伝《つた》って、あかじみた洗面台《せんめんだい》に流《なが》れ落《お》ちていた。マルフォイはあえぎ、ぐっと涙《なみだ》をこらえて身震《みぶる》いし、顔《かお》を上《あ》げてひび割《わ》れた鏡《かがみ》をのぞいた。そして、肩越《かたご》しにハリーが自分《じぶん》を見《み》つめているのに気《き》づいた。

マルフォイはくるりと振《ふ》り返《かえ》り、杖《つえ》を取《と》り出《だ》した。ハリーも反射的《はんしゃてき》に杖《つえ》を引《ひ》き出《だ》した。マルフォイの呪《のろ》いはわずかにハリーをそれ、そばにあった壁《かべ》のランプを粉々《こなごな》にした。ハリーは脇《わき》に飛《と》びのき、「レビコーパス！　浮上《ふじょう》せよ！」と心《こころ》で唱《とな》えて杖《つえ》を振《ふ》った。しかしマルフォイは、その呪《のろ》いを阻止《そし》し、次《つぎ》の呪《のろ》いをかけようと杖《つえ》を上《あ》げた――。

「だめ！　だめよ！　やめて！」

「嘆《なげ》きのマートル」がかん高《だか》い声《こえ》を上《あ》げ、その声《こえ》がタイル貼《ば》りのトイレに大《おお》きく反響《はんきょう》した。

「やめて！　**やめて！**」

バーンと大《おお》きな音《おと》とともに、ハリーの後《うし》ろのごみ箱《ばこ》が爆発《ばくはつ》した。ハリーは「足縛《あししば》りの呪《のろ》い」をかけたが、マルフォイの耳《みみ》の後《うし》ろの壁《かべ》ではね返《かえ》り、「嘆《なげ》きのマートル」の下《した》の水槽《すいそう》タンクを破壊《はかい》した。マートルが大《おお》きな悲鳴《ひめい》を上《あ》げた。水《みず》が一面《いちめん》にあふれ出《だ》し、ハリーがすべった。マルフォイは顔《かお》をゆがめて叫《さけ》んだ。

「クルー――」

「セクタムセンプラ！」床《ゆか》に倒《たお》れながらも、ハリーは夢中《むちゅう》で杖《つえ》を振《ふ》り、大声《おおごえ》で唱《とな》えた。

マルフォイの顔《かお》や胸《むね》から、まるで見《み》えない刀《かたな》で切《き》られたように血《ち》が噴《ふ》き出《だ》した。マルフォイはよろよろとあとずさりして、水浸《みずびた》しの床《ゆか》にバシャッと倒《たお》れ、右手《みぎて》がだらりと垂《た》れて杖《つえ》が落《お》ちた。

「そんな――」ハリーは息《いき》をのんだ。

すべったりよろめいたりしながら、ハリーはやっと立《た》ち上《あ》がってマルフォイの脇《わき》に飛《と》んだ。マルフォイの顔《かお》はもう血《ち》で真《ま》っ赤《か》に光《ひか》り、蒼白《そうはく》な両手《りょうて》が血染《ちぞ》めの胸《むね》をかきむしっていた。

「そんな――僕《ぼく》はそんな――」

ハリーは自分《じぶん》が何《なに》を言《い》っているのかわからなかった。自分自身《じぶんじしん》の血《ち》の海《うみ》で、激《はげ》しく震《ふる》えているマルフォイの脇《わき》に、ハリーはがっくり両《りょう》ひざをついた。「嘆《なげ》きのマートル」が、耳《みみ》をつんざく叫《さけ》び声《ごえ》を上《あ》げた。

「**人殺《ひとごろ》し！　トイレで人殺《ひとごろ》し！　人殺《ひとごろ》し！**」

ハリーの背後《はいご》のドアがバタンと開《ひら》いた。目《め》を上《あ》げたハリーはぞっとした。スネイプが憤怒《ふんぬ》の形相《ぎょうそう》で飛《と》び込《こ》んできていた。ハリーを荒々《あらあら》しく押《お》しのけ、スネイプはひざまずいてマルフォイの上《うえ》にかがみ込《こ》み、杖《つえ》を取《と》り出《だ》して、ハリーの呪《のろ》いでできた深《ふか》い傷《きず》を杖《つえ》でなぞりながら、呪文《じゅもん》を唱《とな》えた。まるで歌《うた》うような呪文《じゅもん》だった。出血《しゅっけつ》がゆるやかになったようだった。スネイプは、マルフォイの顔《かお》から残《のこ》りの血《ち》をぬぐい、呪文《じゅもん》をくり返《かえ》した。今度《こんど》は傷口《きずぐち》がふさがっていくようだった。

ハリーは自分《じぶん》のしたことに愕然《がくぜん》として、自分《じぶん》も血《ち》と水《みず》とでぐしょぬれなことにはほとんど気《き》づかず、ただ見《み》つめ続《つづ》けていた。頭上《ずじょう》で「嘆《なげ》きのマートル」が、すすり上《あ》げ、むせび泣《な》き続《つづ》けている。スネイプは三度目《どめ》の反対呪文《はんたいじゅもん》を唱《とな》え終《お》わると、マルフォイを半分抱《はんぶんかか》え上《あ》げて立《た》たせた。

「医務室《いむしつ》に行《い》く必要《ひつよう》がある。多少《たしょう》傷痕《きずあと》を残《のこ》すこともあるが、すぐにハナハッカを飲《の》めばそれもさけられるだろう……来《こ》い……」

スネイプはマルフォイを支《ささ》えて、トイレのドアまで歩《ある》き、振《ふ》り返《かえ》って、冷《つめ》たい怒《いか》りの声《こえ》で言《い》った。

「そして、ポッター……ここで我輩《わがはい》を待《ま》つのだ」

逆《さか》らおうなどとはこれっぽちも考《かんが》えなかった。ハリーは震《ふる》えながらゆっくり立《た》ち上《あ》がり、ぬれた床《ゆか》を見下《みお》ろした。床一面《ゆかいちめん》に、真紅《しんく》の花《はな》が咲《さ》いたように、血痕《けっこん》が浮《う》いていた。「嘆《なげ》きのマートル」は、相変《あいか》わらず泣《な》きわめいたりすすり上《あ》げたりして、だんだんそれを楽《たの》しんでいるのが明《あき》らかだったが、だまれという気力《きりょく》さえなかった。

十分後《ぶんご》にスネイプが戻《もど》ってきた。トイレに入《はい》ってくるなり、スネイプはドアを閉《し》めた。

「去《さ》れ」

スネイプの一声《ひとこえ》で、マートルはすぐに便器《べんき》の中《なか》にスイーッと戻《もど》っていった。あとには痛《いた》いほどの静《しず》けさが残《のこ》った。

「そんなつもりはありませんでした」

ハリーがすぐさま言《い》った。冷《つめ》たい水浸《みずびた》しの床《ゆか》に、ハリーの声《こえ》が反響《はんきょう》した。

「あの呪文《じゅもん》がどういうものなのか、知《し》りませんでした」

しかし、スネイプは無視《むし》した。

「我輩《わがはい》は、君《きみ》を見《み》くびっていたようだな、ポッター」スネイプが低《ひく》い声《こえ》で言《い》った。

「君《きみ》があのような闇《やみ》の魔術《まじゅつ》を知《し》っていようとは、誰《だれ》が考《かんが》えようか？　あの呪文《じゅもん》は誰《だれ》に習《なら》ったのだ？」

「僕《ぼく》――どこかで読《よ》んだんです」

「どこで？」

「あれは――図書館《としょかん》の本《ほん》です」

ハリーは破《やぶ》れかぶれにでっち上《あ》げた。

「思《おも》い出《だ》せません。何《なん》という本《ほん》――」

「うそをつくな」

スネイプが言《い》った。ハリーはのどがからからになった。スネイプが何《なに》をしようとしているかわかってはいたが、ハリーはこれまで一度《いちど》もそれを防《ふせ》げなかった……。

トイレが目《め》の前《まえ》で揺《ゆ》らめいてきたようだった。すべての考《かんが》えをしめ出《だ》そうと努力《どりょく》したが、もがけばもがくほど、プリンスの『上級魔法薬《じょうきゅうまほうやく》』の教科書《きょうかしょ》が頭《あたま》に浮《う》かび、ぼんやり漂《ただよ》った……。

そして次《つぎ》の瞬間《しゅんかん》、ハリーは壊《こわ》れてびしょぬれになったトイレで、再《ふたた》びスネイプを見《み》つめていた。勝《か》ち目《め》はないと思《おも》いながらも、見《み》られたくないものをスネイプが見《み》なかったことを願《ねが》いつつ、ハリーはスネイプの暗《くら》い目《め》を見《み》つめた。しかし――。

「学用品《がくようひん》のかばんを持《も》ってこい」

スネイプが静《しず》かに言《い》った。

「それと、教科書《きょうかしょ》を全部《ぜんぶ》だ。全部《ぜんぶ》だぞ。ここに、我輩《わがはい》の所《ところ》へ持《も》ってくるのだ。今《いま》すぐ！」

議論《ぎろん》の余地《よち》はなかった。ハリーはすぐにきびすを返《かえ》し、トイレからバシャバシャと出《で》ていった。廊下《ろうか》まで出《で》るやいなや、ハリーはグリフィンドール塔《とう》に向《む》かってかけ出《だ》した。ほとんどの生徒《せいと》が反対方向《はんたいほうこう》に歩《ある》いていて、ぐっしょりぬれた血《ち》だらけのハリーをあぜんとして見《み》つめたが、すれちがいざまに投《な》げかけられる質問《しつもん》にもいっさい答《こた》えずに、ハリーは走《はし》った。

ハリーは衝撃《しょうげき》を受《う》けていた。愛《あい》するペットが突然凶暴《とつぜんきょうぼう》になったような気持《きも》ちだった。あんな呪文《じゅもん》を教科書《きょうかしょ》に書《か》き込《こ》むなんて、いったいプリンスは何《なに》を考《かんが》えていたんだ？　スネイプがそれを見《み》たら、いったいどうなるんだろう？　スラグホーンに言《い》いつけるだろうか――ハリーは胃《い》がよじれる思《おも》いだった――ハリーが今学期中《こんがっきちゅう》、「魔法薬《まほうやく》」であんなによい成績《せいせき》だったのはなぜかを、スラグホーンにばらすだろうか？　ハリーにこれほど多《おお》くのことを教《おし》えてくれた教科書《きょうかしょ》を、スネイプは取《と》り上《あ》げるのか破壊《はかい》してしまうのか……指南役《しなんやく》でもあり、友達《ともだち》でもあったあの教科書《きょうかしょ》を？　そんなことがあってはならない……そんなことはとても……。

「どこに行《い》って――？　なんでそんなにぐしょぬれ――？　それ、血《ち》じゃないのか？」

ロンが階段《かいだん》の一番上《いちばんうえ》に立《た》って、当惑顔《とうわくがお》でハリーの姿《すがた》を見《み》ていた。

「君《きみ》の教科書《きょうかしょ》が必要《ひつよう》だ」

ハリーが息《いき》をはずませながら言《い》った。

「君《きみ》の『魔法薬《まほうやく》』の本《ほん》。早《はや》く……僕《ぼく》に渡《わた》して……」

「でも、『プリンス』はどうするんだ？」

「あとで説明《せつめい》するから！」

ロンは自分《じぶん》のかばんから『上級魔法薬《じょうきゅうまほうやく》』の本《ほん》を引《ひ》っ張《ぱ》り出《だ》して、ハリーに渡《わた》した。ハリーはロンを置《お》き去《ざ》りにして走《はし》りだし、談話室《だんわしつ》に戻《もど》った。そこでかばんを引《ひ》っつかみ、夕食《ゆうしょく》をすませた何人《なんにん》かの生徒《せいと》が驚《おどろ》いて眺《なが》めているのを無視《むし》して、再《ふたた》び肖像画《しょうぞうが》の穴《あな》に飛《と》び込《こ》み、八階《かい》の廊下《ろうか》を矢《や》のように走《はし》った。

踊《おど》るトロールのタペストリーの脇《わき》で急停止《きゅうていし》し、ハリーは両目《りょうめ》をつむって歩《ある》きはじめた。

僕《ぼく》の本《ほん》を隠《かく》す場所《ばしょ》が必要《ひつよう》だ……僕《ぼく》の本《ほん》を隠《かく》す場所《ばしょ》が必要《ひつよう》だ……僕《ぼく》の本《ほん》を隠《かく》す場所《ばしょ》が必要《ひつよう》だ……。

何《なに》もない壁《かべ》の前《まえ》を、ハリーは三回往復《かいおうふく》した。目《め》を開《あ》けると、ついにそこに扉《とびら》が現《あらわ》れていた。「必要《ひつよう》の部屋《へや》」の扉《とびら》だ。ハリーはぐいと開《あ》けて中《なか》に飛《と》び込《こ》み、扉《とびら》をバタンと閉《し》めた。

ハリーは息《いき》をのんだ。急《いそ》いでいる上《うえ》に、無我夢中《むがむちゅう》だったし、トイレで恐怖《きょうふ》が待《ま》ち受《う》けているにもかかわらず、ハリーは目《め》の前《まえ》の光景《こうけい》に威圧《いあつ》された。そこは、大聖堂《だいせいどう》ほどもある広《ひろ》い部屋《へや》だった。高窓《たかまど》からいく筋《すじ》もの光《ひかり》が射《さ》し込《こ》み、そびえ立《た》つ壁《かべ》でできている都市《とし》のような空間《くうかん》を照《て》らしていた。ホグワーツの住人《じゅうにん》が何世代《なんせだい》にもわたって隠《かく》してきた物《もの》が、壁《かべ》のように積《つ》み上《あ》げられてできた都市《とし》だ。壊《こわ》れた家具《かぐ》が積《つ》まれ、ぐらぐらしながら立《た》っているその山《やま》の間《あいだ》が、通路《つうろ》や隘路《あいろ》になっている。家具類《かぐるい》は、たぶんしくじった魔法《まほう》の証拠《しょうこ》を隠《かく》すためにしまい込《こ》んだか、城《しろ》じまんの屋敷《やしき》しもべ妖精《ようせい》たちが隠《かく》したかったのだろう。何千冊《なんぜんさつ》、何万冊《なんまんさつ》という本《ほん》もあった。明《あき》らかに禁書《きんしょ》か、書《か》き込《こ》みがしてあるか、盗品《とうひん》だろう。羽《はね》の生《は》えたパチンコ、嚙《か》みつきフリスビーなどは、まだ少《すこ》し生気《せいき》が残《のこ》っている物《もの》もあり、山《やま》のような禁《きん》じられた品々《しなじな》の上《うえ》を、何《なん》となくふわふわ漂《ただよ》っている。固《かた》まった薬《くすり》の入《はい》った欠《か》けた瓶《びん》やら、帽子《ぼうし》、宝石《ほうせき》、マントなど。さらに、ドラゴンの卵《たまご》の殻《から》のようなもの。コルク栓《せん》がしてある瓶《びん》の中身《なかみ》はまだまがまがしく光《ひか》っている。さびた剣《つるぎ》が何振《なんふ》りかと、重《おも》い血染《ちぞ》めの斧《おの》が一本《ぽん》。

ハリーは、隠《かく》された宝物《たからもの》に囲《かこ》まれているいく筋《すじ》もの隘路《あいろ》の一つに、急《いそ》いで入《はい》り込《こ》んだ。巨大《きょだい》なトロールの剥製《はくせい》を通《とお》り過《す》ぎた所《ところ》で右《みぎ》に曲《ま》がり、少《すこ》し走《はし》って、壊《こわ》れた「姿《すがた》をくらますキャビネット棚《だな》」の所《ところ》を左折《させつ》した。去年《きょねん》モンタギューが押《お》し込《こ》められて姿《すがた》を消《け》したキャビネット棚《だな》だ。最後《さいご》に、酸《さん》をかけられたらしく、表面《ひょうめん》がボコボコになった大《おお》きな戸棚《とだな》の前《まえ》でハリーは立《た》ち止《ど》まった。

キーキーきしむ戸《と》の一つを開《あ》けると、そこにはすでに、おりに入《はい》った何《なに》かが隠《かく》してあった。とっくに死《し》んでいたが、骨《ほね》は五本足《ほんあし》だった。ハリーはおりの陰《かげ》にプリンスの教科書《きょうかしょ》を隠《かく》し、きっちり戸《と》を閉《し》めた。

雑然《ざつぜん》とした廃物《はいぶつ》の山《やま》を眺《なが》めて、ハリーはしばらくそこにたたずんだ。心臓《しんぞう》が激《はげ》しく鼓動《こどう》している。……こんながらくたの中《なか》で、この場所《ばしょ》をまた見《み》つけることができるだろうか？　ハリーは、近《ちか》くの木箱《きばこ》の上《うえ》に置《お》いてあった、年老《としお》いた醜《みにく》い魔法戦士《まほうせんし》の欠《か》けた胸像《きょうぞう》を取《と》り上《あ》げて、本《ほん》を隠《かく》した戸棚《とだな》の上《うえ》に置《お》き、その頭《あたま》にほこりだらけの古《ふる》いかずらと黒《くろ》ずんだティアラをのせて、さらに目立《めだ》つようにした。それから、できるだけ急《いそ》いでがらくたの隘路《あいろ》をかけ戻《もど》り、廊下《ろうか》に出《で》て扉《とびら》を閉《し》めた。扉《とびら》はたちまち元《もと》の石壁《いしかべ》に戻《もど》った。

ハリーは、下《した》の階《かい》のトイレに全速力《ぜんそくりょく》で戻《もど》った。走《はし》りながら、ロンの『上級魔法薬《じょうきゅうまほうやく》』の教科書《きょうかしょ》を自分《じぶん》のかばんに押《お》し込《こ》んだ。

一分後《ぷんご》、ハリーはスネイプの面前《めんぜん》に戻《もど》っていた。スネイプは一言《ひとこと》も言《い》わずにハリーのかばんに手《て》を差《さ》し出《だ》した。ハリーは息《いき》をはずませ、胸《むね》に焼《や》けるような痛《いた》みを感《かん》じながらかばんを手渡《てわた》して待《ま》った。

スネイプはハリーの本《ほん》を一冊《さつ》ずつ引《ひ》き出《だ》して調《しら》べた。最後《さいご》に残《のこ》った「魔法薬《まほうやく》」の教科書《きょうかしょ》を、スネイプは入念《にゅうねん》に調《しら》べてから口《くち》をきいた。

「ポッター、これは君《きみ》の『上級魔法薬《じょうきゅうまほうやく》』の教科書《きょうかしょ》か？」

「はい」ハリーはまだ息《いき》をはずませていた。

「たしかにそうか？　ポッター？」

「はい」ハリーは少《すこ》し食《く》ってかかるように言《い》った。

「君《きみ》がフローリシュ・アンド・ブロッツ書店《しょてん》から買《か》った『上級魔法薬《じょうきゅうまほうやく》』の教科書《きょうかしょ》か？」

「はい」ハリーはきっぱりと言《い》った。

「それなれば、何故《なにゆえ》」スネイプが言《い》った。「表紙《ひょうし》の裏《うら》に、『ローニル・ワズリブ』と書《か》いてあるのだ？」

ハリーの心臓《しんぞう》が、一拍《いっぱく》すっ飛《と》ばした。

「それは僕《ぼく》のあだ名《な》です」

「君《きみ》のあだ名《な》」スネイプがくり返《かえ》した。

「ええ……友達《ともだち》が僕《ぼく》をそう呼《よ》びます」

「あだ名《な》がどういうものかは、知《し》っている」

スネイプが言《い》った。冷《つめ》たい暗《くら》い目《め》が、またしてもハリーの目《め》をグリグリえぐった。ハリーはスネイプの目《め》を見《み》ないようにした。心《こころ》を閉《と》じるんだ……心《こころ》を閉《と》じるんだ……しかしハリーは、そのやり方《かた》をきちんと習得《しゅうとく》していなかった……。

「ポッター、我輩《わがはい》が何《なに》を考《かんが》えているかわかるか？」

スネイプは極《きわ》めて低《ひく》い声《こえ》で言《い》った。

「我輩《わがはい》は君《きみ》がうそつきのペテン師《し》だと思《おも》う。そして、今学期《こんがっき》いっぱい、土曜日《どようび》に罰則《ばっそく》を受《う》けるに値《あたい》すると考《かんが》える。ポッター、君《きみ》はどう思《おも》うかね？」

「僕《ぼく》――僕《ぼく》はそうは思《おも》いません。先生《せんせい》」

ハリーはまだスネイプの目《め》を見《み》ないようにしていた。

「ふむ。罰則《ばっそく》を受《う》けたあとで君《きみ》がどう思《おも》うか見《み》てみよう」スネイプが言《い》った。

「土曜《どよう》の朝《あさ》、十時《じ》だ。ポッター。我輩《わがはい》の研究室《けんきゅうしつ》で」

「でも、先生《せんせい》……」ハリーは絶望的《ぜつぼうてき》になって顔《かお》を上《あ》げた。

「クィディッチが……最後《さいご》の試合《しあい》が――」

「十時《じ》だ」

スネイプは黄色《きいろ》い歯《は》を見《み》せてニヤリと笑《わら》いながら、ささやき声《ごえ》で言《い》った。

「哀《あわ》れなグリフィンドールよ……今年《ことし》は気《き》の毒《どく》に、四位《い》だろうな……」

スネイプはそれ以上《いじょう》一言《ひとこと》も言《い》わずに、トイレを出《で》ていった。残《のこ》されたハリーは、ロンでさえ今《いま》までに感《かん》じたことがないにちがいないほどの、ひどい吐《は》き気《け》をもよおしながら、割《わ》れた鏡《かがみ》を見《み》つめていた。

「『だから注意《ちゅうい》したのに』、なんて言《い》わないわ」

一時間後《じかんご》、談話室《だんわしつ》でハーマイオニーが言《い》った。

「ほっとけよ、ハーマイオニー」ロンは怒《おこ》っていた。

ハリーは、結局《けっきょく》夕食《ゆうしょく》に行《い》かなかった。まったく食欲《しょくよく》がなかった。つい今《いま》しがた、ロン、ハーマイオニー、ジニーに、何《なに》が起《お》こったかを話《はな》して聞《き》かせたところだったが、話《はな》す必要《ひつよう》はなかったようだ。ニュースはすでにあっという間《ま》に広《ひろ》まっていた。どうやら「嘆《なげ》きのマートル」が、勝手《かって》に役目《やくめ》を引《ひ》き受《う》けて、城中《しろじゅう》のトイレにポコポコ現《あらわ》れてその話《はなし》をしたらしい。パンジー・パーキンソンはとっくに医務室《いむしつ》に行《い》ってマルフォイを見舞《みま》い、時《とき》を移《うつ》さず津々浦々《つつうらうら》を回《まわ》って、ハリーをこき下《お》ろしていた。そしてスネイプは、先生方《せんせいがた》に何《なに》が起《お》こったかを仔細《しさい》に報告《ほうこく》していた。

ハリーはすでに談話室《だんわしつ》から呼《よ》び出《だ》され、マクゴナガル先生《せんせい》と差《さ》し向《む》かいで、非常《ひじょう》にふゆかいな十五分間《ふんかん》をたえ忍《しの》んだ。マクゴナガル先生《せんせい》は、ハリーが退学《たいがく》にならなかったのは幸運《こううん》だと言《い》い、今学期中《こんがっきじゅう》すべての土曜日《どようび》に罰則《ばっそく》というスネイプの処罰《しょばつ》を、全面的《ぜんめんてき》に支持《しじ》した。

「あのプリンスという人物《じんぶつ》はどこかあやしいって、言《い》ったはずよ」

ハーマイオニーは、どうしてもそう言《い》わずにはいられない様子《ようす》だった。

「私《わたし》の言《い》うとおりだったでしょ？」

「いいや、そうは思《おも》わない」ハリーは頑固《がんこ》に言《い》い張《は》った。

ハーマイオニーに説教《せっきょう》されなくとも、ハリーはもう充分《じゅうぶん》につらい思《おも》いを味《あじ》わっていた。土曜日《どようび》の試合《しあい》でプレーできない、と告《つ》げたときのグリフィンドール・チームの表情《ひょうじょう》が、最悪《さいあく》の罰《ばつ》だった。今《いま》こそジニーが自分《じぶん》を見《み》つめているのを感《かん》じたのに、目《め》を合《あ》わせられなかった。ジニーの目《め》に失望《しつぼう》と怒《いか》りを見《み》たくなかった。ハリーはたった今《いま》、土曜日《どようび》にはジニーがシーカーになり、ジニーのかわりにディーンがチェイサーを務《つと》めるようにと言《い》ったばかりだった。試合《しあい》に勝《か》てば、もしかして試合後《しあいご》の陶酔感《とうすいかん》で、ジニーとディーンがよりを戻《もど》すかもしれない……その思《おも》いが、氷《こおり》のナイフのようにハリーを刺《さ》した。

「ハリー」ハーマイオニーが言《い》い返《かえ》した。

「どうしてまだあの本《ほん》の肩《かた》を持《も》つの？　あんな呪文《じゅもん》が――」

「あの本《ほん》のことを、くだくだ言《い》うのはやめてくれ！」ハリーがかみついた。

「プリンスはあれを書《か》き写《うつ》しただけなんだ！　誰《だれ》かに使《つか》えってすすめていたのとはちがう！　そりゃ、断言《だんげん》はできないけど、プリンスは、自分《じぶん》に対《たい》して使《つか》われたやつを書《か》きとめていただけかもしれないんだ！」

「信《しん》じられない」ハーマイオニーが言《い》った。

「あなたが事実上《じじつじょう》弁護《べんご》してることって――」

「自分《じぶん》のしたことを弁護《べんご》しちゃいない！」ハリーは急《いそ》いで言《い》った。

「しなければよかったと思《おも》ってる。何《なに》も十数回分《すうかいぶん》の罰則《ばっそく》を食《く》らったからって、それだけで言《い》ってるわけじゃない。たとえマルフォイにだって、僕《ぼく》はあんな呪文《じゅもん》は使《つか》わなかっただろう。だけどプリンスを責《せ》めることはできない。『これを使《つか》え、すごくいいから』なんて書《か》いてなかったんだから――プリンスは自分《じぶん》のために書《か》きとめておいただけなんだ。誰《だれ》かのためにじゃない……」

「ということは」ハーマイオニーが言《い》った。

「戻《もど》るつもり――？」

「そして本《ほん》を取《と》り戻《もど》す？　ああ、そのつもりだ」ハリーは力《りき》んだ。

「いいかい、プリンスなしでは、僕《ぼく》は『フェリックス・フェリシス』を勝《か》ち取《と》れなかっただろう。ロンが毒《どく》を飲《の》んだとき、どうやって助《たす》けるかもわからなかったはずだ。それに、絶対《ぜったい》――」

「――『魔法薬《まほうやく》』にすぐれているという、身《み》に余《あま》る評判《ひょうばん》も取《と》れなかった」

ハーマイオニーが意地悪《いじわる》く言《い》った。

「ハーマイオニー、やめなさいよ！」ジニーが言《い》った。

ハリーは驚《おどろ》きと感謝《かんしゃ》のあまり、つい目《め》を上《あ》げた。

「話《はなし》を聞《き》いたら、マルフォイが『許《ゆる》されざる呪文《じゅもん》』を使《つか》おうとしていたみたいじゃない。ハリーが、いい切《き》り札《ふだ》を隠《かく》していたことを喜《よろこ》ぶべきよ！」

「ええ、ハリーが呪《のろ》いを受《う》けなかったのは、もちろんうれしいわ！」

ハーマイオニーは明《あき》らかに傷《きず》ついたようだった。

「でも、ジニー、『セクタムセンプラ』の呪文《じゅもん》がいい切《き》り札《ふだ》だとは言《い》えないわよ。結局《けっきょく》ハリーはこんな目《め》にあったじゃない！　せっかくの試合《しあい》に勝《か》てるチャンスが、おかげでどうなったかを考《かんが》えたら、私《わたし》なら――」

「あら、今《いま》さらクィディッチのことがわかるみたいな言《い》い方《かた》をしないで」

ジニーがピシャリと言《い》った。

「自分《じぶん》がメンツを失《うしな》うだけよ」

ハリーもロンも目《め》を見張《みは》った。ハーマイオニーとジニーは、これまでずっと、とても馬《うま》が合《あ》っていたのに、今《いま》や二人《ふたり》とも腕組《うでぐ》みし、互《たが》いにそっぽを向《む》いてにらんでいる。ロンはそわそわとハリーを見《み》て、それから適当《てきとう》な本《ほん》をサッとつかんでその陰《かげ》に顔《かお》を隠《かく》した。

その夜《よる》は、それから誰《だれ》も互《たが》いに口《くち》をきかなかった。にもかかわらず、ハリーは、そんな気分《きぶん》になる資格《しかく》はないと思《おも》いながらも、急《きゅう》に信《しん》じられないほど陽気《ようき》になっていた。

うきうき気分《きぶん》は長《なが》くは続《つづ》かなかった。次《つぎ》の日《ひ》、スリザリンの嘲《あざけ》りにたえなければならなかったし、それればかりか仲間《なかま》のグリフィンドール生《せい》の怒《いか》りも大変《たいへん》だった。何《なに》しろ、寮《りょう》のキャプテンともあろう者《もの》が、シーズン最後《さいご》の試合《しあい》への、出場《しゅつじょう》を禁《きん》じられるようなことをしでかしたというのが、どうにも気《き》に入《い》らなかったのだ。

ハーマイオニーには強気《つよき》で言《い》い張《は》ったものの、土曜日《どようび》の朝《あさ》が来《き》てみると、ハリーは、ロンやジニーやほかの選手《せんしゅ》たちと一緒《いっしょ》にクィディッチ競技場《きょうぎじょう》に行《い》けるなら、世界中《せかいじゅう》の「フェリックス・フェリシス」を、のしをつけて差《さ》し出《だ》してもいいほどの気持《きも》ちになっていた。みんながロゼットや帽子《ぼうし》を身《み》につけ、旗《はた》やスカーフを振《ふ》りながら、太陽《たいよう》の下《した》に出《で》ていくというのに、自分《じぶん》だけが大《おお》勢《ぜい》の流《なが》れに背《せ》を向《む》け、石《いし》の階段《かいだん》を地下牢《ちかろう》教室《きょうしつ》に下《お》りていくのはたえがたかった。遠《とお》くの群衆《ぐんしゅう》の声《こえ》が、やがてまったく聞《き》こえなくなり、一言《ひとこと》の解説《かいせつ》も、歓声《かんせい》も、うめき声《ごえ》も聞《き》こえないだろうと、思《おも》い知《し》らされるのはつらかった。

「ああ、ポッター」

ハリーが扉《とびら》をノックして入《はい》っていくと、スネイプが言《い》った。ふゆかいな思《おも》い出《で》の詰《つ》まったなじみ深《ぶか》い研究室《けんきゅうしつ》は、スネイプが上《うえ》の階《かい》で教《おし》えるようになっても、明《あ》け渡《わた》されていなかった。いつものように薄暗《うすぐら》く、以前《いぜん》と同《おな》じように、さまざまな色《いろ》の魔法薬《まほうやく》の瓶《びん》が壁《かべ》いっぱいに並《なら》び、中《なか》にはどろりとした死《し》がいが浮遊《ふゆう》していた。明《あき》らかにハリーのために用意《ようい》されているテーブルには、不《ふ》吉《きっ》にもクモの巣《す》だらけの箱《はこ》が積《つ》み上《あ》げられ、たいくつで骨《ほね》が折《お》れて、しかも無意味《むいみ》な作業《さぎょう》だというオーラが漂《ただよ》っていた。

「フィルチさんが、この古《ふる》い書類《しょるい》の整理《せいり》をする者《もの》を探《さが》していた」

スネイプが猫《ねこ》なで声《ごえ》で言《い》った。

「ご同類《どうるい》のホグワーツの悪童《あくどう》どもと、その悪行《あくぎょう》に関《かん》する記録《きろく》だ。インクが薄《うす》くなっていたり、カードがネズミの害《がい》をこうむっている場合《ばあい》、犯罪《はんざい》と刑罰《けいばつ》を新《あら》たに書《か》き写《うつ》していただこう。さらに、アルファベット順《じゅん》に並《なら》べて、元《もと》の箱《はこ》に収《おさ》めるのだ。魔法《まほう》は使《つか》うな」

「わかりました。先生《せんせい》」

ハリーは先生《せんせい》という言葉《ことば》に、できるかぎりの軽蔑《けいべつ》を込《こ》めて言《い》った。

「最初《さいしょ》に取《と》りかかるのは」

スネイプは、悪意《あくい》たっぷりの笑《え》みを唇《くちびる》に浮《う》かべていた。

「千十二番《ばん》から千五十六番《ばん》までの箱《はこ》がよろしかろう。いくつかおなじみの名前《なまえ》が見《み》つかるだろうから、仕事《しごと》がさらにおもしろくなるはずだ。それ……」

スネイプは、一番上《いちばんうえ》にある箱《はこ》の一つから、仰々《ぎょうぎょう》しく一枚《まい》のカードを取《と》り出《だ》して読《よ》み上《あ》げた。

「ジェームズ・ポッターとシリウス・ブラック。バートラム・オーブリーに対《たい》し、不法《ふほう》な呪《のろ》いをかけた廉《かど》で捕《つか》まる。オーブリーの頭《あたま》は通常《つうじょう》の二倍《ばい》。二倍《ばい》の罰則《ばっそく》」

スネイプがニヤリと笑《わら》った。

「死《し》んでも偉業《いぎょう》の記録《きろく》を残《のこ》す……そう考《かんが》えると、大《おお》いになぐさめになるだろうねえ」

ハリーのみずおちに、いつもの煮《に》えくり返《かえ》るような感覚《かんかく》が走《はし》った。のどまで出《で》かかった応酬《おうしゅう》の言葉《ことば》をかみ殺《ころ》し、ハリーは箱《はこ》の山《やま》の前《まえ》に腰《こし》かけ、箱《はこ》を一つ手元《てもと》に引《ひ》き寄《よ》せた。

予想《よそう》したとおり、無益《むえき》でつまらない作業《さぎょう》だった。ときどき（明《あき》らかにスネイプのねらいどおり）、父親《ちちおや》やシリウスの名前《なまえ》を見《み》つけて、胃《い》が揺《ゆ》さぶられる思《おも》いがした。たいてい二人《ふたり》でつるんで、些細《ささい》ないたずらをしていた。ときどきリーマス・ルーピンやピーター・ペティグリューの名《な》前《まえ》も一緒《いっしょ》に出《で》てきた。どんな悪《わる》さでどんな罰《ばつ》を受《う》けたかを写《うつ》し取《と》りながら、始《はじ》まったばかりの試《し》合《あい》はどうなっているのだろうと、ハリーは外《そと》のことを考《かんが》えた……ジニーがシーカーとして、チョウと対決《たいけつ》している……。

チクタクと時《とき》を刻《きざ》んでいる壁《かべ》の大時計《おおどけい》に、ハリーは何度《なんど》も目《め》をやった。その時計《とけい》は、普通《ふつう》の倍《ばい》も時間《じかん》をかけて動《うご》いているのではないかと思《おも》った。もしや、スネイプが魔法《まほう》で遅《おそ》くしたのでは？　まだ三十分《ぶん》しかたってないなんてありえない……まだ一時間《じかん》……まだ一時間半《じかんはん》……。

時計《とけい》が十二時半《じはん》を示《しめ》したとき、ハリーの腹時計《はらどけい》がグウグウ言《い》いだした。作業《さぎょう》の指示《しじ》を出《だ》してから一度《いちど》も口《くち》をきかなかったスネイプが、一時十分《じぶん》すぎになってやっと顔《かお》を上《あ》げた。

「もうよかろう」スネイプが冷《つめ》たく言《い》った。

「どこまでやったか印《しるし》をつけるのだ。次《つぎ》の土曜日《どようび》、十時《じ》から先《さき》を続《つづ》ける」

「はい、先生《せんせい》」

ハリーは、端《はし》を折《お》ったカードを適当《てきとう》に箱《はこ》に突《つ》っ込《こ》み、スネイプの気《き》が変《か》わらないうちに急《いそ》いで部屋《へや》を出《で》た。石段《いしだん》をかけ上《あ》がりながら、ハリーは競技場《きょうぎじょう》からの物音《ものおと》に耳《みみ》を澄《す》ましたが、まったく静《しず》かだった……もう、終《お》わってしまったんだ……。

混《こ》み合《あ》った大広間《おおひろま》の外《そと》で、ハリーは少《すこ》し迷《まよ》ったが、やがて大理石《だいりせき》の階段《かいだん》をかけ上《あ》がった。グリフィンドールが勝《か》っても負《ま》けても、選手《せんしゅ》が祝《いわ》ったり相憐《あいあわ》れんだりするのは、通常《つうじょう》、寮《りょう》の談話室《だんわしつ》だ。

「何事《なにごと》やある？　クイッド　アジス？」

中《なか》で何《なに》が起《お》こっているかと考《かんが》えながら、ハリーは恐《おそ》る恐《おそ》る「太《ふと》った婦人《レディ》」に呼《よ》びかけた。

「見《み》ればわかるわ」と答《こた》えた婦人《レディ》の表情《ひょうじょう》からは、何《なに》も読《よ》み取《と》れなかった。婦人《レディ》がパッと扉《とびら》を開《あ》けた。

肖像画《しょうぞうが》の裏《うら》の穴《あな》から、祝《いわ》いの大歓声《だいかんせい》が爆発《ばくはつ》した。ハリーの姿《すがた》を見《み》つけて叫《さけ》び声《ごえ》を上《あ》げるみんなの顔《かお》を、ハリーはポカンと大口《おおぐち》を開《あ》けて見《み》つめた。何本《なんぼん》もの手《て》が、ハリーを談話室《だんわしつ》に引《ひ》き込《こ》んだ。

「勝《か》ったぞ！」

ロンが目《め》の前《まえ》に躍《おど》り出《で》て、銀色《ぎんいろ》の優勝杯《ゆうしょうはい》を振《ふ》りながら叫《さけ》んだ。

「勝《か》ったんだ！　四百五十対《たい》百四十！　勝《か》ったぞ！」

ハリーはあたりを見回《みまわ》した。ジニーがかけ寄《よ》ってきた。決然《けつぜん》とした、燃《も》えるような表情《ひょうじょう》で、ジニーはハリーに抱《だ》きついた。ハリーは、何《なに》も考《かんが》えず、何《なに》もかまえず、五十人《にん》もの目《め》が注《そそ》がれているのも気《き》にせず、ジニーにキスした。

どのくらいたったのだろう……三十分《ぷん》だったかもしれない……太陽《たいよう》の輝《かがや》く数日間《すうじつかん》だったかもしれない――二人《ふたり》は離《はな》れた。部屋中《へやじゅう》がしんとなっていた。それから何人《なんにん》かが冷《ひ》やかしの口笛《くちぶえ》を吹《ふ》き、あちこちでくすぐったそうな笑《わら》い声《ごえ》が湧《わ》き起《お》こった。

ジニーの頭越《あたまご》しに見《み》ると、ディーン・トーマスが手《て》にしたグラスを握《にぎ》りつぶし、ロミルダ・ベインは何《なに》かを投《な》げつけたそうな顔《かお》をしていた。ハーマイオニーはニッコリしていた。しかし、ハリーはロンを目《め》で探《さが》した。やっと見《み》つけたロンは、優勝杯《ゆうしょうはい》を握《にぎ》ったまま、頭《あたま》を棍棒《こんぼう》でなぐられたときにふさわしい表情《ひょうじょう》をしていた。一瞬《いっしゅん》、二人《ふたり》は顔《かお》を見合《みあ》わせた。それからロンが、首《くび》を小《ちい》さくクイッと傾《かたむ》けた。ハリーにはその意味《いみ》がわかった。

「まあな――しかたないだろ」

ハリーの胸《むね》の中《なか》の生《い》き物《もの》が、勝利《しょうり》にほえた。ハリーは、ジニーを見下《みお》ろしてニッコリ笑《わら》い、何《なに》も言《い》わずに、肖像画《しょうぞうが》の穴《あな》から出《で》ようと合図《あいず》した。校庭《こうてい》をいつまでも歩《ある》きたかった。その間《あいだ》に――時間《じかん》があればだが――試合《しあい》の様子《ようす》を話《はな》し合《あ》えるかもしれない。

第《だい》25章《しょう》 盗聴《とうちょう》された予見者《よけんしゃ》

ハリーがジニー・ウィーズリーとつき合《あ》っている。そのことは大勢《おおぜい》の、特《とく》に女《おんな》の子《こ》の関心《かんしん》の的《まと》になっているようだった。しかし、それからの数週間《すうしゅうかん》、ハリーはうわさ話《ばなし》など、まったく気《き》にならないほど幸《しあわ》せだった。ずいぶん長《なが》い間《あいだ》、こんなに幸福《こうふく》な気持《きも》ちになったことがなかったし、幸《しあわ》せなことで人《ひと》の口《くち》に上《のぼ》るのは、闇《やみ》の魔術《まじゅつ》の恐《おそ》ろしい場面《ばめん》に巻《ま》き込《こ》まれてうわさになるばかりだったハリーにとって、すばらしい変化《へんか》だった。

「ほかにもっとうわさ話《ばなし》のネタはあるでしょうに」

談話室《だんわしつ》の床《ゆか》に座《すわ》り、ハリーの脚《あし》に寄《よ》りかかって「日刊予言者新聞《にっかんよげんしゃしんぶん》」を読《よ》んでいたジニーが言《い》った。

「この一週間《しゅうかん》で三件《けん》も吸魂鬼《きゅうこんき》襲撃事件《しゅうげきじけん》があったっていうのに、ロミルダ・ベインが私《わたし》に聞《き》くことといったら、ハリーの胸《むね》にヒッポグリフの大《おお》きな刺青《いれずみ》があるというのはほんとうか、だって」

ロンとハーマイオニーが大笑《おおわら》いするのを、ハリーは無視《むし》した。

「何《なん》て答《こた》えたんだい？」

「ハンガリー・ホーンテールだって言《い》ってやったわ」のんびりと新聞《しんぶん》のページをめくりながら、ジニーが答《こた》えた。

「ずっとマッチョっぽいじゃない」

「ありがと」ハリーはニヤッと笑《わら》った。

「それで、ロンには何《なん》の刺青《いれずみ》があるって言《い》ったんだい？」

「ピグミーパフ。でも、どこにあるかは言《い》わなかったわ」

ハーマイオニーは笑《わら》い転《ころ》げ、ロンはしかめっ面《つら》でにらんだ。

「気《き》をつけろ」

ロンがハリーとジニーを指差《ゆびさ》して、警告《けいこく》するように言《い》った。

「許可《きょか》を与《あた》えることは与《あた》えたけど、撤回《てっかい》しないとは言《い》ってないぞ――」

「『許可《きょか》』？」ジニーがフンと言《い》った。

「いつから私《わたし》のすることに、許可《きょか》を与《あた》えるようになったの？　どっちにしろ、マイケルやディーンなんかよりハリーだったらいいのにって言《い》ったのは、あなた自身《じしん》ですからね」

「ああ、そのほうがいいさ」ロンがしぶしぶ認《みと》めた。

「君《きみ》たちが公衆《こうしゅう》の面前《めんぜん》でイチャイチャしないかぎり――」

「偽善者《ぎぜんしゃ》もいいとこだわ！　ラベンダーとあなたのことは、どうなの？　あっちこっちで二匹《ひき》のうなぎみたいにジタバタのたうってたのは、どなた？」ジニーが食《く》ってかかった。


六月《がつ》に入《はい》ると、ロンのがまんの限界《げんかい》を試《ため》す必要《ひつよう》もなくなっていた。ハリーとジニーが、二人一緒《ふたりいっしょ》に過《す》ごす時間《じかん》がどんどん少《すく》なくなっていたのだ。O《ふ》・W《く》・L《ろう》試験《しけん》が近《ちか》づいて、ジニーは夜遅《よるおそ》くまで勉強《べんきょう》しなければならなかった。そんなある夜《よる》、ジニーが図書室《としょしつ》にこもり、ハリーは談話室《だんわしつ》の窓際《まどぎわ》に腰《こし》かけて、「薬草学《やくそうがく》」の宿題《しゅくだい》を仕上《しあ》げていた。しかし、それはうわべだけで、実《じつ》は昼休《ひるやす》みにジニーと湖《みずうみ》のそばで過《す》ごした、この上《うえ》なく幸《しあわ》せな時間《じかん》を追想《ついそう》していたのだ。その時《とき》、ハーマイオニーが、何《なに》かふくむところがあるような顔《かお》で、ハリーとロンの間《あいだ》に座《すわ》った。

「ハリー、お話《はなし》があるの」

「何《なん》だい？」

ハリーは、いやな予感《よかん》がしながら聞《き》き返《かえ》した。ついきのうも、ハーマイオニーは、ジニーは試《し》験《けん》のために猛勉強《もうべんきょう》をしなければならないのだから、じゃまをしてはいけないと、ハリーに説教《せっきょう》したばかりだった。

「いわゆる『半純血《はんじゅんけつ》のプリンス』のこと」

「またか」ハリーがうめいた。「頼《たの》むからやめてくれないか？」

ハリーは、教科書《きょうかしょ》を取《と》りに「必要《ひつよう》の部屋《へや》」に戻《もど》る勇気《ゆうき》がなかった。その結果《けっか》、「魔法薬《まほうやく》」の成《せい》績《せき》が被害《ひがい》を受《う》けた（ただし、スラグホーンは、お気《き》に入《い》りのジニーがハリーの相手《あいて》だったので、恋《こい》の病《やまい》のせいだとちゃかしてすました）。それでもハリーは、スネイプがプリンスの本《ほん》を没収《ぼっしゅう》する望《のぞ》みをまだ捨《す》ててはいないと確信《かくしん》していたので、スネイプの目《め》が光《ひか》っているうちは、本《ほん》をそのままにしておこうと決《き》めていた。

「やめないわ」

ハーマイオニーがきっぱりと言《い》った。

「あなたが私《わたし》の言《い》うことをちゃんと聞《き》くまではね。闇《やみ》の呪文《じゅもん》を発明《はつめい》する趣味《しゅみ》があるのは、どういう人《ひと》なのか、私《わたし》、少《すこ》し探《さぐ》ってみたの」

「彼《かれ》は、趣味《しゅみ》でやったんじゃない――」

「彼《かれ》、彼《かれ》って――どうして男性《だんせい》なの？」

「前《まえ》にも、同《おな》じやり取《と》りをしたはずだ」ハリーがいらだった。

「**プリンス**だよ、ハーマイオニー、**プリンス！**」

「いいわ！」

ハーマイオニーのほおがパッと赤《あか》く燃《も》え上《あ》がった。ハーマイオニーはポケットからとびきり古《ふる》い新聞《しんぶん》の切《き》り抜《ぬ》きを引《ひ》っ張《ぱ》り出《だ》して、ハリーの目《め》の前《まえ》の机《つくえ》にバンとたたきつけた。

「見《み》て！　この写真《しゃしん》を見《み》るのよ！」

ハリーはボロボロの紙切《かみき》れを拾《ひろ》い上《あ》げ、セピア色《いろ》に変色《へんしょく》した動《うご》く写真《しゃしん》を見《み》つめた。ロンも体《からだ》を曲《ま》げてのぞき込《こ》んだ。十五歳《さい》ぐらいの、やせた少女《しょうじょ》の写真《しゃしん》だった。かわいいとは言《い》えない。太《ふと》く濃《こ》い眉《まゆ》に、青白《あおじろ》い面長《おもなが》な顔《かお》は、いらいらしているようにも、すねているようにも見《み》えた。写真《しゃしん》の下《した》にはこう書《か》いてある。

アイリーン・プリンス。ホグワーツ・ゴブストーン・チームのキャプテン。

「それで？」

写真《しゃしん》に関係《かんけい》する短《みじか》い記事《きじ》にざっと目《め》を通《とお》しながら、ハリーが言《い》った。学校対抗試合《がっこうたいこうじあい》の、かなりつまらない記事《きじ》だった。

「この人《ひと》の名前《なまえ》はアイリーン・プリンスよ。ハリー、**プリンス**」

三人《にん》は顔《かお》を見合《みあ》わせ、ハリーはハーマイオニーの言《い》おうとしていることに気《き》づいた。ハリーは笑《わら》いだした。

「ありえないよ」

「何《なに》が？」

「この女《おんな》の子《こ》が『半純血《はんじゅんけつ》の……』？　いいかげんにしろよ」

「え？　どうして？　ハリー、魔法界《まほうかい》にはほんとうの王子《おうじ》なんていないのよ！　あだ名《な》か、勝手《かって》にその肩書《かたが》きを名乗《なの》っているか、または実名《じつめい》かもしれないわ。そうでしょう？　いいから、よく聞《き》いて！　もしこの女《おんな》の子《こ》の父親《ちちおや》が『プリンス』という姓《せい》で、母親《ははおや》がマグルなら、それで『半《はん》純血《じゅんけつ》のプリンス』になるわ！」

「ああ、独創的《どくそうてき》だよ、ハーマイオニー……」

「でも、そうなるわ！　この人《ひと》はたぶん、自分《じぶん》が半分《はんぶん》プリンスであることを誇《ほこ》りにしていたのよ！」

「いいかい、ハーマイオニー。女《おんな》の子《こ》じゃないって、僕《ぼく》にはわかるんだ。とにかくわかるんだよ」

「ほんとうは、女《おんな》の子《こ》がそんなに賢《かしこ》いはずはないって、そう思《おも》ってるんだわ」

ハーマイオニーが怒《おこ》ったように言《い》った。

「五年《ねん》も君《きみ》のそばにいた僕《ぼく》が、女《おんな》の子《こ》が賢《かしこ》くないなんて思《おも》うはずないだろ？」

ハリーは少《すこ》し傷《きず》ついて反論《はんろん》した。

「書《か》き方《かた》だよ。プリンスが男《おとこ》だってことが、とにかくわかるんだ。僕《ぼく》にはわかるんだよ。この女《おんな》の子《こ》は何《なん》の関係《かんけい》もない。どっから引《ひ》っ張《ぱ》り出《だ》してきたんだ？」

「図書館《としょかん》よ」

ハーマイオニーは予想《よそう》どおりの答《こた》えを言《い》った。

「古《ふる》い『予言者新聞《よげんしゃしんぶん》』が全部取《ぜんぶと》ってあるの。さあ、私《わたし》、できればアイリーン・プリンスのことをもっと調《しら》べるつもりよ」

「どうぞご勝手《かって》に」ハリーがいらいらと言《い》った。

「そうするわ」ハーマイオニーが言《い》った。

「それに、最初《さいしょ》に調《しら》べるのは――」

ハーマイオニーは肖像画《しょうぞうが》の穴《あな》まで行《い》き、ハリーに向《む》かって語気鋭《ごきするど》く言《い》った。

「昔《むかし》の『魔法薬《まほうやく》』の表彰《ひょうしょう》の記録《きろく》よ」

出《で》ていくハーマイオニーを、ハリーはしばらくにらんでいたが、暗《くら》くなりかけた空《そら》を眺《なが》めながらまた思《おも》いにふけった。

「ハーマイオニーは、『魔法薬《まほうやく》』で、君《きみ》が自分《じぶん》よりできるっていうのが、どうしてもがまんならないだけさ」ロンは『薬草《やくそう》とキノコ千種《せんしゅ》』をまた読《よ》みはじめながら言《い》った。

「あの本を取《と》り戻《もど》したいって考《かんが》える僕《ぼく》が、どうかしてると思《おも》うか？」

「思《おも》わないさ」

ロンが力強《ちからづよ》く言《い》った。

「天才《てんさい》だよ。あのプリンスは。とにかく……ベゾアール石《せき》のヒントがなかったら……」

ロンは自分《じぶん》ののどをかき切《き》る動作《どうさ》をした。

「生《い》きてこんな話《はなし》をすることができなかっただろ？　そりゃ、君《きみ》がマルフォイに使《つか》った呪文《じゅもん》がすごいなんては言《い》わないけど――」

「僕《ぼく》だって」ハリーは即座《そくざ》に言《い》った。

「だけど、マルフォイはちゃんと治《なお》ったじゃないか？　たちまち回復《かいふく》だ」

「うん」ハリーが言《い》った。たしかにそのとおりだったが、やはり良心《りょうしん》が痛《いた》んだ。

「スネイプのおかげでね……」

「君《きみ》、また次《つぎ》の土曜日《どようび》にスネイプの罰則《ばっそく》か？」ロンが聞《き》いた。

「うん。そのあとの土曜日《どようび》も、またそのあとの土曜日《どようび》もだ」

ハリーはため息《いき》をついた。

「それに、今学期中《こんがっきちゅう》に全部《ぜんぶ》の箱《はこ》をやり終《お》えないと、来学年《らいがくねん》も続《つづ》けるなんてにおわせはじめてる」

ただでさえジニーと過《す》ごす時間《じかん》が少《すく》ないのに、その上罰則《うえばっそく》で時間《じかん》を取《と》られるのが、特《とく》にうんざりだった。最近《さいきん》ハリーは、スネイプが実《じつ》は承知《しょうち》の上《うえ》でそうしているのではないかと、しばしば疑《うたが》うようになっていた。というのも、スネイプが、せっかくのよい天気《てんき》なのに、いろいろな楽《たの》しみを失《うしな》うとは、などとひとり言《ごと》のようにチクチクつぶやきながら、毎回《まいかい》だんだんハリーの拘束時間《こうそくじかん》を長《なが》くしていたからだ。

苦《にが》い思《おも》いをかみしめていたハリーは、ジミー・ピークスが急《きゅう》にそばに現《あらわ》れたのでビクッとした。ジミーは羊皮紙《ようひし》の巻《ま》き紙《がみ》を差《さ》し出《だ》していた。

「ありがとう、ジミー……あっ、ダンブルドアからだ！」

ハリーは巻《ま》き紙《がみ》を開《ひら》いて目《め》を走《はし》らせながら、興奮《こうふん》して言《い》った。

「できるだけ早《はや》く、校長室《こうちょうしつ》に来《き》てほしいって！」

ハリーは、ロンと顔《かお》を見合《みあ》わせた。

「おっどろきー」ロンがささやくように言《い》った。「もしかして……見《み》つけたのかな……？」

「すぐ行《い》ったほうがいいよね？」

ハリーは勢《いきお》いよく立《た》ち上《あ》がった。

ハリーはすぐに談話室《だんわしつ》を出《で》て、八階《かい》の廊下《ろうか》をできるだけ急《いそ》いだ。途中《とちゅう》、ピーブズ以外《いがい》には誰《だれ》とも会《あ》わなかった。ピーブズは決《き》まり事《ごと》のように、チョークのかけらをハリーに投《な》げつけ、ハリーの防衛呪文《ぼうえいじゅもん》をかわして、高笑《たかわら》いしながらハリーと反対方向《はんたいほうこう》に飛《と》び去《さ》った。ピーブズが消《き》え去《さ》ったあとの廊下《ろうか》は、深閑《しんかん》としていた。夜間外出禁止時間《やかんがいしゅつきんしじかん》まであと十五分《ふん》しかなかったので、大多数《だいたすう》の生徒《せいと》はもう談話室《だんわしつ》に戻《もど》っていた。

その時《とき》、悲鳴《ひめい》と衝撃音《しょうげきおん》が聞《き》こえ、ハリーは足《あし》を止《と》めて、耳《みみ》を澄《す》ました。

「なんて――失礼《しつれい》な――あなた――ああああーっ！」

音《おと》は近《ちか》くの廊下《ろうか》から聞《き》こえてくる。ハリーは杖《つえ》をかまえて音《おと》に向《む》かってかけ出《だ》し、飛《と》ぶように角《かど》を曲《ま》がった。トレローニー先生《せんせい》が、床《ゆか》に大《だい》の字《じ》に倒《たお》れていた。何枚《なんまい》も重《かさ》なったショールの一枚《まい》が顔《かお》を覆《おお》い、そばにはシェリー酒《しゅ》の瓶《びん》が数本転《すうほんころ》がっていた。一本《ぽん》は割《わ》れている。

「先生《せんせい》――」

ハリーは急《いそ》いでかけ寄《よ》り、トレローニー先生《せんせい》を助《たす》け起《お》こした。ピカピカのビーズ飾《かざ》りが何本《なんぼん》か、めがねにからまっている。トレローニー先生《せんせい》は大《おお》きくしゃっくりしながら、髪《かみ》をなでつけ、ハリーの腕《うで》にすがって立《た》ち上《あ》がった。

「先生《せんせい》、どうなさったのですか？」

「よくぞ聞《き》いてくださったわ！」

先生《せんせい》がかん高《だか》い声《こえ》で言《い》った。

「あたくし、考《かんが》えごとをしながら歩《ある》き回《まわ》っておりましたの。あたくしがたまたまかいま見《み》た、いくつかの闇《やみ》の前兆《ぜんちょう》についてとか……」

しかし、ハリーはまともに聞《き》いてはいなかった。今立《いまた》っている場所《ばしょ》がどこなのかに気《き》がついたからだ。右《みぎ》には踊《おど》るトロールのタペストリー、左一面《ひだりいちめん》は頑丈《がんじょう》な石壁《いしかべ》だ。その裏《うら》に隠《かく》れているのは——。

「先生《せんせい》、『必要《ひつよう》の部屋《へや》』に入《はい》ろうとしていたのですか？」

「……あたくしに啓示《けいじ》された予兆《よちょう》についてとか——えっ？」

先生《せんせい》は急《きゅう》にそわそわしはじめた。

「『必要《ひつよう》の部屋《へや》』です」

ハリーがくり返《かえ》した。

「そこに入《はい》ろうとなさっていたのですか？」

「あたくし——あら——生徒《せいと》が知《し》っているとは、あたくし存《ぞん》じませんでしたわ——」

「全員《ぜんいん》ではありません」

ハリーが言《い》った。

「でも、何《なに》があったのですか？　悲鳴《ひめい》を上《あ》げましたね……けがでもしたように聞《き》こえましたけど……」

「あたくし――あの」

トレローニー先生《せんせい》は、身《み》を護《まも》るかのようにショールを体《からだ》に巻《ま》きつけ、拡大《かくだい》された巨大《きょだい》な目《め》でハリーをじっと見下《みお》ろした。

「あたくし――あ――ちょっとした物《もの》を――あン――個人的《こじんてき》な物《もの》をこの部屋《へや》に置《お》いておこうと……」

それから先生《せんせい》は、「ひどい言《い》いがかりですわ」のようなことをつぶやいた。

「そうですか」

ハリーは、シェリー酒《しゅ》の瓶《びん》をちらりと見下《みお》ろしながら言《い》った。

「でも、中《なか》に入《はい》って隠《かく》すことができなかったのですね？」

変《へん》だ、とハリーは思《おも》った。「部屋《へや》」は、プリンスの本《ほん》を隠《かく》したいと思《おも》ったとき、とうとうハリーのために開《ひら》いてくれた。

「ええ、ちゃんと入《はい》りましたことよ」

トレローニー先生《せんせい》は壁《かべ》をにらみつけながら言《い》った。

「でも、そこには先客《せんきゃく》がいましたの」

「誰《だれ》かが中《なか》に――？　誰《だれ》が？」ハリーが詰問《きつもん》した。

「そこには誰《だれ》がいたんです？」

「さっぱりわかりませんわ」

ハリーの緊迫《きんぱく》した声《こえ》に少《すこ》したじろぎながら、トレローニー先生《せんせい》が言《い》った。

『部屋《へや》』に入《はい》ったら、声《こえ》が聞《き》こえましたの。あたくし長年《ながねん》隠《かく》し――いえ、『部屋《へや》』を使《つか》ってきましたけれど――こんなことは初《はじ》めて」

「声《こえ》？　何《なに》を言《い》っていたんです？」

「何《なに》かを言《い》っていたのかどうか、わかりませんわ」

トレローニー先生《せんせい》が言《い》った。

「ただ……歓声《かんせい》を上《あ》げていました」

「**歓声《かんせい》を？**」

「大喜《おおよろこ》びで」先生《せんせい》がうなずいた。

ハリーは先生《せんせい》をじっと見《み》た。

「男《おとこ》でしたか？　女《おんな》でしたか？」

「想像《そうぞう》ざますけど、男《おとこ》でしょう」トレローニー先生《せんせい》が言《い》った。

「それで、喜《よろこ》んでいたのですか？」

「大喜《おおよろこ》びでしたわ」

トレローニー先生《せんせい》は尊大《そんだい》に鼻《はな》を鳴《な》らしながら言《い》った。

「何《なに》かお祝《いわ》いしているみたいに？」

「まちがいなくそうですわ」

「それから――？」

「それから、あたくし、呼《よ》びかけましたの。『そこにいるのは誰《だれ》？』と」

「聞《き》かなければ、誰《だれ》がいるのかわからなかったんですか？」

ハリーは少《すこ》しじりじりしながら聞《き》いた。

「『内《うち》なる眼《め》』は――」

トレローニー先生《せんせい》は、ショールや何本《なんぼん》ものキラキラするビーズ飾《かざ》りを整《ととの》えながら、威厳《いげん》を込《こ》めて言《い》った。

「歓声《かんせい》などの俗《ぞく》な世界《せかい》より、ずっと超越《ちょうえつ》した事柄《ことがら》を見《み》つめておりましたの」

「そうですか」

ハリーは早口《はやくち》で言《い》った。トレローニー先生《せんせい》の「内《うち》なる眼《め》」については、すでにいやというほど聞《き》かされていた。

「それで、その声《こえ》は、そこに誰《だれ》がいるかを答《こた》えたのですか？」

「いいえ、答《こた》えませんでした。あたりが真《ま》っ暗《くら》になって、次《つぎ》に気《き》がついたときには、頭《あたま》から先《さき》に『部屋《へや》』から放《ほう》り出《だ》されておりましたの」

「それで、そういうことが起《お》こるだろうというのは、見透《みとお》せなかったというわけですか？」

ハリーはそう聞《き》かずにはいられなかった。

「いいえ。言《い》いましたでございましょう。真《ま》っ暗《くら》――」

トレローニー先生《せんせい》は急《きゅう》に言葉《ことば》を切《き》り、何《なに》が言《い》いたいのかと疑《うたが》うようにハリーをにらんだ。

「ダンブルドア先生《せんせい》にお話《はな》ししたほうがいいと思《おも》います」

ハリーが言《い》った。

「ダンブルドア先生《せんせい》は知《し》るべきなんです。マルフォイがお祝《いわ》いしていたこと――いえ、誰《だれ》かが先《せん》生《せい》を『部屋《へや》』から放《ほう》り出《だ》したことをです」

驚《おどろ》いたことに、トレローニー先生《せんせい》はハリーの意見《いけん》を聞《き》くと、気位《きぐらい》高《たか》く背筋《せすじ》を伸《の》ばした。

「校長先生《こうちょうせんせい》は、あたくしにあまり来《き》てほしくないとほのめかしましたわ」

トレローニー先生《せんせい》は冷《つめ》たく言《い》った。

「あたくしがそばにいることの価値《かち》を評価《ひょうか》なさらない方《かた》に、無理《むり》にご一緒《いっしょ》願《ねが》うようなあたくしではございませんわ。ダンブルドアが、カード占《うらな》いの警告《けいこく》を無視《むし》なさるおつもりなのでしたら――」

先生《せんせい》の骨《ほね》ばった手《て》が、突然《とつぜん》ハリーの手首《てくび》をつかんだ。

「何度《なんど》も何度《なんど》も、どんな並《なら》べ方《かた》をしても――」

そして先生《せんせい》は、ショールの下《した》から仰々《ぎょうぎょう》しくトランプを一枚《まい》取《と》り出《だ》した。

「――稲妻《いなずま》に撃《う》たれた塔《とう》」先生《せんせい》がささやいた。「災難《さいなん》。大惨事《だいさんじ》。刻々《こっこく》と近《ちか》づいてくる……」

「そうですか」

ハリーはさっきと同《おな》じ答《こた》え方《かた》をした。

「えーと……それでもダンブルドアに、その声《こえ》のことを話《はな》すべきだと思《おも》います。それに、真《ま》っ暗《くら》になって『部屋《へや》』から放《ほう》り出《だ》されたことなんかも……」

「そう思《おも》いますこと？」

トレローニー先生《せんせい》はしばらく考慮《こうりょ》しているようだったが、ハリーには、先生《せんせい》がちょっとした冒《ぼう》険話《けんばなし》を聞かせたがっていることが読《よ》み取《と》れた。

「僕《ぼく》は今《いま》、校長先生《こうちょうせんせい》に会《あ》いにいくところです」ハリーが言《い》った。

「校長先生《こうちょうせんせい》と約束《やくそく》があるんです。一緒《いっしょ》に行《い》きましょう」

「あら、まあ、それでしたら」

トレローニー先生《せんせい》は、ほほ笑《え》んだ。それからかがみ込《こ》んでシェリー酒《しゅ》の瓶《びん》を拾《ひろ》い集《あつ》め、近《ちか》くの壁《かべ》のニッチに置《お》いてあった青《あお》と白《しろ》の大《おお》きな花瓶《かびん》に、無造作《むぞうさ》に投《な》げ捨《す》てた。

「ハリー、あなたがクラスにいないと、さびしいですわ」

一緒《いっしょ》に歩《ある》きながら、トレローニー先生《せんせい》が感傷的《かんしょうてき》に言《い》った。

「あなたは大《たい》した『予見者《よけんしゃ》』ではありませんでしたが……でも、すばらしい『対象者《たいしょうしゃ》』でしたわ……」

ハリーは何《なに》も言《い》わなかった。トレローニー先生《せんせい》の、絶《た》え間《ま》ない宿命予言《しゅくめいよげん》の「対象者《たいしょうしゃ》」にされるのには辟易《へきえき》していた。

「残念《ざんねん》ながら――」先生《せんせい》はしゃべり続《つづ》けた。

「あの駄馬《だば》は――ごめんあそばせ。あのケンタウルスは――トランプ占《うらな》いを何《なに》も知《し》りませんのよ。あたくし、質問《しつもん》しましたの――予見者同士《よけんしゃどうし》としてざますけど――災難《さいなん》が近《ちか》づいているという遠《とお》くの振動《しんどう》を、あなたも感《かん》じませんか？　と。ところが、あのケンタウルスは、あたくしのことを、ほとんど滑稽《こっけい》だと思《おも》ったらしいんですの。そうです、滑稽《こっけい》だと！」

トレローニー先生《せんせい》の声《こえ》がヒステリー気味《ぎみ》に高《たか》くなり、瓶《びん》はもう捨《す》ててきたはずなのに、ハリーは、シェリー酒《しゅ》のきつい臭《にお》いをかぎ取《と》った。

「たぶんあの馬《うま》は、あたくしが曾々《そうそう》祖母《そぼ》の才能《さいのう》を受《う》け継《つ》いでいない、などと誰《だれ》かが言《い》うのを聞《き》いたのですわ。そういうわさは、しっと深《ぶか》い人《ひと》たちが、もう何年《なんねん》も前《まえ》から言《い》いふらしてきたことです。あたくしがそういう人《ひと》たちに何《なん》と言《い》ってやるか、ハリー、おわかり？　あたくしの才能《さいのう》はダンブルドアに充分《じゅうぶん》証明《しょうめい》済《ず》みです。そうでなかったら、ダンブルドアはこの偉大《いだい》な学校《がっこう》で、あたくしに教《おし》えさせたかしら？　この長年《ながねん》の間《あいだ》、あたくしをこんなに信用《しんよう》なさったかしら？」

ハリーは、ゴニョゴニョと聞《き》き取《と》れない言葉《ことば》をつぶやいた。

「最初《さいしょ》のダンブルドアの面接《めんせつ》のことは、よく覚《おぼ》えていましてよ」

トレローニー先生《せんせい》は、かすれ声《ごえ》で話《はな》し続《つづ》けた。

「ダンブルドアは、もちろん、とても感心《かんしん》しましたわ……。あたくしは、ホッグズ・ヘッドに泊《と》まっておりました。ところで、あそこはおすすめしませんわ――あなた、ベッドにはダニですのよ――でも、予算《よさん》が少《すく》なかったの。ダンブルドアは、あたくしの部屋《へや》までわざわざおたずねくださったわ。あたくしに質問《しつもん》なさった……白状《はくじょう》いたしますとね、はじめのうちはダンブルドアが『占《うらな》い学《がく》』をお気《き》に召《め》さないようだと思《おも》いましたわ……そして、あたくし、何《なん》だかちょっと変《へん》な気分《きぶん》になりましてね。その日《ひ》はあまり食《た》べていませんでしたの……でも、それから……」

ハリーは、今初《いまはじ》めてまともに傾聴《けいちょう》していた。その時何《ときなに》が起《お》こったかを知《し》っていたからだ。トレローニー先生《せんせい》は、ハリーとヴォルデモートに関《かん》する予言《よげん》をし、それがハリーの全人生《ぜんじんせい》を変《か》えてしまったのだ。

「……でも、その時《とき》、セブルス・スネイプが、無礼《ぶれい》にもじゃまをしたのです！」

「えっ？」

「そうです。扉《とびら》の外《そと》で騒《さわ》ぎがあって、ドアがパッと開《ひら》いて、そこにかなり粗野《そや》なバーテンが、スネイプと一緒《いっしょ》に立《た》っていたのです。スネイプはまちがえて階段《かいだん》を上《あ》がってきたとか、たわ言《ごと》を並《なら》べ立《た》てていましたわ。でも、あたくしはむしろ、ダンブルドアとあたくしの面接《めんせつ》を盗《ぬす》み聞《ぎ》きしているところを捕《つか》まったのだろうと思《おも》いましたわ――だって、スネイプは、あの時《とき》、職《しょく》を求《もと》めていましたもの。まちがいなく、面接《めんせつ》のコツを探《さぐ》り出《だ》そうとしたのですわ！　そう、そのあとで、おわかりでございましょ、ダンブルドアはあたくしを採用《さいよう》なさることにずっと乗《の》り気《き》になったようでしたわ。ですから、ハリー、あたくしとしては、ダンブルドアには、気取《きど》らず才能《さいのう》をひけらかさないあたくしと、鍵穴《かぎあな》から盗《ぬす》み聞《ぎ》きするような、押《お》しつけがましい図々《ずうずう》しい若《わか》い男《おとこ》との、明《あき》らかな相違《そうい》がおわかりになったのだと、そう考《かんが》えざるをえませんわ――あら、ハリー？」

トレローニー先生《せんせい》は、ハリーが脇《わき》にいないことにやっと気《き》づいて、振《ふ》り返《かえ》った。ハリーは足《あし》を止《と》め、二人《ふたり》の間《あいだ》は三メートルも開《ひら》いていた。

「ハリー？」トレローニー先生《せんせい》は、いぶかしげにもう一度《いちど》呼《よ》びかけた。

おそらく、ハリーの顔《かお》が蒼白《そうはく》だったのだろう。先生《せんせい》はギョッとして、心配《しんぱい》そうな顔《かお》になった。ハリーは身動《みうご》きもせずに突《つ》っ立《た》っていた。衝撃《しょうげき》が波《なみ》のように打《う》ち寄《よ》せては砕《くだ》けた。次々《つぎつぎ》と押《お》し寄《よ》せる波《なみ》が、長年《ながねん》自分《じぶん》には秘密《ひみつ》にされてきたこの情報《じょうほう》以外《いがい》のすべてのものを、意識《いしき》からかき消《け》していた……。

予言《よげん》を盗《ぬす》み聞《ぎ》きしたのはスネイプだった。スネイプが、その予言《よげん》をヴォルデモートに知《し》らせた。スネイプとピーター・ペティグリューとがグルになって、ヴォルデモートがリリーとジェームズ、そしてその息子《むすこ》を追跡《ついせき》するように仕向《しむ》けたのだ……。

ハリーには、もはや、ほかの事《こと》はどうでもよくなっていた。

「ハリー？」

トレローニー先生《せんせい》がもう一度《いちど》声《こえ》をかけた。

「ハリー――一緒《いっしょ》に校長先生《こうちょうせんせい》にお目《め》にかかりにいくのじゃなかったかしら？」

「ここにいてください」ハリーはまひした唇《くちびる》の間《あいだ》から言葉《ことば》をしぼり出《だ》した。

「でも、あなた……あたくしは、『部屋《へや》』で襲《おそ》われたことを校長先生《こうちょうせんせい》に申《もう》し上《あ》げるつもりで……」

「ここにいてください！」

ハリーが怒《おこ》ったようにくり返《かえ》した。

ハリーがトレローニー先生《せんせい》の前《まえ》をかけ抜《ぬ》け、ダンブルドアの部屋《へや》に通《つう》じる廊下《ろうか》に向《む》かって角《かど》を曲《ま》がっていくのを、トレローニー先生《せんせい》はあぜんとして見《み》ていた。廊下《ろうか》には怪獣像《ガーゴイル》が見張《みは》りに立《た》っていた。ハリーは怪獣像《ガーゴイル》に向《む》かって合言葉《あいことば》をどなり、動《うご》くらせん階段《かいだん》を、一度《いちど》に三段《だん》ずつかけ上《あ》がった。ダンブルドアの部屋《へや》の扉《とびら》を軽《かる》くノックするのではなく、ガンガンたたいた。すると静《しず》かな声《こえ》が答《こた》えた。

「お入《はい》り」

しかし、ハリーは、すでに部屋《へや》に飛《と》び込《こ》んでいた。

不死鳥《ふしちょう》のフォークスが振《ふ》り返《かえ》った。フォークスの輝《かがや》く黒《くろ》い目《め》が、窓《まど》の外《そと》に沈《しず》む夕日《ゆうひ》の金色《きんいろ》を映《うつ》して光《ひか》っていた。ダンブルドアは、旅行用《りょこうよう》の長《なが》い黒《くろ》マントを両腕《りょううで》にかけ、窓《まど》から校庭《こうてい》を眺《なが》めて立《た》っていた。

「さて、ハリー、君《きみ》を一緒《いっしょ》に連《つ》れていくと約束《やくそく》したのう」

ほんの一瞬《いっしゅん》、ハリーは何《なに》を言《い》われているのかわからなかった。トレローニーとの会話《かいわ》が、ほかのことをいっさい頭《あたま》から追《お》い出《だ》してしまい、脳《のう》みその動《うご》きがとても鈍《にぶ》いような気《き》がした。

「一緒《いっしょ》に……先生《せんせい》と……？」

「もちろん、もし君《きみ》がそうしたければじゃが」

「もし僕《ぼく》が……」

そして、ハリーは、もともとどうしてダンブルドアの校長室《こうちょうしつ》に急《いそ》いでいたかを思《おも》い出《だ》した。

「見《み》つけたのですか？　分霊箱《ぶんれいばこ》を見《み》つけたのですか？」

「そうじゃろうと思《おも》う」

怒《いか》りと恨《うら》みの心《こころ》が、衝撃《しょうげき》と興奮《こうふん》の気持《きも》ちと戦《たたか》った。しばらくの間《あいだ》、ハリーは口《くち》がきけなかった。

「恐《おそ》れを感《かん》じるのは当然《とうぜん》じゃ」ダンブルドアが言《い》った。

「怖《こわ》くありません！」ハリーは即座《そくざ》に答《こた》えた。

ほんとうのことだった。恐怖《きょうふ》という感情《かんじょう》だけはまったく感《かん》じていなかった。

「どの分霊箱《ぶんれいばこ》ですか？　どこにあるのですか？」

「どの分霊箱《ぶんれいばこ》かは定《さだ》かではない――ただし、蛇《へび》だけは除外《じょがい》できるじゃろう――ここから何《なに》キロも離《はな》れた海岸《かいがん》の洞窟《どうくつ》に隠《かく》されているらしい。その洞窟《どうくつ》がどこにあるかを、わしは長《なが》い間探《あいださが》しておった。トム・リドルが、かつて年《ねん》に一度《ど》の孤児院《こじいん》の遠足《えんそく》で、二人《ふたり》の子《こ》どもを脅《おど》した洞窟《どうくつ》じゃ。覚《おぼ》えておるかの？」

「はい」ハリーが答《こた》えた。「どんなふうに護《まも》られているのですか？」

「わからぬ。こうではないかと思《おも》うことはあるが、まったくまちごうておるかもしれぬ」

ダンブルドアは躊躇《ちゅうちょ》したが、やがてこう言《い》った。

「ハリー、わしは君《きみ》に一緒《いっしょ》に来《き》てよいと言《い》うた。そして、約束《やくそく》は守《まも》る。しかし、君《きみ》に警告《けいこく》しないのは大《おお》きなまちがいじゃろう。今回《こんかい》は極《きわ》めて危険《きけん》じゃ」

「僕《ぼく》、行《い》きます」

ハリーはダンブルドアの言葉《ことば》が終《お》わらないうちに答《こた》えていた。スネイプへの怒《いか》りが沸騰《ふっとう》し、何《なに》か命《いのち》がけの危険《きけん》なことをしたいという願《ねが》いが、この数分《すうふん》で十倍《ばい》にふくれ上《あ》がっていた。それがハリーの顔《かお》に表《あらわ》れたらしい。ダンブルドアは窓際《まどぎわ》を離《はな》れ、銀色《ぎんいろ》の眉根《まゆね》にかすかにしわを寄《よ》せて、ハリーをさらにしっかりと見《み》つめた。

「何《なに》があったのじゃ？」

「何《なん》にもありません」ハリーは即座《そくざ》にうそをついた。

「なぜ気《き》が動転《どうてん》しておるのじゃ？」

「動転《どうてん》していません」

「ハリー、君《きみ》はよい閉心術者《へいしんじゅつしゃ》とは――」

その言葉《ことば》が、ハリーの怒《いか》りに点火《てんか》した。

「**スネイプ！**」

ハリーは大声《おおごえ》を出《だ》した。フォークスが二人《ふたり》の背後《はいご》で、小《ちい》さくギャッと鳴《な》いた。

「何《なに》かありましたとも！　スネイプです！　あいつが、ヴォルデモートに予言《よげん》を教《おし》えたんだ。あいつだったんだ。扉《とびら》の外《そと》で聞《き》いていたのは、あいつだった。トレローニーが教《おし》えてくれた！」

ダンブルドアは表情《ひょうじょう》を変《か》えなかった。しかし、沈《しず》む太陽《たいよう》に赤《あか》く映《は》えるその顔《かお》の下《した》で、ダンブルドアがすっと血《ち》の気《け》を失《うしな》ったと、ハリーは思《おも》った。しばらくの間《あいだ》、ダンブルドアは無言《むごん》だった。

「いつ、それを知《し》ったのじゃ？」しばらくして、ダンブルドアが聞《き》いた。

「たった今《いま》です！」

ハリーが言《い》った。叫《さけ》びたいのを抑《おさ》えるのがやっとだった。しかし、突然《とつぜん》、もうがまんできなくなった。

「それなのに、先生《せんせい》はあいつにここで教《おし》えさせた。そしてあいつは、ヴォルデモートに僕《ぼく》の父《ちち》と母《はは》を追《お》うように言《い》った！」

まるで戦《たたか》いの最中《さなか》のように、ハリーは息《いき》を荒《あら》らげていた。眉根《まゆね》一つ動《うご》かさないダンブルドアに背《せ》を向《む》け、ハリーは部屋《へや》を往《い》ったり来《き》たりしながら拳《こぶし》をさすり、あたりの物《もの》をなぐり倒《たお》したい衝《しょう》動《どう》を、必死《ひっし》で抑《おさ》えた。ダンブルドアに向《む》かって怒《いか》りをぶつけ、どなり散《ち》らしたかった。しかし同《どう》時《じ》に、ダンブルドアと一緒《いっしょ》に分霊箱《ぶんれいばこ》を破壊《はかい》しにいきたかった。ダンブルドアに向《む》かって、スネイプを信用《しんよう》するなんて、ばかな老人《ろうじん》のすることだと言《い》ってやりたかった。しかし、一方《いっぽう》で自分《じぶん》が怒《いか》りを抑制《よくせい》しなければ、ダンブルドアが一緒《いっしょ》に連《つ》れていってくれないことも恐《おそ》れた……。

「ハリー」ダンブルドアが静《しず》かに言《い》った。

「わしの言《い》うことをよく聞《き》きなさい」

動《うご》き回《まわ》るのをやめるのも、叫《さけ》びたいのをこらえると同《おな》じぐらい難《むずか》しかった。ハリーは唇《くちびる》をかんで立《た》ち止《ど》まり、しわの刻《きざ》まれたダンブルドアの顔《かお》を見《み》た。

「スネイプ先生《せんせい》はひどいまちが――」

「まちがいを犯《おか》したなんて、言《い》わないでください。先生《せんせい》、あいつは扉《とびら》のところで盗聴《とうちょう》してたんだ！」

「最後《さいご》まで言《い》わせておくれ」

ダンブルドアは、ハリーがそっけなくうなずくまで待《ま》った。

「スネイプ先生《せんせい》はひどいまちがいを犯《おか》した。トレローニー先生《せんせい》の予言《よげん》の前半《ぜんはん》を聞《き》いたあの夜《よる》、スネイプ先生《せんせい》はまだヴォルデモート卿《きょう》の配下《はいか》だった。当然《とうぜん》、ご主人様《しゅじんさま》に、自分《じぶん》が聞《き》いたことを急《いそ》いで伝《つた》えた。それが、ご主人様《しゅじんさま》に深《ふか》く関《かか》わる事柄《ことがら》だったからじゃ。しかし、スネイプ先生《せんせい》は知《し》らなかった——知《し》る由《よし》もなかったのじゃ——ヴォルデモートがそのあと、どこの男《おとこ》の子《こ》を獲物《えもの》にするのかも知《し》らず、ヴォルデモートの残忍《ざんにん》な追求《ついきゅう》の末《すえ》に殺《ころ》される両親《りょうしん》が、スネイプ先生《せんせい》の知《し》っている人々《ひとびと》だとは、知《し》らなかったのじゃ。それが君《きみ》の父君《ちちぎみ》、母君《ははぎみ》だとは——」

ハリーは、うつろな笑《わら》い声《ごえ》を上《あ》げた。

「あいつは僕《ぼく》の父《とう》さんもシリウスも、同《おな》じように憎《にく》んでいた！　先生《せんせい》、気《き》がつかないんですか？　スネイプが憎《にく》んだ人間《にんげん》は、なぜか死《し》んでしまう」

「ヴォルデモート卿《きょう》が予言《よげん》をどう解釈《かいしゃく》したのかに気《き》づいたとき、スネイプ先生《せんせい》がどんなに深《ふか》い自責《じせき》の念《ねん》にかられたか、君《きみ》には想像《そうぞう》もつかないじゃろう。人生最大《じんせいさいだい》の後悔《こうかい》だったじゃろうと、わしはそう信《しん》じておる。それ故《ゆえ》に、スネイプ先生《せんせい》は戻《もど》ってきた——」

「でも、先生《せんせい》、あいつこそ、とてもすぐれた閉心術者《へいしんじゅつしゃ》じゃないんですか？」

平静《へいせい》に話《はな》そうと努力《どりょく》することで、ハリーの声《こえ》は震《ふる》えていた。

「それに、ヴォルデモートは、今《いま》でも、スネイプが自分《じぶん》の味方《みかた》だと信《しん》じているのではないですか？　先生《せんせい》……スネイプがこっちの味方《みかた》だと、なぜ確信《かくしん》していらっしゃるのですか？」

ダンブルドアは、一瞬《いっしゅん》沈黙《ちんもく》した。何事《なにごと》かに関《かん》して、意思《いし》を固《かた》めようとしているかのようだった。しばらくしてダンブルドアは口《くち》を開《ひら》いた。

「わしは確信《かくしん》しておる。セブルス・スネイプを完全《かんぜん》に信用《しんよう》しておる」

ハリーは自分《じぶん》を落《お》ち着《つ》かせようと、しばらく深呼吸《しんこきゅう》した。しかし、むだだった。

「でも、僕《ぼく》はちがいます！」

ハリーはまた大声《おおごえ》を出《だ》していた。

「あいつは、今《いま》のいま、ドラコ・マルフォイと一緒《いっしょ》に何《なに》かたくらんでる。先生《せんせい》の目《め》と鼻《はな》の先《さき》で。それでも先生《せんせい》はまだ――」

「ハリー、このことはもう話《はな》し合《あ》ったじゃろう」

ダンブルドアは再《ふたた》び厳《きび》しい口調《くちょう》に戻《もど》った。

「わしの見解《けんかい》はもう君《きみ》に話《はな》した」

「先生《せんせい》は今夜《こんや》、学校《がっこう》を離《はな》れる。それなのに、先生《せんせい》はきっと、考《かんが》えたこともないんでしょうね、スネイプとマルフォイが何《なに》かするかもしれないなんて――」

「何《なに》をするというのじゃ？」

ダンブルドアは眉《まゆ》を吊《つ》り上《あ》げた。

「具体的《ぐたいてき》に、二人《ふたり》が何《なに》をすると疑《うたが》っておるのじゃ？」

「僕《ぼく》は……あいつらは何《なに》かたくらんでるんだ！」

そう言《い》いながら、ハリーは拳《こぶし》を固《かた》めていた。

「トレローニー先生《せんせい》が今《いま》『必要《ひつよう》の部屋《へや》』に入《はい》って、シェリー酒《しゅ》の瓶《びん》を隠《かく》そうとしていたんです。そしたら、マルフォイが何《なに》かを祝《いわ》って喜《よろこ》んでいる声《こえ》を聞《き》いたんです！　あの部屋《へや》で、マルフォイは何《なに》か危険《きけん》な物《もの》を修理《しゅうり》しようとしていた。きっと、とうとう修理《しゅうり》が終《お》わったんです。それなのに、先生《せんせい》は、学校《がっこう》を出《で》ていこうとしている。何《なん》にもせず――」

「もうよい」

ダンブルドアの声《こえ》はとても静《しず》かだったが、ハリーはすぐにだまった。ついに見《み》えない線《せん》を踏《ふ》み越《こ》えてしまったと気《き》づいたのだ。

「今学年《こんがくねん》になって、わしの留守中《るすちゅう》に、学校《がっこう》を無防備《むぼうび》の状態《じょうたい》で放置《ほうち》したことが、一度《いちど》たりともあると思《おも》うか？　否《いな》じゃ。今夜《こんや》、わしがここを離《はな》れるときには、再《ふたた》び追加的《ついかてき》な保護策《ほごさく》が施《ほどこ》されるであろう。ハリー、わしが生徒《せいと》たちの安全《あんぜん》を真剣《しんけん》に考《かんが》えていないなどと、仮初《かりそめ》にも言《い》うではないぞ」

「そんなつもりでは――」

ハリーは少《すこ》し恥《は》じ入《い》って、口《くち》ごもったが、ダンブルドアがその言葉《ことば》をさえぎった。

「このことは、これ以上話《いじょうはな》したくはない」

ハリーは、返《かえ》す言葉《ことば》をのみ込《こ》んだ。言《い》い過《す》ぎて、ダンブルドアと一緒《いっしょ》に行《い》く機会《きかい》をだめにしてしまったのではないかと恐《おそ》れたが、ダンブルドアは言葉《ことば》を続《つづ》けた。

「今夜《こんや》は、わしと一緒《いっしょ》に行《い》きたいか？」

「はい」ハリーは即座《そくざ》に答《こた》えた。

「よろしい。それでは、よく聞《き》くのじゃ」

ダンブルドアは背筋《せすじ》を正《ただ》し、威厳《いげん》に満《み》ちた姿《すがた》で言《い》った。

「連《つ》れていくには、一つ条件《じょうけん》がある。わしが与《あた》える命令《めいれい》には、すぐに従《したが》うことじゃ。しかも質問《しつもん》することなしにじゃ」

「もちろんです」

「ハリー、よく理解《りかい》するのじゃ。わしは、どんな命令《めいれい》にも従《したが》うように言《い》うておる。たとえば、『逃《に》げよ』、『隠《かく》れよ』、『戻《もど》れ』などの命令《めいれい》もじゃ。約束《やくそく》できるか？」

「僕《ぼく》──はい、もちろんです」

「わしが隠《かく》れるように言《い》うたら、そうするか？」

「はい」

「わしが逃《に》げよと言《い》うたら、従《したが》うか？」

「はい」

「わしを置《お》き去《ざ》りにせよ、自《みずか》らを助《たす》けよと言《い》うたら、言《い》われたとおりにするか？」

「僕《ぼく》──」

「ハリー？」

二人《ふたり》は一瞬《いっしゅん》見《み》つめ合《あ》った。

「はい、先生《せんせい》」

「よろしい。それでは、戻《もど》って『透明《とうめい》マント』を取《と》ってくるのじゃ。五分後《ふんご》に正面玄関《しょうめんげんかん》で落《お》ち合《あ》うこととする」

ダンブルドアは後《うし》ろを向《む》き、真《ま》っ赤《か》に染《そ》まった窓《まど》から外《そと》を見《み》た。太陽《たいよう》が今《いま》やルビーのように赤々《あかあか》と、地平線《ちへいせん》に沈《しず》もうとしていた。ハリーは急《いそ》いで校長室《こうちょうしつ》を出《で》て、らせん階段《かいだん》を下《お》りた。不《ふ》思議《しぎ》にも、急《きゅう》に頭《あたま》がさえざえとしてきた。何《なに》をなすべきかがわかっていた。

ハリーが談話室《だんわしつ》に戻《もど》ったとき、ロンとハーマイオニーは一緒《いっしょ》に座《すわ》っていた。

「ダンブルドアは何《なん》のご用《よう》だったの？」

ハーマイオニーが間髪《かんはつ》を容《い》れずに聞《き》いた。

「ハリー、あなた、大丈夫《だいじょうぶ》？」

ハーマイオニーは心配《しんぱい》そうに聞《き》いた。

「大丈夫《だいじょうぶ》だ」

ハリーは足早《あしばや》に二人《ふたり》のそばを通《とお》り過《す》ぎながら、短《みじか》く答《こた》えた。階段《かいだん》をかけ上《あ》がり、寝室《しんしつ》に入《はい》り、トランクを勢《いきお》いよく開《あ》けて「忍《しの》びの地図《ちず》」と丸《まる》めたソックスを一足《そく》引《ひ》っ張《ぱ》り出《だ》した。それから、また急《いそ》いで階段《かいだん》を下《お》りて談話室《だんわしつ》に戻《もど》り、ぼうぜんと座《すわ》ったままのロンとハーマイオニーの所《ところ》までかけ戻《もど》って急停止《きゅうていし》した。

「時間《じかん》がないんだ」

ハリーは息《いき》をはずませて言《い》った。

「ダンブルドアは、僕《ぼく》が透明《とうめい》マントを取《と》りに戻《もど》ったと思《おも》ってる。いいかい……」

ハリーは、どこへ何《なん》のために行《い》くのかを、二人《ふたり》にかいつまんで話《はな》した。ハーマイオニーが恐怖《きょうふ》に息《いき》をのんでも、ロンが急《いそ》いで質問《しつもん》しても、ハリーは話《はなし》を中断《ちゅうだん》しなかった。細《こま》かいことはあとで二人《ふたり》で考《かんが》えることができるだろう。

「……だから、どういうことかわかるだろう？」

ハリーは、最後《さいご》までまくし立《た》てた。

「ダンブルドアは今夜《こんや》ここにいない。だからマルフォイは、何《なに》をたくらんでいるにせよ、じゃまが入《はい》らないいいチャンスなんだ。いいから、聞《き》いてくれ！」

ロンとハーマイオニーが口《くち》を挟《はさ》みたくてたまらなそうにしたので、ハリーはかみつくように言《い》った。

「『必要《ひつよう》の部屋《へや》』で歓声《かんせい》を上《あ》げていたのはマルフォイだってことが、僕《ぼく》にはわかっているんだ。さあ――」

ハリーは「忍《しの》びの地図《ちず》」をハーマイオニーの手《て》に押《お》しつけた。

「マルフォイを見張《みは》らないといけない。それにスネイプも見張《みは》らないといけない。ほかに誰《だれ》でもいいから、DA《ディーエー》のメンバーをかき集《あつ》められるだけ集《あつ》めてくれ。ハーマイオニー、ガリオン金貨《きんか》の連絡網《れんらくもう》はまだ使《つか》えるね？　ダンブルドアは学校《がっこう》に追加的《ついかてき》な保護策《ほごさく》を施《ほどこ》したっていうけど、スネイプがからんでいるのなら、ダンブルドアの保護措置《ほごそち》のことも、回避《かいひ》の方法《ほうほう》も知《し》られている――だけど、スネイプは、君《きみ》たちが監視《かんし》しているとは思《おも》わないだろう？」

「ハリー――」ハーマイオニーは恐怖《きょうふ》に目《め》を見開《みひら》いて、何《なに》か言《い》いかけた。

「議論《ぎろん》している時間《じかん》がない」ハリーはそっけなく言《い》った。

「これも持《も》っていて――」

ハリーは、ロンの両手《りょうて》にソックスを押《お》しつけた。

「ありがと」ロンが言《い》った。「あー――どうしてソックスが必要《ひつよう》なんだ？」

「その中《なか》にくるまっている物《もの》が必要《ひつよう》なんだ。『フェリックス・フェリシス』だ。君《きみ》たちとジニーとで飲《の》んでくれ。ジニーに、僕《ぼく》からのさよならを伝《つた》えてくれ。もう行《い》かなきゃ。ダンブルドアが待《ま》ってる――」

「だめよ！」

ロンが、畏敬《いけい》の念《ねん》に打《う》たれたような顔《かお》で、ソックスの中《なか》から小《ちい》さな金色《きんいろ》の薬《くすり》が入《はい》った瓶《びん》を取《と》り出《だ》したとき、ハーマイオニーが言《い》った。

「私《わたし》たちはいらない。あなたが飲《の》んで。これから何《なに》があるかわからないでしょう？」

「僕《ぼく》は大丈夫《だいじょうぶ》だ。ダンブルドアと一緒《いっしょ》だから」ハリーが言《い》った。

「僕《ぼく》は、君《きみ》たちが無事《ぶじ》だと思《おも》っていたいんだ……そんな顔《かお》しないで、ハーマイオニー。あとでまた会《あ》おう……」

そして、ハリーはその場《ば》を離《はな》れて肖像画《しょうぞうが》の穴《あな》をくぐり、正面玄関《しょうめんげんかん》へと急《いそ》いだ。

ダンブルドアは玄関《げんかん》の樫《かし》の扉《とびら》の脇《わき》で待《ま》っていた。ハリーが息《いき》せき切《き》って、脇腹《わきばら》を押《お》さえながら、石段《いしだん》の最上段《さいじょうだん》にすべり込《こ》むと、ダンブルドアが振《ふ》り向《む》いた。

「『マント』を着《き》てくれるかの」

ダンブルドアはそう言《い》うと、ハリーがマントをかぶるのを待《ま》った。

「よろしい。では参《まい》ろうか」

ダンブルドアはすぐさま石段《いしだん》を下《お》りはじめた。夏《なつ》の夕凪《ゆうなぎ》で、ダンブルドアの旅行用《りょこうよう》マントはちらりとも動《うご》かなかった。ハリーは透明《とうめい》マントに隠《かく》れ、並《なら》んで急《いそ》ぎながらまだ息《いき》をはずませ、かなり汗《あせ》をかいていた。

「でも、先生《せんせい》、先生《せんせい》が出《で》ていくところを見《み》たら、みんなはどう思《おも》うでしょう？」

ハリーは、マルフォイとスネイプのことを考《かんが》えながら聞《き》いた。

「わしが、ホグズミードに一杯《いっぱい》飲《の》みにいったと思《おも》うじゃろう」

ダンブルドアは気軽《きがる》に言《い》った。

「ときどきわしは、ロスメルタの得意客《とくいきゃく》になるし、さもなければホッグズ・ヘッドに行《い》くのじゃ……もしくは、そのように見《み》えるのじゃ。ほんとうの目的地《もくてきち》を隠《かく》すには、それが一番《いちばん》の方法《ほうほう》なのじゃよ」

黄昏《たそがれ》の薄明《うすあ》かりの中《なか》、二人《ふたり》は馬車道《ばしゃみち》を歩《ある》いた。草《くさ》いきれ、湖《みずうみ》の水《みず》の匂《にお》い、ハグリッドの小屋《こや》からの薪《たきぎ》の煙《けむり》の匂《にお》いがあたりを満《み》たしていた。これから危険《きけん》な、恐《おそ》ろしいものに向《む》かっていくことなど、信《しん》じられなかった。

「先生《せんせい》」

馬車道《ばしゃみち》が尽《つ》きる所《ところ》に校門《こうもん》が見《み》えてきたとき、ハリーがそっと聞《き》いた。

「『姿《すがた》あらわし』するのですか？」

「そうじゃ」ダンブルドアが言《い》った。

「君《きみ》はもう、できるのじゃったな？」

「ええ」ハリーが言《い》った。

「でも、まだ免許状《めんきょじょう》をもらっていません」

正直《しょうじき》に話《はな》すのが一番《いちばん》いいと思《おも》った。目的地《もくてきち》から二百キロも離《はな》れた所《ところ》に現《あらわ》れて、すべてがだいなしになったら？

「心配《しんぱい》ない」ダンブルドアが言《い》った。

「わしがまた介助《かいじょ》しようぞ」

校門《こうもん》を出《で》ると、二人《ふたり》は人気《ひとけ》のない夕暮《ゆうぐ》れの道《みち》を、ホグズミードに向《む》かった。道々《みちみち》、夕闇《ゆうやみ》が急速《きゅうそく》に濃《こ》くなり、ハイストリート通《どお》りに着《つ》いたときには、とっぷりと暮《く》れていた。店《みせ》の二階《かい》の窓々《まどまど》から、チラチラと灯《あか》りが見《み》える。「三本《さんぼん》の箒《ほうき》」に近《ちか》づいたとき、騒々《そうぞう》しいわめき声《ごえ》が聞《き》こえてきた。

「――出《で》ておいき！」

マダム・ロスメルタが、むさくるしい魔法使《まほうつか》いを押《お》し出《だ》しながら叫《さけ》んだ。

「あら、アルバス、こんばんは……遅《おそ》いおでかけね……」

「こんばんは、ロスメルタ、ご機嫌《きげん》よう……すまぬが、ホッグズ・ヘッドに行《い》くところじゃ……悪《わる》く思《おも》わんでくだされ。今夜《こんや》は少《すこ》し静《しず》かな所《ところ》に行《い》きたい気分《きぶん》でのう……」

ほどなく二人《ふたり》は、横道《よこみち》に入《はい》った。風《かぜ》もないのに、ホッグズ・ヘッドの看板《かんばん》がキーキーと小《ちい》さくきしんでいた。「三本《さんぼん》の箒《ほうき》」と対照的《たいしょうてき》に、このパブはまったくからっぽのようだった。

「中《なか》に入《はい》る必要《ひつよう》はなかろう」

ダンブルドアは、あたりを見回《みまわ》してつぶやいた。

「我々《われわれ》が消《き》えるのを、誰《だれ》にも目撃《もくげき》されないかぎり……さあ、ハリー、片手《かたて》をわしの腕《うで》に置《お》くがよい。強《つよ》く握《にぎ》る必要《ひつよう》はないぞ。君《きみ》を導《みちび》くだけじゃからのう。三つ数《かぞ》えて――一……二……三……」

ハリーは回転《かいてん》した。たちまち、太《ふと》いゴム管《かん》の中《なか》に押《お》し込《こ》められているような、いやな感覚《かんかく》に襲《おそ》われた。息《いき》ができない。体中《からだじゅう》のありとあらゆる部分《ぶぶん》が、がまんできないほどに圧縮《あっしゅく》され、そして、窒息《ちっそく》すると思《おも》ったその瞬間《しゅんかん》、見《み》えないバンドがはちきれたようだった。

ハリーは冷《つめ》たい暗闇《くらやみ》の中《なか》に立《た》ち、胸《むね》いっぱいに新鮮《しんせん》な潮風《しおかぜ》を吸《す》い込《こ》んでいた。

第《だい》26章《しょう》 洞窟《どうくつ》

潮《しお》の香《か》と、打《う》ち寄《よ》せる波《なみ》の音《おと》がした。月光《げっこう》に照《て》らされた海《うみ》と、星《ほし》を散《ち》りばめた空《そら》を眺《なが》めるハリーの髪《かみ》を、肌寒《はだざむ》い風《かぜ》が軽《かる》く乱《みだ》した。ハリーは、海《うみ》から高《たか》く突《つ》き出《で》た、黒々《くろぐろ》とした岩《いわ》の上《うえ》に立《た》っていた。眼下《がんか》に、海《うみ》が泡立《あわだ》ち渦巻《うずま》いている。振《ふ》り返《かえ》ると、見上《みあ》げるような崖《がけ》が、のっぺりした岩《いわ》肌《はだ》を見《み》せて黒々《くろぐろ》とそそり立《た》っていた。ハリーとダンブルドアが立《た》っている岩《いわ》と同《おな》じような大岩《おおいわ》がいくつか、いつか昔《むかし》に崖《がけ》が割《わ》れて離《はな》れてしまったかのような姿《すがた》で立《た》っている。荒涼《こうりょう》たる光景《こうけい》だ。海《うみ》にも岩《いわ》にも、厳《きび》しさをやわらげる草《くさ》も木《き》も、砂地《すなち》さえもない。

「どう思《おも》うかの？」

ダンブルドアが聞《き》いた。ピクニックをするのによい場所《ばしょ》かどうか、ハリーの意見《いけん》を聞《き》いたのかもしれない。

「孤児院《こじいん》の子供《こども》たちを、ここに連《つ》れてきたのですか？」

遠足《えんそく》に来《く》るにはこれほど不適切《ふてきせつ》な場所《ばしょ》はないだろうと思《おも》いながら、ハリーが聞《き》いた。

「正確《せいかく》にはここではない」ダンブルドアが言《い》った。

「後《うし》ろの崖沿《がけぞ》いに半分《はんぶん》ほど行《い》った所《ところ》に、村《むら》らしきものがある。孤児《こじ》たちは海岸《かいがん》の空気《くうき》を吸《す》い、海《うみ》の波《なみ》を見《み》るためにそこに連《つ》れていかれたのじゃろう。この場所《ばしょ》そのものを訪《おとず》れたのは、トム・リドルと幼《おさな》い犠牲者《ぎせいしゃ》たちだけじゃったろう。並《なみ》はずれた登山家《とざんか》でもなければ、マグルはこの岩《いわ》にたどり着《つ》くことはできぬし、船《ふね》も崖《がけ》には近《ちか》づけぬ。この周《まわ》りの海《うみ》は危険過《きけんす》ぎるのでな。リドルは崖《がけ》を下《お》りてきたのじゃろう。魔法《まほう》が、ロープより役《やく》に立《た》ったことじゃろうな。そして、小《ちい》さな子供《こども》を二人連《ふたりつ》れてきた。おそらく脅《おど》す楽《たの》しみのためじゃ。連《つ》れてくるだけで、目的《もくてき》は充分《じゅうぶん》はたされたと思《おも》うが、どうじゃな？」

ハリーはもう一度崖《いちどがけ》を見上《みあ》げ、鳥肌《とりはだ》が立《た》つのを覚《おぼ》えた。

「しかし、リドルの最終目的地《さいしゅうもくてきち》は――我々《われわれ》の目的地《もくてきち》でもあるが――もう少《すこ》し先《さき》じゃ。おいで」

ダンブルドアは、ハリーを岩《いわ》の先端《せんたん》に招《まね》き寄《よ》せた。そこからギザギザのくぼみが足場《あしば》になって、崖《がけ》により近《ちか》い、いくつかの大岩《おおいわ》のほうへと下降《かこう》していた。半分海《はんぶんうみ》に沈《しず》んでいる、いくつかの大岩《おおいわ》までの危《あぶ》なっかしい岩場《いわば》を、片手《かたて》がなえているせいもあって、ダンブルドアはゆっくり下《お》りていった。下《した》のほうの岩《いわ》は、海水《かいすい》ですべりやすくなっている。ハリーは、冷《つめ》たい波《なみ》しぶきが顔《かお》を打《う》つのを感《かん》じた。

「ルーモス！　光《ひかり》よ！」

崖《がけ》に一番近《いちばんちか》い大岩《おおいわ》に近《ちか》づき、ダンブルドアが唱《とな》えた。金色《きんいろ》の光《ひかり》が、ダンブルドアが身《み》をかがめている所《ところ》から数《すう》十センチ下《した》の暗《くら》い海面《かいめん》に反射《はんしゃ》し、何千《なんぜん》という光《ひかり》の玉《たま》がきらめいた。ダンブルドアの横《よこ》の黒《くろ》い岩壁《がんぺき》も照《て》らし出《だ》された。

「見《み》えるかの？」

ダンブルドアが杖《つえ》を少《すこ》し高《たか》く掲《かか》げて、静《しず》かに言《い》った。崖《がけ》の割《わ》れ目《め》に、黒《くろ》い水《みず》が渦《うず》を巻《ま》いて流《なが》れ込《こ》んでいるのが見《み》えた。

「多少《たしょう》ぬれてもかまわぬか？」

「はい」ハリーが答《こた》えた。

「それでは、透明《とうめい》マントを脱《ぬ》ぐがよい――今《いま》は必要《ひつよう》がない――では一泳《ひとおよ》ぎしようぞ」

ダンブルドアは、突然若者《とつぜんわかもの》のような敏捷《びんしょう》さで大岩《おおいわ》からすべり降《お》りて海《うみ》に入《はい》り、崖《がけ》の割《わ》れ目《め》を目指《ざ》し、灯《あか》りのついた杖《つえ》を口《くち》にくわえて完璧《かんぺき》な平泳《ひらおよ》ぎで泳《およ》ぎはじめた。ハリーは透明《とうめい》マントを脱《ぬ》ぎ、ポケットに入《い》れてあとを追《お》った。

海《うみ》は氷《こおり》のように冷《つめ》たかった。水《みず》を吸《す》い込《こ》んだ服《ふく》が体《からだ》に巻《ま》きつき、ハリーは重《おも》みで沈《しず》みがちだった。大《おお》きく呼吸《こきゅう》すると、潮《しお》の香《か》と海草《かいそう》の匂《にお》いがツンと鼻《はな》をついた。崖《がけ》の奥《おく》へと入《はい》り込《こ》んでいく杖《つえ》灯《あか》りが、チラチラとだんだん小《ちい》さくなっていくのを追《お》って、ハリーは抜《ぬ》き手《て》を切《き》った。

割《わ》れ目《め》のすぐ奥《おく》は、暗《くら》いトンネルになっていたが、満潮時《まんちょうじ》には水没《すいぼつ》する所《ところ》だろうと察《さっ》しがついた。両壁《りょうかべ》の間隔《かんかく》は一メートルほどしかなく、ぬめぬめした岩肌《いわはだ》が、ダンブルドアの杖灯《つえあか》りに照《て》らされるたびに、ぬれたタールのように光《ひか》る。少《すこ》し入《はい》り込《こ》むとトンネルは左《ひだり》に折《お》れ、崖《がけ》のずっと奥《おく》まで伸《の》びているのがハリーの目《め》に入《はい》った。ハリーはダンブルドアの後《うし》ろを泳《およ》ぎ続《つづ》けた。かじかんだ指先《ゆびさき》が、ぬれたあらい岩肌《いわはだ》をこすった。

やがて、先《さき》のほうで、ダンブルドアが水《みず》から上《あ》がるのが見《み》えた。銀色《ぎんいろ》の髪《かみ》と黒《くろ》いローブがかすかに光《ひか》っている。ハリーがそこにたどり着《つ》くと、大《おお》きな洞穴《ほらあな》に続《つづ》く階段《かいだん》が見《み》えた。ぐっしょりぬれた服《ふく》から水《みず》を滴《したた》らせながら、ハリーは階段《かいだん》をはい登《のぼ》り、ガチガチ震《ふる》えながら、凍《こお》りつくような冷《つめ》たい静寂《せいじゃく》の中《なか》に出《で》た。

ダンブルドアは洞穴《ほらあな》の真《ま》ん中《なか》に立《た》っていた。その場《ば》でゆっくり回《まわ》りながら、杖《つえ》を高《たか》く掲《かか》げて壁《かべ》や天井《てんじょう》を調《しら》べている。

「さよう。ここがその場所《ばしょ》じゃ」ダンブルドアが言《い》った。

「どうしてわかるのですか？」ハリーはささやき声《ごえ》で聞《き》いた。

「魔法《まほう》を使《つか》った形跡《けいせき》がある」ダンブルドアはそれだけしか言《い》わなかった。

体《からだ》の震《ふる》えが、骨《ほね》も凍《こお》るような寒《さむ》さのせいなのか、その魔法《まほう》を認識《にんしき》したからなのか、ハリーにはわからなかった。ダンブルドアが、ハリーには見《み》えない何《なに》かに神経《しんけい》を集中《しゅうちゅう》しているのは明《あき》らかだった。ハリーは、その場《ば》を回《まわ》り続《つづ》けているダンブルドアを見《み》つめていた。

「ここは、入口《いりぐち》の小部屋《こべや》にすぎない」

しばらくしてダンブルドアが言《い》った。

「内奥《ないおう》に入《はい》り込《こ》む必要《ひつよう》がある……これからは、自然《しぜん》の作《つく》り出《だ》す障害《しょうがい》ではなく、ヴォルデモート卿《きょう》の罠《わな》が行《ゆ》く手《て》をはばむ……」

ダンブルドアは洞穴《ほらあな》の壁《かべ》に近《ちか》づき、ハリーには理解《りかい》できない不思議《ふしぎ》な言葉《ことば》を唱《とな》えながら、黒《くろ》ずんだ指先《ゆびさき》でなでた。ダンブルドアは、洞穴《ほらあな》を二度《ど》めぐり、ゴツゴツした岩《いわ》のできるだけ広《ひろ》い範囲《はんい》に触《ふ》れた。ときどき歩《ほ》を止《と》めては、その場所《ばしょ》で指《ゆび》を前後《ぜんご》に走《はし》らせていたが、ついにある場所《ばしょ》で岩《がん》壁《ぺき》にぴったり手《て》の平《ひら》を押《お》しつけ、ダンブルドアは立《た》ち止《ど》まった。

「ここじゃ」ダンブルドアが言《い》った。

「ここを通《とお》り抜《ぬ》ける。入口《いりぐち》が隠《かく》されておる」

どうしてわかるのかと、ハリーは質問《しつもん》しなかった。こんなふうにただ見《み》たり触《さわ》ったりするだけで、物事《ものごと》を解決《かいけつ》する魔法使《まほうつか》いを見《み》たことがなかったが、派手《はで》な音《おと》や煙《けむり》は経験《けいけん》の豊《ゆた》かさを示《しめ》すものではなく、むしろ無能力《むのうりょく》の印《しるし》だということを、ハリーはとっくに学《まな》び取《と》っていた。

ダンブルドアは壁《かべ》から離《はな》れ、杖《つえ》を岩壁《がんぺき》に向《む》けた。アーチ型《がた》のりんかく線《せん》が現《あらわ》れ、すきまのむこう側《がわ》に強烈《きょうれつ》な光《ひかり》があるかのように、一瞬《いっしゅん》カッと白《しろ》く輝《かがや》いた。

「先生《せんせい》、やりましたね！」

歯《は》をガチガチ言《い》わせながら、ハリーが言《い》った。しかし、その言葉《ことば》が終《お》わらないうちに、りんかく線《せん》は消《き》え、何《なん》の変哲《へんてつ》もない元《もと》の固《かた》い岩《いわ》に戻《もど》った。ダンブルドアが振《ふ》り返《かえ》った。

「ハリー、すまなかった。忘《わす》れておった」

ダンブルドアがハリーに杖《つえ》を向《む》けると、燃《も》え盛《さか》るたき火《び》の前《まえ》でほしたように、たちまち服《ふく》が温《あたた》かくなり乾《かわ》いていた。

「ありがとうございます」

ハリーは礼《れい》を言《い》ったが、ダンブルドアはすでに、固《かた》い岩壁《がんぺき》に再《ふたた》び注意《ちゅうい》を向《む》けていた。もはや魔《ま》法《ほう》は使《つか》わず、ダンブルドアはただたたずんで、じっと壁《かべ》を見《み》つめていた。まるでそこに、とても興《きょう》味深《みぶか》いことが書《か》かれているかのようだった。ハリーは身動《みうご》きもせずだまっていた。ダンブルドアの集中《しゅうちゅう》をさまたげたくなかった。

すると、かっきり二分後《ふんご》に、ダンブルドアが静《しず》かに言《い》った。

「ああ、まさかそんなこととは。なんと幼稚《ようち》な」

「先生《せんせい》、何《なん》ですか？」

「わしの考《かんが》えでは」

ダンブルドアは傷《きず》ついていないほうの手《て》をローブに入《い》れて、銀《ぎん》の小刀《こがたな》を取《と》り出《だ》した。ハリーが魔法薬《まほうやく》の材料《ざいりょう》を刻《きざ》むのに使《つか》うナイフのようなものだった。

「通行料《つうこうりょう》を払《はら》わねばならぬらしい」

「通行料《つうこうりょう》？」ハリーが聞《き》き返《かえ》した。

「扉《とびら》に、何《なに》かやらないといけないんですか？」

「そうじゃ」ダンブルドアが言《い》った。

「血《ち》じゃ。わしがそれほどまちごうておらぬなら」

「血《ち》？」

「幼稚《ようち》だと言《い》ったじゃろう」

ダンブルドアは軽蔑《けいべつ》したようでもあり、ヴォルデモートがダンブルドアの期待《きたい》する水準《すいじゅん》に達《たっ》しなかったことに、むしろ失望《しつぼう》したような言《い》い方《かた》だった。

「君《きみ》にも推測《すいそく》できたことと思《おも》うが、進入《しんにゅう》する敵《てき》は、自《みずか》らその力《ちから》を弱《よわ》めなければならないという考《かんが》えじゃ。またしてもヴォルデモート卿《きょう》は、肉体的損傷《にくたいてきそんしょう》よりも、はるかに恐《おそ》ろしいものがあることを、把握《はあく》しそこねておる」

「ええ、でも、さけられるのでしたら……」

痛《いた》みなら充分《じゅうぶん》に経験済《けいけんず》みのハリーは、わざわざこれ以上痛《いじょういた》い思《おも》いをしたいとは思《おも》わなかった。

「しかし、時《とき》にはさけられぬこともある……」

ダンブルドアはローブのそでを振《ふ》ってたくし上《あ》げ、傷《きず》ついたほうの手《て》の前腕《ぜんわん》を出《だ》した。

「先生《せんせい》！」

ダンブルドアが小刀《こがたな》を振《ふ》り上《あ》げたので、ハリーはあわてて飛《と》び出《だ》して止《と》めようとした。

「僕《ぼく》がやります。僕《ぼく》なら――」

ハリーは何《なん》と言《い》ってよいかわからなかった――若《わか》いから？　元気《げんき》だから？　しかし、ダンブルドアはほほ笑《え》んだだけだった。銀色《ぎんいろ》の光《ひかり》が走《はし》り、真《ま》っ赤《か》な色《いろ》がほとばしった。岩《いわ》の表面《ひょうめん》に黒《くろ》く光《ひか》る血《ち》が点々《てんてん》と飛《と》び散《ち》った。

「ハリー、気持《きも》ちはうれしいが――」

ダンブルドアは、自分《じぶん》で腕《うで》につけた深《ふか》い傷《きず》を、杖先《つえさき》でなぞりながら言《い》った。スネイプがマルフォイの傷《きず》を治《なお》したと同《おな》じように、ダンブルドアの傷《きず》はたちまち癒《い》えた。

「しかし君《きみ》の血《ち》は、わしのよりも貴重《きちょう》じゃ。ああ、これで首尾《しゅび》よくいったようじゃな」

岩肌《いわはだ》に、銀色《ぎんいろ》に燃《も》えるアーチ型《がた》のりんかくが再《ふたた》び現《あらわ》れた。今度《こんど》は消《き》えなかった。りんかくの中《なか》の、血痕《けっこん》のついた岩《いわ》がサッと消《き》え、そこから先《さき》は真《ま》っ暗闇《くらやみ》のように見《み》えた。

「あとからおいで」

ダンブルドアがアーチ型《がた》の入口《いりぐち》を通《とお》った。ハリーはそのすぐあとについて歩《ある》きながら、急《いそ》いで自分《じぶん》の杖《つえ》に灯《あか》りをともした。

目《め》の前《まえ》に、この世《よ》の物《もの》とも思《おも》えない光景《こうけい》が現《あらわ》れた。二人《ふたり》は巨大《きょだい》な黒《くろ》い湖《みずうみ》のほとりに立《た》っていた。向《む》こう岸《ぎし》が見《み》えない、広《ひろ》い湖《みずうみ》だ。洞穴《ほらあな》は天井《てんじょう》も見《み》えないほど高《たか》い。遠《とお》く湖《みずうみ》の真《ま》ん中《なか》と思《おぼ》しきあたりに、緑色《みどりいろ》にかすんだ光《ひかり》が見《み》える。光《ひかり》は、さざ波《なみ》一つない湖《みずうみ》に反射《はんしゃ》していた。ビロードのような暗闇《くらやみ》を破《やぶ》るものは、緑《みどり》がかった光《ひかり》と二つの杖灯《つえあか》りだけだ。しかし、杖灯《つえあか》りは、ハリーが思《おも》ったほど遠《とお》くまでは届《とど》かなかった。この暗闇《くらやみ》は、なぜか普通《ふつう》の闇《やみ》よりも濃《こ》かった。

「歩《ある》こうかのう」

ダンブルドアが静《しず》かに言《い》った。

「水《みず》に足《あし》を入《い》れぬように気《き》をつけるのじゃ。わしのそばを離《はな》れるでないぞ」

ダンブルドアは、湖《みずうみ》の縁《ふち》を歩《ある》きはじめた。ハリーは、ぴったりとそのあとについて歩《ある》いた。

湖《みずうみ》を囲《かこ》んでいる狭《せま》い岩縁《いわべり》を踏《ふ》む二人《ふたり》の足音《あしおと》が、ピタピタと反響《はんきょう》した。二人《ふたり》はえんえんと歩《ある》いたが、光景《こうけい》には何《なん》の変化《へんか》もなかった。二人《ふたり》の横《よこ》にはゴツゴツした岩壁《がんぺき》があり、反対側《はんたいがわ》には鏡《かがみ》のようになめらかな湖《みずうみ》が、はてしなく黒々《くろぐろ》と広《ひろ》がっていた。その真《ま》ん中《なか》に、神秘的《しんぴてき》な緑色《みどりいろ》の光《ひかり》がある。この場所《ばしょ》、そしてこの静《しず》けさは、ハリーにとって重苦《おもくる》しく、言《い》い知《し》れぬ不安《ふあん》をかき立《た》てた。

「先生《せんせい》？」

とうとうハリーが口《くち》をきいた。

「分霊箱《ぶんれいばこ》はここにあるのでしょうか？」

「ああ、いかにも」

ダンブルドアが答《こた》えた。

「あることはたしかじゃ。問題《もんだい》は、どうすればそれにたどりつけるのか？」

「もしかしたら……『呼《よ》び寄《よ》せ呪文《じゅもん》』を使《つか》ってみてはどうでしょう？」

愚《おろ》かな提案《ていあん》だとは思《おも》った。しかし、できるだけ早《はや》くこの場所《ばしょ》から出《で》たいという思《おも》いが、自分《じぶん》でも認《みと》めたくないほどに強《つよ》かった。

「たしかに、使《つか》ってみることはできる」

ダンブルドアが急《きゅう》に立《た》ち止《ど》まったので、ハリーはぶつかりそうになった。

「君《きみ》がやってみてはどうかな？」

「僕《ぼく》が？　あ……はい……」

こんなことになるとは思《おも》わなかったが、ハリーは咳払《せきばら》いをして、杖《つえ》を掲《かか》げ、大声《おおごえ》で叫《さけ》んだ。

「アクシオ、ホークラックス！　分霊箱《ぶんれいばこ》よ、来《こ》い！」

爆発音《ばくはつおん》のような音《おと》とともに、何《なに》か大《おお》きくて青白《あおじろ》いものが、五、六メートル先《さき》の暗《くら》い水《みず》の中《なか》から噴《ふ》き出《だ》した。ハリーが見定《みさだ》める間《ま》もなく、それは恐《おそ》ろしい水音《みずおと》を上《あ》げ、鏡《かがみ》のような湖面《こめん》に大《おお》きな波紋《はもん》を残《のこ》して再《ふたた》び水中《すいちゅう》に消《き》えた。ハリーは驚《おどろ》いて飛《と》びすさり、岩壁《がんぺき》にぶつかった。動悸《どうき》が止《と》まらないまま、ハリーはダンブルドアのほうを見《み》た。

「何《なん》だったのですか？」

「たぶん、分霊箱《ぶんれいばこ》を取《と》ろうとする者《もの》を待《ま》ちかまえていた、何《なに》かじゃな」

ハリーは振《ふ》り返《かえ》って湖《みずうみ》を見《み》た。湖面《こめん》は再《ふたた》び鏡《かがみ》のように黒《くろ》く輝《かがや》いていた。波紋《はもん》は不自然《ふしぜん》なほど早《はや》く消《き》えていたが、ハリーの心臓《しんぞう》は、まだ波立《なみだ》っていた。

「先生《せんせい》は、あんなことが起《お》こると予想《よそう》していらっしゃったのですか？」

「分霊箱《ぶんれいばこ》にあからさまに手出《てだ》しをしようとすれば、何《なに》かが起《お》こるとは考《かんが》えておった。ハリー、非《ひ》常《じょう》によい考《かんが》えじゃった。我々《われわれ》が向《む》かうべき相手《あいて》を知《し》るには、最《もっと》も単純《たんじゅん》な方法《ほうほう》じゃ」

「でも、あれは何《なん》だったのか、わかりません」

ハリーは不気味《ぶきみ》に静《しず》まり返《かえ》った湖面《こめん》を見《み》ながら言《い》った。

「あれら、と言《い》うべきじゃろう」

ダンブルドアが言《い》った。

「あれ一つだけ、ということはなかろう。もう少《すこ》し歩《ある》いてみようかの？」

「先生《せんせい》？」

「何《なん》じゃね？　ハリー？」

「湖《みずうみ》の中《なか》に入《はい》らないといけないのでしょうか？」

「中《なか》に？　非常《ひじょう》に不運《ふうん》な場合《ばあい》のみじゃな」

「分霊箱《ぶんれいばこ》は、湖《みずうみ》の底《そこ》にはないのでしょうか？」

「いやいや……分霊箱《ぶんれいばこ》は真《ま》ん中《なか》にあるはずじゃ」

ダンブルドアは湖《みずうみ》の中心《ちゅうしん》にある、緑色《みどりいろ》のかすんだ光《ひかり》を指《さ》した。

「それじゃ、手《て》に入《い》れるには、湖《みずうみ》を渡《わた》らなければならないのですか？」

「そうじゃろうな」

ハリーはだまっていた。頭《あたま》の中《なか》でありとあらゆる怪物《かいぶつ》が渦巻《うずま》いていた。水中《すいちゅう》の怪物《かいぶつ》、大海蛇《おおうみへび》、魔物《まもの》、水魔《すいま》、妖怪《ようかい》……。

「おう」

ダンブルドアがまた急《きゅう》に立《た》ち止《ど》まった。今度《こんど》こそ、ハリーはぶつかってしまった。一瞬《いっしゅん》、ハリーは暗《くら》い水際《みずぎわ》に倒《たお》れかけたが、ダンブルドアが傷《きず》ついていないほうの手《て》で、ハリーの腕《うで》をしっかりとつかみ、引《ひ》き戻《もど》した。

「ハリー、まことにすまなんだ。前《まえ》もって注意《ちゅうい》するべきじゃったのう。壁側《かべがわ》に寄《よ》っておくれ。しかるべき場所《ばしょ》を見《み》つけたと思《おも》うのでな」

ハリーはダンブルドアが何《なに》を言《い》っているのかさっぱりわからなかった。ハリーの見《み》るかぎり、この場所《ばしょ》は、ほかの暗《くら》い岸辺《きしべ》とまったく同《おな》じように見《み》えた。しかし、ダンブルドアは、何《なに》か特別《とくべつ》なものを見《み》つけたようだった。今度《こんど》は岩肌《いわはだ》に手《て》をはわせるのではなく、何《なに》か見《み》えない物《もの》を探《さが》してつかもうとするように、ダンブルドアは空中《くうちゅう》を手探《てさぐ》りした。

「ほほう」

数秒後《すうびょうご》、ダンブルドアがうれしそうに声《こえ》を上《あ》げた。ハリーには見《み》えなかったが、空中《くうちゅう》で何《なに》かをつかんでいる。ダンブルドアは水辺《みずべ》に近《ちか》づいた。ダンブルドアのとめ金《がね》つきの靴《くつ》の先《さき》が岩《いわ》の一《いち》番端《ばんはし》にかかるのを、ハリーはハラハラしながら見《み》つめていた。空中《くうちゅう》でしっかり手《て》を握《にぎ》りながら、ダンブルドアはもう片方《かたほう》の手《て》で杖《つえ》を上《あ》げ、握《にぎ》り拳《こぶし》を杖先《つえさき》で軽《かる》くたたいた。とたんに、赤《あか》みを帯《お》びた緑色《みどりいろ》の太《ふと》い鎖《くさり》がどこからともなく現《あらわ》れた。鎖《くさり》は湖《みずうみ》の深《ふか》みからダンブルドアの拳《こぶし》へと伸《の》び、ダンブルドアが鎖《くさり》をたたくと、握《にぎ》り拳《こぶし》を通《とお》って蛇《へび》のようにすべりだした。ガチャガチャという音《おと》を岩壁《がんぺき》にうるさく反響《はんきょう》させながら、鎖《くさり》はひとりでに岩《いわ》の上《うえ》にとぐろを巻《ま》き、黒《くろ》い水《みず》の深《ふか》みから何《なに》かを引《ひ》っ張《ぱ》り出《だ》した。ハリーは息《いき》をのんだ。小舟《こぶね》の舳先《へさき》が水面《みなも》を割《わ》って幽霊《ゆうれい》のごとく現《あらわ》れ、鎖《くさり》と同《おな》じ緑色《みどりいろ》の光《ひかり》を発《はっ》しながらさざ波《なみ》も立《た》てずに漂《ただよ》って、ハリーとダンブルドアのいる岸辺《きしべ》に近《ちか》づいてきた。

「あんな物《もの》がそこにあるって、どうしておわかりになったのですか？」

ハリーは驚愕《きょうがく》して聞《き》いた。

「魔法《まほう》は常《つね》に跡《あと》を残《のこ》すものじゃ」

小舟《こぶね》が軽《かる》い音《おと》を立《た》てて岸辺《きしべ》にぶつかったとき、ダンブルドアが言《い》った。

「時《とき》には非常《ひじょう》に顕著《けんちょ》な跡《あと》をな。トム・リドルを教《おし》えたわしじゃ。あの者《もの》のやり方《かた》はわかっておる」

「この……この小舟《こぶね》は安全《あんぜん》ですか？」

「ああ、そのはずじゃ。ヴォルデモートは、自分自身《じぶんじしん》が分霊箱《ぶんれいばこ》に近《ちか》づいたり、またはそれを取《と》り除《のぞ》いたりしたい場合《ばあい》には、湖《みずうみ》の中《なか》に自《みずか》ら配置《はいち》したものの怒《いか》りを買《か》うことなしに、この湖《みずうみ》を渡《わた》る必《ひつ》要《よう》があったのじゃ」

「それじゃ、ヴォルデモートの舟《ふね》で渡《わた》れば、水《みず》の中《なか》にいる何《なに》かは僕《ぼく》たちに手《て》を出《だ》さないのですね？」

「どこかの時点《じてん》で、我々《われわれ》がヴォルデモート卿《きょう》ではないことに気《き》づくであろうのう。そのことは覚《かく》悟《ご》せねばなるまい。しかしこれまでは首尾《しゅび》よくいった。連中《れんちゅう》は我々《われわれ》が小舟《こぶね》を浮上《ふじょう》させるのを許《ゆる》した」

「でも、どうして許《ゆる》したんでしょう？」

岸辺《きしべ》が見《み》えないほど遠《とお》くまで進《すす》んだとたん、黒《くろ》い水《みず》の中《なか》から何本《なんぼん》もの触手《しょくしゅ》が伸《の》びてくる光景《こうけい》を、ハリーは頭《あたま》から振《ふ》り払《はら》うことができなかった。

「よほど偉大《いだい》な魔法使《まほうつか》いでなければ、小舟《こぶね》を見《み》つけることはできぬと、ヴォルデモートには相当《そうとう》な自信《じしん》があったのじゃろう」

ダンブルドアが言《い》った。

「あの者《もの》の考《かんが》えでは、自分以外《じぶんいがい》の者《もの》が舟《ふね》を発見《はっけん》する可能性《かのうせい》は、ほとんどありえなかった。しかも、あの者《もの》しか突破《とっぱ》できない別《べつ》の障害物《しょうがいぶつ》も、この先《さき》に仕掛《しか》けてあるじゃろうから、確率《かくりつ》の極《きわ》めて低《ひく》い危険性《きけんせい》なら許容《きょよう》してもよかったのじゃろう。その考《かんが》えが正《ただ》しかったかどうか、今《いま》にわかる」

ハリーは小舟《こぶね》を見下《みお》ろした。ほんとうに小《ちい》さな舟《ふね》だった。

「二人用《ふたりよう》に作《つく》られているようには見《み》えません。二人《ふたり》とも乗《の》れるでしょうか？　一緒《いっしょ》だと重過《おもす》ぎはしませんか？」

ダンブルドアはクスクス笑《わら》った。

「ヴォルデモートは重《おも》さではなく、自分《じぶん》の湖《みずうみ》を渡《わた》る魔法力《まほうりょく》の強《つよ》さを気《き》にしたことじゃろう。わしはむしろ、この小舟《こぶね》には、一度《いちど》に一人《ひとり》の魔法使《まほうつか》いしか乗《の》れないように、呪文《じゅもん》がかけられているのではないかと思《おも》う」

「そうすると――？」

「ハリー、君《きみ》は数《かず》に入《はい》らぬじゃろう。未成年《みせいねん》で資格《しかく》がない。ヴォルデモートは、まさか十六歳《さい》の若者《わかもの》がここにやってくるとは、思《おも》いもつかなかったことじゃろう。わしの力《ちから》と比《くら》べれば、君《きみ》の力《ちから》が考慮《こうりょ》されることはありえぬ」

ダンブルドアの言葉《ことば》は、ハリーの士気《しき》を高《たか》めるものではなかった。ダンブルドアにもたぶんそれがわかったのか、言葉《ことば》をつけ加《くわ》えた。

「ヴォルデモートの過《あやま》ちじゃ、ハリー、ヴォルデモートの過《あやま》ちじゃよ……年《とし》をとった者《もの》は愚《おろ》かで忘《わす》れっぽくなり、若者《わかもの》をあなどってしまうことがあるものじゃ……さて、今度《こんど》は先《さき》に行《い》くがよい。水《みず》に触《ふ》れぬよう注意《ちゅうい》するのじゃ」

ダンブルドアが一歩下《ぼさ》がり、ハリーは慎重《しんちょう》に舟《ふね》に乗《の》った。ダンブルドアも乗《の》り込《こ》み、鎖《くさり》を舟《ふね》の中《なか》に巻《ま》き取《と》った。二人《ふたり》で乗《の》ると窮屈《きゅうくつ》だった。ハリーはゆったり座《すわ》ることができず、ひざを小舟《こぶね》の縁《へり》から突《つ》き出《だ》すようにうずくまった。小舟《こぶね》はすぐに動《うご》きだした。舳先《へさき》が水《みず》を割《わ》る衣《きぬ》ずれのような音以外《おといがい》は、何《なに》も聞《き》こえない。小舟《こぶね》は、ひとりでに真《ま》ん中《なか》の光《ひかり》のほうに、見《み》えない綱《つな》で引《ひ》かれるように進《すす》んだ。まもなく、洞窟《どうくつ》の壁《かべ》が見《み》えなくなった。波《なみ》はないものの、二人《ふたり》は海原《うなばら》に出《で》たかのようだった。

下《した》を見《み》ると、ハリーの杖灯《つえあか》りが水面《みなも》に反射《はんしゃ》して、舟《ふね》が通《とお》るときに黒《くろ》い水《みず》が金色《きんいろ》にきらめくのが見《み》えた。小舟《こぶね》は鏡《かがみ》のような湖面《こめん》に深《ふか》い波紋《はもん》を刻《きざ》み、暗《くら》い鏡《かがみ》に溝《みぞ》を掘《ほ》っていく……。

その時《とき》、ハリーの目《め》に飛《と》び込《こ》んできたのは、湖面《こめん》のすぐ下《した》を漂《ただよ》っている、大理石《だいりせき》のように白《しろ》いものだった。

「先生《せんせい》！」

ハリーの驚愕《きょうがく》した声《こえ》が、静《しず》まり返《かえ》った水面《みなも》に大《おお》きく響《ひび》いた。

「何《なん》じゃ？」

「水《みず》の中《なか》に手《て》が見《み》えたような気《き》がします――人《ひと》の手《て》が！」

「さよう、見《み》えたことじゃろう」

ダンブルドアが落《お》ち着《つ》いて言《い》った。

消《き》えた手《て》を探《さが》して湖面《こめん》に目《め》を凝《こ》らしながら、ハリーは今《いま》にも吐《は》きそうになった。

「それじゃ、水《みず》から飛《と》び上《あ》がったあれは――？」

ダンブルドアの答《こた》えを待《ま》つまでもなかった。杖灯《つえあか》りが別《べつ》の湖面《こめん》を照《て》らしだしたとき、水面《すいめん》のすぐ下《した》に、今度《こんど》は仰向《あおむ》けの男《おとこ》の死体《したい》が横《よこ》たわっているのが見《み》えたのだ。見開《みひら》いた両目《りょうめ》はクモの巣《す》で覆《おお》われたように曇《くも》り、髪《かみ》や衣服《いふく》が身体《からだ》の周《まわ》りに煙《けむり》のように渦巻《うずま》いている。

「死体《したい》がある！」

ハリーの声《こえ》は、上《うわ》ずって、自分《じぶん》の声《こえ》のようではなかった。

「そうじゃ」

ダンブルドアは平静《へいせい》だった。

「しかし、今《いま》はそのことを心配《しんぱい》する必要《ひつよう》はない」

「今《いま》は？」

やっとのことで水面《すいめん》から目《め》をそらし、ダンブルドアを見《み》つめながらハリーが聞《き》き返《かえ》した。

「死体《したい》が下《した》のほうで、ただ静《しず》かに漂《ただよ》っているうちは大丈夫《だいじょうぶ》じゃ」ダンブルドアが言《い》った。

「ハリー、屍《しかばね》を恐《おそ》れることはない。暗闇《くらやみ》を恐《おそ》れる必要《ひつよう》がないのと同《おな》じことじゃ。もちろん、その両方《りょうほう》を密《ひそ》かに恐《おそ》れておるヴォルデモート卿《きょう》は、意見《いけん》を異《こと》にするがのう。しかし、あの者《もの》は、またしても自《みずか》らの無知《むち》を暴露《ばくろ》した。我々《われわれ》が、死《し》や暗闇《くらやみ》に対《たい》して恐《おそ》れを抱《いだ》くのは、それらを知《し》らぬからじゃ。それ以外《いがい》の何物《なにもの》でもない」

ハリーは無言《むごん》だった。反論《はんろん》したいとは思《おも》わなかったが、周《まわ》りに死体《したい》が浮《う》かび、自分《じぶん》の下《した》を漂《ただよ》っていると思《おも》うとぞっとしたし、それよりも何《なに》よりも、死体《したい》が危険《きけん》ではないとは思《おも》えなかった。

「でも一つ飛《と》び上《あ》がりました」

ハリーは、ダンブルドアと同《おな》じように平静《へいせい》な声《こえ》で言《い》おうと努力《どりょく》した。

「分霊箱《ぶんれいばこ》を呼《よ》び寄《よ》せようとしたとき、湖《みずうみ》から死体《したい》が飛《と》び上《あ》がりました」

「そうじゃ」ダンブルドアが言《い》った。

「我々《われわれ》が分霊箱《ぶんれいばこ》を手《て》に入《い》れたときには、死体《したい》は静《しず》かではなくなるじゃろう。しかし、冷《つめ》たく暗《くら》い所《ところ》に棲《す》む生《い》き物《もの》の多《おお》くがそうなのじゃが、死体《したい》は光《ひかり》と温《あたた》かさを恐《おそ》れる。じゃから、必要《ひつよう》となれば、我々《われわれ》はそうしたものを味方《みかた》にするのじゃハリー、火《ひ》じゃよ」

ハリーが戸惑《とまど》った顔《かお》をしていたので、ダンブルドアは、最後《さいご》の言葉《ことば》をほほ笑《え》みながらつけ加《くわ》えた。

「あ……はい……」

あわてて返事《へんじ》し、ハリーは、小舟《こぶね》が否応《いやおう》なく近《ちか》づいていく先《さき》に目《め》を向《む》けた。緑《みどり》がかった輝《かがや》きが見《み》える。怖《こわ》くないふりは、もうできなかった。広大《こうだい》な黒《くろ》い湖《みずうみ》は死体《したい》であふれている……トレローニー先生《せんせい》に出会《であ》ったのも、ロンとハーマイオニーに「フェリックス・フェリシス」を渡《わた》したのも、何時間《なんじかん》も前《まえ》だったような気《き》がする……突然《とつぜん》、二人《ふたり》に、もっときちんと別《わか》れを告《つ》げればよかったと思《おも》った……それに、ジニーには会《あ》いもしなかった……。

「もうすぐじゃ」

ダンブルドアが楽《たの》しげに言《い》った。

たしかに、緑《みどり》がかった光《ひかり》は、いよいよ大《おお》きくなったように見《み》えた。そして数分後《すうふんご》、小舟《こぶね》は何《なに》かに軽《かる》くぶつかって止《と》まった。はじめはよく見《み》えなかったが、ハリーが杖灯《つえあか》りを掲《かか》げて見《み》ると、湖《みずうみ》の中央《ちゅうおう》にある、なめらかな岩《いわ》でできた小島《こじま》に着《つ》いていた。

「水《みず》に触《ふ》れぬよう、気《き》をつけるのじゃ」

ハリーが小舟《こぶね》から降《お》りるとき、ダンブルドアが再《ふたた》び注意《ちゅうい》した。

小島《こじま》はせいぜいダンブルドアの校長室《こうちょうしつ》ほどの大《おお》きさで、平《たい》らな黒《くろ》い石《いし》の上《うえ》に立《た》っているのは、あの緑《みどり》がかった光《ひかり》の源《みなもと》だけだった。近《ちか》くで見《み》るとずっと明《あか》るく見《み》えた。ハリーは目《め》を細《ほそ》めて光《ひかり》を見《み》た。最初《さいしょ》はランプのような物《もの》かと思《おも》ったが、よく見《み》ると、光《ひかり》はむしろ「憂《うれ》いの篩《ふるい》」のような石《いし》の水盆《すいぼん》から発《はっ》していた。水盆《すいぼん》は台座《だいざ》の上《うえ》に置《お》かれている。

ダンブルドアが台座《だいざ》に近《ちか》づき、ハリーもあとに続《つづ》いた。二人《ふたり》は並《なら》んで中《なか》をのぞき込《こ》んだ。水盆《すいぼん》は、燐光《りんこう》を発《はっ》するエメラルド色《いろ》の液体《えきたい》で満《み》たされていた。

「何《なん》でしょう？」ハリーが小声《こごえ》で聞《き》いた。

「よくわからぬ」ダンブルドアが言《い》った。

「ただし、血《ち》や死体《したい》よりも、もっと懸念《けねん》すべき物《もの》じゃ」

ダンブルドアはけがしたほうの手《て》のローブのそでをたくし上《あ》げ、液体《えきたい》の表面《ひょうめん》に焼《や》け焦《こ》げた指先《ゆびさき》を伸《の》ばした。

「先生《せんせい》、やめて！　さわらないで――！」

「触《ふ》れることはできぬ」

ダンブルドアはほほ笑《え》んだ。

「ごらん。これ以上《いじょう》は近《ちか》づくことができぬ。やってみるがよい」

ハリーは目《め》を見張《みは》り、水盆《すいぼん》に手《て》を入《い》れて液体《えきたい》に触《ふ》れようとしたが、液面《えきめん》から二、三センチの所《ところ》で見《み》えない障壁《しょうへき》にはばまれた。どんなに強《つよ》く押《お》しても、指《ゆび》に触《ふ》れるのは硬《かた》くてびくともしない空《くう》気《き》のようなものだけだった。

「ハリー、離《はな》れていなさい」ダンブルドアが言《い》った。

ダンブルドアは杖《つえ》をかざし、液体《えきたい》の上《うえ》で複雑《ふくざつ》に動《うご》かしながら、無言《むごん》で呪文《じゅもん》を唱《とな》えた。何事《なにごと》も起《お》こらない。ただ、液体《えきたい》が少《すこ》し明《あか》るく光《ひか》ったような気《き》がしただけだった。ダンブルドアが術《じゅつ》をかけている間《あいだ》、ハリーはだまっていたが、しばらくしてダンブルドアが杖《つえ》を引《ひ》いたとき、もう話《はな》しかけても大丈夫《だいじょうぶ》だと思《おも》った。

「先生《せんせい》、分霊箱《ぶんれいばこ》はここにあるのでしょうか？」

「ああ、ある」

ダンブルドアは、さらに目《め》を凝《こ》らして水盆《すいぼん》をのぞいた。ハリーには、緑色《みどりいろ》の液体《えきたい》の表面《ひょうめん》に、ダンブルドアの顔《かお》が逆《さか》さまに映《うつ》るのが見《み》えた。

「しかし、どうやって手《て》に入《い》れるか？　この液体《えきたい》は手《て》では突《つ》き通《とお》せぬ。『消失呪文《しょうしつじゅもん》』も効《き》かぬし、分《わ》けることも、すくうことも、吸《す》い上《あ》げることもできぬ。さらに、『変身呪文《へんしんじゅもん》』やそのほかの呪《じゅ》文《もん》でも、いっさいこの液体《えきたい》の正体《しょうたい》を変《か》えることができぬ」

ダンブルドアは、ほとんど無意識《むいしき》に再《ふた》び杖《つえ》を上《あ》げて空中《くうちゅう》でひとひねりし、どこからともなく現《あらわ》れたクリスタルのゴブレットをつかんだ。

「結論《けつろん》はただ一つ、この液体《えきたい》は飲《の》み干《ほ》すようになっておる」

「ええっ？」ハリーが口走《くちばし》った。「だめです！」

「さよう、そのようじゃ。飲《の》み干《ほ》すことによってのみ、水盆《すいぼん》の底《そこ》にある物《もの》を見《み》ることができるのじゃ」

「でも、もし――もし劇薬《げきやく》だったら？」

「いや、そのような効果《こうか》を持《も》つ物《もの》ではなかろう」

ダンブルドアは気軽《きがる》に言《い》った。

「ヴォルデモート卿《きょう》は、この島《しま》にたどり着《つ》くほどの者《もの》を、殺《ころ》したくはないじゃろう」

ハリーは信《しん》じられない思《おも》いだった。またしても、誰《だれ》に対《たい》しても善良《ぜんりょう》さを認《みと》めようとする、ダンブルドアの異常《いじょう》な信念《しんねん》なのだろうか？

「先生《せんせい》」

ハリーは理性的《りせいてき》に聞《き》こえるように努力《どりょく》した。

「先生《せんせい》、相手《あいて》はヴォルデモートなのですよ――」

「言葉《ことば》が足《た》りなかったようじゃ、ハリー。こう言《い》うべきじゃった。ヴォルデモートは、この島《しま》にたどり着《つ》くほどの者《もの》を、すぐさま殺《ころ》したいとは思《おも》わぬじゃろう」

ダンブルドアが言《い》いなおした。

「ヴォルデモートは、その者《もの》が、いかにしてここまで防衛線《ぼうえいせん》を突破《とっぱ》しおおせたかがわかるまでは、生《い》かしておきたいじゃろうし、最《もっと》も重要《じゅうよう》なことじゃが、その者《もの》がなぜ、かくも熱心《ねっしん》に水盆《すいぼん》を空《から》にしたがっているのかを知《し》りたいことじゃろう。忘《わす》れてならぬのは、ヴォルデモート卿《きょう》が、分霊箱《ぶんれいばこ》のことは自分《じぶん》しか知《し》らぬと信《しん》じておることじゃ」

ハリーはまた何《なに》か言《い》おうとしたが、今度《こんど》はダンブルドアが静《しず》かにするようにと手《て》で制《せい》し、明《あき》らかに考《かんが》えをめぐらしている様子《ようす》で、少《すこ》し顔《かお》をしかめながらエメラルドの液体《えきたい》を見《み》た。

「まちがいない」

ダンブルドアがやっと口《くち》をきいた。

「この薬《くすり》は、わしが分霊箱《ぶんれいばこ》を奪《うば》うのを阻止《そし》する働《はたら》きをするにちがいない。わしをまひさせるか、なぜここにいるのかを忘《わす》れさせるか、気《き》をそらさざるをえないほどの苦《くる》しみを与《あた》えるか、もしくはそのほかのやり方《かた》で、わしの能力《のうりょく》を奪《うば》うじゃろう。そうである以上《いじょう》、ハリー、君《きみ》の役目《やくめ》は、わしに飲《の》み続《つづ》けさせることじゃ。わしの口《くち》が抗《あらが》い、君《きみ》が無理《むり》に薬《くすり》を流《なが》し込《こ》まなければならなくなってもじゃ。わかったかな？」

水盆《すいぼん》を挟《はさ》んで、二人《ふたり》は見《み》つめ合《あ》った。不可思議《ふかしぎ》な緑《みどり》の光《ひかり》を受《う》けて、二人《ふたり》の顔《かお》は青白《あおじろ》かった。ハリーは無言《むごん》だった。一緒《いっしょ》に連《つ》れてこられたのは、このためだったのだろうか――ダンブルドアにたえがたい苦痛《くつう》を与《あた》えるかもしれない薬《くすり》を、無理《むり》やり飲《の》ませるためだったのだろうか？

「覚《おぼ》えておるじゃろうな」ダンブルドアが言《い》った。

「君《きみ》を一緒《いっしょ》に連《つ》れてくる条件《じょうけん》を」

ハリーはダンブルドアの目《め》を見《み》つめながら、躊躇《ちゅうちょ》した。ダンブルドアの青《あお》い目《め》が水盆《すいぼん》の光《ひかり》を映《うつ》して緑色《みどりいろ》になっていた。

「でも、もし――？」

「誓《ちか》ったはずじゃな？　わしの命令《めいれい》には従《したが》うと」

「はい、でも――」

「警告《けいこく》したはずじゃな？　危険《きけん》がともなうかもしれぬと」

「はい」ハリーが言《い》った。「でも――」

「さあ、それなら」

ダンブルドアはそう言《い》うと、再《ふたた》びそでをたくし上《あ》げ、空《から》のゴブレットを掲《かか》げた。

「わしの命令《めいれい》じゃ」

「僕《ぼく》がかわりに飲《の》んではいけませんか？」

ハリーは絶望的《ぜつぼうてき》な思《おも》いで聞《き》いた。

「いや、わしのほうが年寄《としよ》りで、より賢《かしこ》く、ずっと価値《かち》がない」

ダンブルドアが言《い》った。

「一度《ど》だけ聞《き》く。わしが飲《の》み続《つづ》けるよう、君《きみ》は全力《ぜんりょく》を尽《つ》くすと誓《ちか》えるか？」

「どうしても――？」

「誓《ちか》えるか？」

「でも――」

「誓《ちか》うのじゃ、ハリー」

「僕《ぼく》は――はい、でも――」

ハリーがそれ以上抗議《いじょうこうぎ》できずにいるうちに、ダンブルドアはクリスタルのゴブレットを下《お》ろし、薬《くすり》の中《なか》に入《い》れた。一瞬《いっしゅん》、ハリーは、ゴブレットが薬《くすり》に触《ふ》れることができないようにと願《ねが》った。しかし、ほかの物《もの》とはちがって、ゴブレットは液体《えきたい》の中《なか》に沈《しず》み込《こ》んだ。縁《ふち》までなみなみと液体《えきたい》を満《み》たし、ダンブルドアはそれを口元《くちもと》に近《ちか》づけた。

「君《きみ》の健康《けんこう》を願《ねが》って、ハリー」

そして、ダンブルドアはゴブレットを飲《の》み干《ほ》した。ハリーは指先《ゆびさき》の感覚《かんかく》がなくなるほどギュッと水盆《すいぼん》の縁《へり》を握《にぎ》りしめ、こわごわ見守《みまも》った。

「先生《せんせい》？」

ダンブルドアが空《から》のゴブレットを口《くち》から離《はな》したとき、ハリーが呼《よ》びかけた。気《き》が気《き》ではなかった。

「大丈夫《だいじょうぶ》ですか？」

ダンブルドアは目《め》を閉《と》じて首《くび》を振《ふ》った。ハリーは苦《くる》しいのではないだろうかと心配《しんぱい》だった。ダンブルドアは目《め》を閉《と》じたまま水盆《すいぼん》にゴブレットを突《つ》っ込《こ》み、また飲《の》んだ。

ダンブルドアは無言《むごん》で、三度《ど》ゴブレットを満《み》たして飲《の》み干《ほ》した。四杯目《はいめ》の途中《とちゅう》で、ダンブルドアはよろめき、前《まえ》かがみに倒《たお》れて水盆《すいぼん》に寄《よ》りかかった。目《め》は閉《と》じたままで、息《いき》づかいが荒《あら》かった。

「ダンブルドア先生《せんせい》？」

ハリーの声《こえ》が緊張《きんちょう》した。

「僕《ぼく》の声《こえ》が聞《き》こえますか？」

ダンブルドアは答《こた》えなかった。深《ふか》い眠《ねむ》りの中《なか》で、恐《おそ》ろしい夢《ゆめ》を見《み》ているかのように、顔《かお》がけいれんしていた。ゴブレットを握《にぎ》った手《て》がゆるみ、薬《くすり》がこぼれそうになっている。ハリーは手《て》を伸《の》ばしてクリスタルのゴブレットをつかみ、しっかりと支《ささ》えた。

「先生《せんせい》、聞《き》こえますか？」

ハリーは大声《おおごえ》でくり返《かえ》した。声《こえ》が洞窟《どうくつ》にこだました。

ダンブルドアはあえぎ、ダンブルドアの声《こえ》とは思《おも》えない声《こえ》を発《はっ》した。ダンブルドアが恐怖《きょうふ》にかられた声《こえ》を出《だ》すのを、ハリーは今《いま》まで聞《き》いたことがなかったのだ。

「やりたくない……わしにそんなことを……」

ダンブルドアの顔《かお》は蒼白《そうはく》だった。よく見知《みし》っているはずのその顔《かお》と曲《ま》がった鼻《はな》、半月《はんげつ》めがねをハリーはじっと見《み》つめたが、どうしてよいのかわからなかった。

「……いやじゃ……やめたい……」ダンブルドアがうめいた。

「先生《せんせい》……やめることはできません、先生《せんせい》」ハリーが言《い》った。

「飲《の》み続《つづ》けなければならないんです。そうでしょう？　先生《せんせい》が僕《ぼく》に、飲《の》み続《つづ》けなければならないっておっしゃいました。さあ……」

自分自身《じぶんじしん》を憎《にく》み、自分《じぶん》のやっていることを嫌悪《けんお》しながら、ハリーはゴブレットを無理《むり》やりダンブルドアの口元《くちもと》に戻《もど》し、傾《かたむ》け、中《なか》に残《のこ》っている薬《くすり》を飲《の》み干《ほ》させた。

「だめじゃ……」

ハリーがダンブルドアにかわってゴブレットを水盆《すいぼん》に入《い》れ、薬《くすり》で満《み》たしているとき、ダンブルドアがうめくように言《い》った。

「いやじゃ……いやなのじゃ……行《い》かせてくれ……」

「先生《せんせい》、大丈夫《だいじょうぶ》ですから」

ハリーの手《て》が震《ふる》えていた。

「大丈夫《だいじょうぶ》です。僕《ぼく》がついています——」

「やめさせてくれ。やめさせてくれ」ダンブルドアがうめいた。

「ええ……さあ、これでやめさせられます」

ハリーはうそをついて、ゴブレットの液体《えきたい》をダンブルドアの開《ひら》いている口《くち》に流《なが》し込《こ》んだ。

ダンブルドアが叫《さけ》んだ。その声《こえ》は真《ま》っ黒《くろ》な死《し》の湖面《こめん》を渡《わた》り、茫洋《ぼうよう》とした洞穴《ほらあな》に響《ひび》き渡《わた》った。

「だめじゃ、だめ、だめ……だめじゃ……わしにはできん……できん。させないでくれ。やりたくない……」

「大丈夫《だいじょうぶ》です。先生《せんせい》。大丈夫《だいじょうぶ》ですから！」

ハリーは大声《おおごえ》で言《い》った。手《て》が激《はげ》しく震《ふる》え、六杯目《ぱいめ》の薬《くすり》をまともにすくうことができないほどだった。水盆《すいぼん》は今《いま》や半分空《はんぶんから》になっていた。

「何《なん》にも起《お》こっていません。先生《せんせい》は無事《ぶじ》です。夢《ゆめ》を見《み》ているんです。絶対《ぜったい》に現実《げんじつ》のことではありませんから――さあ、これを飲《の》んで。飲《の》んで……」

するとダンブルドアは、ハリーが差《さ》し出《だ》しているのが解毒剤《げどくざい》であるかのように、従順《じゅうじゅん》に飲《の》んだ。しかし、ゴブレットを飲《の》み干《ほ》したとたん、がっくりとひざをつき、激《はげ》しく震《ふる》えだした。

「わしのせいじゃ。わしのせいじゃ」

ダンブルドアはすすり泣《な》いた。

「やめさせてくれ。わしが悪《わる》かったのじゃ。ああ、どうかやめさせてくれ。わしはもう二度《にど》と、けっして……」

「先生《せんせい》、これでやめさせられます」ハリーが言《い》った。

七杯目《はいめ》の薬《くすり》をダンブルドアの口《くち》に流《なが》し込《こ》みながら、ハリーは涙声《なみだごえ》になっていた。

ダンブルドアは、目《め》に見《み》えない拷問者《ごうもんしゃ》に囲《かこ》まれているかのように、身《み》を縮《ちぢ》めはじめ、うめきながら手《て》を振《ふ》り回《まわ》して、薬《くすり》を満《み》たしたゴブレットを、ハリーの震《ふる》える手《て》から払《はら》い落《お》としそうになった。

「あの者《もの》たちを傷《きず》つけないでくれ、頼《たの》む。お願《ねが》いだ。わしが悪《わる》かった。かわりにわしを傷《きず》つけてくれ……」

「さあ、これを飲《の》んで。飲《の》んで。大丈夫《だいじょうぶ》ですから」

ハリーが必死《ひっし》でそう言《い》うと、ダンブルドアは目《め》を固《かた》く閉《と》じたままで、全身震《ぜんしんふる》えてはいたが、再《ふたた》び従順《じゅうじゅん》に口《くち》を開《ひら》いた。

今度《こんど》は、ダンブルドアは前《まえ》のめりに倒《たお》れ、ハリーが九杯目《はいめ》を満《み》たしているとき、拳《こぶし》で地面《じめん》をたたきながら悲鳴《ひめい》を上《あ》げた。

「頼《たの》む。お願《ねが》いだ。お願《ねが》いだ。だめだ……それはだめだ。それはだめだ。わしが何《なん》でもするから……」

「先生《せんせい》、いいから飲《の》んで。飲《の》んで……」

ダンブルドアは、渇《かわ》きで死《し》にかけている子供《こども》のように飲《の》んだ。しかし、飲《の》み終《お》わるとまたしても、内臓《ないぞう》に火《ひ》がついたような叫《さけ》び声《ごえ》を上《あ》げた。

「もうそれ以上《いじょう》は、お願《ねが》いだ、もうそれ以上《いじょう》は……」

ハリーは十杯目《ぱいめ》の薬《くすり》をすくい上《あ》げた。ゴブレットが水盆《すいぼん》の底《そこ》をこするのを感《かん》じた。

「もうすぐです。先生《せんせい》。これを飲《の》んで。飲《の》んでください……」

ハリーはダンブルドアの肩《かた》を支《ささ》えた。そしてダンブルドアはまたしてもゴブレットを飲《の》み干《ほ》した。ハリーはまた立《た》ち上《あ》がり、ゴブレットを満《み》たした。ダンブルドアは、これまで以上《いじょう》に激《はげ》しい苦痛《くつう》の声《こえ》を上《あ》げはじめた。

「わしは死《し》にたい！　やめさせてくれ！　やめさせてくれ！　死《し》にたい！」

「飲《の》んでください。先生《せんせい》、これを飲《の》んでください……」

ダンブルドアが飲《の》んだ。そして飲《の》み干《ほ》すやいなや、叫《さけ》んだ。

「**殺《ころ》してくれ！**」

「これで――これでそうなります！」

ハリーはあえぎながら言《い》った。

「飲《の》むんです……終《お》わりますから……全部終《ぜんぶお》わりますから！」

ダンブルドアはゴブレットをぐいと傾《かたむ》け、最後《さいご》の一滴《いってき》まで飲《の》み干《ほ》した。そして、ガラガラと大《おお》きく最後《さいご》の息《いき》を吐《は》き、転《ころ》がってうつ伏《ぶ》せになった。

「先生《せんせい》！」

立《た》ち上《あ》がってもう一度薬《いちどくすり》を満《み》たそうとしていたハリーは、ゴブレットを水盆《すいぼん》に落《お》とし、叫《さけ》びながらダンブルドアの脇《わき》にひざをつき、力《ちから》いっぱい抱《だ》きかかえて仰向《あおむ》けにした。ダンブルドアのめがねがはずれ、口《くち》はぱっくり開《ひら》き、目《め》は閉《と》じられていた。

「先生《せんせい》」ハリーはダンブルドアを揺《ゆ》すった。

「しっかりして。死《し》んじゃだめです。先生《せんせい》は毒薬《どくやく》じゃないって言《い》った。目《め》を覚《さ》ましてください。目《め》を覚《さ》まして――リナベイト！　蘇生《そせい》せよ！」

ハリーは杖《つえ》をダンブルドアの胸《むね》に向《む》けて叫《さけ》んだ。赤《あか》い光《ひかり》が走《はし》ったが、何《なん》の変化《へんか》もなかった。

「リナベイト！　蘇生《そせい》せよ！――先生《せんせい》――お願《ねが》いです――」

ダンブルドアのまぶたがかすかに動《うご》いた。ハリーは心《こころ》が躍《おど》った。

「先生《せんせい》、大丈夫《だいじょうぶ》――？」

「水《みず》」ダンブルドアがかすれ声《ごえ》で言《い》った。

「水《みず》――」ハリーはあえいだ。「――はい――」

ハリーははじかれたように立《た》ち上《あ》がり、水盆《すいぼん》に落《お》としたゴブレットをつかんだ。その下《した》に丸《まる》まっている金色《きんいろ》のロケットに、ハリーはほとんど気《き》づかなかった。

「アグアメンティ！　水《みず》よ！」

ハリーは杖《つえ》でゴブレットをつつきながら叫《さけ》んだ。

清《きよ》らかな水《みず》がゴブレットを満《み》たした。ハリーはダンブルドアの脇《わき》にひざまずいて、頭《あたま》を起《お》こし、唇《くちびる》にゴブレットを近《ちか》づけた――ところが、からっぽだった。ダンブルドアはうめき声《ごえ》を上《あ》げ、あえぎだした。

「でも、さっきは――待《ま》ってください――アグアメンティ！　水《みず》よ！」ハリーは再《ふたた》び唱《とな》えた。もう一度《いちど》、澄《す》んだ水《みず》が、一瞬《いっしゅん》ゴブレットの中《なか》でキラキラ光《ひか》った。しかし、ダンブルドアの唇《くちびる》に近《ちか》づけると、再《ふたた》び水《みず》は消《き》えてしまった。

「先生《せんせい》、僕《ぼく》、がんばってます。がんばってるんです！」

ハリーは絶望的《ぜつぼうてき》な声《こえ》を上《あ》げた。しかし聞《き》こえているとは思《おも》えなかった。ダンブルドアは転《ころ》がって横《よこ》になり、ゼイゼイと苦《くる》しそうに末期《まつご》の息《いき》を吐《は》いていた。

「アグアメンティ――水《みず》よ――アグアメンティ！」

ゴブレットはまた満《み》ちて、また空《から》になった。ダンブルドアは今《いま》や虫《むし》の息《いき》だった。頭《あたま》の中《なか》はパニック状態《じょうたい》で目《め》まぐるしく動《うご》いていたが、ハリーには直感的《ちょっかんてき》に、水《みず》を得《え》る最後《さいご》の手段《しゅだん》がわかっていた。ヴォルデモートがそのように仕組《しく》んでいたはずだ……。

ハリーは、身《み》を投《な》げ出《だ》すようにして岩《いわ》の端《はし》からゴブレットを湖《みずうみ》に突《つ》っ込《こ》み、冷《つめ》たい水《みず》をいっぱいに満《み》たした。水《みず》は消《き》えなかった。

「先生《せんせい》――さあ！」

叫《さけ》びながらダンブルドアに飛《と》びつき、ハリーは不器用《ぶきよう》にゴブレットを傾《かたむ》けて、ダンブルドアの顔《かお》に水《みず》をかけた。

やっとの思《おも》いで、ハリーができたのはそれだけだった。ゴブレットを持《も》っていないほうの腕《うで》にヒヤリとするものを感《かん》じたのは、水《みず》の冷《つめ》たさが残《のこ》っていたわけではなかった。ぬめぬめした白《しろ》い手《て》がハリーの手首《てくび》をつかみ、その手《て》の先《さき》にある何者《なにもの》かが、岩《いわ》の上《うえ》のハリーをゆっくりと引《ひ》きずり戻《もど》していた。湖面《こめん》はもはやなめらかな鏡《かがみ》のようではなく、激《はげ》しく揺《ゆ》れ動《うご》いていた。ハリーの目《め》が届《とど》くかぎり、暗《くら》い水《みず》から白《しろ》い頭《あたま》や手《て》が突《つ》き出《で》ている。男《おとこ》、女《おんな》、子供《こども》。落《お》ちくぼんだ見《み》えない目《め》が岩場《いわば》に向《む》かって近《ちか》づいてくる。黒《くろ》い水《みず》から立《た》ち上《あ》がった、死人《しにん》の軍団《ぐんだん》だ。

「ペトリフィカス　トタルス！　石《いし》になれ！」

ぬれてすべすべした小島《こじま》の岩《いわ》にしがみつこうともがきながら、ハリーは腕《うで》をつかんでいる「亡《もう》者《じゃ》」に杖《つえ》を向《む》けて叫《さけ》んだ。亡者《もうじゃ》の手《て》が離《はな》れ、のけぞって、水《みず》しぶきを上《あ》げながら倒《たお》れた。ハリーは足《あし》をもつれさせながら立《た》ち上《あ》がった。しかし、亡者《もうじゃ》はうじゃうじゃと、つるつるした岩《いわ》に骨《ほね》ばった手《て》をかけてはい上《あ》がってきた。うつろなにごった目《め》をハリーに向《む》け、水浸《みずびた》しのボロを引《ひ》きずりながら、落《お》ちくぼんだ顔《かお》に不気味《ぶきみ》な薄笑《うすわら》いを浮《う》かべている。

「ペトリフィカス　トタルス！　石《いし》になれ！」

あとずさりしながら杖《つえ》を大《おお》きく振《ふ》り下《お》ろし、ハリーが再《ふたた》び叫《さけ》んだ。七、八体《たい》の亡者《もうじゃ》がくずおれた。しかし、あとからあとから、ハリーめがけてやってくる。

「インペディメンタ！　妨害《ぼうがい》せよ！　インカーセラス！　縛《しば》れ！」

何体《なんたい》かが倒《たお》れた。一、二体《たい》が縄《なわ》で縛《しば》られた。しかし、次々《つぎつぎ》と岩場《いわば》に登《のぼ》ってくる亡者《もうじゃ》は、倒《たお》れた死体《したい》を無造作《むぞうさ》に踏《ふ》みつけ、乗《の》り越《こ》えてやってくる。杖《つえ》で空《くう》を切《き》りながら、ハリーは叫《さけ》び続《つづ》けた。

「セクタムセンプラ！　切《き》り裂《さ》け！　セクタムセンプラ！」

水浸《みずびた》しのボロと、氷《こおり》のような肌《はだ》がざっくりと切《き》り裂《さ》かれはしたが、亡者《もうじゃ》は流《なが》すべき血《ち》を持《も》たなかった。何《なに》も感《かん》じない様子《ようす》で、しなびた手《て》をハリーに向《む》けて伸《の》ばしながら歩《ある》き続《つづ》けた。さらにあとずさりしたとき、ハリーは背後《はいご》からいくつもの腕《うで》でしめつけられるのを感《かん》じた。死《し》のように冷《つめ》たく、やせこけた薄《うす》っぺらな腕《うで》が、ハリーを吊《つ》るし上《あ》げ、ゆっくりと、そして確実《かくじつ》に水辺《みずべ》に引《ひ》きずり込《こ》んでいった。逃《のが》れる道《みち》はない、とハリーは覚悟《かくご》した。自分《じぶん》はおぼれ、引《ひ》き裂《さ》かれたヴォルデモートの魂《たましい》のひとかけらを護衛《ごえい》する、死人《しにん》の一人《ひとり》になるのか……。

その時《とき》、暗闇《くらやみ》の中《なか》から火《ひ》が燃《も》え上《あ》がった。紅《くれない》と金色《こんじき》の炎《ほのお》の輪《わ》が岩場《いわば》を取《と》り囲《かこ》み、ハリーをあれほどがっしりとつかんでいた亡者《もうじゃ》どもは、転《ころ》び、ひるみ、火《ひ》をかいくぐって湖《みずうみ》に戻《もど》ることさえできない。亡者《もうじゃ》はハリーを放《はな》した。地《じ》べたに落《お》ちたハリーは岩《いわ》ですべって転《ころ》び、両腕《りょううで》をすりむいたが、何《なん》とか立《た》ち上《あ》がり、杖《つえ》をかまえてあたりに目《め》を凝《こ》らした。

ダンブルドアが再《ふたた》び立《た》ち上《あ》がっていた。顔色《かおいろ》こそ包囲《ほうい》している亡者《もうじゃ》と同《おな》じく青白《あおじろ》かったが、背《せ》の高《たか》いその姿《すがた》はすっくと抜《ぬ》きん出《で》ていた。瞳《ひとみ》に炎《ほのお》を躍《おど》らせ、杖《つえ》を松明《たいまつ》のように掲《かか》げている。杖先《つえさき》から噴出《ふんしゅつ》する炎《ほのお》が、巨大《きょだい》な投《な》げ縄《なわ》のように周囲《しゅうい》のすべてを熱《あつ》く取《と》り囲《かこ》んでいた。

亡者《もうじゃ》は、炎《ほのお》の包囲《ほうい》から逃《のが》れようとぶつかり合《あ》い、やみくもに逃《に》げ惑《まど》っていた……。

ダンブルドアは水盆《すいぼん》の底《そこ》からロケットをすくい上《あ》げ、ローブの中《なか》にしまい込《こ》み、無言《むごん》のままハリーを自分《じぶん》のそばに招《まね》き寄《よ》せた。炎《ほのお》に攪乱《かくらん》された亡者《もうじゃ》どもは、獲物《えもの》が去《さ》っていくのにも気《き》づかない。ダンブルドアはハリーを小舟《こぶね》へといざない、炎《ほのお》の輪《わ》も二人《ふたり》を取《と》り巻《ま》いて水辺《みずべ》へと移動《いどう》した。うろたえた亡者《もうじゃ》どもは水際《みずぎわ》までついてきて、そこから暗《くら》い水《みず》の中《なか》へと我先《われさき》にすべり落《お》ちていった。

体中《からだじゅう》震《ふる》えながらも、ハリーは一瞬《いっしゅん》、ダンブルドアが自力《じりき》で小舟《こぶね》に乗《の》れないのではないかと思《おも》った。乗《の》り込《こ》もうとして、ダンブルドアはわずかによろめいた。持《も》てる力《ちから》のすべてを、二人《ふたり》を囲《かこ》む炎《ほのお》の輪《わ》の護《まも》りを維持《いじ》するために注《そそ》ぎ込《こ》んでいるように見《み》えた。ハリーはダンブルドアを支《ささ》え、小舟《こぶね》に乗《の》るのを助《たす》けた。二人《ふたり》が再《ふたた》びしっかり乗《の》り込《こ》むと、小舟《こぶね》は小島《こじま》を離《はな》れ、炎《ほのお》の輪《わ》に囲《かこ》まれたまま黒《くろ》い湖《みずうみ》を戻《もど》りはじめた。下《した》のほうにうようよしている亡者《もうじゃ》どもは、どうやら二度《にど》と浮上《ふじょう》できないらしい。

「先生《せんせい》」ハリーはあえぎながら言《い》った。

「先生《せんせい》、僕《ぼく》、忘《わす》れていました――炎《ほのお》のことを――亡者《もうじゃ》に襲《おそ》われて、僕《ぼく》、パニックになってしまって――」

「当然《とうぜん》のことじゃ」

ダンブルドアがつぶやくように言《い》った。その声《こえ》があまりに弱々《よわよわ》しいのに、ハリーは驚《おどろ》いた。軽《かる》い衝撃《しょうげき》とともに、小舟《こぶね》は岸《きし》に着《つ》いた。ハリーは飛《と》び降《お》り、急《いそ》いでダンブルドアを介助《かいじょ》した。岸《きし》に降《お》り立《た》ったとたん、ダンブルドアの杖《つえ》を掲《かか》げた手《て》が下《さ》がり、炎《ほのお》の輪《わ》が消《き》えた。しかし、亡者《もうじゃ》は二度《にど》と水《みず》から現《あらわ》れはしなかった。小舟《こぶね》は再《ふたた》び水中《すいちゅう》に沈《しず》んだ。鎖《くさり》もガチャガチャ音《おと》を立《た》てながら湖《みずうみ》の中《なか》にすべり込《こ》んでいった。ダンブルドアは大《おお》きなため息《いき》をつき、洞窟《どうくつ》の壁《かべ》に寄《よ》りかかった。

「わしは弱《よわ》った……」ダンブルドアが言《い》った。

「大丈夫《だいじょうぶ》です、先生《せんせい》」

ハリーが即座《そくざ》に言《い》った。真《ま》っ青《さお》で疲労困憊《ひろうこんぱい》しているダンブルドアが心配《しんぱい》だった。

「大丈夫《だいじょうぶ》です。僕《ぼく》が先生《せんせい》を連《つ》れて帰《かえ》ります……先生《せんせい》、僕《ぼく》に寄《よ》りかかってください……」

そしてハリーは、ダンブルドアの傷《きず》ついていないほうの腕《うで》を肩《かた》に回《まわ》し、その重《おも》みをほとんど全部《ぜんぶ》背負《せお》って湖《みずうみ》の縁《ふち》を歩《ある》き、元来《もとき》た場所《ばしょ》へと校長先生《こうちょうせんせい》を導《みちび》いた。

「防御《ぼうぎょ》は……最終的《さいしゅうてき》には……たくみなものじゃった」

ダンブルドアが弱々《よわよわ》しく言《い》った。

「一人《ひとり》ではできなかったであろう……君《きみ》はよくやった。ハリー、非常《ひじょう》によくやった……」

「今《いま》はしゃべらないでください」

ダンブルドアの言葉《ことば》があまりに不明瞭《ふめいりょう》で、足取《あしど》りがあまりに弱々《よわよわ》しいのが、ハリーには心配《しんぱい》でならなかった。

「おつかれになりますから……もうすぐここを出《で》られます……」

「入口《いりぐち》のアーチはまた閉《と》じられているじゃろう……わしの小刀《こがたな》を……」

「その必要《ひつよう》はありません。僕《ぼく》が岩《いわ》で傷《きず》を負《お》いましたから」

ハリーがしっかりと言《い》った。

「どこなのかだけ教《おし》えてください……」

「ここじゃ……」

ハリーはすりむいた腕《うで》を、岩《いわ》にこすりつけた。血《ち》の貢《みつ》ぎ物《もの》を受《う》け取《と》ったアーチの岩《いわ》は、たちまち再《ふたた》び開《ひら》いた。二人《ふたり》は外側《そとがわ》の洞窟《どうくつ》を横切《よこぎ》り、ハリーはダンブルドアを支《ささ》え、崖《がけ》の割《わ》れ目《め》を満《み》たしている氷《こおり》のような海水《かいすい》に入《はい》った。

「先生《せんせい》、大丈夫《だいじょうぶ》ですよ」

ハリーは何度《なんど》も声《こえ》をかけた。弱々《よわよわ》しい声《こえ》も心配《しんぱい》だったが、それよりダンブルドアが無言《むごん》のままでいるほうがもっと心配《しんぱい》だった。

「もうすぐです……僕《ぼく》が一緒《いっしょ》に『姿《すがた》あらわし』します……心配《しんぱい》しないでください……」

「わしは心配《しんぱい》しておらぬ、ハリー」

凍《こお》るような海中《かいちゅう》だったが、ダンブルドアの声《こえ》がわずかに力強《ちからづよ》くなった。

「君《きみ》と一緒《いっしょ》じゃからのう」

第《だい》27章《しょう》　稲妻《いなずま》に撃《う》たれた塔《とう》

星空《ほしぞら》の下《した》に戻《もど》ると、ハリーはダンブルドアを一番近《いちばんちか》くの大岩《おおいわ》の上《うえ》に引《ひ》っ張《ぱ》り上《あ》げ、抱《だ》きかかえて立《た》たせた。ぐしょぬれで震《ふる》えながら、ダンブルドアの重《おも》みを支《ささ》え、ハリーはこんなに集中《しゅうちゅう》したことはないと思《おも》われるほど真剣《しんけん》に、目的地《もくてきち》を念《ねん》じた。ホグズミードだ。目《め》を閉《と》じ、ダンブルドアの腕《うで》をしっかり握《にぎ》り、ハリーは押《お》しつぶされるような恐《おそ》ろしい感覚《かんかく》の中《なか》に踏《ふ》み入《い》った。

目《め》を開《あ》ける前《まえ》から、ハリーは成功《せいこう》したと思《おも》った。潮《しお》の香《か》も潮風《しおかぜ》も消《き》えていた。ダンブルドアと二人《ふたり》、ハリーはホグズミードのハイストリート通《どお》りの真《ま》ん中《なか》に、水《みず》を滴《したた》らせ、震《ふる》えながら立《た》っていた。一瞬《いっしゅん》、店《みせ》の周辺《しゅうへん》からまたしても亡者《もうじゃ》たちが忍《しの》び寄《よ》ってくるような恐《おそ》ろしい幻覚《げんかく》を見《み》たが、瞬《まばた》きしてみると、何《なに》もうごめいてはいなかった。すべてが静《しず》まり返《かえ》り、わずかな街灯《がいとう》と何軒《なんけん》かの二階《かい》の窓《まど》の明《あ》かりのほかは、真《ま》っ暗《くら》だった。

「やりました、先生《せんせい》！」

ハリーはささやくのがやっとだった。急《きゅう》にみずおちに刺《さ》し込《こ》むような痛《いた》みを覚《おぼ》えた。

「やりました！　分霊箱《ぶんれいばこ》を手《て》に入《い》れました！」

ダンブルドアがぐらりとハリーに倒《たお》れかかった。一瞬《いっしゅん》、自分《じぶん》の未熟《みじゅく》な「姿《すがた》あらわし」のせいで、ダンブルドアがバランスを崩《くず》したのではないかと思《おも》ったが、次《つぎ》の瞬間《しゅんかん》、遠《とお》い街灯《がいとう》の明《あ》かりに照《て》らされたダンブルドアの顔《かお》が、いっそう青白《あおじろ》く衰弱《すいじゃく》しているのが見《み》えた。

「先生《せんせい》、大丈夫《だいじょうぶ》ですか？」

「最高《さいこう》とは言《い》えんのう」

ダンブルドアの声《こえ》は弱々《よわよわ》しかったが、唇《くちびる》の端《はし》がヒクヒク動《うご》いた。

「あの薬《くすり》は……健康《けんこう》ドリンクではなかったのう……」

そして、ダンブルドアは地面《じめん》にくずおれた。ハリーは戦慄《せんりつ》した。

「先生《せんせい》――大丈夫《だいじょうぶ》です。きっとよくなります。心配《しんぱい》せずに――」

ハリーは助《たす》けを求《もと》めようと必死《ひっし》の思《おも》いで周《まわ》りを見回《みまわ》したが、人影《ひとかげ》はない。ハリーは、ダンブルドアを何《なん》とかして早《はや》く医務室《いむしつ》に連《つ》れていかなければならない、ということしか思《おも》いつかなかった。

「先生《せんせい》を学校《がっこう》に連《つ》れて帰《かえ》らなければなりません……マダム・ポンフリーが……」

「いや」ダンブルドアが言《い》った。

「必要《ひつよう》なのは……スネイプ先生《せんせい》じゃ……しかし、どうやら……今《いま》のわしは遠《とお》くまでは歩《ある》けぬ……」

「わかりました……先生《せんせい》、いいですか……僕《ぼく》がどこかの家《いえ》のドアをたたいて、先生《せんせい》が休《やす》める所《ところ》を見《み》つけます――それから走《はし》っていって、連《つ》れてきます。マダム……」

「セブルスじゃ」ダンブルドアがはっきりと言《い》った。

「セブルスが必要《ひつよう》じゃ……」

「わかりました。それじゃスネイプを――でも、しばらく先生《せんせい》をひとりにしないと――」

しかし、ハリーが行動《こうどう》を起《お》こさないうちに、誰《だれ》かの走《はし》る足音《あしおと》が聞《き》こえた。ハリーは心《こころ》が躍《おど》った。誰《だれ》かが見《み》つけてくれた。助《たす》けが必要《ひつよう》なことに気《き》づいてくれた――見回《みまわ》すと、マダム・ロスメルタが暗《くら》い通《とお》りを小走《こばし》りにかけてくるのが見《み》えた。かかとの高《たか》いふわふわした室内《しつない》ばきをはき、ドラゴンの刺繍《ししゅう》をした絹《きぬ》の部屋着《へやぎ》を着《き》ている。

「寝室《しんしつ》のカーテンを閉《し》めようとしていたら、あなたが『姿《すがた》あらわし』するのが見《み》えたの！　よかった、よかったわ。どうしたらいいのかわからなくて――まあ、アルバスに何《なに》かあったの？」

マダム・ロスメルタは息《いき》を切《き》らしながら立《た》ち止《ど》まり、目《め》を見開《みひら》いてダンブルドアを見下《みお》ろした。

「けがをしてるんです」ハリーが言《い》った。

「マダム・ロスメルタ、僕《ぼく》が学校《がっこう》に行《い》って助《たす》けを呼《よ》んでくるまで、先生《せんせい》を『三本《さんぼん》の箒《ほうき》』で休《やす》ませてくれますか？」

「ひとりで学校《がっこう》に行《い》くなんてできないわ！　わからないの——？　見《み》なかったの——？」

「一緒《いっしょ》に先生《せんせい》を支《ささ》えてくだされば」ハリーは、ロスメルタの言《い》ったことを聞《き》いていなかった。

「中《なか》まで運《はこ》べると思《おも》います——」

「何《なに》があったのじゃ？」ダンブルドアが聞《き》いた。「ロスメルタ、何《なに》かあったのか？」

「や——『闇《やみ》の印《しるし》』よ、アルバス」

そして、マダム・ロスメルタはホグワーツの方角《ほうがく》の空《そら》を指差《ゆびさ》した。その言葉《ことば》で背筋《せすじ》がぞっと寒《さむ》くなり、ハリーは振《ふ》り返《かえ》って空《そら》を見《み》た。

学校《がっこう》の上空《じょうくう》に、たしかにあの印《しるし》があった。蛇《へび》の舌《した》を出《だ》した緑色《みどりいろ》のどくろが、ギラギラ輝《かがや》いている。死喰《しく》い人《びと》が侵入《しんにゅう》したあとに残《のこ》す印《しるし》だ……誰《だれ》かを殺《ころ》したときに残《のこ》す印《しるし》だ……。

「いつ現《あらわ》れたのじゃ？」

ダンブルドアが聞《き》いた。立《た》ち上《あ》がろうとするダンブルドアの手《て》が、ハリーの肩《かた》に痛《いた》いほど食《く》い込《こ》んだ。

「数分前《すうふんまえ》にちがいないわ。猫《ねこ》を外《そと》に出《だ》したときにはありませんでしたもの。でも二階《かい》に上《あ》がったときに——」

「すぐに城《しろ》に戻《もど》らねばならぬ」

ダンブルドアが言《い》った。少《すこ》しよろめきはしたが、しっかり事態《じたい》を掌握《しょうあく》していた。

「ロスメルタ、輸送手段《ゆそうしゅだん》が必要《ひつよう》じゃ――箒《ほうき》が――」

「バーのカウンターの裏《うら》に、二、三本《ぼん》ありますわ」ロスメルタはおびえていた。

「行《い》って取《と》ってきましょうか？」

「いや、ハリーに任《まか》せられる」

ハリーは、すぐさま杖《つえ》を上《あ》げた。

「アクシオ！　ロスメルタの箒《ほうき》よ、来《こ》い！」

たちまち大《おお》きな音《おと》がして、パブの入口《いりぐち》の扉《とびら》がパッと開《ひら》き、箒《ほうき》が二本《ほん》、勢《いきお》いよく表《おもて》に飛《と》び出《だ》した。箒《ほうき》は抜《ぬ》きつ抜《ぬ》かれつハリーの脇《わき》まで飛《と》んできて、かすかに振動《しんどう》しながら、腰《こし》の高《たか》さでぴたりと止《と》まった。

「ロスメルタ、魔法省《まほうしょう》への連絡《れんらく》を頼《たの》んだぞ」

ダンブルドアは自分《じぶん》に近《ちか》いほうの箒《ほうき》にまたがりながら言《い》った。

「ホグワーツの内部《ないぶ》の者《もの》は、まだ異変《いへん》に気《き》づいておらぬやもしれぬ……ハリー、透明《とうめい》マントを着《き》るのじゃ」

ハリーはポケットからマントを取《と》り出《だ》してかぶってから、箒《ほうき》にまたがった。ハリーとダンブルドアが地面《じめん》をけって空《そら》に舞《ま》い上《あ》がったときには、マダム・ロスメルタは、すでにハイヒールの室《しつ》内《ない》ばきでよろけながらパブに向《む》かって小走《こばし》りにかけだしていた。

城《しろ》を目指《めざ》して速度《そくど》を上《あ》げながら、ハリーは、ダンブルドアが落《お》ちるようなことがあればすぐさま支《ささ》えられるようにと、ちらちら横《よこ》を見《み》た。しかし、「闇《やみ》の印《しるし》」はダンブルドアにとって、刺激《しげき》剤《ざい》のような効果《こうか》をもたらしたらしい。印《しるし》を見《み》すえて、長《なが》い銀色《ぎんいろ》の髪《かみ》とひげとを夜空《よぞら》になびかせながら、ダンブルドアは箒《ほうき》に低《ひく》くかがみ込《こ》んでいた。ハリーも前方《ぜんぽう》のどくろを見《み》すえた。恐怖《きょうふ》が泡《あわ》立《だ》つ毒《どく》のように肺《はい》をしめつけ、ほかのいっさいの苦痛《くつう》を念頭《ねんとう》から追《お》い出《だ》してしまった……。

二人《ふたり》は、どのくらいの時間《じかん》、留守《るす》にしていたのだろう。ロンやハーマイオニー、ジニーの幸運《こううん》は、もう効《き》き目《め》が切《き》れたのだろうか？　学校《がっこう》の上空《じょうくう》にあの印《しるし》が上《あ》がったのは、三人《にん》のうちの誰《だれ》かに何《なに》かあったからなのだろうか、それともネビルかルーナか？　DA《ディーエー》のメンバーの誰《だれ》かではないだろうか？　そしてもしそうなら……廊下《ろうか》をパトロールしろと言《い》ったのは自分《じぶん》だ。ベッドにいれば安全《あんぜん》なのに、ベッドを離《はな》れるように頼《たの》んだのは自分《じぶん》だ……またしても僕《ぼく》のせいで、友人《ゆうじん》が死《し》んだのだろうか？

出発《しゅっぱつ》のときに歩《ある》いた、曲《ま》がりくねった暗《くら》い道《みち》の上空《じょうくう》を飛《と》びながら、耳元《みみもと》で鳴《な》る夜風《よかぜ》のヒューヒューという音《おと》の合間《あいま》に、ハリーは、ダンブルドアがまたしても不可解《ふかかい》な言葉《ことば》を唱《とな》えるのを聞《き》いた。校庭《こうてい》に入《はい》る境界線《きょうかいせん》を飛《と》び越《こ》えた瞬間《しゅんかん》、箒《ほうき》が振動《しんどう》するのを感《かん》じた理由《りゆう》が、ハリーにはわかった。ダンブルドアは、自分《じぶん》が城《しろ》にかけた呪文《じゅもん》を解除《かいじょ》し、二人《ふたり》が高速《こうそく》で突破《とっぱ》できるようにしていたのだ。

「闇《やみ》の印《しるし》」は、城《しろ》で一番高《いちばんたか》い天文台《てんもんだい》の塔《とう》の真上《まうえ》で光《ひか》っていた。そこで殺人《さつじん》があったのだろうか？

ダンブルドアは、塔《とう》の屋上《おくじょう》の、銃眼《じゅうがん》つきの防壁《ぼうへき》をすでに飛《と》び越《こ》え、箒《ほうき》から降《お》りるところだった。ハリーもすぐあとからそのそばに降《お》り、あたりを見回《みまわ》した。

防壁《ぼうへき》の内側《うちがわ》には人影《ひとかげ》がない。城《しろ》の内部《ないぶ》に続《つづ》くらせん階段《かいだん》の扉《とびら》は閉《し》まったままだ。争《あらそ》いの跡《あと》も、死闘《しとう》がくり広《ひろ》げられた形跡《けいせき》もなく、死体《したい》すらない。

「どういうことでしょう？」

ハリーは、頭上《ずじょう》に不気味《ぶきみ》に光《ひか》る蛇舌《へびじた》のどくろを見上《みあ》げながら、ダンブルドアに問《と》いかけた。

「あれはほんとうの印《しるし》でしょうか？　誰《だれ》かがほんとうに――先生《せんせい》？」

印《しるし》が放《はな》つかすかな緑《みどり》の光《ひかり》で、黒《くろ》ずんだ手《て》で胸《むね》を押《お》さえているダンブルドアが見《み》えた。

「セブルスを起《お》こしてくるのじゃ」

ダンブルドアはかすかな声《こえ》で、しかしはっきりと言《い》った。

「何《なに》があったかを話《はな》し、わしの所《ところ》へ連《つ》れてくるのじゃ。ほかには何《なに》もするでないぞ。ほかの誰《だれ》にも話《はなし》をせず、透明《とうめい》マントを脱《ぬ》がぬよう。わしはここで待《ま》っておる」

「でも――」

「わしに従《したが》うと誓《ちか》ったはずじゃ、ハリー――行《い》くのじゃ！」

ハリーはらせん階段《かいだん》の扉《とびら》へと急《いそ》いだ。しかし扉《とびら》の鉄《てつ》の輪《わ》に手《て》が触《ふ》れたとたん、扉《とびら》の内側《うちがわ》から誰《だれ》かが走《はし》ってくる足音《あしおと》が聞《き》こえた。振《ふ》り返《かえ》ると、ダンブルドアは退却《たいきゃく》せよと身振《みぶ》りで示《しめ》していた。

ハリーは杖《つえ》をかまえながらあとずさりした。

扉《とびら》が勢《いきお》いよく開《ひら》き、誰《だれ》かが飛《と》び出《だ》して叫《さけ》んだ。

「エクスペリアームス！　武器《ぶき》よ去《さ》れ！」

ハリーはたちまち体《からだ》が硬直《こうちょく》して動《うご》かなくなり、まるで不安定《ふあんてい》な銅像《どうぞう》のように倒《たお》れて、塔《とう》の防壁《ぼうへき》に支《ささ》えられるのを感《かん》じた。動《うご》くことも口《くち》をきくこともできない。どうしてこんなことになったのか、ハリーにはわからなかった――「エクスペリアームス」は「凍結呪文《とうけつじゅもん》」とはちがうのに――。

その時《とき》、闇《やみ》の印《しるし》の明《あ》かりで、ダンブルドアの杖《つえ》が弧《こ》を描《えが》いて防壁《ぼうへき》の端《はし》を越《こ》えて飛《と》んでいくのが見《み》え、事態《じたい》がのみ込《こ》めた……ダンブルドアが無言《むごん》でハリーを動《うご》けなくしたのだ。その術《じゅつ》をかける一瞬《いっしゅん》のせいで、ダンブルドアは自分《じぶん》を護《まも》るチャンスを失《うしな》ったのだ。

血《ち》の気《け》の失《う》せた顔《かお》で、防壁《ぼうへき》を背《せ》にして立《た》ちながらも、ダンブルドアには恐怖《きょうふ》や苦悩《くのう》の影《かげ》すらない。自分《じぶん》の武器《ぶき》を奪《うば》った相手《あいて》に目《め》をやり、ただ一言《ひとこと》こう言《い》った。

「こんばんは、ドラコ」

マルフォイが進《すす》み出《で》た。すばやくあたりに目《め》を配《くば》り、ダンブルドアと二人《ふたり》きりかどうかをたしかめた。二本目《ほんめ》の箒《ほうき》に目《め》が走《はし》った。

「ほかに誰《だれ》かいるのか？」

「わしのほうこそ聞《き》きたい。君一人《きみひとり》の行動《こうどう》かね？」

闇《やみ》の印《しるし》の緑《みどり》の光《ひかり》で、マルフォイの薄《うす》い色《いろ》の目《め》がダンブルドアに視線《しせん》を戻《もど》すのが見《み》えた。

「ちがう」マルフォイが言《い》った。「援軍《えんぐん》がある。今夜《こんや》この学校《がっこう》には『死喰い人《デス・イーター》』がいるんだ」

「ほう、ほう」

ダンブルドアはまるで、マルフォイががんばって仕上《しあ》げた宿題《しゅくだい》を見《み》ているような言《い》い方《かた》をした。

「なかなかのものじゃ。君《きみ》が連中《れんちゅう》を導《みちび》き入《い》れる方法《ほうほう》を見《み》つけたのかね？」

「そうだ」マルフォイは息《いき》を切《き》らしていた。

「校長《こうちょう》の目《め》と鼻《はな》の先《さき》なのに、気《き》がつかなかったろう！」

「よい思《おも》いつきじゃ」ダンブルドアが言《い》った。

「しかし……失礼《しつれい》ながら……その連中《れんちゅう》は今《いま》どこにいるのかね？　君《きみ》の援軍《えんぐん》とやらは、いないようだが」

「そっちの護衛《ごえい》に出《で》くわしたんだ。下《した》で戦《たたか》ってる。追《お》っつけ来《く》るだろう……僕《ぼく》は先《さき》に来《き》たんだ。僕《ぼく》には――僕《ぼく》にはやるべきことがある」

「おう、それなら、疾《と》くそれに取《と》りかからねばなるまいのう」ダンブルドアがやさしく言《い》った。沈黙《ちんもく》が流《なが》れた。ハリーは自分《じぶん》の体《からだ》に閉《と》じ込《こ》められ、身動《みうご》きもできず、姿《すがた》を隠《かく》したまま二人《ふたり》を見《み》つめ、遠《とお》くに死喰《しく》い人《びと》の戦《たたか》いの音《おと》が聞《き》こえはしないかと、耳《みみ》を研《と》ぎ澄《す》ましていた。ハリーの目《め》の前《まえ》で、ドラコ・マルフォイはアルバス・ダンブルドアをただ見《み》つめていた。ダンブルドアは、なんと、ほほ笑《え》んだ。

「ドラコ、ドラコ、君《きみ》には人《ひと》は殺《ころ》せぬ」

「わかるもんか！」ドラコが切《き》り返《かえ》した。

その言《い》い方《かた》がいかにも子供《こども》っぽいと自分《じぶん》でも気《き》づいたらしく、ハリーはドラコが顔《かお》を赤《あか》らめるのを、緑《みどり》の明《あ》かりの下《した》で見《み》た。

「僕《ぼく》に何《なに》ができるかなど、校長《こうちょう》にわかるものか」

マルフォイは前《まえ》より力強《ちからづよ》く言《い》った。

「これまで僕《ぼく》がしてきたことだって知《し》らないだろう！」

「いやいや、知《し》っておる」ダンブルドアがおだやかに言《い》った。

「君《きみ》はケイティ・ベルとロナルド・ウィーズリーを危《あや》うく殺《ころ》すところじゃった。この一年間《ねんかん》、君《きみ》はわしを殺《ころ》そうとして、だんだん自暴自棄《じぼうじき》になっていた。失礼《しつれい》じゃが、ドラコ、全部中途半端《ぜんぶちゅうとはんぱ》な試《こころ》みじゃったのう……あまりに生半可《なまはんか》なので、正直言《しょうじきい》うて君《きみ》が本気《ほんき》なのかどうか、わしは疑《うたご》うた……」

「本気《ほんき》だった！」マルフォイが激《はげ》しい口調《くちょう》で言《い》った。

「この一年《ねん》、僕《ぼく》はずっと準備《じゅんび》してきた。そして今夜《こんや》――」

城《しろ》のずっと下《した》のほうから、押《お》し殺《ころ》したような叫《さけ》び声《ごえ》がハリーの耳《みみ》に入《はい》ってきた。マルフォイは、ぎくりと体《からだ》をこわばらせて後《うし》ろを振《ふ》り返《かえ》った。

「誰《だれ》かが善戦《ぜんせん》しているようじゃの」

ダンブルドアは茶飲《ちゃの》み話《ばなし》でもしているようだった。

「しかし、君《きみ》が言《い》いかけておったのは……おう、そうじゃ、死喰《しく》い人《びと》を、この学校《がっこう》に首尾《しゅび》よく案内《あんない》してきたということじゃのう。それは、さすがにわしも不可能《ふかのう》じゃと思《おも》うておったのじゃが……どうやったのかね？」

しかしマルフォイは答《こた》えなかった。下《した》のほうで何事《なにごと》か起《お》こっているのに耳《みみ》を澄《す》ましたまま、ほとんどハリーと同《おな》じぐらい体《からだ》を硬直《こうちょく》させていた。

「君一人《きみひとり》で、やるべきことをやらねばならぬかもしれんのう」ダンブルドアがうながした。「わしの護衛《ごえい》が、君《きみ》の援軍《えんぐん》をくじいてしまったとしたらどうなるかの？　たぶん気《き》づいておろうが、今夜《こんや》ここには、『不死鳥《ふしちょう》の騎士団《きしだん》』の者《もの》たちも来《き》ておる。それに、いずれにせよ、君《きみ》には援《えん》護《ご》など必要《ひつよう》ない……わしは今《いま》、杖《つえ》を持《も》たぬ……自衛《じえい》できんのじゃ」

マルフォイは、ダンブルドアを見《み》つめただけだった。

「なるほど」

マルフォイが、しゃべりもせず動《うご》きもしないので、ダンブルドアがやさしく言《い》った。

「みんなが来《く》るまで、怖《こわ》くて行動《こうどう》できないのじゃな」

「怖《こわ》くない！」

マルフォイがうなった。しかし、まだまったくダンブルドアを傷《きず》つける様子《ようす》がない。

「そっちこそ怖《こわ》いはずだ！」

「なぜかね？　ドラコ、君《きみ》がわしを殺《ころ》すとは思《おも》わぬ。無垢《むく》な者《もの》にとって、人《ひと》を殺《ころ》すことは、思《おも》いのほか難《むずか》しいものじゃ……それでは、君《きみ》の友達《ともだち》が来《く》るまで、聞《き》かせておくれ……どうやって連《れん》中《ちゅう》を潜入《せんにゅう》させたのじゃね？　準備《じゅんび》が整《ととの》うまで、ずいぶんと時間《じかん》がかかったようじゃが」

マルフォイは、叫《さけ》びだしたい衝動《しょうどう》か、突《つ》き上《あ》げる吐《は》き気《け》と戦《たたか》っているかのようだった。ダンブルドアの心臓《しんぞう》にぴたりと杖《つえ》を向《む》けてにらみつけながら、マルフォイはゴクリとつばを飲《の》み、数回《すうかい》深呼吸《しんこきゅう》した。それからこらえきれなくなったように口《くち》を開《ひら》いた。

「壊《こわ》れて、何年《なんねん》も使《つか》われていなかった『姿《すがた》をくらますキャビネット棚《だな》』を直《なお》さなければならなかったんだ。去年《きょねん》、モンタギューがその中《なか》で行方不明《ゆくえふめい》になったキャビネットだ」

「あぁぁー」

ダンブルドアのため息《いき》は、うめきのようでもあった。ダンブルドアはしばらく目《め》を閉《と》じた。

「賢《かしこ》いことじゃ……たしか、対《つい》になっておったのう？」

「もう片方《かたほう》は、『ボージン・アンド・バークス』の店《みせ》だ」マルフォイが言《い》った。「二つの間《あいだ》に通路《つうろ》のようなものができるんだ。モンタギューが、ホグワーツにあったキャビネット棚《だな》に押《お》し込《こ》まれたとき、どっちつかずに引《ひ》っかかっていたけど、ときどき学校《がっこう》で起《お》こっていることが聞《き》こえたし、ときどき店《みせ》の出来事《できごと》も聞《き》こえたと話《はな》してくれた。まるで棚《たな》が二箇所《かしょ》の間《あいだ》を往《い》ったり来《き》たりしているみたいに。しかし自分《じぶん》の声《こえ》は誰《だれ》にも届《とど》かなかったって……結局《けっきょく》あいつは、試験《しけん》にはパスしていなかったけど、無理《むり》やり『姿《すがた》あらわし』したんだ。おかげで死《し》にかけた。みんなは、おもしろいでっち上《あ》げ話《ばなし》だと思《おも》っていたけど、僕《ぼく》だけはその意味《いみ》がわかった――ボージンでさえ知《し》らなかった――壊《こわ》れたキャビネット棚《だな》を修理《しゅうり》すれば、それを通《とお》ってホグワーツに入《はい》る方法《ほうほう》があるだろうと気《き》づいたのは、この僕《ぼく》だ」

「見事《みごと》じゃ」ダンブルドアがつぶやいた。

「それで、死喰《しく》い人《びと》たちは、君《きみ》の応援《おうえん》に、『ボージン・アンド・バークス』からホグワーツに入《はい》り込《こ》むことができたのじゃな……賢《かしこ》い計画《けいかく》じゃ、実《じつ》に賢《かしこ》い……それに、君《きみ》も言《い》うたように、わしの目《め》と鼻《はな》の先《さき》じゃ……」

「そうだ」

マルフォイは、ダンブルドアにほめられたことで、皮肉《ひにく》にも勇気《ゆうき》となぐさめを得《え》たようだった。

「そうなんだ！」

「しかし、時《とき》には――」ダンブルドアが言葉《ことば》を続《つづ》けた。

「キャビネット棚《だな》を修理《しゅうり》できないのではないかと思《おも》ったこともあったのじゃろうな？　そこで、粗雑《そざつ》で軽率《けいそつ》な方法《ほうほう》を使《つか》おうとしたのう。どう考《かんが》えてもほかの者《もの》の手《て》に渡《わた》ってしまうのに、呪《のろ》われたネックレスをわしに送《おく》ってみたり……わしが飲《の》む可能性《かのうせい》はほとんどないのに、蜂蜜酒《はちみつしゅ》に毒《どく》を入《い》れてみたり……」

「そうだ。だけど、それでも誰《だれ》が仕組《しく》んだのか、わからなかったろう？」

マルフォイがせせら笑《わら》った。ダンブルドアの体《からだ》が、防壁《ぼうへき》にもたれたままわずかにずり落《お》ちた。

足《あし》の力《ちから》が弱《よわ》ってきたにちがいない。ハリーは自分《じぶん》を縛《しば》っている呪文《じゅもん》に抗《あらが》って、声《こえ》もなくむなしくもがいた。

「実《じつ》はわかっておった」ダンブルドアが言《い》った。「君《きみ》にまちがいないと思《おも》っておった」

「じゃ、なぜ止《と》めなかった？」マルフォイが詰《つ》め寄《よ》った。

「そうしようとしたのじゃよ、ドラコ。スネイプ先生《せんせい》が、わしの命《めい》を受《う》けて、君《きみ》を見張《みは》っておった——」

「あいつは校長《こうちょう》の命令《めいれい》で動《うご》いていたんじゃない。僕《ぼく》の母上《ははうえ》に約束《やくそく》して——」

「もちろん、ドラコ、スネイプ先生《せんせい》は、君《きみ》にはそう言《い》うじゃろう。しかし——」

「あいつは二重《にじゅう》スパイだ。あんたも老《お》いぼれたものだ。あいつは校長《こうちょう》のために働《はたら》いていたんじゃない。あんたがそう思《おも》い込《こ》んでいただけだ！」

「その点《てん》は、意見《いけん》がちがうと認《みと》め合《あ》わねばならんのう、ドラコ。わしは、スネイプ先生《せんせい》を信《しん》じておるのじゃ——」

「それじゃ、あんたには事態《じたい》がわかってないってことだ！」マルフォイがせせら笑《わら》った。

「あいつは僕《ぼく》を助《たす》けたいとさんざん持《も》ちかけてきた——全部《ぜんぶ》自分《じぶん》の手柄《てがら》にしたかったんだ——一枚《いちまい》加《く》わりたかったんだ——『何《なに》をしておるのかね？　君《きみ》がネックレスを仕掛《しか》けたのか？　あれは

愚《おろ》かしいことだ。全部《ぜんぶ》だいなしにしてしまったかもしれん――』。だけど僕《ぼく》は、『必要《ひつよう》の部屋《へや》』で何《なに》をしているのか、あいつに教《おし》えなかった。明日《あす》、あいつが目《め》を覚《さ》ましたときには全部《ぜんぶ》終《お》わっていて、もうあいつは、闇《やみ》の帝王《ていおう》のお気《き》に入《い》りじゃなくなるんだ。僕《ぼく》に比《くら》べればあいつは何者《なにもの》でもなくなる。ゼロだ！」

「満足《まんぞく》じゃろうな」

ダンブルドアがおだやかに言《い》った。

「誰《だれ》でも、一生懸命《いっしょうけんめい》やったことをほめてほしいものじゃ、もちろんのう……しかし、それにしても君《きみ》には共犯者《きょうはんしゃ》がいたはずじゃ……ホグズミードの誰《だれ》かが。ケイティにこっそりあれを手渡《てわた》す――あれを――あぁぁ……」

ダンブルドアは再《ふたた》び目《め》を閉《と》じてこくりとうなずいた。まるでそのまま眠《ねむ》り込《こ》むかのようだった。

「……もちろん……ロスメルタじゃ。いつから『服従《ふくじゅう》の呪文《じゅもん》』にかかっておるのじゃ？」

「やっとわかったようだな」マルフォイが嘲《あざけ》った。

下《した》のほうから、また叫《さけ》び声《ごえ》が聞《き》こえた。今度《こんど》はもっと大《おお》きい声《こえ》だった。マルフォイはびくっとしてまた振《ふ》り返《かえ》ったが、すぐダンブルドアに視線《しせん》を戻《もど》した。ダンブルドアは言葉《ことば》を続《つづ》けた。

「それでは、哀《あわ》れなロスメルタが、店《みせ》のトイレで待《ま》ち伏《ぶ》せして、一人《ひとり》でトイレにやってくるホグワーツの学生《がくせい》の誰《だれ》かにネックレスを渡《わた》すよう、命令《めいれい》されたというわけじゃな？　それに毒入《どくい》り蜂蜜酒《はちみつしゅ》……ふむ、当然《とうぜん》ロスメルタなら、わしへのクリスマスプレゼントだと信《しん》じて、スラグホーンにボトルを送《おく》る前《まえ》に、君《きみ》にかわって毒《どく》を盛《も》ることもできた……実《じつ》に鮮《あざ》やかじゃ……実《じつ》に……哀《あわ》れむべきフィルチさんは、ロスメルタのボトルを調《しら》べようなどとは思《おも》うまい……どうやってロスメルタと連絡《れんらく》を取《と》っていたか、話《はな》してくれるかの？　学校《がっこう》に出入《でい》りする通信手段《つうしんしゅだん》は、すべて監視《かんし》されていたはずじゃが」

「コインに呪文《じゅもん》をかけた」

杖《つえ》を持《も》った手《て》がひどく震《ふる》えていたが、マルフォイは、話《はな》し続《つづ》けずにはいられないかのようにしゃべった。

「僕《ぼく》が一枚《まい》、あっちがもう一枚《まい》だ。それで僕《ぼく》が命令《めいれい》を送《おく》ることができた――」

「『ダンブルドア軍団《ぐんだん》』というグループが先学期《せんがっき》に使《つか》った、秘密《ひみつ》の伝達手段《でんたつしゅだん》と同《おな》じものではないかな？」

ダンブルドアが聞《き》いた。気軽《きがる》な会話《かいわ》をしているような声《こえ》だったが、ハリーは、ダンブルドアがそう言《い》いながらまた二、三センチずり落《お》ちるのに気《き》がついた。

「ああ、あいつらからヒントを得《え》たんだ」

マルフォイはゆがんだ笑《わら》いを浮《う》かべた。

「蜂蜜酒《はちみつしゅ》に毒《どく》を入《い》れるヒントも、『穢《けが》れた血《ち》』のグレンジャーからもらった。図書館《としょかん》であいつが、フィルチは毒物《どくぶつ》を見《み》つけられないと話《はな》しているのを聞《き》いたんだ」

「わしの前《まえ》で、そのような侮蔑的《ぶべつてき》な言葉《ことば》は使《つか》わないでほしいものじゃ」

ダンブルドアが言《い》った。マルフォイが残忍《ざんにん》な笑《わら》い声《ごえ》を上《あ》げた。

「今《いま》にも僕《ぼく》に殺《ころ》されるというのに、この僕《ぼく》が、『穢《けが》れた血《ち》』と言《い》うのが気《き》になるのか？」

「気《き》になるのじゃよ」ダンブルドアが言《い》った。

まっすぐ立《た》ち続《つづ》けようと踏《ふ》んばって、ダンブルドアの両足《りょうあし》が床《ゆか》を上《うわ》すべりするのを、ハリーは見《み》た。

「しかし、今《いま》にもわしを殺《ころ》すということについては、ドラコよ、すでに数分《すうふん》という長《なが》い時間《じかん》がたったし、ここには二人《ふたり》しかおらぬ。わしは今丸腰《いままるごし》で、君《きみ》が夢《ゆめ》にも思《おも》わなかったほど無防備《むぼうび》じゃ。にもかかわらず、君《きみ》はまだ行動《こうどう》を起《お》こさぬ……」

ひどく苦《にが》い物《もの》を口《くち》にしたかのように、マルフォイの口《くち》が思《おも》わずゆがんだ。

「さて、今夜《こんや》のことじゃが」ダンブルドアが続《つづ》けた。

「どのように事《こと》が起《お》こったのか、わしには少《すこ》しわからぬところがある……君《きみ》はわしが学校《がっこう》を出《で》たことを知《し》っていたのかね？　いや、なるほど」

ダンブルドアは、自分《じぶん》で自分《じぶん》の質問《しつもん》に答《こた》えた。

「ロスメルタが、わしが出《で》かけるところを見《み》て、君《きみ》の考《かんが》えたすばらしいコインを使《つか》って、君《きみ》に知《し》らせたのじゃ。そうにちがいない……」

「そのとおりだ」マルフォイが言《い》った。

「だけど、ロスメルタは校長《こうちょう》が一杯《いっぱい》飲《の》みに出《で》かけただけで、すぐ戻《もど》ってくると言《い》った……」

「なるほど、たしかにわしは飲《の》み物《もの》を飲《の》んだのう……そして、戻《もど》ってきた……かろうじてじゃが」

ダンブルドアがつぶやくように言《い》った。

「それで君《きみ》は、わしを罠《わな》にかけようとしたわけじゃの？」

「僕《ぼく》たちは、『闇《やみ》の印《しるし》』を塔《とう》の上《うえ》に出《だ》して、誰《だれ》が殺《ころ》されたのかを調《しら》べに、校長《こうちょう》が急《いそ》いでここに戻《もど》るようにしようと決《き》めたんだ」マルフォイが言《い》った。「そして、うまくいった！」

「ふむ……そうかもしれぬし、そうでないかもしれぬ……」ダンブルドアが言《い》った。

「それでは、殺《ころ》された者《もの》はおらぬと考《かんが》えていいのじゃな？」

「誰《だれ》かが死《し》んだ」マルフォイの声《こえ》が、一オクターブ高《たか》くなったように思《おも》われた。

「そっちの誰《だれ》かだ……誰《だれ》かわからなかった。暗《くら》くて……僕《ぼく》が死体《したい》をまたいだ……僕《ぼく》は校長《こうちょう》が戻《もど》ったときに、ここで待《ま》ちかまえているはずだった。ただ、『不死鳥《ふしちょう》』のやつらがじゃまして……」

「さよう。そういうくせがあるでのう」ダンブルドアが言《い》った。

下《した》から聞《き》こえる騒《さわ》ぎや叫《さけ》び声《ごえ》が、一段《いちだん》と大《おお》きくなった。今度《こんど》は、ダンブルドア、マルフォイ、ハリーのいる屋上《おくじょう》に直接《ちょくせつ》つながるらせん階段《かいだん》で戦《たたか》っているような音《おと》だった。ハリーの心臓《しんぞう》は、透明《とうめい》の胸《むね》の中《なか》で誰《だれ》にも聞《き》こえはしなかったが、雷《かみなり》のようにとどろいた……誰《だれ》かが死《し》んだ……マルフォイが死体《したい》をまたいだ……誰《だれ》だったんだ？

「いずれにせよ時間《じかん》がない」ダンブルドアが言《い》った。

「君《きみ》の選択肢《せんたくし》を話《はな》し合《あ》おうぞ、ドラコ」

「僕《ぼく》の選択肢《せんたくし》！」マルフォイが大声《おおごえ》で言《い》った。

「僕《ぼく》は杖《つえ》を持《も》ってここに立《た》っている――校長《こうちょう》を殺《ころ》そうとしている――」

「ドラコよ、もう虚仮威《こけおど》しはおしまいにしようぞ。わしを殺《ころ》すつもりなら、最初《さいしょ》にわしを『武装《ぶそう》解除《かいじょ》』したときにそうしていたじゃろう。方法論《ほうほうろん》をあれこれと楽《たの》しくおしゃべりして、時間《じかん》を費《つい》やすことはなかったじゃろう」

「僕《ぼく》には選択肢《せんたくし》なんかない！」

マルフォイが言《い》った。そして突然《とつぜん》、ダンブルドアと同《おな》じぐらい蒼白《そうはく》になった。

「僕《ぼく》はやらなければならないんだ！　あの人《ひと》が僕《ぼく》を殺《ころ》す！　僕《ぼく》の家族《かぞく》を皆殺《みなごろ》しにする！」

「君《きみ》の難《むずか》しい立場《たちば》はよくわかる」ダンブルドアが言《い》った。

「わしが今《いま》まで君《きみ》に対抗《たいこう》しなかった理由《りゆう》が、それ以外《いがい》にあると思《おも》うかね？　わしが君《きみ》を疑《うたが》っているると、ヴォルデモート卿《きょう》に気《き》づかれてしまえば、君《きみ》は殺《ころ》されてしまうと、わしにはわかっていたのじゃ」

マルフォイはその名《な》を聞《き》いただけでひるんだ。

「君《きみ》に与《あた》えられた任務《にんむ》のことは知《し》っておったが、それについて君《きみ》と話《はなし》をすることができなんだ。あの者《もの》が君《きみ》に対《たい》して『開心術《かいしんじゅつ》』を使《つか》うかもしれぬからのう」

ダンブルドアが語《かた》り続《つづ》けた。

「しかし今《いま》やっと、お互《たが》いに率直《そっちょく》な話《はなし》ができる……何《なに》も被害《ひがい》はなかった。君《きみ》は誰《だれ》をも傷《きず》つけてはおらぬ。もっとも予期《よき》せぬ犠牲者《ぎせいしゃ》たちが死《し》ななかったのは、君《きみ》にとって非常《ひじょう》に幸運《こううん》なことではあったのじゃが……ドラコ、わしが助《たす》けてしんぜよう」

「できっこない」

マルフォイの杖《つえ》を持《も》った手《て》が激《はげ》しく震《ふる》えていた。

「誰《だれ》にもできない。あの人《ひと》が僕《ぼく》にやれと命《めい》じた。やらなければ殺《ころ》される。僕《ぼく》にはほかに道《みち》がない」

「ドラコ、我々《われわれ》の側《がわ》に来《く》るのじゃ。我々《われわれ》は、君《きみ》の想像《そうぞう》もつかぬほど完璧《かんぺき》に、君《きみ》をかくまうことができるのじゃ。その上《うえ》、わしが今夜《こんや》『騎士団《きしだん》』の者《もの》を母上《ははうえ》のもとにつかわして、母上《ははうえ》をもかくまうことができる。父上《ちちうえ》のほうは、今《いま》のところアズカバンにいて安全《あんぜん》じゃ……時《とき》がくれば、父上《ちちうえ》も我々《われわれ》が保護《ほご》しよう……正《ただ》しいほうにつくのじゃ、ドラコ……君《きみ》は殺人者《さつじんしゃ》ではない……」

マルフォイはダンブルドアをじっと見《み》つめた。

「だけど、僕《ぼく》はここまでやりとげたじゃないか」ドラコがゆっくりと言《い》った。「僕《ぼく》が途中《とちゅう》で死《し》ぬだろうと、みんながそう思《おも》っていた。だけど、僕《ぼく》はここにいる……そして校《こう》長《ちょう》は僕《ぼく》の手中《しゅちゅう》にある……杖《つえ》を持《も》っているのは僕《ぼく》だ……あんたは僕《ぼく》のお情《なさ》けで……」

「いや、ドラコ」

ダンブルドアが静《しず》かに言《い》った。

「今大切《いまたいせつ》なのは、君《きみ》の情《なさ》けではなく、わしの情《なさ》けなのじゃ」

マルフォイは無言《むごん》だった。口《くち》を開《あ》け、杖《つえ》を持《も》つ手《て》がまだ震《ふる》えていた。ハリーには、心《こころ》なしかマルフォイの杖《つえ》がわずかに下《さ》がったように見《み》えた――。

しかし、突然《とつぜん》、階段《かいだん》を踏《ふ》み鳴《な》らしてかけ上《あ》がってくる音《おと》がして、次《つぎ》の瞬間《しゅんかん》、マルフォイは、屋《おく》上《じょう》に躍《おど》り出《で》た黒《くろ》いローブの四人《にん》に押《お》しのけられた。身動《みうご》きできず、瞬《まばた》きできない目《め》を見開《みひら》いて、恐怖《きょうふ》にかられながら、ハリーは四人《にん》の侵入者《しんにゅうしゃ》を見《み》つめた。階下《かいか》の戦《たたか》いは、死喰《しく》い人《びと》が勝利《しょうり》したらしい。

ずんぐりした男《おとこ》が、奇妙《きみょう》に引《ひ》きつった薄《うす》ら笑《わら》いを浮《う》かべながら、グゲグッと笑《わら》った。

「ダンブルドアを追《お》い詰《つ》めたぞ！」

男《おとこ》は、妹《いもうと》かと思《おも》われるずんぐりした小柄《こがら》な女《おんな》のほうを振《ふ》り向《む》きながら言《い》った。女《おんな》は勢《いきお》い込《こ》んでニヤニヤ笑《わら》っていた。

「ダンブルドアには杖《つえ》がない。一人《ひとり》だ！　よくやった、ドラコ、よくやった！」

「こんばんは、アミカス」

ダンブルドアはまるで茶会《ちゃかい》に客《きゃく》を迎《むか》えるかのように、落《お》ち着《つ》いて言《い》った。

「それにアレクトもお連《つ》れくださったようじゃな……ようおいでくだされた……」

女《おんな》は怒《おこ》ったように、小《ちい》さく忍《しの》び笑《わら》いをした。

「死《し》の床《とこ》で、冗談《じょうだん》を言《い》えば助《たす》かると思《おも》っているのか？」女《おんな》が嘲《あざけ》った。

「冗談《じょうだん》とな？　いや、いや、礼儀《れいぎ》というものじゃ」ダンブルドアが答《こた》えた。

「殺《や》れ」

ハリーの一番近《いちばんちか》くに立《た》っていた、もつれた灰色《はいいろ》の髪《かみ》の、大柄《おおがら》で手足《てあし》の長《なが》い男《おとこ》が言《い》った。動物《どうぶつ》のような口《くち》ひげが生《は》えている。死喰《しく》い人《びと》の黒《くろ》いローブがきつ過《す》ぎて、着心地《きごこち》が悪《わる》そうだった。ハリーが聞《き》いたこともない種類《しゅるい》の、神経《しんけい》を逆《さか》なでするようなほえ声《ごえ》だ。泥《どろ》と汗《あせ》、それにまちがいなく血《ち》の臭《にお》いがまじった強烈《きょうれつ》な悪臭《あくしゅう》がハリーの鼻《はな》をついた。汚《きたな》らしい両手《りょうて》に長《なが》い黄《き》ばんだ爪《つめ》が伸《の》びている。

「フェンリールじゃな？」ダンブルドアが聞《き》いた。

「そのとおりだ」男《おとこ》がしわがれ声《ごえ》で言《い》った。「会《あ》えてうれしいか、ダンブルドア？」

「いや、そうは言《い》えぬのう……」

フェンリール・グレイバックは、とがった歯《は》を見《み》せてニヤリと笑《わら》った。血《ち》をたらたらとあごに滴《したた》らせ、グレイバックはゆっくりといやらしく唇《くちびる》をなめた。

「しかしダンブルドア、俺《おれ》が子供好《こどもず》きだということを知《し》っているだろうな」

「今《いま》では満月《まんげつ》を待《ま》たずに襲《おそ》っているということかな？　異常《いじょう》なことじゃ……毎月《まいつき》一度《ど》では満足《まんぞく》できぬほど、人肉《じんにく》が好《す》きになったのか？」

「そのとおりだ」グレイバックが言《い》った。「驚《おどろ》いたかね、え？　ダンブルドア？　怖《こわ》いかね？」

「はてさて、多少嫌悪感《たしょうけんおかん》を覚《おぼ》えるのを隠《かく》すことはできまいのう」ダンブルドアが言《い》った。

「それに、たしかに驚《おどろ》いたのう。このドラコが、友人《ゆうじん》の住《す》むこの学校《がっこう》に、よりによって君《きみ》のような者《もの》を招待《しょうたい》するとは……」

「僕《ぼく》じゃない」

マルフォイが消《き》え入《い》るように言《い》った。グレイバックから目《め》を背《そむ》け、ちらりとでも見《み》たくないという様子《ようす》だった。

「こいつが来《く》るとは知《し》らなかったんだ――」

「ダンブルドア、俺《おれ》はホグワーツへの旅行《りょこう》を逃《のが》すようなことはしない」

グレイバックがしわがれ声《ごえ》で言《い》った。

「食《く》い破《やぶ》るのどがいくつも待《ま》っているというのに……うまいぞ、うまいぞ……」

グレイバックは、ダンブルドアに向《む》かってニタニタ笑《わら》いながら、黄色《きいろ》い爪《つめ》で前歯《まえば》の間《あいだ》をほじった。

「おまえをデザートにいただこうか。ダンブルドア」

「だめだ」四人目《にんめ》の死喰《しく》い人《びと》が鋭《するど》く言《い》った。厚《あつ》ぼったい野蛮《やばん》な顔《かお》をした男《おとこ》だ。

「我々《われわれ》は命令《めいれい》を受《う》けている。ドラコがやらねばならない。さあ、ドラコ、急《いそ》げ」

マルフォイはいっそう気《き》がくじけ、おびえた目《め》でダンブルドアの顔《かお》を見《み》つめていた。ダンブルドアはますます青《あお》ざめ、防壁《ぼうへき》に寄《よ》りかかった体《からだ》がさらにずり落《お》ちたせいで、いつもより低《ひく》い位置《いち》に顔《かお》があった。

「俺《おれ》に言《い》わせりゃ、こいつはどうせもう長《なが》い命《いのち》じゃない！」

ゆがんだ顔《かお》の男《おとこ》が言《い》うと、妹《いもうと》がグググッと笑《わら》ってあいづちを打《う》った。

「なんてざまだ――いったいどうしたんだね、ダンビー？」

「ああ、アミカス、抵抗力《ていこうりょく》が弱《よわ》り、反射神経《はんしゃしんけい》が鈍《にぶ》くなってのう」ダンブルドアが言《い》った。

「要《よう》するに、年《とし》じゃよ……そのうち、おそらく、君《きみ》も年《とし》を取《と》る……君《きみ》が幸運《こううん》ならばじゃが……」

「何《なに》が言《い》いたいんだ？　え？　何《なに》が言《い》いたいんだ？」男《おとこ》は急《きゅう》に乱暴《らんぼう》になった。

「相変《あいか》わらずだな、え？　ダンビー。口《くち》ばかりで何《なに》もしない。何《なん》にも。闇《やみ》の帝王《ていおう》が、なぜわざわざおまえを殺《ころ》そうとするのか、わからん！　さあ、ドラコ、やれ！」

しかしその時《とき》、またしても下《した》から、気《き》ぜわしく動《うご》く音《おと》、大声《おおごえ》で叫《さけ》ぶ声《こえ》が聞《き》こえた。

「連中《れんちゅう》が階段《かいだん》を封鎖《ふうさ》した――レダクト！　粉々《こなごな》！　レダクト！」

ハリーは心《こころ》が躍《おど》った。この四人《にん》が相手《あいて》を全滅《ぜんめつ》させたわけじゃない。戦《たたか》いを抜《ぬ》け出《だ》して塔《とう》の屋《おく》上《じょう》に来《き》ただけだ。そしてどうやら、背後《はいご》に障壁《しょうへき》を作《つく》ってきたらしい――。

「さあ、ドラコ、早《はや》く！」野蛮《やばん》な顔《かお》の男《おとこ》が、怒《おこ》ったように言《い》った。

しかし、マルフォイの手《て》はどうしようもなく震《ふる》え、ねらいさえ定《さだ》められなかった。

「俺《おれ》がやる」

グレイバックが両手《りょうて》を突《つ》き出《だ》し、牙《きば》をむいてうなりながら、ダンブルドアに向《む》かっていった。

「だめだと言《い》ったはずだ！」

野蛮《やばん》な顔《かお》の男《おとこ》が叫《さけ》んだ。閃光《せんこう》が走《はし》り、狼男《おおかみおとこ》が吹《ふ》き飛《と》ばされた。グレイバックは防壁《ぼうへき》に衝突《しょうとつ》し、憤怒《ふんぬ》の形相《ぎょうそう》でよろめいた。ハリーの胸《むね》は激《はげ》しく動悸《どうき》していた。ダンブルドアの呪文《じゅもん》に閉《と》じ込《こ》められてそこにいる自分《じぶん》の気配《けはい》を、そばの誰《だれ》かが聞《き》きつけないはずはないと思《おも》われた——動《うご》けさえしたら、透明《とうめい》マントの下《した》から呪《のろ》いをかけられるのに——。

「ドラコ、殺《や》るんだよ。さもなきゃ、おどき。かわりに誰《だれ》かが——」

女《おんな》がかん高《だか》い声《こえ》で言《い》った。ちょうどその時《とき》、屋上《おくじょう》への扉《とびら》が再《ふたた》びパッと開《ひら》き、スネイプが杖《つえ》を引《ひ》っさげて現《あらわ》れた。暗《くら》い目《め》がすばやくあたりを見回《みまわ》し、防壁《ぼうへき》に力《ちから》なく寄《よ》りかかっているダンブルドアから、怒《いか》り狂《くる》った狼男《おおかみおとこ》をふくむ四人《にん》の死喰《しく》い人《びと》、そしてマルフォイへと、スネイプの目《め》が走《はし》った。

「スネイプ、困《こま》ったことになった」

ずんぐりしたアミカスが、目《め》と杖《つえ》でダンブルドアをしっかりととらえたまま言《い》った。

「この坊主《ぼうず》にはできそうもない――」

その時《とき》、誰《だれ》かほかの声《こえ》が、スネイプの名《な》をひっそりと呼《よ》んだ。

「セブルス……」

その声《こえ》は、今夜《こんや》のさまざまな出来事《できごと》の中《なか》でも、一番《いちばん》ハリーをおびえさせた。初《はじ》めて、ダンブルドアが懇願《こんがん》している。

スネイプは無言《むごん》で進《すす》み出《で》て、荒々《あらあら》しくマルフォイを押《お》しのけた。三人《にん》の死喰《しく》い人《びと》は一言《ひとこと》も言《い》わずに後《うし》ろに下《さ》がった。狼男《おおかみおとこ》でさえおびえたように見《み》えた。

スネイプは一瞬《いっしゅん》、ダンブルドアを見《み》つめた。その非情《ひじょう》な顔《かお》のしわに、嫌悪《けんお》と憎《にく》しみが刻《きざ》まれていた。

「セブルス……頼《たの》む……」

スネイプは杖《つえ》を上《あ》げ、まっすぐにダンブルドアをねらった。

「アバダ　ケダブラ！」

緑《みどり》の閃光《せんこう》がスネイプの杖先《つえさき》からほとばしり、ねらいたがわずダンブルドアの胸《むね》に当《あ》たった。ハリーの恐怖《きょうふ》の叫《さけ》びは、声《こえ》にならなかった。沈黙《ちんもく》し、動《うご》くこともできず、ハリーはダンブルドアが空中《くうちゅう》に吹き飛《ふと》ばされるのを見《み》ているほかなかった。ほんのわずかの間《あいだ》、ダンブルドアは光《ひか》るどくろの下《した》に浮《う》いているように見《み》えた。それから、仰向《あおむ》けにゆっくりと、大《おお》きなやわらかい人形《にんぎょう》のように、ダンブルドアは屋上《おくじょう》の防壁《ぼうへき》のむこう側《がわ》に落《お》ちて、姿《すがた》が見《み》えなくなった。

第《だい》28章《しょう》　プリンスの逃亡《とうぼう》

ハリーは自分《じぶん》も空《くう》を飛《と》んでいるような気《き》がした。ほんとうのことじゃない……ほんとうのことであるはずがない……。

「ここから出《で》るのだ。早《はや》く」スネイプが言《い》った。

スネイプはマルフォイのえり首《くび》をつかみ、真《ま》っ先《さき》に扉《とびら》から押《お》し出《だ》した。グレイバックと、ずんぐりした兄妹《きょうだい》がそのあとに続《つづ》いた。二人《ふたり》とも興奮《こうふん》に息《いき》をはずませている。三人《にん》がいなくなったとき、ハリーはもう体《からだ》が動《うご》かせることに気《き》づいた。まひしたまま防壁《ぼうへき》に寄《よ》りかかっているのは、魔《ま》法《ほう》のせいではなく、恐怖《きょうふ》とショックのせいだった。残忍《ざんにん》な顔《かお》の死喰《しく》い人《びと》が、最後《さいご》に塔《とう》の屋上《おくじょう》から扉《とびら》の向《む》こうに消《き》えようとした瞬間《しゅんかん》、ハリーは透明《とうめい》マントをかなぐり捨《す》てた。

「ペトリフィカス　トタルス！　石《いし》になれ！」

四人目《にんめ》の死喰《しく》い人《びと》はろう人形《にんぎょう》のように硬直《こうちょく》し、背中《せなか》を硬《かた》いもので打《う》たれたかのように、ばったりと倒《たお》れた。その体《からだ》が倒《たお》れるか倒《たお》れないうちに、ハリーはもう、その死喰《しく》い人《びと》を乗《の》り越《こ》え、暗《くら》い階段《かいだん》をかけ下《お》りていた。

恐怖《きょうふ》がハリーの心臓《しんぞう》を引《ひ》き裂《さ》いた……ダンブルドアの所《ところ》へ行《い》かなければならないし、スネイプを捕《と》らえなければならない……二つのことがなぜか関連《かんれん》していた……二人《ふたり》を一緒《いっしょ》にすれば、起《お》こってしまった出来事《できごと》をくつがえせるかもしれない……ダンブルドアが死《し》ぬはずはない……。

ハリーはらせん階段《かいだん》の最後《さいご》の十段《だん》を一飛《ひと》びに飛《と》び降《お》り、杖《つえ》をかまえてその場《ば》に立《た》ち止《ど》まった。薄暗《うすぐら》い廊下《ろうか》はもうもうとほこりが立《た》っていた。天井《てんじょう》の半分《はんぶん》は落《お》ち、ハリーの目《め》の前《まえ》で戦《たたか》いがくり広《ひろ》げられていた。しかし、誰《だれ》が誰《だれ》と戦《たたか》っているのかを見極《みきわ》めようとしたその時《とき》、あの憎《にく》むべき声《こえ》が叫《さけ》んだ。

「終《お》わった。行《い》くぞ！」

スネイプの姿《すがた》が廊下《ろうか》の向《む》こう端《はし》から、角《かど》を曲《ま》がって消《き》えようとしていた。スネイプとマルフォイは、無傷《むきず》のままで戦《たたか》いからの活路《かつろ》を見出《みいだ》したらしい。ハリーがそのあとを追《お》いかけて突進《とっしん》したとき、誰《だれ》かが乱闘《らんとう》から離《はな》れてハリーに飛《と》びかかった。狼男《おおかみおとこ》のグレイバックだった。ハリーが杖《つえ》を掲《かか》げる間《ま》もなく、グレイバックがのしかかってきた。ハリーは仰向《あおむ》けに倒《たお》れた。汚《きたな》らしいもつれた髪《かみ》がハリーの顔《かお》にかかり、汗《あせ》と血《ち》の悪臭《あくしゅう》が鼻《はな》とのどを詰《つ》まらせ、血《ち》に飢《う》えた熱《あつ》い息《いき》がハリーののど元《もと》に——。

「ペトリフィカス　トタルス！　石《いし》になれ！」

ハリーは、グレイバックが自分《じぶん》の体《からだ》の上《うえ》に倒《たお》れ込《こ》むのを感《かん》じた。満身《まんしん》の力《ちから》でハリーは狼男《おおかみおとこ》を押《お》しのけ、床《ゆか》に転《ころ》がした。その時《とき》、緑《みどり》の閃光《せんこう》がハリーめがけて飛《と》んできた。ハリーはそれをかわして、乱闘《らんとう》の中《なか》に頭《あたま》から突《つ》っ込《こ》んでいった。床《ゆか》に転《ころ》がっていた何《なに》かグニャリとしたすべりやすいものに、ハリーは足《あし》を取《と》られて倒《たお》れた。二つの死体《したい》が血《ち》の海《うみ》にうつ伏《ぶ》せになっている。しかし、調《しら》べているひまはない。今度《こんど》は目《め》の前《まえ》で炎《ほのお》のように舞《ま》っている赤毛《あかげ》が目《め》に入《はい》った。ジニーが、ずんぐりした死喰《しく》い人《びと》のアミカスとの戦《たたか》いに巻《ま》き込《こ》まれている。アミカスが次々《つぎつぎ》と投《な》げつける呪詛《じゅそ》を、ジニーがかわしていた。アミカスはグッグッと笑《わら》いながら、スポーツでも楽《たの》しむようにからかっていた。

「クルーシオ！　苦《くる》しめ！　――いつまでも踊《おど》っちゃいられないよ、お嬢《じょう》ちゃん――」

「インペディメンタ！　妨害《ぼうがい》せよ！」ハリーが叫《さけ》んだ。

呪《のろ》いはアミカスの胸《むね》に当《あ》たった。キーッと豚《ぶた》のような悲鳴《ひめい》を上《あ》げて吹《ふ》っ飛《と》んだアミカスは、反《はん》対側《たいがわ》の壁《かべ》に激突《げきとつ》して壁伝《かべづた》いにずるずるとずり落《お》ち、ロン、マクゴナガル先生《せんせい》、ルーピンの背後《はいご》に姿《すがた》を消《け》した。三人《にん》も、それぞれ死喰《しく》い人《びと》との一騎《いっき》打《う》ちの最中《さいちゅう》だ。その向《む》こうで、トンクスが巨大《きょだい》なブロンドの魔法使《まほうつか》いと戦《たたか》っているのが見《み》えた。その男《おとこ》の、所《ところ》かまわず飛《と》ばす呪文《じゅもん》が、周《まわ》りの壁《かべ》にはね返《かえ》って石《いし》を砕《くだ》き、近《ちか》くの窓《まど》を粉々《こなごな》にしている――。

「ハリー、どこから出《で》てきたの？」

ジニーが叫《さけ》んだが、それに答《こた》えている間《ま》はなかった。ハリーは頭《あたま》を低《ひく》くし、先《さき》を急《いそ》いで走《はし》った。頭上《ずじょう》で何《なに》かが炸裂《さくれつ》するのを、ハリーは危《あや》うくかわしたが、壊《こわ》れた壁《かべ》があたり一面《いちめん》に降《ふ》り注《そそ》いだ。スネイプを逃《に》がすわけにはいかない。スネイプに追《お》いつかなければならない――。

「これでもか！」マクゴナガル先生《せんせい》が叫《さけ》んだ。

ハリーがちらと目《め》をやると、死喰《しく》い人《びと》のアレクトが両腕《りょううで》で頭《あたま》を覆《おお》いながら、廊下《ろうか》を走《はし》り去《さ》るところだった。兄《あに》の死喰《しく》い人《びと》がそのすぐあとを走《はし》っている。ハリーは二人《ふたり》を追《お》いかけようとした。ところが、何《なに》かにつまずき、次《つぎ》の瞬間《しゅんかん》、ハリーは誰《だれ》かの足《あし》の上《うえ》に倒《たお》れていた。見回《みまわ》すと、ネビルの丸顔《まるがお》が、蒼白《そうはく》になって床《ゆか》に張《は》りついているのが目《め》に入《はい》った。

「ネビル、大丈《だいじょう》――？」

「だいじょぶ」ネビルは、腹《はら》を押《お》さえながらつぶやくように言《い》った。

「ハリー……スネイプとマルフォイが……走《はし》っていった……」

「わかってる。任《まか》せておけ！」

ハリーは、倒《たお》れた姿勢《しせい》のままで、一番派手《いちばんはで》に暴《あば》れまわっている巨大《きょだい》なブロンドの死喰《しく》い人《びと》めがけて呪詛《じゅそ》をかけた。呪《のろ》いが顔《かお》に命中《めいちゅう》して、男《おとこ》は苦痛《くつう》のほえ声《ごえ》を上《あ》げ、よろめきながらくるりと向《む》きを変《か》えて、兄妹《きょうだい》のあとからドタバタと逃《に》げ出《だ》した。

ハリーは急《いそ》いで立《た》ち上《あ》がり、背後《はいご》の乱闘《らんとう》の音《おと》を無視《むし》して廊下《ろうか》を疾走《しっそう》した。戻《もど》れと叫《さけ》ぶ声《こえ》にも耳《みみ》をかさず、床《ゆか》に倒《たお》れたまま生死《せいし》もわからない人々《ひとびと》の無言《むごん》の呼《よ》びかけにも応《こた》えず……。

曲《ま》がり角《かど》でスニーカーが血《ち》ですべり、ハリーは横《よこ》すべりした。スネイプはとっくの昔《むかし》にここを曲《ま》がった――すでに「必要《ひつよう》の部屋《へや》」のキャビネット棚《だな》に入《はい》ってしまったということもありうるだろうか？　それとも「騎士団《きしだん》」が棚《たな》を確保《かくほ》する措置《そち》を取《と》って、死喰《しく》い人《びと》の退路《たいろ》を断《た》っただろうか？

聞《き》こえる音《おと》といえば、曲《ま》がり角《かど》から先《さき》の、人気《ひとけ》のない廊下《ろうか》を走《はし》る自分《じぶん》の足音《あしおと》と、ドキドキという心臓《しんぞう》の鼓動《こどう》だけだ。その時《とき》、血染《ちぞ》めの足跡《あしあと》を見《み》つけた。少《すく》なくとも逃走中《とうそうちゅう》の死喰《しく》い人《びと》の一人《ひとり》は、正面玄関《しょうめんげんかん》に向《む》かったのだ――「必要《ひつよう》の部屋《へや》」はほんとうに閉鎖《へいさ》されたのかもしれない――。

次《つぎ》の角《かど》をまた横《よこ》すべりしながら曲《ま》がったとき、呪《のろ》いがハリーのかたわらをかすめて飛《と》んできた。鎧《よろい》の陰《かげ》に飛《と》び込《こ》むと、鎧《よろい》が爆発《ばくはつ》した。兄妹《きょうだい》の死喰《しく》い人《びと》が、行《ゆ》く手《て》の大理石《だいりせき》の階段《かいだん》をかけ下《お》りていくのが見《み》え、ハリーは二人《ふたり》をねらって呪《のろ》いをかけたが、踊《おど》り場《ば》にかかった絵《え》に描《えが》かれている、かずらをつけた魔女《まじょ》の何人《なんにん》かに当《あ》たっただけだった。肖像画《しょうぞうが》の主《ぬし》たちは、悲鳴《ひめい》を上《あ》げて隣《となり》の絵《え》に逃《に》げ込《こ》んだ。壊《こわ》れた鎧《よろい》を乗《の》り越《こ》えて飛《と》び出《だ》したとき、ハリーはまたしても叫《さけ》び声《ごえ》や悲鳴《ひめい》を聞《き》いた。城《しろ》の中《なか》のほかの人々《ひとびと》が目《め》を覚《さ》ましたらしい……。

兄妹《きょうだい》に追《お》いつきたい、スネイプとマルフォイを追《お》い詰《つ》めたいと、ハリーは近道《ちかみち》の一つへと急《いそ》いだ。スネイプたちはまちがいなくもう、校庭《こうてい》に出《で》てしまったはずだ。隠《かく》れた階段《かいだん》の真《ま》ん中《なか》あたりにある、消《き》える一段《いちだん》を忘《わす》れずに飛《と》び越《こ》し、ハリーは階段《かいだん》の一番下《いちばんした》にあるタペストリーをくぐって外《そと》の廊下《ろうか》に飛《と》び出《だ》した。そこには、とまどい顔《がお》のハッフルパフ生《せい》が大勢《おおぜい》、パジャマ姿《すがた》で立《た》っていた。

「ハリー、音《おと》が聞《き》こえたんだ。誰《だれ》かが『闇《やみ》の印《しるし》』のことを言《い》ってた——」

アーニー・マクミランが話《はな》しかけてきた。

「どいてくれ！」

ハリーは叫《さけ》びながら男《おとこ》の子《こ》を二人《ふたり》突《つ》き飛《と》ばして、大理石《だいりせき》の階段《かいだん》の踊《おど》り場《ば》に向《む》かって疾走《しっそう》し、そこからまた階段《かいだん》をかけ下《お》りた。樫《かし》の正面扉《しょうめんとびら》は吹《ふ》き飛《と》ばされて開《ひら》いていた。敷石《しきいし》には血痕《けっこん》が見《み》える。おびえた生徒《せいと》たちが数人《すうにん》、壁《かべ》を背《せ》に身《み》を寄《よ》せ合《あ》って立《た》ち、その中《なか》の一人《ひとり》、二人《ふたり》は両腕《りょううで》で顔《かお》を覆《おお》って、かがみ込《こ》んだままだった。巨大《きょだい》なグリフィンドールの砂時計《すなどけい》が呪《のろ》いで打《う》ち砕《くだ》かれ、中《なか》のルビーがゴロゴロと大《おお》きな音《おと》を立《た》てながら、敷石《しきいし》の上《うえ》を転《ころ》がっている……。

ハリーは、玄関《げんかん》ホールを飛《と》ぶように横切《よこぎ》り、暗《くら》い校庭《こうてい》に出《で》た。三つの影《かげ》が芝生《しばふ》を横切《よこぎ》って校門《こうもん》に向《む》かうのを、ハリーはようやっと見分《みわ》けることができた。校門《こうもん》から出《で》れば、「姿《すがた》くらまし」ができる——影《かげ》から判断《はんだん》して、巨大《きょだい》なブロンドの死喰《しく》い人《びと》と、それより少《すこ》し先《さき》に、スネイプとマルフォイだ……。

三人《にん》を追《お》って矢《や》のように走《はし》るハリーの肺《はい》を、冷《つめ》たい夜気《やき》が切《き》り裂《さ》いた。遠《とお》くでパッとひらめいた光《ひかり》が、ハリーの追《お》う姿《すがた》のりんかくを一瞬《いっしゅん》浮《う》かび上《あ》がらせた。何《なん》の光《ひかり》か、ハリーにはわからなかったが、かまわず走《はし》り続《つづ》けた。まだ呪《のろ》いでねらいを定《さだ》める距離《きょり》にまで近《ちか》づいていない。

もう一度《いちど》閃光《せんこう》が走《はし》り、叫《さけ》び声《ごえ》と光《ひかり》の応酬《おうしゅう》——そしてハリーは事態《じたい》をのみ込《こ》んだ。ハグリッドが小屋《こや》から現《あらわ》れ、死喰《しく》い人《びと》たちの逃亡《とうぼう》を阻止《そし》しようとしていたのだ。息《いき》をするたびに胸《むね》が裂《さ》け、みずおちは燃《も》えるように熱《あつ》かったが、ハリーはますます速《はや》く走《はし》った。頭《あたま》の中《なか》で勝手《かって》に声《こえ》がした……ハグリッドまでも……ハグリッドだけはどうか……。

何《なに》かが背後《はいご》からハリーの腰《こし》を強打《きょうだ》した。ハリーは前《まえ》のめりに倒《たお》れ、顔《かお》を打《う》って鼻血《はなぢ》が流《なが》れ出《だ》した。杖《つえ》をかまえて転《ころ》がりながら、相手《あいて》が誰《だれ》なのかはもうわかっていた。ハリーが近道《ちかみち》を使《つか》っていったん追《お》い越《こ》した兄妹《きょうだい》が、後《うし》ろから迫《せま》ってきたのだ……。

「インペディメンタ！　妨害《ぼうがい》せよ！」

もう一度転《いちどころ》がり、暗《くら》い地面《じめん》に伏《ふ》せながら、ハリーは叫《さけ》んだ。呪文《じゅもん》が奇跡的《きせきてき》に一人《ひとり》に命中《めいちゅう》し、相《あい》手《て》がよろめいて倒《たお》れ、もう一人《ひとり》をつまずかせた。ハリーは急《いそ》いで立《た》ち上《あ》がり、かけだした。スネイプを追《お》って……。

雲《くも》の切《き》れ目《め》から突然現《とつぜんあらわ》れた三日月《みかづき》に照《て》らされ、今度《こんど》はハグリッドの巨大《きょだい》なりんかくが見《み》えた。ブロンドの死喰《しく》い人《びと》が、森番《もりばん》めがけて矢継《やつ》ぎ早《ばや》に呪《のろ》いをかけていたが、ハグリッドの並《なみ》はずれた力《ちから》と、巨人《きょじん》の母親《ははおや》から受《う》け継《つ》いだ堅固《けんご》な皮膚《ひふ》とが、ハグリッドを護《まも》っているようだった。しかし、スネイプとマルフォイは、まだ走《はし》り続《つづ》けていた。もうすぐ校門《こうもん》の外《そと》に出《で》てしまう。そして「姿《すがた》くらまし」ができる――。

ハリーは、ハグリッドとその対戦相手《たいせんあいて》の脇《わき》を猛烈《もうれつ》な勢《いきお》いでかけ抜《ぬ》け、スネイプの背中《せなか》をねらって叫《さけ》んだ。

「ステューピファイ！　まひせよ！」

はずれた。赤《あか》い閃光《せんこう》はスネイプの頭上《ずじょう》を通《とお》り過《す》ぎた。スネイプが叫《さけ》んだ。

「ドラコ、走《はし》るんだ！」

そしてスネイプが振《ふ》り向《む》いた。二十メートルの間《あいだ》を挟《はさ》み、スネイプとハリーはにらみ合《あ》い、同《どう》時《じ》に杖《つえ》をかまえた。

「クルーシ――」

しかしスネイプは呪《のろ》いをかわし、ハリーは、呪詛《じゅそ》を言《い》い終《お》えないうちに仰向《あおむ》けに吹《ふ》き飛《と》ばされた。一回転《いっかいてん》して立《た》ち上《あ》がったその時《とき》、巨大《きょだい》な死喰《しく》い人《びと》が背後《はいご》で叫《さけ》んだ。

「インセンディオ！　燃《も》えよ！」

バーンという爆発音《ばくはつおん》がハリーの耳《みみ》に聞《き》こえ、あたり一面《いちめん》にオレンジ色《いろ》の光《ひかり》が踊《おど》った。ハグリッドの小屋《こや》が燃《も》えていた。

「ファングが中《なか》にいるんだぞ。この悪党《あくとう》め――！」ハグリッドが大声《おおごえ》で叫《さけ》んだ。

「クルーシ――」

踊《おど》る炎《ほのお》に照《て》らされた目《め》の前《まえ》の姿《すがた》に向《む》かって、ハリーは再《ふたた》び叫《さけ》んだ。しかしスネイプは、またしても呪文《じゅもん》を阻止《そし》した。薄《うす》ら笑《わら》いを浮《う》かべているのが見《み》えた。

「ポッター、おまえには『許《ゆる》されざる呪文《じゅもん》』はできん！」

炎《ほのお》が燃《も》え上《あ》がる音《おと》、ハグリッドの叫《さけ》ぶ声《こえ》、閉《と》じ込《こ》められたファングがキャンキャンと激《はげ》しくほえる声《こえ》を背後《はいご》に、スネイプが叫《さけ》んだ。

「おまえにはそんな度胸《どきょう》はない。というより能力《のうりょく》が――」

「インカーセ――」

ハリーは、ほえるように唱《とな》えた。しかしスネイプは、わずらわしげに、わずかに腕《うで》を動《うご》かしただけで、呪文《じゅもん》を軽《かる》くいなした。

「戦《たたか》え！」ハリーが叫《さけ》んだ。「戦《たたか》え、臆病者《おくびょうもの》――」

「臆病者《おくびょうもの》？　ポッター、我輩《わがはい》をそう呼《よ》んだか？」スネイプが叫《さけ》んだ。

「おまえの父親《ちちおや》は、四対《たい》一でなければ、けっして我輩《わがはい》を攻撃《こうげき》しなかったものだ。そういう父親《ちちおや》を、いったいどう呼《よ》ぶのかね？」

「ステューピ――」

「また防《ふせ》がれたな。ポッター、おまえが口《くち》を閉《と》じ、心《こころ》を閉《と》じることを学《まな》ばぬうちは、何度《なんど》やっても同《おな》じことだ」

スネイプはまたしても呪文《じゅもん》をそらせながら、冷笑《れいしょう》した。

「さあ、行《い》くぞ！」

スネイプはハリーの背後《はいご》にいる巨大《きょだい》な死喰《しく》い人《びと》に向《む》かって叫《さけ》んだ。

「もう行《い》く時間《じかん》だ。魔法省《まほうしょう》が現《あらわ》れぬうちに――」

「インペディ――」

しかし、呪文《じゅもん》を唱《とな》え終《お》わらないうちに、死《し》ぬほどの痛《いた》みがハリーを襲《おそ》った。ハリーはがっくりと芝生《しばふ》にひざをついた。誰《だれ》かが叫《さけ》んでいる。僕《ぼく》はこの苦《くる》しみできっと死《し》ぬ。スネイプが僕《ぼく》を、死《し》ぬまで、そうでなければ気《き》が狂《くる》うまで拷問《ごうもん》するつもりなんだ――。

「やめろ！」

スネイプのほえるような声《こえ》がして、痛《いた》みは、始《はじ》まったときと同《おな》じように突然消《とつぜんき》えた。ハリーは杖《つえ》を握《にぎ》りしめ、あえぎながら、暗《くら》い芝生《しばふ》に丸《まる》くなって倒《たお》れていた。どこか上《うえ》のほうでスネイプが叫《さけ》んでいた。

「命令《めいれい》を忘《わす》れたのか？　ポッターは、闇《やみ》の帝王《ていおう》のものだ――手出《てだ》しをするな！　行《い》け！　行《い》くんだ！」

兄妹《きょうだい》と巨大《きょだい》な死喰《しく》い人《びと》が、その言葉《ことば》に従《したが》って校門《こうもん》めがけて走《はし》りだし、地面《じめん》が振動《しんどう》するのをハリーは顔《かお》の下《した》に感《かん》じた。怒《いか》りのあまり、ハリーは言葉《ことば》にならない言葉《ことば》をわめいた。その瞬間《しゅんかん》、ハリーは、自分《じぶん》が生《い》きようが死《し》のうがどうでもよかった。やっとの思《おも》いで立《た》ち上《あ》がり、よろめきながら、ハリーはひたすらスネイプに近《ちか》づいていった。今《いま》やヴォルデモートと同《おな》じぐらい激《はげ》しく憎《にく》むその男《おとこ》に――。

「セクタム――」

スネイプは軽《かる》く杖《つえ》を振《ふ》り、またしても呪《のろ》いをかわした。しかし、今《いま》やほんの二、三メートルの距離《きょり》まで近《ちか》づいていたハリーは、ついにスネイプの顔《かお》をはっきりと見《み》た。赤々《あかあか》と燃《も》える炎《ほのお》が照《て》らし出《だ》したその顔《かお》には、もはや冷笑《れいしょう》も嘲笑《ちょうしょう》もなく、怒《いか》りだけが見《み》えた。あらんかぎりの力《ちから》で、ハリーは念力《ねんりき》を集中《しゅうちゅう》させた。

「レビ――」

「やめろ、ポッター！」スネイプが叫《さけ》んだ。

バーンと大《おお》きな音《おと》がして、ハリーはのけぞって吹《ふ》っ飛《と》び、またしても地面《じめん》にたたきつけられた。今度《こんど》は杖《つえ》が手《て》を離《はな》れて飛《と》んでいった。スネイプが近《ちか》づいてきて、ダンブルドアと同《おな》じように杖《つえ》もなく丸腰《まるごし》で横《よこ》たわっているハリーを見下《みお》ろした。ハグリッドの叫《さけ》び声《ごえ》とファングのほえ声《ごえ》が聞《き》こえた。燃《も》え上《あ》がる小屋《こや》の明《あ》かりに照《て》らされた、青白《あおじろ》いスネイプの顔《かお》は、ダンブルドアに呪《のろ》いをかける直前《ちょくぜん》と同《おな》じく、憎《にく》しみに満《み》ち満《み》ちていた。

「我輩《わがはい》の呪文《じゅもん》を本人《ほんにん》に対《たい》してかけるとは、ポッター、どういう神経《しんけい》だ？　そういう呪文《じゅもん》の数々《かずかず》を考《かんが》え出《だ》したのは、この我輩《わがはい》だ――**我輩《わがはい》こそ『半純血《はんじゅんけつ》のプリンス』だ！**　我輩《わがはい》の発明《はつめい》したものを、汚《けが》らわしいおまえの父親《ちちおや》と同《おな》じに、この我輩《わがはい》に向《む》けようというのか？　そんなことはさせん……**許《ゆる》さん！**」

ハリーは自分《じぶん》の杖《つえ》に飛《と》びついたが、スネイプの発《はっ》した呪《のろ》いで、杖《つえ》は数《すう》メートル吹《ふ》っ飛《と》んで、暗《くら》闇《やみ》の中《なか》に見《み》えなくなった。

「それなら殺《ころ》せ！」

ハリーがあえぎながら言《い》った。恐《おそ》れはまったくなく、スネイプへの怒《いか》りと侮蔑《ぶべつ》しか感《かん》じなかった。

「先生《せんせい》を殺《ころ》したように、僕《ぼく》も殺《ころ》せ、この臆病《おくびょう》――」

「我輩《わがはい》を――」

スネイプが叫《さけ》んだ。その顔《かお》が突然《とつぜん》、異常《いじょう》で非人間的《ひにんげんてき》な形相《ぎょうそう》になった。あたかも、背後《はいご》で燃《も》え盛《さか》る小屋《こや》に閉《と》じ込《こ》められて、キャンキャンほえている犬《いぬ》と同《おな》じ苦《くる》しみを味《あじ》わっているような顔《かお》だった。

「――臆病者《おくびょうもの》と呼《よ》ぶな！」

スネイプが空《くう》を切《き》った。ハリーは顔面《がんめん》を白熱《はくねつ》した鞭《むち》のようなもので打《う》たれるように感《かん》じ、仰向《あおむ》けに地面《じめん》にたたきつけられた。目《め》の前《まえ》にチカチカ星《ほし》が飛《と》び、一瞬《いっしゅん》、体中《からだじゅう》から息《いき》が抜《ぬ》けていくような気《き》がした。その時《とき》、上《うえ》のほうで羽音《はおと》がした。何《なに》か巨大《きょだい》なものが星空《ほしぞら》を覆《おお》った。バックビークがスネイプに襲《おそ》いかかっていた。かみそりのように鋭《するど》い爪《つめ》に飛《と》びかかられ、スネイプはのけぞってよろめいた。今《いま》しがた地面《じめん》にたたきつけられたときの衝撃《しょうげき》でくらくらしながら、ハリーが上半身《じょうはんしん》を起《お》こしたとき、スネイプが必死《ひっし》で走《はし》っていくのを見《み》た。バックビークが、巨大《きょだい》な翼《つばさ》を羽《は》ばたかせてかん高《だか》い鳴《な》き声《ごえ》を上《あ》げながら、そのあとを追《お》っていた。ハリーがこれまでに聞《き》いたことがないようなバックビークの鳴《な》き声《ごえ》だった――。

ハリーはやっとのことで立《た》ち上《あ》がり、ふらふらしながら杖《つえ》を探《さが》した。追跡《ついせき》を続《つづ》けたいとは思《おも》ったが、指《ゆび》で芝生《しばふ》を探《さぐ》り小枝《こえだ》を投《な》げ捨《す》てながら、ハリーにはもう遅過《おそす》ぎるとわかっていた。思《おも》ったとおり、杖《つえ》を見《み》つけ出《だ》して振《ふ》り返《かえ》ったときには、ヒッポグリフが校門《こうもん》の上《うえ》で輪《わ》を描《えが》いて飛《と》んでいる姿《すがた》が見《み》えただけだった。スネイプはすでに境界線《きょうかいせん》のすぐ外《そと》で「姿《すがた》くらまし」しおおせていた。

「ハグリッド」

まだぼうっとした頭《あたま》で、ハリーはあたりを見回《みまわ》しながらつぶやいた。

「ハグリッド？」

もつれる足《あし》で燃《も》える小屋《こや》のほうに歩《ある》いていくと、背中《せなか》にファングを背負《せお》った巨大《きょだい》な姿《すがた》が、炎《ほのお》の中《なか》からぬっと現《あらわ》れた。安堵《あんど》の声《こえ》を上《あ》げながら、ハリーはがっくりとひざを折《お》った。手足《てあし》はガクガク震《ふる》え、体中《からだじゅう》が痛《いた》んで、荒《あら》い息《いき》をするたびに痛《いた》みが走《はし》った。

「大丈夫《だいじょうぶ》か、ハリー？　だいじょぶか？　何《なに》かしゃべってくれ、ハリー……」

ハグリッドのでかいひげ面《づら》が、星空《ほしぞら》を覆《おお》い隠《かく》して、ハリーの顔《かお》の上《うえ》で揺《ゆ》れていた。木材《もくざい》と犬《いぬ》の毛《け》の焼《や》け焦《こ》げた臭《にお》いがした。ハリーは手《て》を伸《の》ばし、そばで震《ふる》えているファングの生《い》きた温《あたた》かみを感《かん》じて安心《あんしん》した。

「僕《ぼく》は大丈夫《だいじょうぶ》だ」ハリーがあえいだ。「ハグリッドは？」

「ああ、俺《おれ》はもちろんだ……あんなこっちゃ、やられはしねえ」

ハグリッドは、ハリーのわきの下《した》に手《て》を入《い》れて、ぐいと持《も》ち上《あ》げた。ハリーの足《あし》が一瞬《いっしゅん》、地面《じめん》を離《はな》れるほどの怪力《かいりき》で抱《だ》き上《あ》げてから、ハグリッドはハリーをまたまっすぐに立《た》たせてくれた。ハグリッドの片目《かため》の下《した》に深《ふか》い切《き》り傷《きず》があり、それがどんどん腫《は》れ上《あ》がって血《ち》が滴《したた》っているのが見《み》えた。

「小屋《こや》の火《ひ》を消《け》そう」ハリーが言《い》った。「呪文《じゅもん》は、アグアメンティ、水《みず》よ……」

「そんなようなもんだったな」

ハグリッドがもそもそ言《い》った。そしてくすぶっているピンクの花柄《はながら》の傘《かさ》をかまえて唱《とな》えた。

「アグアメンティ！　水《みず》よ！」

傘《かさ》の先《さき》から水《みず》がほとばしり出《で》た。ハリーも杖《つえ》を上《あ》げたが、腕《うで》は鉛《なまり》のように重《おも》かった。ハリーも「アグアメンティ」と唱《とな》えた。ハリーとハグリッドは一緒《いっしょ》に小屋《こや》に放水《ほうすい》し、やっと火《ひ》を消《け》した。

「たいしたこたあねえ」

数分後《すうふんご》、焼《や》け落《お》ちて煙《けむり》を上《あ》げている小屋《こや》を眺《なが》めながら、ハグリッドが楽観的《らっかんてき》に言《い》った。

「この程度《ていど》ならダンブルドアが直《なお》せる……」

その名《な》を聞《き》いたとたん、ハリーは胃《い》に焼《や》けるような痛《いた》みを感《かん》じた。沈黙《ちんもく》と静寂《せいじゃく》の中《なか》で、恐怖《きょうふ》が込《こ》み上《あ》げてきた。

「ハグリッド……」

「ボウトラックルを二匹《ひき》、肢《あし》を縛《しば》っちょるときに、連中《れんちゅう》がやってくるのが聞《き》こえたんだ」

ハグリッドは焼《や》け落《お》ちた小屋《こや》を眺《なが》めながら、悲《かな》しそうに言《い》った。

「あいつら、焼《や》けて小枝《こえだ》と一緒《いっしょ》くたになっちまったにちげえねえ。かわいそうになあ……」

「ハグリッド……」

「しかし、ハリー、何《なに》があったんだ？　俺《おれ》は、死喰《しく》い人《びと》が城《しろ》から走《はし》り出《だ》してくるのを見《み》ただけだ。だけんど、いってぇスネイプは、あいつらと一緒《いっしょ》に何《なに》をしてたんだ？　スネイプはどこに行《い》っちまった――？　連中《れんちゅう》を追《お》っかけていったのか？」

「スネイプは……」ハリーは咳払《せきばら》いした。パニックと煙《けむり》で、のどがからからだった。

「ハグリッド、スネイプが殺《ころ》した……」

「殺《ころ》した？」

ハグリッドが大声《おおごえ》を出《だ》して、ハリーをのぞき込《こ》んだ。

「スネイプが殺《ころ》した？　ハリー、おまえさん、何《なに》を言《い》っちょる？」

「ダンブルドアを」ハリーが言《い》った。「スネイプが殺《ころ》した……ダンブルドアを」

ハグリッドはただハリーを見《み》ていた。わずかに見《み》えている顔《かお》の部分《ぶぶん》が、飲《の》み込《こ》めずにポカンとしていた。

「ハリー、ダンブルドアがどうしたと？」

「死《し》んだんだ。スネイプが殺《ころ》した……」

「何《なに》を言《い》っちょる」ハグリッドが声《こえ》を荒《あら》らげた。

「スネイプがダンブルドアを殺《ころ》した――バカな、ハリー。なんでそんなことを言《い》うんだ？」

「この目《め》で見《み》た」

「まさか」

「ハグリッド、僕《ぼく》、見《み》たんだ」

ハグリッドが首《くび》を振《ふ》った。信《しん》じていない。かわいそうにという表情《ひょうじょう》だった。ハリーは頭《あたま》を打《う》って混乱《こんらん》しちょる、もしかしたら呪文《じゅもん》の影響《えいきょう》が残《のこ》っているのかもしれねえ……ハグリッドがそう考《かんが》えているのが、ハリーにはわかった。

「つまり、こういうこった。ダンブルドアがスネイプに、死喰《しく》い人《びと》と一緒《いっしょ》に行《い》けと命《めい》じなさったにちげぇねえ」

ハグリッドが自信《じしん》たっぷりに言《い》った。

「スネイプがバレねぇようにしねえといかんからな。さあ、学校《がっこう》まで送《おく》っていこう。ハリー、おいで……」

ハリーは反論《はんろん》も説明《せつめい》もしなかった。まだ、どうしようもなく震《ふる》えていた。ハグリッドにはすぐわかるだろう。あまりにもすぐに……。城《しろ》に向《む》かって歩《ある》いていくと、今《いま》はもう多《おお》くの窓《まど》に灯《あか》りがついているのが見《み》えた。ハリーには城内《じょうない》の様子《ようす》がはっきり想像《そうぞう》できた。部屋《へや》から部屋《へや》へと人《ひと》が行《い》き交《か》い、話《はなし》をしているだろう。死喰《しく》い人《びと》が侵入《しんにゅう》した、闇《やみ》の印《しるし》がホグワーツの上《うえ》に輝《かがや》いている、誰《だれ》かが殺《ころ》されたにちがいない……。

行《ゆ》く手《て》に正面玄関《しょうめんげんかん》の樫《かし》の扉《とびら》が開《ひら》かれ、馬車道《ばしゃみち》と芝生《しばふ》に灯《あか》りがあふれ出《だ》していた。ゆっくり、恐《おそ》る恐《おそ》る、ガウン姿《すがた》の人々《ひとびと》が階段《かいだん》を下《お》りてきて、夜《よる》の闇《やみ》へと逃亡《とうぼう》した死喰《しく》い人《びと》がまだそのへんにいるのではないかと、こわごわあたりを見回《みまわ》していた。しかしハリーの目《め》は、一番高《いちばんたか》い塔《とう》の下《した》の地面《じめん》にくぎづけになっていた。その芝生《しばふ》に横《よこ》たわっている、黒《くろ》く丸《まる》まった姿《すがた》が見《み》えるような気《き》がしたが、現実《げんじつ》には遠過《とおす》ぎて、見《み》えるはずがなかった。ダンブルドアのなきがらが横《よこ》たわっているはずの場所《ばしょ》を、ハリーが声《こえ》もなく見《み》つめているその間《あいだ》にも、人々《ひとびと》はそのほうに向《む》かって動《うご》いていた。

「みんな、何《なに》を見《み》ちょるんだ？」

ぴったりあとについているファングを従《したが》えて、城《しろ》の玄関《げんかん》に近《ちか》づいたハグリッドが言《い》った。

「芝生《しばふ》に横《よこ》たわっているのは、ありゃ、なんだ？」

ハグリッドは鋭《するど》くそう言《い》うなり、今度《こんど》は人《ひと》だかりがしている天文台《てんもんだい》の塔《とう》の下《した》に向《む》かって歩《ある》きだした。

「ハリー、見《み》えるか？　塔《とう》の真下《ました》だが？　闇《やみ》の印《しるし》の下《した》だ……まさか……誰《だれ》か、上《うえ》から放《ほう》り投《な》げられたんじゃあ——？」

ハグリッドがだまり込《こ》んだ。口《くち》に出《だ》すさえ恐《おそ》ろしい考《かんが》えだったにちがいない。並《なら》んで歩《ある》きながら、ハリーはこの半時間《はんじかん》の間《あいだ》に受《う》けたさまざまな呪《のろ》いで、顔《かお》や両脚《りょうあし》が痛《いた》むのを感《かん》じていた。しかし、そばにいる別《べつ》の人間《にんげん》が痛《いた》みを感《かん》じているような、奇妙《きみょう》に他人事《ひとごと》のような感覚《かんかく》だった。現実《げんじつ》の、そして逃《のが》れようもない感覚《かんかく》は、胸《むね》を強《つよ》くしめつけている苦《くる》しさだ……。

ハリーとハグリッドは、何《なに》かつぶやいている人群《ひとむ》れの中《なか》を通《とお》って、夢遊病者《むゆうびょうしゃ》のように一番前《いちばんまえ》まで進《すす》んだ。そこにぽっかりとあいた空間《くうかん》を、学生《がくせい》や先生《せんせい》たちがぼうぜんとして取《と》り巻《ま》いていた。

ハグリッドの、苦痛《くつう》と衝撃《しょうげき》にうめく声《こえ》が聞《き》こえた。しかし、ハリーは立《た》ち止《ど》まらなかった。ゆっくりとダンブルドアが横《よこ》たわっているそばまで進《すす》み、そこにうずくまった。

ダンブルドアにかけられた「金縛《かなしば》りの術《じゅつ》」が解《と》けたときから、ハリーはもう望《のぞ》みがないことを知《し》っていた。術者《じゅつしゃ》が死《し》んだからこそ、術《じゅつ》が解《と》けたにちがいない。しかし、こうして骨《ほね》が折《お》れ、大《だい》の字《じ》に横《よこ》たわるその姿《すがた》を目《め》にする心《こころ》の準備《じゅんび》は、まだできていなかった。これまでも、そしてこれから先《さき》も、ハリーにとって最《もっと》も偉大《いだい》な魔法使《まほうつか》いの姿《すがた》が、そこにあった。

ダンブルドアは目《め》を閉《と》じていた。手足《てあし》が不自然《ふしぜん》な方向《ほうこう》に向《む》いていることを除《のぞ》けば、眠《ねむ》っているかのようだった。ハリーは手《て》を伸《の》ばし、半月《はんげつ》めがねを曲《ま》がった鼻《はな》にかけなおし、口《くち》から流《なが》れ出《で》た一筋《ひとすじ》の血《ち》を自分《じぶん》のそででぬぐった。それからハリーは、年齢《ねんれい》を刻《きざ》んだその聡明《そうめい》な顔《かお》をじっと見下《みお》ろし、とほうもない、理解《りかい》を超《こ》えた真実《しんじつ》をのみ込《こ》もうと努力《どりょく》した。ダンブルドアはもう二度《にど》と再《ふたた》びハリーに語《かた》りかけることはなく、二度《にど》と再《ふたた》びハリーを助《たす》けることもできないのだという真《しん》実《じつ》を……。

背後《はいご》の人垣《ひとがき》がざわめいた。長《なが》い時間《じかん》がたったような気《き》がしたが、ふと、ハリーは自分《じぶん》が何《なに》か固《かた》い物《もの》の上《うえ》にひざまずいていることに気《き》づいて、見下《みお》ろした。

もう何時間《なんじかん》も前《まえ》に、ダンブルドアと二人《ふたり》でやっと手《て》に入《い》れたロケットが、ダンブルドアのポケットから落《お》ちていた。おそらく地面《じめん》に落《お》ちた衝撃《しょうげき》のせいで、ロケットのふたが開《あ》いていた。今《いま》のハリーには、もうこれ以上《いじょう》何《なん》の衝撃《しょうげき》も、恐怖《きょうふ》や悲《かな》しみも感《かん》じることはできなかったが、ロケットを拾《ひろ》い上《あ》げたとき、何《なに》かがおかしいと気《き》づいた……。

ハリーは、手《て》の中《なか》でロケットを裏返《うらがえ》した。「憂《うれ》いの篩《ふるい》」で見《み》たロケットほど大《おお》きくないし、何《なん》の刻印《こくいん》もない。スリザリンの印《しるし》とされるS字《エスじ》の飾《かざ》り文字《もじ》もどこにもない。しかも、中《なか》には何《なに》もなく、肖像画《しょうぞうが》が入《はい》っているはずの場所《ばしょ》に、羊皮紙《ようひし》の切《き》れ端《はし》が折《お》りたたんで押《お》し込《こ》んであるだけだった。

自分《じぶん》が何《なに》をしているか考《かんが》えもせず、ハリーは無意識《むいしき》に羊皮紙《ようひし》を取《と》り出《だ》して開《ひら》き、背後《はいご》にともっているたくさんの杖灯《つえあか》りに照《て》らしてそれを読《よ》んだ。

闇《やみ》の帝王《ていおう》へ

あなたがこれを読《よ》むころには、私《わたし》はとうに死《し》んでいるでしょう。

しかし、私《わたし》があなたの秘密《ひみつ》を発見《はっけん》したことを知《し》ってほしいのです。

ほんとうの分霊箱《ぶんれいばこ》は私《わたし》が盗《ぬす》みました。できるだけ早《はや》く破壊《はかい》するつもりです。

死《し》に直面《ちょくめん》する私《わたし》が望《のぞ》むのは、あなたが手《て》ごわい相手《あいて》に見《まみ》えたそのときに、
もう一度《ど》、死《し》ぬべき存在《そんざい》となることです。

R《アール》・A《エー》・B《ビー》

この書《か》きつけが何《なに》を意味《いみ》するのか、ハリーにはわからなかったし、どうでもよかった。ただ一つのことだけが重要《じゅうよう》だった。これは分霊箱《ぶんれいばこ》ではなかった。ダンブルドアはむだにあの恐《おそ》ろしい毒《どく》を飲《の》み、自《みずか》らを弱《よわ》めたのだ。ハリーは羊皮紙《ようひし》を手《て》の中《なか》で握《にぎ》りつぶした。ハリーの後《うし》ろでファングがワオーンと遠《とお》ぼえし、ハリーの目《め》は、涙《なみだ》で焼《や》けるように熱《あつ》くなった。

第《だい》29章《しょう》 不死鳥《ふしちょう》の嘆《なげ》き

「行《い》こう、ハリー……」

「いやだ」

「ずっとここにいるわけにはいかねえ。ハリー……さあ、行《い》こう……」

「いやだ」

ハリーはダンブルドアのそばを離《はな》れたくなかった。どこにも行《い》きたくなかった。ハリーの肩《かた》でハグリッドの手《て》が震《ふる》えていた。その時《とき》、別《べつ》の声《こえ》が言《い》った。

「ハリー、行《い》きましょう」

もっと小《ちい》さくて、もっと温《あたた》かい手《て》が、ハリーの手《て》を包《つつ》み、引《ひ》き上《あ》げた。ハリーはほとんど何《なに》も考《かんが》えずに、引《ひ》かれるままにその手《て》に従《したが》った。人混《ひとご》みの中《なか》を、無意識《むいしき》に歩《ある》きながら、漂《ただよ》ってくる花《はな》のような香《かお》りで、自分《じぶん》の手《て》を引《ひ》いて城《しろ》に向《む》かっているのがジニーだと、ハリーは初《はじ》めて気《き》がついた。言葉《ことば》にならない声々《こえごえ》がハリーの心《こころ》を打《う》ちのめし、すすり泣《な》きや泣《な》き叫《さけ》ぶ声《こえ》が夜《よる》を突《つ》き刺《さ》した。

ジニーとハリーはただ歩《ある》き続《つづ》け、玄関《げんかん》ホールに入《はい》る階段《かいだん》を上《のぼ》った。ハリーの目《め》の端《はし》に、人々《ひとびと》の顔《かお》がぼんやりと見《み》えた。ハリーを見《み》つめ、ささやき、いぶかっている。二人《ふたり》が大理石《だいりせき》の階段《かいだん》に向《む》かうと、床《ゆか》に転《ころ》がっているグリフィンドールのルビーが、滴《したた》った血《ち》のように光《ひか》った。

「医務室《いむしつ》に行《い》くのよ」ジニーが言《い》った。

「けがはしてない」ハリーが言《い》った。

「マクゴナガルの命令《めいれい》よ」ジニーが言《い》った。

「みんなもそこにいるわ。ロンもハーマイオニーも、ルーピンも、みんな――」

恐怖《きょうふ》が再《ふたた》びハリーの胸《むね》をかき乱《みだ》した。置《お》き去《ざ》りにしてきた、ぐったりと動《うご》かない何人《なんにん》かのことを忘《わす》れていた。

「ジニー、ほかに誰《だれ》が死《し》んだの？」

「心配《しんぱい》しないで。私《わたし》たちは大丈夫《だいじょうぶ》」

「でも、『闇《やみ》の印《しるし》』が――マルフォイが誰《だれ》かの死体《したい》をまたいだと言《い》った――」

「ビルをまたいだのよ。だけど、大丈夫《だいじょうぶ》。生《い》きてるわ」

しかし、ジニーの声《こえ》のどこかに、ハリーは不吉《ふきつ》なものを感《かん》じ取《と》った。

「ほんとに？」

「もちろんほんとうよ……ビルは、ちょっと——ちょっと面倒《めんどう》なことになっただけ。グレイバックに襲《おそ》われたの。マダム・ポンフリーは、ビルが——今《いま》までと同《おな》じ顔《かお》じゃなくなるだろうって……」

ジニーの声《こえ》が少《すこ》し震《ふる》えた。

「どんな後遺症《こういしょう》があるか、はっきりとはわからないの——つまり、グレイバックは狼人間《おおかみにんげん》だし、でも、襲《おそ》ったときは変身《へんしん》していなかったから」

「でも、ほかのみんなは……ほかにも死体《したい》が転《ころ》がっていた……」

「ネビルが入院《にゅういん》しているけど、マダム・ポンフリーは、完全《かんぜん》に回復《かいふく》するだろうって。それからフリットウィック先生《せんせい》がノックアウトされたけど、でも大丈夫《だいじょうぶ》。ちょっとくらくらしているだけ。レイブンクロー生《せい》の様子《ようす》を見《み》にいくって、言《い》い張《は》っていたわ。死喰《しく》い人《びと》が一人《ひとり》死《し》んだけど、大《おお》きなブロンドのやつがあたりかまわず発射《はっしゃ》していた『死《し》の呪文《じゅもん》』に当《あ》たったのよ——ハリー、あなたの『フェリックス薬《やく》』を飲《の》んでいなかったら、私《わたし》たち全員死《ぜんいんし》んでいたと思《おも》うわ。でも、全部《ぜんぶ》すれすれにそれていったみたい——」

医務室《いむしつ》に着《つ》いて扉《とびら》を押《お》し開《ひら》くと、ネビルが扉近《とびらちか》くのベッドに横《よこ》になっているのが目《め》に入《はい》った。眠《ねむ》っているのだろう。ロン、ハーマイオニー、ルーナ、トンクス、ルーピンが、医務室《いむしつ》の一番奥《いちばんおく》にあるもう一つのベッドを囲《かこ》んでいた。扉《とびら》が開《ひら》く音《おと》で、みんないっせいに顔《かお》を上《あ》げた。ハーマイオニーがかけ寄《よ》って、ハリーを抱《だ》きしめた。ルーピンも心配《しんぱい》そうな顔《かお》で近寄《ちかよ》ってきた。

「ハリー、大丈夫《だいじょうぶ》か？」

「僕《ぼく》は大丈夫《だいじょうぶ》……ビルはどうですか？」

誰《だれ》も答《こた》えなかった。ハーマイオニーの背中越《せなかご》しにベッドを見《み》ると、ビルが寝《ね》ているはずの枕《まくら》の上《うえ》に、見知《みし》らぬ顔《かお》があった。ひどく切《き》り裂《さ》かれて不気味《ぶきみ》な顔《かお》だった。マダム・ポンフリーが、きつい臭《にお》いのする緑色《みどりいろ》の軟膏《なんこう》を傷口《きずぐち》に塗《ぬ》りつけていた。マルフォイの「セクタムセンプラ」の傷《きず》を、スネイプが杖《つえ》でやすやすと治《なお》したことを、ハリーは思《おも》い出《だ》した。

「呪文《じゅもん》か何《なに》かで、傷《きず》を治《なお》せないんですか？」ハリーが校医《こうい》に聞《き》いた。

「この傷《きず》にはどんな呪文《じゅもん》も効《き》きません」マダム・ポンフリーが言《い》った。

「知《し》っている呪文《じゅもん》は全部試《ぜんぶため》してみましたが、狼人間《おおかみにんげん》のかみ傷《きず》には治療法《ちりょうほう》がありません」

「だけど、満月《まんげつ》のときにかまれたわけじゃない」

ロンが、見《み》つめる念力《ねんりき》で何《なん》とか治《なお》そうとしているかのように、兄《あに》の顔《かお》をじっと見《み》ながら言《い》った。

「グレイバックは変身《へんしん》してなかった。だから、ビルは絶対《ぜったい》にほ――本物《ほんもの》の――？」

ロンがとまどいがちにルーピンを見《み》た。

「ああ、ビルは本物《ほんもの》の狼人間《おおかみにんげん》にはならないと思《おも》うよ」ルーピンが言《い》った。「しかし、まったく汚染《おせん》されないということではない。呪《のろ》いのかかった傷《きず》なんだ。完全《かんぜん》には治《なお》らないだろう。そして——そしてビルはこれから、何《なん》らかの、狼的《おおかみてき》な特徴《とくちょう》を持《も》つことになるだろう」

「でも、ダンブルドアなら、何《なに》かうまいやり方《かた》を知《し》ってるかもしれない」ロンが言《い》った。「ダンブルドアはどこだい？　ビルはダンブルドアの命令《めいれい》で、あの狂《くる》ったやつらと戦《たたか》ったんだ。ダンブルドアはビルに借《か》りがある。ビルをこんな状態《じょうたい》で放《ほう》ってはおけないはずだ——」

「ロン——ダンブルドアは死《し》んだわ」ジニーが言《い》った。

「まさか！」

ハリーが否定《ひてい》してくれることを望《のぞ》むかのように、ルーピンの目《め》がジニーからハリーへと激《はげ》しく移動《いどう》した。しかしハリーが否定《ひてい》しないことがわかると、ビルのベッド脇《わき》の椅子《いす》にがっくりと座《すわ》り込《こ》み、両手《りょうて》で顔《かお》を覆《おお》った。ハリーはルーピンが取《と》り乱《みだ》すのを初《はじ》めて見《み》た。見《み》てはいけない個人《こじん》の傷《きず》を見《み》てしまったような気《き》がして、ハリーはルーピンから目《め》をそらし、ロンを見《み》た。だまってロンと目《め》を見交《みか》わすことで、ハリーは、ジニーの言葉《ことば》のとおりだと伝《つた》えた。

「どんなふうにお亡《な》くなりになったの？」

トンクスが小声《こごえ》で聞《き》いた。

「どうしてそうなったの？」

「スネイプが殺《ころ》した」ハリーが言《い》った。

「僕《ぼく》はその場《ば》にいた。僕《ぼく》は見《み》たんだ。僕《ぼく》たちは、『闇《やみ》の印《しるし》』が上《あ》がっていたので、天文台《てんもんだい》の塔《とう》に戻《もど》った……ダンブルドアは病気《びょうき》で、弱《よわ》っていた。でも、階段《かいだん》をかけ上《あ》がってくる足音《あしおと》を聞《き》いたとき、ダンブルドアはそれが罠《わな》だとわかったんだと思《おも》う。ダンブルドアは僕《ぼく》を金縛《かなしば》りにしたんだ。僕《ぼく》は何《なん》にもできなかった。透明《とうめい》マントをかぶっていたんだ――そしたらマルフォイが扉《とびら》から現《あらわ》れて、ダンブルドアを『武装解除《ぶそうかいじょ》』した――」

ハーマイオニーが両手《りょうて》で口《くち》を覆《おお》った。ロンはうめき、ルーナの唇《くちびる》が震《ふる》えた。

「――次々《つぎつぎ》に『死喰《しく》い人《びと》』がやってきた――そして、スネイプが――それで、スネイプがやった。『アバダ　ケダブラ』を」

ハリーはそれ以上《いじょう》続《つづ》けられなかった。

マダム・ポンフリーがワッと泣《な》きだした。誰《だれ》も校医《こうい》のポンフリーに気《き》を取《と》られなかったが、ジニーだけがそっと言《い》った。

「シーッ！　だまって聞《き》いて！」

マダム・ポンフリーは嗚咽《おえつ》をのみ込《こ》み、指《ゆび》を口《くち》に押《お》し当《あ》ててこらえながら、目《め》を見開《みひら》いた。暗《くら》闇《やみ》のどこかで、不死鳥《ふしちょう》が鳴《な》いていた。ハリーが初《はじ》めて聞《き》く、恐《おそ》ろしいまでに美《うつく》しい、打《う》ちひしがれた嘆《なげ》きの歌《うた》だった。そしてハリーは、以前《いぜん》に不死鳥《ふしちょう》の歌《うた》を聞《き》いて感《かん》じたと同《おな》じように、その調《しら》べを自分《じぶん》の外《そと》にではなく、内側《うちがわ》に感《かん》じた。ハリー自身《じしん》の嘆《なげ》きが不思議《ふしぎ》にも歌《うた》になり、校庭《こうてい》を横切《よこぎ》り、城《しろ》の窓《まど》を貫《つらぬ》いて響《ひび》き渡《わた》っていた。

全員《ぜんいん》がその場《ば》にたたずんで、歌《うた》に聞《き》き入《い》った。どのくらいの時間《じかん》がたったのだろう。ハリーにはわからなかった。自分《じぶん》たちの追悼《ついとう》の心《こころ》を映《うつ》した歌《うた》を聞《き》くことで、痛《いた》みが少《すこ》しやわらいでいくのはなぜなのかもわからなかった。しかし、医務室《いむしつ》の扉《とびら》が再《ふたた》び開《ひら》いたときには、ずいぶん長《なが》い時間《じかん》がたったような気《き》がした。マクゴナガル先生《せんせい》が入《はい》ってきた。みんなと同《おな》じように、マクゴナガル先生《せんせい》にも戦《たたか》いの痕《あと》が残《のこ》り、顔《かお》がすりむけ、ローブは破《やぶ》れていた。

「モリーとアーサーがここへ来《き》ます」

その声《こえ》で音楽《おんがく》の魔力《まりょく》が破《やぶ》られた。全員《ぜんいん》が夢《ゆめ》から醒《さ》めたように、再《ふたた》びビルを振《ふ》り返《かえ》ったり、目《め》をこすったり、首《くび》を振《ふ》ったりした。

「ハリー、何《なに》が起《お》こったのですか？　ハグリッドが言《い》うには、あなたが、ちょうど――ちょうどそのことが起《お》こったとき、ダンブルドア校長《こうちょう》と一緒《いっしょ》だったということですが。ハグリッドの話《はなし》では、スネイプ先生《せんせい》が何《なに》かに関《かか》わって――」

「スネイプが、ダンブルドアを殺《ころ》しました」ハリーが言《い》った。

一瞬《いっしゅん》ハリーを見《み》つめたあと、マクゴナガル先生《せんせい》の体《からだ》がぐらりと揺《ゆ》れた。すでに立《た》ち直《なお》っていたマダム・ポンフリーが走《はし》り出《で》て、どこからともなく椅子《いす》を取《と》り出《だ》し、マクゴナガルの体《からだ》の下《した》に押《お》し込《こ》んだ。

「スネイプ」

椅子《いす》に腰《こし》を落《お》としながら、マクゴナガル先生《せんせい》が弱々《よわよわ》しくくり返《かえ》した。

「私《わたし》たち全員《ぜんいん》があやしんでいました……しかし、ダンブルドアは信《しん》じていた……いつも……。スネイプが……信《しん》じられません……」

「スネイプは熟達《じゅくたつ》した閉心術士《へいしんじゅつし》だ」

ルーピンが似《に》つかわしくない乱暴《らんぼう》な声《こえ》で言《い》った。

「そのことはずっとわかっていた」

「しかしダンブルドアは、スネイプは誓《ちか》って私《わたし》たちの味方《みかた》だと言《い》ったわ！」

トンクスが小声《こごえ》で言《い》った。

「私《わたし》たちの知《し》らないスネイプの何《なに》かを、ダンブルドアは知《し》っているにちがいないって、私《わたし》はいつ

「スネイプを信用《しんよう》するに足《た》る鉄壁《てっぺき》の理由《りゆう》があると、ダンブルドアは常々《つねづね》そうほのめかしていました」

マクゴナガルは、タータンの縁取《ふちど》りのハンカチを目頭《めがしら》に当《あ》て、あふれる涙《なみだ》を押《お》さえながらつぶやいた。

「もちろん……スネイプは、過去《かこ》が過去《かこ》ですから……当然《とうぜん》みんなが疑《うたが》いました……しかしダンブルドアが私《わたし》にはっきりと、スネイプの悔恨《かいこん》は絶対《ぜったい》に本物《ほんもの》だとおっしゃいました……スネイプを疑《うたが》う言葉《ことば》は、一言《ひとこと》も聞《き》こうとなさらなかった！」

「ダンブルドアを信用《しんよう》させるのに、スネイプが何《なに》を話《はな》したのか、知《し》りたいものだわ」

トンクスが言《い》った。

「僕《ぼく》は知《し》ってる」ハリーが言《い》った。

全員《ぜんいん》が振《ふ》り返《かえ》ってハリーを見《み》つめた。

「スネイプがヴォルデモートに流《なが》した情報《じょうほう》のおかげで、ヴォルデモートは僕《ぼく》の父《とう》さんと母《かあ》さんを追《お》い詰《つ》めたんだ。そしてスネイプはダンブルドアに、自分《じぶん》は何《なに》をしたのかわかっていなかった、自分《じぶん》がやったことを心《こころ》から後悔《こうかい》している、二人《ふたり》が死《し》んだことを申《もう》し訳《わけ》なく思《おも》っているって、そう言《い》ったんだ」

「それで、ダンブルドアはそれを信《しん》じたのか？」

ルーピンが信《しん》じられないという声《こえ》で言《い》った。

「ダンブルドアは、スネイプがジェームズの死《し》をすまなく思《おも》っていると言《い》うのを信《しん》じた？　スネイプはジェームズを憎《にく》んでいたのに……」

「それにスネイプは、僕《ぼく》の母《かあ》さんのことも、これっぽっちも価値《かち》があるなんて思《おも》っちゃいなかった」

ハリーが言《い》った。

「だって、母《かあ》さんはマグル生《う》まれだ……『穢《けが》れた血《ち》』って、スネイプは母《かあ》さんのことをそう呼《よ》んだ……」

ハリーがどうしてそんなことを知《し》っているのか、誰《だれ》も尋《たず》ねなかった。全員《ぜんいん》が恐《おそ》ろしい衝撃《しょうげき》を受《う》け、すでに起《お》きてしまった途方《とほう》もない現実《げんじつ》を消化《しょうか》しきれずに、ぼうぜんとしているようだった。

「全部《ぜんぶ》私《わたくし》の責任《せきにん》です」

突然《とつぜん》マクゴナガル先生《せんせい》が言《い》った。ぬれたハンカチを両手《りょうて》でねじりながら、マクゴナガル先生《せんせい》は混乱《こんらん》した表情《ひょうじょう》だった。

「私《わたくし》が悪《わる》いのです。今夜《こんや》、フィリウスにスネイプを迎《むか》えにいかせました。応援《おうえん》に来《き》てくれるようにと、私《わたくし》がスネイプを迎《むか》えにいかせたのです！　危険《きけん》な事態《じたい》を知《し》らせなければ、スネイプが『死《し》喰《く》い人《びと》』に加勢《かせい》することもなかったでしょうに。フィリウスの知《し》らせを受《う》けるまでは、スネイプは、『死《し》喰《く》い人《びと》』があの場所《ばしょ》に来《き》ているとは知《し》らなかったと思《おも》います。そういう予定《よてい》だとは知《し》らなかったと思《おも》います」

「あなたの責任《せきにん》ではない、ミネルバ」ルーピンがきっぱりと言《い》った。

「我々全員《われわれぜんいん》が、もっと援軍《えんぐん》が欲《ほ》しかった。スネイプがかけつけてくると思《おも》って、みんな喜《よろこ》んだ……」

「それじゃ、戦《たたか》いの場《ば》に着《つ》いたとき、スネイプは『死《し》喰《く》い人《びと》』の味方《みかた》についたんですか？」

ハリーは、スネイプの二枚舌《にまいじた》も破廉恥《はれんち》な行為《こうい》も、残《のこ》らずくわしく知《し》りたかった。スネイプを憎《にく》み、復讐《ふくしゅう》を誓《ちか》う理由《りゆう》をもっと集《あつ》めたいと熱《あつ》くなった。

「何《なに》が起《お》こったのか、私《わたくし》にははっきりわかりません」

マクゴナガル先生《せんせい》は、気持《きも》ちが乱《みだ》れているようだった。

「わからないことだらけです……ダンブルドアは、数時間学校《すうじかんがっこう》を離《はな》れるから念《ねん》のため廊下《ろうか》の巡回《じゅんかい》をするようにとおっしゃいました……リーマス、ビル、ニンファドーラを呼《よ》ぶようにと……そしてみんなで巡回《じゅんかい》しました。まったく静《しず》かなものでした。校外《こうがい》に通《つう》じる秘密《ひみつ》の抜《ぬ》け道《みち》は、全部警備《ぜんぶけいび》されていましたし、誰《だれ》も空《そら》から侵入《しんにゅう》できないこともわかっていました。城《しろ》に入《はい》るすべての入口《いりぐち》には強力《きょうりょく》な魔法《まほう》がかけられていました。いったい『死喰《しく》い人《びと》』がどうやって侵入《しんにゅう》したのか、私《わたくし》にはいまだにわかりません……」

「僕《ぼく》は知《し》っています」

ハリーが言《い》った。そして「姿《すがた》をくらますキャビネット棚《だな》」が対《つい》になっていること、魔法《まほう》の通路《つうろ》が二つの棚《たな》を結《むす》ぶことを簡単《かんたん》に説明《せつめい》した。

「それで連中《れんちゅう》は、『必要《ひつよう》の部屋《へや》』から入《はい》り込《こ》んだんです」

そんなつもりはなかったのに、ハリーは、ロンとハーマイオニーをちらりと見《み》た。二人《ふたり》とも打《う》ちのめされたような顔《かお》だった。

「ハリー、僕《ぼく》、しくじった」

ロンが沈《しず》んだ声《こえ》で言《い》った。

「僕《ぼく》たち、君《きみ》に言《い》われたとおりにしたんだ。『忍《しの》びの地図《ちず》』を調《しら》べたら、マルフォイが地図《ちず》では見《み》つからなかったから、『必要《ひつよう》の部屋《へや》』にちがいないと思《おも》って、僕《ぼく》とジニーとネビルが見張《みは》りにいったんだ……だけど、マルフォイに出《だ》し抜《ぬ》かれた」

「見張《みは》りを始《はじ》めてから一時間《じかん》ぐらいで、マルフォイがそこから出《で》てきたの」ジニーが言《い》った。

「一人《ひとり》で、あの気持《きも》ちの悪《わる》いしなびた手《て》を持《も》って――」

「あの『輝《かがや》きの手《て》』だ」ロンが言《い》った。

「ほら、持《も》っている者《もの》だけに明《あ》かりが見《み》えるってやつだ。覚《おぼ》えてるか？」

「とにかく」ジニーが続《つづ》けた。

「マルフォイは、『死喰《しく》い人《びと》』を外《そと》に出《だ》しても安全《あんぜん》かどうかを偵察《ていさつ》に出《で》てきたにちがいないわ。だって、私《わたし》たちを見《み》たとたん、何《なに》かを空中《くうちゅう》に投《な》げて、そしたらあたりが真《ま》っ暗《くら》になって――」

「――ペルー製《せい》の『インスタント煙幕《えんまく》』だ」

ロンが苦々《にがにが》しく言《い》った。

「フレッドとジョージの。相手《あいて》を見《み》て物《もの》を売《う》れって、あいつらに一言《ひとこと》、言《い》ってやらなきゃ」

「私《わたし》たち、何《なに》もかも全部《ぜんぶ》やってみたわ――『ルーモス』、『インセンディオ』」

ジニーが言《い》った。

「何《なに》をやっても暗闇《くらやみ》を破《やぶ》れなかった。廊下《ろうか》から手探《てさぐ》りで抜《ぬ》け出《だ》すことしかできなかったわ。その間《あいだ》に、誰《だれ》かが急《いそ》いでそばを通《とお》り過《す》ぎる音《おと》がした。当然《とうぜん》マルフォイは、あの『手《て》』のおかげで見《み》えたから、連中《れんちゅう》を誘導《ゆうどう》してたんだわ。でも私《わたし》たちは、仲間《なかま》に当《あ》たるかもしれないと思《おも》うと、呪文《じゅもん》も何《なに》も使《つか》えやしなかった。明《あか》るい廊下《ろうか》に出《で》たときには、連中《れんちゅう》はもういなかった」

「幸《さいわ》いなことに」

ルーピンがかすれ声《ごえ》で言《い》った。

「ロン、ジニー、ネビルは、それからすぐあとに我々《われわれ》と出会《であ》って、何《なに》があったかを話《はな》してくれた。数分後《すうふんご》に我々《われわれ》は、天文台《てんもんだい》の塔《とう》に向《む》かっていた死喰《しく》い人《びと》を見《み》つけた。マルフォイは、ほかにも見張《みは》りの者《もの》がいるとは、まったく予想《よそう》していなかったらしい。いずれにせよ『インスタント煙幕《えんまく》』は尽《つ》きていたらしい。戦《たたか》いが始《はじ》まり、連中《れんちゅう》は散《ち》らばって、我々《われわれ》が追《お》った。ギボンが一人《ひとり》抜《ぬ》け出《だ》して、塔《とう》に上《あ》がる階段《かいだん》に向《む》かった――」

「『闇《やみ》の印《しるし》』を打《う》ち上《あ》げるため？」ハリーが聞《き》いた。

「ギボンが打《う》ち上《あ》げたにちがいない。そうだ。連中《れんちゅう》は『必要《ひつよう》の部屋《へや》』を出《で》る前《まえ》に、示《しめ》し合《あ》わせたにちがいない」

ルーピンが言《い》った。

「しかしギボンは、そのままとどまって、一人《ひとり》でダンブルドアを待《ま》ち受《う》ける気《き》にはならなかったのだろう。階下《かいか》にかけ戻《もど》って、また戦《たたか》いに加《くわ》わったのだから。そして、私《わたし》をわずかにそれた『死《し》の呪《のろ》い』に当《あ》たった」

「それじゃ、ロンは、ジニーとネビルと一緒《いっしょ》に『必要《ひつよう》の部屋《へや》』を見張《みは》っていた」

ハリーはハーマイオニーのほうを向《む》いた。

「君《きみ》は――？」

「スネイプの部屋《へや》の前《まえ》、そうよ」

ハーマイオニーは目《め》に涙《なみだ》を光《ひか》らせながら、小声《こごえ》で言《い》った。

「ルーナと一緒《いっしょ》に。ずいぶん長《なが》いことそこにいたんだけど、何《なに》も起《お》こらなかった……上《うえ》のほうで何《なに》が起《お》こっているのかわからなかったの。ロンが『忍《しの》びの地図《ちず》』を持《も》っていたし……フリットウィック先生《せんせい》が地下牢《ちかろう》に走《はし》ってきたのは、もう真夜中近《まよなかちか》くだった。死喰《しく》い人《びと》が城《しろ》の中《なか》にいるって、叫《さけ》んでいたわ。私《わたし》とルーナがそこにいることには、全然気《ぜんぜんき》がつかなかったのじゃないかと思《おも》う。まっすぐにスネイプの部屋《へや》に飛《と》び込《こ》んで、スネイプに自分《じぶん》と一緒《いっしょ》に来《き》て加勢《かせい》してくれと言《い》っているのが聞《き》こえたわ。それからドサッという大《おお》きな音《おと》がして、スネイプが部屋《へや》から飛《と》び出《だ》してきたの。そして私《わたし》たちのことを見《み》て――そして――」

「どうしたんだ？」ハリーは先《さき》をうながした。

「私《わたし》、ばかだったわ、ハリー！」

ハーマイオニーが上《うわ》ずった声《こえ》でささやくように言《い》った。

「スネイプは、フリットウィック先生《せんせい》が気絶《きぜつ》したから、私《わたし》たちで面倒《めんどう》を看《み》なさいって言《い》った。そして自分《じぶん》は——自分《じぶん》は死喰《しく》い人《びと》との戦《たたか》いの加勢《かせい》に行《い》くからって——」

ハーマイオニーは恥《は》じて顔《かお》を覆《おお》い、指《ゆび》の間《あいだ》から話《はな》し続《つづ》けたので声《こえ》がくぐもっていた。

「私《わたし》たち、フリットウィック先生《せんせい》を助《たす》けようとして、スネイプの部屋《へや》に入《はい》ったの。そしたら、先生《せんせい》が気《き》を失《うしな》って床《ゆか》に倒《たお》れていて……ああ、今《いま》ならはっきりわかるわ。スネイプがフリットウィックに『失神呪文《しっしんじゅもん》』をかけたのよ。でも気《き》がつかなかった。ハリー、私《わたし》たち、気《き》がつかなかったの。スネイプを、みすみす行《い》かせてしまった！」

「君《きみ》の責任《せきにん》じゃない」

ルーピンがきっぱりと言《い》った。

「ハーマイオニー、スネイプの言《い》うことに従《したが》わなかったら、じゃまをしたりしたら、あいつはおそらく君《きみ》もルーナも殺《ころ》していただろう」

「それで、スネイプは上階《じょうかい》に来《き》た」

ハリーは頭《あたま》の中《なか》で、スネイプの動《うご》きを追《お》っていた。スネイプはいつものように黒《くろ》いローブをなびかせ、大理石《だいりせき》の階段《かいだん》をかけ上《あ》がりながらマントの下《した》から杖《つえ》を取《と》り出《だ》す。

「そして、みんなが戦《たたか》っている場所《ばしょ》を見《み》つけた……」

「私《わたし》たちは苦戦《くせん》していて、形勢不利《けいせいふり》だった」

トンクスが低《ひく》い声《こえ》で言《い》った。

「ギボンは死《し》んだけれど、ほかの死喰《しく》い人《びと》は、死《し》ぬまで戦《たたか》う覚悟《かくご》のようだった。ネビルが傷《きず》つき、ビルはグレイバックにかみつかれた……真《ま》っ暗《くら》だった……呪《のろ》いがそこら中《じゅう》に飛《と》び交《か》って……マルフォイが姿《すがた》を消《け》した。すり抜《ぬ》けて塔《とう》への階段《かいだん》を上《のぼ》ったにちがいない……ほかの死喰《しく》い人《びと》も、マルフォイのあとから次々階段《つぎつぎかいだん》をかけ上《あ》がった。そのうちの一人《ひとり》が何《なん》らかの呪文《じゅもん》を使《つか》って、上《のぼ》ったあとの階段《かいだん》に障壁《しょうへき》を作《つく》った……ネビルが突進《とっしん》して、空中《くうちゅう》に放《ほう》り投《な》げられた――」

「僕《ぼく》たち、誰《だれ》も突破《とっぱ》できなかった」ロンが言《い》った。

「それに、あのでっかい死喰《しく》い人《びと》のやつが、相変《あいか》わらず、あたりかまわず呪詛《じゅそ》を飛《と》ばしていて、それがあちこちの壁《かべ》にはね返《かえ》ってきたけど、きわどいところで僕《ぼく》たちには当《あ》たらなかった……」

「そしたらそこにスネイプがいた」トンクスが言《い》った。「そして、すぐいなくなった――」

「スネイプがこっちに向《む》かってくるところを見《み》たわ。でも、そのすぐあとに、大男《おおおとこ》の死喰《しく》い人《びと》の呪詛《じゅそ》が飛《と》んできて、危《あや》うく私《わたし》に当《あ》たるところだった。それで私《わたし》、ヒョイとかわしたとたんに、何《なに》もかも見失《みうしな》ってしまったの」ジニーが言《い》った。

「私《わたし》は、あいつが、呪《のろ》いの障壁《しょうへき》などないかのように、まっすぐ突《つ》っ込《こ》んでいくのを見《み》た」

ルーピンが言《い》った。

「私《わたし》もそのあとに続《つづ》こうとしたのだが、ネビルと同《おな》じようにはね返《かえ》されてしまった……」

「スネイプは、私《わたし》たちの知《し》らない呪文《じゅもん》を知《し》っていたにちがいありません」

マクゴナガルがつぶやくように言《い》った。

「何《なに》しろ──スネイプは『闇《やみ》の魔術《まじゅつ》に対《たい》する防衛術《ぼうえいじゅつ》』の先生《せんせい》なのですから……私《わたくし》は、スネイプが、塔《とう》に逃《に》げ込《こ》んだ死喰《しく》い人《びと》を追《お》いかけるのに急《いそ》いでいるのだとばかり思《おも》っていたのです……」

「追《お》いかけてはいました」ハリーは激怒《げきど》していた。

「でも阻止《そし》するためでなく、加勢《かせい》するためです……それに、その障壁《しょうへき》を通《とお》り抜《ぬ》けるには、きっと『闇《やみ》の印《しるし》』を持《も》っていないといけないにちがいない──それで、スネイプが下《した》に戻《もど》ってきたときは、何《なに》があったんですか？」

「ああ、大男《おおおとこ》の死喰《しく》い人《びと》の呪詛《じゅそ》で、天井《てんじょう》の半分《はんぶん》が落下《らっか》してきたところだった。おかげで階段《かいだん》の障《しょう》壁《へき》の呪《のろ》いも破《やぶ》れた」ルーピンが言《い》った。

「我々全員《われわれぜんいん》がかけ出《だ》した──とにかく、まだ立《た》てる者《もの》はそうした──するとスネイプと少年《しょうねん》が、ほこりの中《なか》から姿《すがた》を現《あらわ》した──当然《とうぜん》、我々《われわれ》は二人《ふたり》を攻撃《こうげき》しなかった──」

「二人《ふたり》を通《とお》してしまったんだ」トンクスがうつろな声《こえ》で言《い》った。

「死喰《しく》い人《びと》に追《お》われているのだと思《おも》って――そして、気《き》がついたら、ほかの死喰《しく》い人《びと》とグレイバックが戻《もど》ってきていて、また戦《たたか》いが始《はじ》まった――スネイプが何《なに》か叫《さけ》ぶのを聞《き》いたように思《おも》ったけど、何《なん》と言《い》っているのかわからなかった――」

「あいつは、『終《お》わった』って叫《さけ》んだ」ハリーが言《い》った。

「やろうとしていたことを、やりとげたんだ」

全員《ぜんいん》がだまり込《こ》んだ。フォークスの嘆《なげ》きが、暗《くら》い校庭《こうてい》の上《うえ》にまだ響《ひび》き渡《わた》っていた。夜《よる》の空気《くうき》を震《ふる》わせるその音楽《おんがく》を聞《き》きながら、ハリーの頭《あたま》に、望《のぞ》みもしない、考《かんが》えたくもない思《おも》いが忍《しの》び込《こ》んできた……ダンブルドアのなきがらは、もう塔《とう》の下《した》から運《はこ》び出《だ》されたのだろうか？　それからどうなるのだろう？　どこに葬《ほうむ》られるのだろう？　ハリーはポケットの中《なか》で拳《こぶし》をギュッと握《にぎ》りしめた。右手《みぎて》の指《ゆび》の関節《かんせつ》に、偽《にせ》の分霊箱《ぶんれいばこ》のひんやりとした小《ちい》さい塊《かたまり》を感《かん》じた。

医務室《いむしつ》の扉《とびら》が勢《いきお》いよく開《ひら》きみんなを飛《と》び上《あ》がらせた。ウィーズリー夫妻《ふさい》が急《いそ》ぎ足《あし》で入《はい》ってきた。そのすぐ後《うし》ろに、美《うつく》しい顔《かお》を恐怖《きょうふ》にこわばらせたフラーの姿《すがた》があった。

「モリー――アーサー――」

マクゴナガル先生《せんせい》が飛《と》び上《あ》がって、急《いそ》いで二人《ふたり》を迎《むか》えた。

「お気《き》の毒《どく》です――」

「ビル」

めちゃめちゃになったビルの顔《かお》を見《み》るなり、ウィーズリー夫人《ふじん》はマクゴナガル先生《せんせい》のそばを走《はし》り過《す》ぎ、小声《こごえ》で呼《よ》びかけた。

「ああ、**ビル！**」

ルーピンとトンクスが急《いそ》いで立《た》ち上《あ》がり、身《み》を引《ひ》いて、ウィーズリー夫妻《ふさい》がベッドに近寄《ちかよ》れるようにした。ウィーズリー夫人《ふじん》は、息子《むすこ》に覆《おお》いかぶさり、血《ち》だらけの額《ひたい》に口《くち》づけした。

「息子《むすこ》はグレイバックに襲《おそ》われたとおっしゃいましたかね？」

ウィーズリー氏《し》が、気《き》がかりでたまらないようにマクゴナガル先生《せんせい》に聞《き》いた。

「しかし、変身《へんしん》してはいなかったのですね？　すると、どういうことなのでしょう？　ビルはどうなりますか？」

「まだわからないのです」マクゴナガル先生《せんせい》は、助《たす》けを求《もと》めるようにルーピンを見《み》た。

「アーサー、おそらく、何《なん》らかの汚染《おせん》はあるだろう」ルーピンが言《い》った。

「めずらしいケースだ。おそらく例《れい》がない……ビルが目《め》を覚《さ》ましたとき、どういう行動《こうどう》に出《で》るかはわからない……」

ウィーズリー夫人《ふじん》は、マダム・ポンフリーからいやな臭《にお》いの軟膏《なんこう》を受《う》け取《と》り、ビルの傷《きず》に塗《ぬ》り込《こ》みはじめた。

「そして、ダンブルドアは……」ウィーズリー氏《し》が言《い》った。

「ミネルバ、ほんとうかね……ダンブルドアはほんとうに……？」

マクゴナガル先生《せんせい》がうなずいたとき、ハリーは、ジニーが自分《じぶん》のそばに来《き》たのを感《かん》じて、ジニーを見《み》た。ジニーは少《すこ》し目《め》を細《ほそ》めて、フラーを凝視《ぎょうし》していた。フラーは凍《こお》りついたような表《ひょう》情《じょう》でビルを見下《みお》ろしていた。

「ダンブルドアが逝《い》ってしまった」

ウィーズリー氏《し》がつぶやくように言《い》った。しかし、ウィーズリー夫人《ふじん》の目《め》は、長男《ちょうなん》だけを見《み》ていた。すすり泣《な》きはじめたウィーズリー夫人《ふじん》の涙《なみだ》が、ズタズタになったビルの顔《かお》にポトポト落《お》ちた。

「もちろん、どんな顔《かお》になったってかまわないわ……そんなことは……どうでもいいことだわ……でもこの子《こ》はとってもかわいい、ちっ――ちっちゃな男《おとこ》の子《こ》だった……いつでもとってもハンサムだった……それに、もうすぐ結《けっ》――結婚《けっこん》するはずだったのに！」

「それ、どーいう意味《いみ》でーすか？」

突然《とつぜん》フラーが大《おお》きな声《こえ》を出《だ》した。

「どーいう意味《いみ》でーすか？　このいとが結婚《けっこん》するあーずだった？」

ウィーズリー夫人《ふじん》が、驚《おどろ》いたように涙《なみだ》にぬれた顔《かお》を上《あ》げた。

「でも――ただ――」

「ビルがもう、わたしと結婚《けっこん》したくなーいと思《おも》うのでーすか？」フラーが問《と》い詰《つ》めた。

「こんなかみ傷《きず》のせーいで、このいとがもう、わたしを愛《あい》さなーいと思《おも》いまーすか？」

「いいえ、そういうことではなくて――」

「だって、このいとは、わたしを愛《あい》しまーす！」

フラーはすっと背筋《せすじ》を伸《の》ばし、長《なが》い豊《ゆた》かなブロンドの髪《かみ》をサッと後《うし》ろに払《はら》った。

「狼人間《おおかみにんげん》なんかが、ビルに、わたしを愛《あい》することをやめさせられませーん！」

「まあ、ええ、きっとそうでしょう」ウィーズリー夫人《ふじん》が言《い》った。

「でも、もしかしたら――もうこんな――この子《こ》がこんな――」

「わたしが、このいとと結婚《けっこん》したくなーいだろうと思《おも》ったのでーすか？　それとも、もしかして、そうなっておしいと思《おも》いまーしたか？」

フラーは鼻《はな》の穴《あな》をふくらませた。

「このいとがどんな顔《かお》でも、わたしが気《き》にしまーすか？　わたしだけで充分《じゅうぶん》ふーたりぶん美《うつく》しいと思《おも》いまーす！　傷痕《きずあと》は、わたしのアズバンドが勇敢《ゆうかん》だという印《しるし》でーす！　それに、それはわたしがやりまーす！」

フラーは激《はげ》しい口調《くちょう》でそう言《い》うなり、軟膏《なんこう》を奪《うば》ってウィーズリー夫人《ふじん》を押《お》しのけた。

ウィーズリー夫人《ふじん》は、夫《おっと》に倒《たお》れかかり、フラーがビルの傷《きず》をぬぐうのを、何《なん》とも奇妙《きみょう》な表情《ひょうじょう》で見《み》つめていた。誰《だれ》も何《なに》も言《い》わなかった。ハリーは身動《みうご》きすることさえ遠慮《えんりょ》した。みんなと同《おな》じように、ハリーもドカーンと爆発《ばくはつ》が来《く》る時《とき》を待《ま》っていた。

「大《おお》おばのミュリエルが――」

長《なが》い沈黙《ちんもく》のあと、ウィーズリー夫人《ふじん》が口《くち》を開《ひら》いた。

「とても美《うつく》しいティアラを持《も》っているわ――小鬼製《ゴブリンせい》のよ――あなたの結婚式《けっこんしき》に貸《か》していただけるように、大《おお》おばを説得《せっとく》できると思《おも》うわ。大《おお》おばはビルが大好《だいす》きなの。それにあのティアラは、あなたの髪《かみ》にとても似合《にあ》うと思《おも》いますよ」

「ありがとう」フラーが硬《かた》い口調《くちょう》で言《い》った。

「それは、きーっと、美《うつく》しいでしょう」

そして――ハリーには、どうしてそうなったのかよくわからなかったが――二人《ふたり》の女性《じょせい》は抱《だ》き合《あ》って泣《な》きだした。何《なに》がなんだかまったくわからず、いったい世《よ》の中《なか》はどうなっているんだろうといぶかりながら、ハリーは振《ふ》り返《かえ》った。ロンもハリーと同《おな》じ気持《きも》ちらしく、ポカンとしていたし、ジニーとハーマイオニーは、あっけに取《と》られて顔《かお》を見合《みあ》わせていた。

「わかったでしょう！」

張《は》り詰《つ》めた声《こえ》がした。トンクスがルーピンをにらんでいた。

「フラーはそれでもビルと結婚《けっこん》したいのよ。かまれたというのに！　そんなことはどうでもいいのよ！」

「次元《じげん》がちがう」

ルーピンはほとんど唇《くちびる》を動《うご》かさず、突然《とつぜん》表情《ひょうじょう》がこわばっていた。

「ビルは完全《かんぜん》な狼人間《おおかみにんげん》にはならない。事情《じじょう》がまったく――」

「でも、わたしも気《き》にしないわ。気《き》にしないわ！」

トンクスは、ルーピンのローブの胸元《むなもと》をつかんで揺《ゆ》すぶった。

「百万回《まんかい》も、あなたにそう言《い》ったのに……」

トンクスの守護霊《しゅごれい》やくすんだ茶色《ちゃいろ》の髪《かみ》の意味《いみ》、誰《だれ》かがグレイバックに襲《おそ》われたといううわさを聞《き》きつけてダンブルドアに会《あ》いにかけつけた理由《りゆう》――ハリーには突然《とつぜん》、そのすべてがはっきりわかった。トンクスが愛《あい》したのは、シリウスではなかったのだ……。

「私《わたし》も、君《きみ》に百万回《まんかい》も言《い》った」

ルーピンはトンクスの目《め》をさけて、床《ゆか》を見《み》つめながら言《い》った。

「私《わたし》は君《きみ》にとって、年《とし》を取《と》り過《す》ぎているし、貧乏《びんぼう》過《す》ぎる……危険《きけん》過《す》ぎる……」

「リーマス、あなたのそういう考《かんが》え方《かた》はばかげているって、私《わたし》は最初《さいしょ》からそう言《い》ってますよ」

ウィーズリー夫人《ふじん》が、抱《だ》き合《あ》ったフラーの背中《せなか》を軽《かる》くたたきながら、フラーの肩越《かたご》しに言《い》った。

「ばかげてはいない」

ルーピンがしっかりした口調《くちょう》で言《い》った。

「トンクスには、誰《だれ》か若《わか》くて健全《けんぜん》な人《ひと》がふさわしい」

「でも、トンクスは君《きみ》がいいんだ」

ウィーズリー氏《し》が、小《ちい》さくほほ笑《え》みながら言《い》った。

「それに、結局《けっきょく》のところ、リーマス、若《わか》くて健全《けんぜん》な男《おとこ》が、ずっとそのままだとはかぎらんよ」

ウィーズリー氏《し》は、二人《ふたり》の間《あいだ》に横《よこ》たわっている息子《むすこ》のほうを悲《かな》しそうに見《み》た。

「今《いま》は……そんなことを話《はな》す時《とき》じゃない」

ルーピンは、落《お》ち着《つ》かない様子《ようす》で周《まわ》りを見回《みまわ》し、みんなの目《め》をさけながら言《い》った。

「ダンブルドアが死《し》んだんだ……」

「世《よ》の中《なか》に、少《すこ》し愛《あい》が増《ふ》えたと知《し》ったら、ダンブルドアは誰《だれ》よりもお喜《よろこ》びになったでしょう」

マクゴナガル先生《せんせい》がそっけなく言《い》った。

その時《とき》、扉《とびら》が再《ふたた》び開《あ》いて、ハグリッドが入《はい》ってきた。ひげや髪《かみ》に埋《う》もれてわずかしか見《み》えない顔《かお》が、泣《な》き腫《は》らしてぐしょぬれだった。巨大《きょだい》な水玉模《みずたまも》様《よう》のハンカチを握《にぎ》りしめ、ハグリッドは全身《ぜんしん》を震《ふる》わせて泣《な》いていた。

「す……すませました、先生《せんせい》」ハグリッドは声《こえ》を詰《つ》まらせた。

「俺《おれ》が、は――運《はこ》びました。スプラウト先生《せんせい》は子供《こども》たちをベッドに戻《もど》しました。フリットウィック先生《せんせい》は横《よこ》になっちょりますが、すーぐよくなるっちゅうとります。スラグホーン先生《せんせい》は、魔法《まほう》省《しょう》に連絡《れんらく》したと言《い》っちょります」

「ありがとう、ハグリッド」

マクゴナガル先生《せんせい》はすぐさま立《た》ち上《あ》がり、ビルの周《まわ》りにいる全員《ぜんいん》を見《み》た。

「私《わたくし》は、魔法省《まほうしょう》が到着《とうちゃく》したときに、お迎《むか》えしなければなりません。ハグリッド、寮監《りょうかん》の先生方《せんせいがた》に――スリザリンはスラグホーンが代表《だいひょう》すればよいでしょう――ただちに私《わたくし》の事務室《じむしつ》に集《あつ》まるようにと知《し》らせてください。あなたも来《き》てください」

ハグリッドがうなずいて向《む》きを変《か》え、重《おも》い足取《あしど》りで部屋《へや》を出《で》ていった。その時《とき》、マクゴナガル先生《せんせい》がハリーを見下《みお》ろして言《い》った。

「寮監《りょうかん》たちに会《あ》う前《まえ》に、ハリー、あなたとちょっとお話《はなし》があります。一緒《いっしょ》に来《き》てください……」

ハリーは立《た》ち上《あ》がって、ロン、ハーマイオニー、ジニーに「あとでね」とつぶやくように声《こえ》をかけ、マクゴナガル先生《せんせい》に従《したが》って医務室《いむしつ》を出《で》た。外《そと》の廊下《ろうか》は人気《ひとけ》もなく、聞《き》こえる音《おと》と言《い》えば、遠《とお》くの不死鳥《ふしちょう》の歌声《うたごえ》だけだった。しばらくしてハリーは、マクゴナガル先生《せんせい》の事務室《じむしつ》ではなく、ダンブルドアの校長室《こうちょうしつ》に向《む》かっていることに気《き》がついた。一瞬《いっしゅん》、間《ま》を置《お》いて、ハリーはやっと気《き》づいた。そうだ、マクゴナガル先生《せんせい》は副校長《ふくこうちょう》だった……当然今《とうぜんいま》は、校長《こうちょう》になったのだ……怪獣像《ガーゴイル》の護《まも》る部屋《へや》は、今《いま》やマクゴナガル先生《せんせい》の部屋《へや》だった……。

二人《ふたり》はだまって動《うご》くらせん階段《かいだん》を上《のぼ》り、円形《えんけい》の校長室《こうちょうしつ》に入《はい》った。校長室《こうちょうしつ》は変《か》わってしまったかもしれないと、ハリーは漠然《ばくぜん》と考《かんが》えていた。もしかしたら黒《くろ》い幕《まく》で覆《おお》われているかもしれないし、ダンブルドアのなきがらが横《よこ》たわっているかもしれない。しかし、その部屋《へや》は、ほんの数時間前《すうじかんまえ》、ハリーとダンブルドアが出発《しゅっぱつ》したときとほとんど変《か》わっていないように見《み》えた。銀《ぎん》の小道具類《こどうぐるい》は、華奢《きゃしゃ》な脚《あし》のテーブルの上《うえ》でくるくる回《まわ》り、ポッポッと煙《けむり》を上《あ》げていたし、グリフィンドールの剣《つるぎ》は、ガラスのケースの中《なか》で月光《げっこう》を受《う》けて輝《かがや》き、組分《くみわ》け帽子《ぼうし》は机《つくえ》の後《うし》ろの棚《たな》にのっていた。しかし、フォークスの止《と》まり木《ぎ》はからっぽだった。不死鳥《ふしちょう》は校庭《こうてい》に向《む》かって嘆《なげ》きの歌《うた》をうたい続《つづ》けている。そして、ホグワーツの歴代《れきだい》の校長《こうちょう》の肖像画《しょうぞうが》に、新《あたら》しい一枚《まい》が加《くわ》わっていた……ダンブルドアが机《つくえ》を見下《みお》ろす金《きん》の額縁《がくぶち》の中《なか》でまどろんでいる。半月《はんげつ》めがねを曲《ま》がった鼻《はな》にのせ、おだやかでなごやかな表情《ひょうじょう》だ。

その肖像画《しょうぞうが》を一瞥《いちべつ》した後《のち》、マクゴナガル先生《せんせい》は自分《じぶん》に活《かつ》を入《い》れるかのような、見慣《みな》れない動作《どうさ》をした。それから机《つくえ》のむこう側《がわ》に移動《いどう》し、ハリーと向《む》き合《あ》った。くっきりとしわが刻《きざ》まれた、張《は》り詰《つ》めた顔《かお》だった。

「ハリー」先生《せんせい》が口《くち》を開《ひら》いた。

「ダンブルドア先生《せんせい》と一緒《いっしょ》に学校《がっこう》を離《はな》れて、今夜何《こんやなに》をしていたのかを知《し》りたいものです」

「お話《はな》しできません、先生《せんせい》」

ハリーが言《い》った。聞《き》かれることを予想《よそう》し、答《こた》えを準備《じゅんび》していた。ここで、この部屋《へや》で、ダンブルドアは、ロンとハーマイオニー以外《いがい》には、授業《じゅぎょう》の内容《ないよう》を打《う》ち明《あ》けるなとハリーに言《い》ったのだ。

「ハリー、重要《じゅうよう》なことかもしれませんよ」マクゴナガル先生《せんせい》が言《い》った。

「そうです」ハリーが答《こた》えた。

「とても重要《じゅうよう》です。でも、ダンブルドア先生《せんせい》は誰《だれ》にも話《はな》すなとおっしゃいました」

マクゴナガル先生《せんせい》は、ハリーをにらみつけた。

「ポッター」

呼《よ》び方《かた》が変《か》わったことにハリーは気《き》がついた。

「ダンブルドア校長《こうちょう》がお亡《な》くなりになったことで、事情《じじょう》が少《すこ》し変《か》わったことはわかるはずだと思《おも》いますが――」

「そうは思《おも》いません」ハリーは肩《かた》をすくめた。

「ダンブルドア先生《せんせい》は、自分《じぶん》が死《し》んだら命令《めいれい》に従《したが》うのをやめろとはおっしゃいませんでした」

「しかし――」

「でも、魔法省《まほうしょう》が到着《とうちゃく》する前《まえ》に、一つだけお知《し》らせしておいたほうがよいと思《おも》います。マダム・ロスメルタが『服従《ふくじゅう》の呪文《じゅもん》』をかけられています。マルフォイや『死喰《しく》い人《びと》』の手助《てだす》けをしていました。だからネックレスや蜂蜜酒《はちみつしゅ》が――」

「ロスメルタ？」

マクゴナガル先生《せんせい》は信《しん》じられないという顔《かお》だった。しかしそれ以上《いじょう》何《なに》も言《い》わないうちに、扉《とびら》をノックする音《おと》がして、スプラウト、フリットウィック、スラグホーン先生《せんせい》が、ぞろぞろと入《はい》ってきた。そのあとから、ハグリッドが巨体《きょたい》を悲《かな》しみに震《ふる》わせ、涙《なみだ》をぼろぼろ流《なが》しながら入《はい》ってきた。

「スネイプ！」

一番《いちばん》ショックを受《う》けた様子《ようす》のスラグホーンが、青《あお》い顔《かお》に汗《あせ》をにじませ、吐《は》き捨《す》てるように言《い》った。

「スネイプ！　わたしの教《おし》え子《ご》だ！　あいつのことは知《し》っているつもりだった！」

しかし、誰《だれ》もそれに反応《はんのう》しないうちに、壁《かべ》の高《たか》い所《ところ》から、鋭《するど》い声《こえ》がした。短《みじか》い黒《くろ》い前髪《まえがみ》を垂《た》らした土気色《つちけいろ》の顔《かお》の魔法使《まほうつか》いが、空《から》の額縁《がくぶち》に戻《もど》ってきたところだった。

「ミネルバ、魔法大臣《まほうだいじん》はまもなく到着《とうちゃく》するだろう。大臣《だいじん》は魔法省《まほうしょう》から、今《いま》しがた『姿《すがた》くらまし』した」

「ありがとう、エバラード」

マクゴナガル先生《せんせい》は礼《れい》を述《の》べ、急《いそ》いで寮監《りょうかん》の先生方《せんせいがた》のほうを向《む》いた。

「大臣《だいじん》が着《つ》く前《まえ》に、ホグワーツがどうなるかをお話《はな》ししておきたいのです」

マクゴナガル先生《せんせい》が早口《はやくち》に言《い》った。

「私個人《わたくしこじん》としては、来年度《らいねんど》も学校《がっこう》を続《つづ》けるべきかどうか、確信《かくしん》がありません。一人《ひとり》の教師《きょうし》の手《て》にかかって校長《こうちょう》が亡《な》くなったのは、ホグワーツの歴史《れきし》にとって、とんでもない汚点《おてん》です。恐《おそ》ろしいことです」

「ダンブルドアはまちがいなく、学校《がっこう》の存続《そんぞく》をお望《のぞ》みだったろうと思《おも》います」

スプラウト先生《せんせい》が言《い》った。

「たった一人《ひとり》でも学《まな》びたい生徒《せいと》がいれば、学校《がっこう》はその生徒《せいと》のために存続《そんぞく》すべきでしょう」

「しかし、こういうことのあとで、一人《ひとり》でも生徒《せいと》が来《く》るだろうか？」

スラグホーンが、シルクのハンカチを額《ひたい》の汗《あせ》に押《お》し当《あ》てながら言《い》った。

「親《おや》が子供《こども》を家《いえ》に置《お》いておきたいと望《のぞ》むだろうし、そういう親《おや》を責《せ》めることはできない。個人的《こじんてき》には、ホグワーツがほかと比《くら》べてより危険《きけん》だとは思《おも》わんが、母親《ははおや》たちもそのように考《かんが》えるとは期《き》待《たい》できないでしょう。家族《かぞく》をそばに置《お》きたいと願《ねが》うでしょうな。自然《しぜん》なことだ」

「私《わたくし》も同感《どうかん》です」

マクゴナガル先生《せんせい》が言《い》った。

「それに、いずれにしても、ダンブルドアがホグワーツ閉校《へいこう》という状況《じょうきょう》を一度《いちど》も考《かんが》えたことがないというのは、正《ただ》しくありません。『秘密《ひみつ》の部屋《へや》』が再《ふた》び開《ひら》かれたとき、ダンブルドアは学校閉《がっこうへい》鎖《さ》を考《かんが》えられました――それに、私《わたくし》にとっては、ダンブルドアが殺《ころ》されたことのほうが、スリザリンの怪物《かいぶつ》が城《しろ》の内奥《ないおう》に隠《かく》れ棲《す》んでいることよりも、おだやかならざることです……」

「理事《りじ》たちと相談《そうだん》しなくてはなりませんな」

フリットウィック先生《せんせい》が小《ちい》さなキーキー声《ごえ》で言《い》った。額《ひたい》に大《おお》きな青《あお》あざができていたが、スネイプの部屋《へや》で倒《たお》れたときの傷《きず》は、それ以外《いがい》にないようだった。

「定《さだ》められた手続《てつづ》きに従《したが》わねばなりません。拙速《せっそく》に決定《けってい》すべきことではありませんぞ」

「ハグリッド、何《なに》も言《い》わないですね」マクゴナガル先生《せんせい》が言《い》った。

「あなたはどう思《おも》いますか。ホグワーツは存続《そんぞく》すべきですか？」

先生方《せんせいがた》のやり取《と》りを、大《おお》きな水玉模様《みずたまもよう》のハンカチを当《あ》てて泣《な》きながら、だまって聞《き》いていたハグリッドが、真《ま》っ赤《か》に泣《な》き腫《は》らした目《め》を上《あ》げて、かすれ声《ごえ》で言《い》った。

「俺《おれ》にはわかんねえです、先生《せんせい》……寮監《りょうかん》と校長《こうちょう》が決《き》めるこってす……」

「ダンブルドア校長《こうちょう》は、いつもあなたの意見《いけん》を尊重《そんちょう》しました」

マクゴナガル先生《せんせい》がやさしく言《い》った。

「私《わたくし》もそうです」

「そりゃ、俺《おれ》はとどまります」

ハグリッドが言《い》った。大粒《おおつぶ》の涙《なみだ》が目《め》の端《はし》からぼろぼろこぼれ続《つづ》け、もじゃもじゃひげに滴《したた》り落《お》ちていた。

「俺《おれ》の家《いえ》です。十三歳《さい》のときから俺《おれ》の家《いえ》だったです。俺《おれ》に教《おし》えてほしいっちゅう子供《こども》がいれば、俺《おれ》は教《おし》える。だけんど……俺《おれ》にはわからねえです……ダンブルドアのいねえホグワーツなんて……」

ハグリッドはゴクリとつばを飲《の》み込《こ》み、またハンカチで顔《かお》を隠《かく》した。みんながだまり込《こ》んだ。

「わかりました」

マクゴナガル先生《せんせい》は窓《まど》から校庭《こうてい》をちらりと眺《なが》め、大臣《だいじん》がもうやってくるかどうかをたしかめた。

「では、私《わたくし》はフィリウスと同意見《どういけん》です。理事会《りじかい》にかけるのが正当《せいとう》であり、そこで最終的《さいしゅうてき》な結論《けつろん》が出《で》るでしょう」

「さて、学生《がくせい》を家《いえ》に帰《かえ》す件《けん》ですが……一刻《いっこく》も早《はや》いほうがよいという意見《いけん》があります。必要《ひつよう》とあらば、明日《あす》にもホグワーツ特急《とっきゅう》を手配《てはい》できます――」

「ダンブルドアの葬儀《そうぎ》はどうするんですか？」ハリーはついに口《くち》を出《だ》した。

「そうですね……」

マクゴナガル先生《せんせい》の声《こえ》が震《ふる》え、きびきびした調子《ちょうし》が少《すこ》しかげった。

「私《わたくし》――私《わたくし》は、ダンブルドアが、このホグワーツに眠《ねむ》ることを望《のぞ》んでおられたのを知《し》っています――」

「それなら、そうなりますね？」ハリーが激《はげ》しく言《い》った。

「魔法省《まほうしょう》がそれを適切《てきせつ》だと考《かんが》えるならです」マクゴナガル先生《せんせい》が言《い》った。

「ただ、これまで、ほかのどの校長《こうちょう》もそのようには——」

「ダンブルドアほどこの学校《がっこう》にお尽《つ》くしなさった校長《こうちょう》は、ほかに誰《だれ》もいねえ」

ハグリッドがうめくように言《い》った。

「ホグワーツこそ、ダンブルドアの最後《さいご》の安息《あんそく》の地《ち》になるべきです」

フリットウィック先生《せんせい》が言《い》った。

「そのとおり」スプラウト先生《せんせい》が言《い》った。

「それなら」ハリーが言《い》った。「葬儀《そうぎ》が終《お》わるまでは、生徒《せいと》を家《いえ》に帰《かえ》すべきではありません。みんなもきっと——」

最後《さいご》の言葉《ことば》がのどに引《ひ》っかかった。しかし、スプラウト先生《せんせい》が引《ひ》き取《と》って続《つづ》けた。

「お別《わか》れを言《い》いたいでしょう」

「よくぞ言《い》った」

フリットウィック先生《せんせい》がキーキー言《い》った。

「よくぞ言《い》ってくれた！　生徒《せいと》たちは敬意《けいい》を表《ひょう》すべきだ。それがふさわしい。家《いえ》に帰《かえ》す列車《れっしゃ》は、そのあとで手配《てはい》できる」

「賛成《さんせい》」スプラウト先生《せんせい》が大声《おおごえ》で言《い》った。

「わたしも……まあ、そうですな……」

スラグホーンがかなり動揺《どうよう》した声《こえ》で言《い》った。ハグリッドは、押《お》し殺《ころ》したすすり泣《な》きのような声《こえ》で賛成《さんせい》した。

「大臣《だいじん》が来《き》ます」

校庭《こうてい》を見《み》つめながら、突然《とつぜん》マクゴナガル先生《せんせい》が言《い》った。

「大臣《だいじん》は……どうやら代表団《だいひょうだん》を引《ひ》き連《つ》れています……」

「先生《せんせい》、もう行《い》ってもいいですか？」ハリーがすぐさま聞《き》いた。

今夜《こんや》はルーファス・スクリムジョールに会《あ》いたくもないし、質問《しつもん》されるのもいやだった。

「よろしい」マクゴナガル先生《せんせい》が言《い》った。「それに、お急《いそ》ぎなさい」

マクゴナガル先生《せんせい》はつかつかと扉《とびら》まで歩《ある》いていって、ハリーのために扉《とびら》を開《あ》けた。ハリーは急《いそ》いでらせん階段《かいだん》を下《お》り、人気《ひとけ》のない廊下《ろうか》に出《で》た。透明《とうめい》マントは天文台《てんもんだい》の塔《とう》の上《うえ》に置《お》きっ放《ぱな》しにしてしまったが、何《なん》の問題《もんだい》もなかった。ハリーが通《とお》り過《す》ぎるのを見《み》ている人《ひと》は、誰《だれ》もいない。フィルチも、ミセス・ノリスも、ピーブズさえもいなかった。グリフィンドールの談話室《だんわしつ》に向《む》かう通《つう》路《ろ》に出《で》るまで、ハリーは誰《だれ》にも出会《であ》わなかった。

「ほんとうなの？」

ハリーが近《ちか》づくと、「太《ふと》った婦人《レディ》」が小声《こごえ》で聞《き》いた。

「ほんとうにそうなの？　ダンブルドアが――死《し》んだって？」

「ほんとうだ」ハリーが言《い》った。

「太《ふと》った婦人《レディ》」は声《こえ》を上《あ》げて泣《な》き、合言葉《あいことば》を待《ま》たずに入口《いりぐち》を開《あ》けてハリーを通《とお》した。

ハリーが思《おも》ったとおり、談話室《だんわしつ》は人《ひと》でいっぱいだった。ハリーが肖像画《しょうぞうが》の穴《あな》を登《のぼ》って入《はい》っていくと、部屋中《へやじゅう》がしんとなった。近《ちか》くに座《すわ》っているグループの中《なか》に、ディーンとシェーマスがいるのが見《み》えた。寝室《しんしつ》には誰《だれ》もいないか、またはそれに近《ちか》い状態《じょうたい》にちがいない。ハリーは誰《だれ》とも口《くち》をきかず、誰《だれ》とも目《め》を合《あ》わさずにまっすぐ談話室《だんわしつ》を横切《よこぎ》って、男子寮《だんしりょう》へのドアを通《とお》り寝室《しんしつ》に行《い》った。

期待《きたい》どおり、ロンがハリーを待《ま》っていた。服《ふく》を着《き》たままでベッドに腰《こし》かけていた。ハリーも自《じ》分《ぶん》の四本柱《よんほんばしら》のベッドにかけ、しばらくは、ただ互《たが》いに見《み》つめ合《あ》うだけだった。

「学校《がっこう》の閉鎖《へいさ》のことを話《はな》しているんだ」ハリーが言《い》った。

「ルーピンがそうだろうって言《い》ってた」ロンが言《い》った。

しばらく沈黙《ちんもく》が続《つづ》いた。

「それで？」

家具《かぐ》が聞《き》き耳《みみ》を立《た》てているとでも思《おも》ったのか、ロンが声《こえ》をひそめて聞《き》いた。

「見《み》つけたのか？　手《て》に入《い》れたのか？　あれを――分霊箱《ぶんれいばこ》を？」

ハリーは首《くび》を横《よこ》に振《ふ》った。黒《くろ》い湖《みずうみ》で起《お》こったすべてのことが、今《いま》では昔《むかし》の悪夢《あくむ》のように思《おも》われた。ほんとうに起《お》こったことだろうか？　ほんの数時間前《すうじかんまえ》に？

「手《て》に入《はい》らなかった？」ロンはがっくりしたように言《い》った。「そこにはなかったのか？」

「いや」ハリーが言《い》った。「誰《だれ》かに盗《と》られたあとで、かわりに偽物《にせもの》が置《お》いてあった」

「もう盗《と》られてた？」

ハリーは、だまって偽物《にせもの》のロケットをポケットから取《と》り出《だ》し、開《ひら》いてロンに渡《わた》した。くわしい話《はなし》はあとでいい……今夜《こんや》はどうでもいいことだ……最後《さいご》の結末《けつまつ》以外《いがい》は。意味《いみ》のない冒険《ぼうけん》の末《すえ》、ダンブルドアの生命《せいめい》がはてたこと以外《いがい》は……。

「R《アール》・A《エー》・B《ビー》」ロンがつぶやいた。「でも、誰《だれ》なんだ？」

「さあ」

ハリーは服《ふく》を着《き》たままベッドに横《よこ》になり、ぼんやりと上《うえ》を見《み》つめた。「R《アール》・A《エー》・B《ビー》」には、何《なん》の興味《きょうみ》も感《かん》じなかった。何《なに》に対《たい》しても、二度《にど》と再《ふたた》び興味《きょうみ》など感《かん》じることはないのかもしれない。横《よこ》たわっていると、突然《とつぜん》、校庭《こうてい》が静《しず》かなのに気《き》がついた。フォークスが歌《うた》うのをやめていた。

なぜそう思《おも》ったのかはわからないが、ハリーは不死鳥《ふしちょう》が去《さ》ってしまったことを悟《さと》った。永久《えいきゅう》にホグワーツから去《さ》ってしまったのだ。ダンブルドアが学校《がっこう》を去《さ》り、この世《よ》を去《さ》ったと同《おな》じように……ハリーから去《さ》ってしまったと同《おな》じように。

第《だい》30章《しょう》　白《しろ》い墓《はか》

授業《じゅぎょう》はすべて中止《ちゅうし》され、試験《しけん》は延期《えんき》された。何人《なんにん》かの生徒《せいと》たちが、それから二日《ふつか》のうちに、急《いそ》いで両親《りょうしん》にホグワーツから連《つ》れ去《さ》られた――双子《ふたご》のパチル姉妹《しまい》は、ダンブルドアが亡《な》くなった次《つぎ》の日《ひ》の朝食《ちょうしょく》の前《まえ》にいなくなったし、ザカリアス・スミスは、気位《きぐらい》の高《たか》そうな父親《ちちおや》に護衛《ごえい》されて城《しろ》から連《つ》れ出《だ》された。一方《いっぽう》シェーマス・フィネガンは、母親《ははおや》と一緒《いっしょ》に帰《かえ》ることを真《ま》っ向《こう》から拒否《きょひ》した。二人《ふたり》は玄関《げんかん》ホールでどなり合《あ》ったが、結局《けっきょく》、母親《ははおや》が折《お》れて、シェーマスは葬儀《そうぎ》が終《お》わるまで学校《がっこう》に残《のこ》ることになった。ダンブルドアに最後《さいご》のお別《わか》れを告《つ》げようと、魔法使《まほうつか》いや魔女《まじょ》たちがホグズミード村《むら》に押《お》し寄《よ》せたため、母親《ははおや》がホグズミードに宿《やど》を取《と》るのに苦労《くろう》したと、シェーマスはハリーとロンに話《はな》した。

葬儀《そうぎ》の前日《ぜんじつ》の午後遅《ごごおそ》く、家《いえ》一軒《けん》ほどもある大《おお》きなパステル・ブルーの馬車《ばしゃ》が、十二頭《とう》の巨大《きょだい》なパロミノの天馬《てんば》に引《ひ》かれて空《そら》から舞《ま》い降《お》り、禁《きん》じられた森《もり》の端《はし》に着陸《ちゃくりく》した。それを初《はじ》めて目《め》にした低学年《ていがくねん》の生徒《せいと》たちが、ちょっとした興奮状態《こうふんじょうたい》になった。小麦色《こむぎいろ》の肌《はだ》に黒髪《くろかみ》の、きりりとした巨大《きょだい》な女性《じょせい》が馬車《ばしゃ》から降《お》り立《た》ち、待《ま》ち受《う》けていたハグリッドの腕《うで》の中《なか》に飛《と》び込《こ》んだのを、ハリーは窓《まど》から見《み》た。一方《いっぽう》、魔法大臣率《まほうだいじんひき》いる魔法省《まほうしょう》の役人《やくにん》たちは、城《しろ》の中《なか》に泊《と》まった。ハリーは、その誰《だれ》とも顔《かお》を合《あ》わせないように細心《さいしん》の注意《ちゅうい》を払《はら》っていた。遅《おそ》かれ早《はや》かれ、ダンブルドアが最後《さいご》にホグワーツから外出《がいしゅつ》したときの話《はなし》をしろと、また言《い》われるにちがいないからだ。

ハリー、ロン、ハーマイオニー、そしてジニーは、ずっと一緒《いっしょ》に過《す》ごした。四人《にん》の気持《きも》ちとは裏腹《うらはら》の、よい天気《てんき》だった。ダンブルドアが生《い》きていたなら、ジニーの試験《しけん》も終《お》わり、宿題《しゅくだい》の重荷《おもに》からも解放《かいほう》されたこの学期末《がっきまつ》の時間《じかん》を、どんなにちがう気持《きも》ちで過《す》ごせたことか……。

ハリーにはどうしても言《い》わなければならないこと、そうするのが正《ただ》しいとわかっていることがあったが、容易《ようい》には切《き》り出《だ》せず、先《さき》のばしにしていた。自分《じぶん》にとって一番《いちばん》の心《こころ》の安《やす》らぎになっているものを失《うしな》うのは、あまりにもつらかったからだ。

四人《にん》は一日《にち》に二度《ど》、医務室《いむしつ》に見舞《みま》いにいった。ネビルは退院《たいいん》したが、ビルはまだマダム・ポンフリーの手当《てあ》てを受《う》けていた。傷痕《きずあと》は相変《あいか》わらずひどかった。実《じつ》のところ、はっきりとマッド-アイ・ムーディに似《に》た顔《かお》になっていたが、幸《さいわ》い両目《りょうめ》と両脚《りょうあし》はついていた。しかし、人格《じんかく》は前《まえ》と変《か》わりないようだった。一つだけ変《か》わったと思《おも》われるのは、ステーキのレアを好《この》むようになったことだ。

「……それで、このいとがわたしと結婚《けっこん》するのは、とーてもラッキーなことでーすね」

フラーは、ビルの枕《まくら》をなおしながらうれしそうに言《い》った。

「なぜなら、イギリース人《じん》、お肉《にく》を焼《や》きすーぎます。わたし、いーつもそう言《い》ってましたね」

「ビルがまちがいなくあの女《おんな》と結婚《けっこん》するんだってこと、受《う》け入《い》れるしかないみたいね」

その夜《よる》、四人《にん》でグリフィンドールの談話室《だんわしつ》の窓際《まどぎわ》に座《すわ》り、開《あ》け放《はな》した窓《まど》から夕暮《ゆうぐ》れの校庭《こうてい》を見《み》下《お》ろしながら、ジニーがため息《いき》をついた。

「そんなに悪《わる》い人《ひと》じゃないよ」ハリーが言《い》った。「ブスだけどね」ジニーが眉《まゆ》を吊《つ》り上《あ》げたので、ハリーがあわててつけ加《くわ》えると、ジニーはしかたなしにクスクス笑《わら》った。

「そうね、ママががまんできるなら、私《わたし》もできると思《おも》うわ」

「ほかに誰《だれ》か知《し》ってる人《ひと》が死《し》んだかい？」

「夕刊予言者新聞《ゆうかんよげんしゃしんぶん》」に目《め》を通《とお》していたハーマイオニーに、ロンが聞《き》いた。ハーマイオニーは、無《む》理《り》に力《りき》んだようなロンの声《こえ》の調子《ちょうし》にたじろいだ。

「いいえ」新聞《しんぶん》をたたみながら、ハーマイオニーがとがめるように言《い》った。

「スネイプを追《お》っているけど、まだ何《なん》の手《て》がかりも……」

「そりゃ、ないだろう」

この話題《わだい》が出《で》るたびに、ハリーは腹《はら》を立《た》てていた。

「ヴォルデモートを見《み》つけるまでは、スネイプも見《み》つからないさ。それに魔法省《まほうしょう》の連中《れんちゅう》は、今《いま》で一度《いちど》だって見《み》つけたためしがないじゃないか……」

「もう寝《ね》るわ」ジニーがあくびしながら言《い》った。

「私《わたし》、あまりよく寝《ね》てないの……あれ以来《いらい》……少《すこ》し眠《ねむ》らなくちゃ」

ジニーはハリーにキスして（ロンはあてつけがましくそっぽを向《む》いた）、あとの二人《ふたり》におやすみと手《て》を振《ふ》り、女子寮《じょしりょう》に帰《かえ》っていった。寮《りょう》のドアが閉《し》まったとたん、ハーマイオニーが、いかにもハーマイオニーらしい表情《ひょうじょう》で、ハリーのほうに身《み》を乗《の》り出《だ》した。

「ハリー、私《わたし》、発見《はっけん》したことがあるの。今朝《けさ》、図書室《としょしつ》で……」

「R《アール》・A《エー》・B《ビー》？」ハリーが椅子《いす》に座《すわ》りなおした。

これまでのハリーなら、興奮《こうふん》したり好奇心《こうきしん》にかられたり、謎《なぞ》の奥底《おくそこ》が知《し》りたくて、もどかしい思《おも》いをしたものだったが、もはやそのようには感《かん》じられなくなっていた。まず本物《ほんもの》の分霊箱《ぶんれいばこ》に関《かん》する真実《しんじつ》を知《し》るのが任務《にんむ》だ、ということだけはわかっていた。それができたとき初《はじ》めて、目《め》の前《まえ》に伸《の》びる曲折《きょくせつ》した暗《くら》い道《みち》を、少《すこ》しは先《さき》に進《すす》むことができるだろう。ハリーが、ダンブルドアと一緒《いっしょ》に歩《ある》きだした道《みち》のりだ。その旅《たび》をひとりで続《つづ》けなければならないのだということを、ハリーは今《いま》、思《おも》い知《し》っていた。あと四個《こ》もの分霊箱《ぶんれいばこ》が、どこかにある。その一つ一つを探《さが》し出《だ》して消滅《しょうめつ》させなければ、ヴォルデモート自身《じしん》を殺《ころ》す可能性《かのうせい》さえない。ハリーは、分霊箱《ぶんれいばこ》の名前《なまえ》を列挙《れっきょ》することで、それを手《て》の届《とど》く所《ところ》に持《も》ってくることができるかのように、何度《なんど》も復唱《ふくしょう》していた。ロケット……カップ……蛇《へび》……グリフィンドールかレイブンクロー縁《ゆかり》の品《しな》……ロケット……カップ……蛇《へび》……グリフィンドールかレイブンクロー縁《ゆかり》の品《しな》……。

このマントラのような呪文《じゅもん》は、ハリーが眠《ねむ》り込《こ》むときに、頭《あたま》の中《なか》で脈打《みゃくう》ちはじめるらしい。カップやロケットや謎《なぞ》の品々《しなじな》がびっしりと夢《ゆめ》に現《あらわ》れ、しかもどうしても近《ちか》づけない。ダンブルドアが縄《なわ》ばしごを出《だ》して助《たす》けようとするが、ハリーがはしごを上《のぼ》りはじめたとたんにはしごは何匹《なんびき》もの蛇《へび》に変《か》わってしまう……。

ダンブルドアが亡《な》くなった次《つぎ》の朝《あさ》、ハリーは、ロケットの中《なか》のメモをハーマイオニーに見《み》せていた。ハーマイオニーも、その時《とき》は、これまで読《よ》んだ本《ほん》に出《で》てきた、あまり有名《ゆうめい》でない魔法使《まほうつか》いの中《なか》に、その頭文字《かしらもじ》に当《あ》てはまる人物《じんぶつ》を思《おも》いつかなかった。しかしそれ以来《いらい》、ハーマイオニーは、何《なに》も宿題《しゅくだい》がない生徒《せいと》にしてはやや必要以上《ひつよういじょう》に足《あし》しげく、図書室《としょしつ》に通《かよ》っていたのだ。

「ちがうの」ハーマイオニーは悲《かな》しそうに答《こた》えた。

「努力《どりょく》してるのよ、ハリー。でも、何《なん》にも見《み》つからない……同《おな》じ頭文字《かしらもじ》で、そこそこ名前《なまえ》の知《し》られている魔法使《まほうつか》いは二人《ふたり》いるわ――ロザリンド・アンチゴーネ・バングズ……『斧振《おのふ》り男《おとこ》』ルパート・ブルックスタントン……でも、この二人《ふたり》はまったく当《あ》てはまらないみたい。あのメモから考《かんが》えると、分霊箱《ぶんれいばこ》を盗《ぬす》んだ人物《じんぶつ》は、ヴォルデモートを知《し》っていたらしいけど、バングズも『斧《おの》振《ふ》り男《おとこ》』も、ヴォルデモートとはまったく関係《かんけい》がないの……。そうじゃなくて、実《じつ》は、あのね……スネイプのことなの」

ハーマイオニーは、その名前《なまえ》を口《くち》にすることさえ過敏《かびん》になっているようだった。

「あいつがどうしたって？」ハリーはまた椅子《いす》に沈《しず》み込《こ》んで、重苦《おもくる》しく聞《き》いた。

「ええ、ただね、『半純血《はんじゅんけつ》のプリンス』について、ある意味《いみ》では私《わたし》が正《ただ》しかったの」

ハーマイオニーは遠慮《えんりょ》がちに言《い》った。

「ハーマイオニー、蒸《む》し返《かえ》す必要《ひつよう》があるのかい？　僕《ぼく》が今《いま》、どんな思《おも》いをしているかわかってるのか？」

「ううん――ちがうわ――ハリー、そういう意味《いみ》じゃないの！」

あたりを見回《みまわ》して、誰《だれ》にも聞《き》かれていないかどうかをたしかめながら、ハーマイオニーがあわてて言《い》った。

「あの本《ほん》が、一度《いちど》はアイリーン・プリンスの本《ほん》だったたっていう私《わたし》の考《かんが》えが、正《ただ》しかったたっていうだけ。あのね……アイリーンはスネイプの母親《ははおや》だったの！」

「あんまり美人《びじん》じゃないと思《おも》ってたよ」ロンが言《い》ったが、ハーマイオニーは無視《むし》した。

「ほかの古《ふる》い『予言者新聞《よげんしゃしんぶん》』を調《しら》べていたら、アイリーン・プリンスがトビアス・スネイプっていう人《ひと》と結婚《けっこん》したという、小《ちい》さなお知《し》らせがのっていたの。それからしばらくして、またお知《し》らせがあって、アイリーンが出産《しゅっさん》したって──」

「──殺人者《さつじんしゃ》をだろ」ハリーが吐《は》き捨《す》てるように言《い》った。

「ええ……そうね」ハーマイオニーが言《い》った。

「だから……私《わたし》がある意味《いみ》では正《ただ》しかったわけ。スネイプは『半分《はんぶん》プリンス』であることを誇《ほこ》りにしていたにちがいないわ。わかる？　『予言者新聞《よげんしゃしんぶん》』によれば、トビアス・スネイプはマグルだったわ」

「ああ、それでぴったり当《あ》てはまる」ハリーが言《い》った。

「スネイプは、ルシウス・マルフォイとか、ああいう連中《れんちゅう》に認《みと》められようとして、純血《じゅんけつ》の血筋《ちすじ》だけを誇張《こちょう》したんだろう……ヴォルデモートと同《おな》じだ。純血《じゅんけつ》の母親《ははおや》、マグルの父親《ちちおや》……純血《じゅんけつ》の血統《けっとう》が半分《はんぶん》しかないのを恥《は》じて、『闇《やみ》の魔術《まじゅつ》』を使《つか》って自分《じぶん》を恐《おそ》れさせようとしたり、自分《じぶん》で仰々《ぎょうぎょう》しい新《あたら》しい名前《なまえ》をつけたり──ヴォルデモート『卿《きょう》』──半純血《はんじゅんけつ》の『プリンス』──ダンブルドアはどうしてそれに気《き》づかなかったんだろう――？」

　ハリーは言葉《ことば》をとぎらせ、窓《まど》の外《そと》に目《め》をやった。ダンブルドアがスネイプに対《たい》して、許《ゆる》しがたいほどの信頼《しんらい》を置《お》いていたということが、どうしても頭《あたま》から振《ふ》り払《はら》えない……しかし、ハリー自身《じしん》が同《おな》じような思《おも》い込《こ》みをしていたことを、ハーマイオニーが今《いま》、期《き》せずして思《おも》い出《だ》させてくれた……走《はし》り書《が》きの呪文《じゅもん》がだんだん悪意《あくい》のこもったものになってきていたのに、ハリーは、あんなに自分《じぶん》を助《たす》けてくれた、あれほど賢《かしこ》い男《おとこ》の子《こ》が悪人《あくにん》のはずはないと、かたくなにそう考《かんが》えていた。

自分《じぶん》を助《たす》けてくれた……今《いま》になってみれば、それはたえがたい思《おも》いだった……。

「あの本《ほん》を使《つか》っていたのに、スネイプがどうして君《きみ》を突《つ》き出《だ》さなかったのか、わかんないなあ」

ロンが言《い》った。

「君《きみ》がどこからいろいろ引《ひ》っ張《ぱ》り出《だ》してくるのか、わかってたはずなのに」

「あいつはわかってたさ」ハリーは苦《にが》い思《おも》いで言《い》った。

「僕《ぼく》が『**セクタムセンプラ**』を使《つか》ったとき、あいつにはわかっていたんだ。『開心術《かいしんじゅつ》』を使《つか》う必要《ひつよう》なんかなかった……それより前《まえ》から知《し》っていたかもしれない。スラグホーンが、『魔法薬学《まほうやくがく》』で僕《ぼく》がどんなに優秀《ゆうしゅう》かを吹聴《ふいちょう》していたから……自分《じぶん》の使《つか》った古《ふる》い教科書《きょうかしょ》を、棚《たな》の奥《おく》に置《お》きっ放《ぱな》しになんか、しておくべきじゃなかったんだ。そうだろう？」

「だけど、どうして君《きみ》を突《つ》き出《だ》さなかったんだろう？」

「あの本《ほん》との関係《かんけい》を、知《し》られたくなかったんじゃないかしら」ハーマイオニーが言《い》った。「ダンブルドアがそれを知《し》ったら、不快《ふかい》に思《おも》われたでしょうから。それに、スネイプが自分《じぶん》の物《もの》じゃないってしら・を・切《き》っても、スラグホーンはすぐに筆跡《ひっせき》を見破《みやぶ》ったでしょうね。とにかく、あの本《ほん》は、スネイプの昔《むかし》の教室《きょうしつ》に置《お》き去《ざ》りになっていたものだし、ダンブルドアは、スネイプの母《はは》親《おや》が『プリンス』という名前《なまえ》だったことを知《し》っていたはずよ」

「あの本《ほん》を、ダンブルドアに見《み》せるべきだった」ハリーが言《い》った。「ヴォルデモートは、学生《がくせい》のときでさえ邪悪《じゃあく》だったと、ダンブルドアがずっと僕《ぼく》に教《おし》えてくれていたのに。そして僕《ぼく》は、スネイプも同《おな》じだったという証拠《しょうこ》を手《て》にしていたのに――」

「『邪悪《じゃあく》』という言葉《ことば》は強過《つよす》ぎるわ」ハーマイオニーが静《しず》かに言《い》った。

「あの本《ほん》が危険《きけん》だって、さんざん言《い》ったのは君《きみ》だぜ！」

「私《わたし》が言《い》いたいのはね、ハリー、あなたが自分《じぶん》を責《せ》め過《す》ぎているということなの。『プリンス』がひねくれたユーモアのセンスの持《も》ち主《ぬし》だとは思《おも》ったけど、殺人者《さつじんしゃ》になりうるなんて、まったく思《おも》わなかったわ……」

「誰《だれ》も想像《そうぞう》できなかったよ。スネイプが、ほら……あんなことをさ」ロンが言《い》った。

それぞれの思《おも》いに沈《しず》みながら、三人《にん》ともだまり込《こ》んだ。しかしハリーは、二人《ふたり》とも自分《じぶん》と同《おな》じことを考《かんが》えているのを知《し》っていた。明日《あす》の朝《あさ》、ダンブルドアのなきがらが葬《ほうむ》られるのだということを。ハリーは、葬儀《そうぎ》というものに参列《さんれつ》したことがなかった。シリウスが死《し》んだときは、埋葬《まいそう》するなきがらがなかった。何《なに》が行《おこな》われるのか予想《よそう》できず、ハリーは何《なに》を目《め》にするのか、どういう気《き》持《も》ちになるのかが、少《すこ》し心配《しんぱい》だった。葬儀《そうぎ》が終《お》われば、ダンブルドアの死《し》が自分《じぶん》にとって、もっと現実的《げんじつてき》なものになるのだろうか。ときどき、その恐《おそ》ろしい事実《じじつ》が自分《じぶん》を押《お》しつぶしそうになるときはあった。しかし、ハリーの心《こころ》には、何《なに》も感《かん》じられない空白《くうはく》の時間《じかん》が広《ひろ》がっていて、城《しろ》の中《なか》で誰《だれ》もそれ以外《いがい》の話《はなし》はしていないにもかかわらず、その空白《くうはく》の時間《じかん》の中《なか》では、ダンブルドアがいなくなったことがいまだに信《しん》じられなかった。たしかに、シリウスのときとはちがい、何《なに》か抜《ぬ》け穴《あな》はないか、何《なん》とかダンブルドアが戻《もど》ってくる道《みち》はないかと、必死《ひっし》で探《さが》したりはしなかった……ハリーは、ポケットの中《なか》の偽《にせ》の分霊箱《ぶんれいばこ》の、冷《つめ》たい鎖《くさり》をまさぐった。お守《まも》りとしてではなく、それがどれほどの代償《だいしょう》を払《はら》ったものなのか、これから何《なに》をなすべきなのかを思《おも》い出《だ》させてくれるものとして、ハリーはどこに行《い》くにもこれを持《も》ち歩《ある》いていた。

次《つぎ》の日《ひ》、ハリーは荷造《にづく》りのため早《はや》く起《お》きた。ホグワーツ特急《とっきゅう》は、葬儀《そうぎ》の一時間後《じかんご》に出発《しゅっぱつ》することになっていた。一階《かい》に下《お》りていくと、大広間《おおひろま》は沈痛《ちんつう》な雰囲気《ふんいき》に包《つつ》まれていた。全員《ぜんいん》が式服《しきふく》を着《き》て、誰《だれ》もが食欲《しょくよく》を失《うしな》っているようだった。マクゴナガル先生《せんせい》は、教職員《きょうしょくいん》テーブルの中央《ちゅうおう》にある王座《おうざ》のような椅子《いす》を、空席《くうせき》のままにしていた。ハグリッドの椅子《いす》も空席《くうせき》だった。たぶん、朝食《ちょうしょく》など見《み》る気《き》もしないのだろうと、ハリーは思《おも》った。しかしスネイプの席《せき》には、ルーファス・スクリムジョールが無造作《むぞうさ》に座《すわ》っていた。その黄《き》ばんだ目《め》が大広間《おおひろま》を見渡《みわた》したとき、ハリーは視線《しせん》を合《あ》わせないようにした。スクリムジョールが自分《じぶん》を探《さが》している気《き》がして、落《お》ち着《つ》かなかった。スクリムジョールの随行者《ずいこうしゃ》の中《なか》に、赤毛《あかげ》で角縁《つのぶち》めがねのパーシー・ウィーズリーがいるのを、ハリーは見《み》つけた。ロンは、パーシーに気《き》づいた様子《ようす》を見《み》せなかったが、やたらと憎《にく》しみを込《こ》めてニシンの燻製《くんせい》を突《つ》き刺《さ》した。

スリザリンのテーブルでは、クラッブとゴイルがヒソヒソ話《ばなし》をしていた。図体《ずうたい》の大《おお》きな二人《ふたり》なのに、その間《あいだ》でいばり散《ち》らしている背《せ》の高《たか》い青白《あおじろ》い顔《かお》のマルフォイがいないと、奇妙《きみょう》にしょんぼりしているように見《み》えた。ハリーは、マルフォイのことをあまり考《かんが》えていなかった。もっぱら、スネイプだけを憎悪《ぞうお》していた。しかし、塔《とう》の屋上《おくじょう》でマルフォイの声《こえ》が恐怖《きょうふ》に震《ふる》えたことも、ほかの死喰《しく》い人《びと》がやってくる前《まえ》に杖《つえ》を下《お》ろしたことも忘《わす》れてはいなかった。ハリーには、マルフォイが、ダンブルドアを殺《ころ》しただろうとは思《おも》えなかった。マルフォイが、闇《やみ》の魔術《まじゅつ》のとりこになったことは嫌悪《けんお》していたが、今《いま》ではその気持《きも》ちに、ほんのわずかの哀《あわ》れみがまじっていた。マルフォイは、今《いま》どこにいるのだろう。ヴォルデモートは、マルフォイも両親《りょうしん》をも殺《ころ》すと脅《おど》して、マルフォイに何《なに》をさせようとしているのだろう？

考《かんが》えにふけっていたハリーは、ジニーに脇腹《わきばら》をこづかれて、我《われ》に返《かえ》った。マクゴナガル先生《せんせい》が立《た》ち上《あ》がっていた。大広間《おおひろま》の悲《かな》しみに沈《しず》んだざわめきが、たちまちやんだ。

「まもなく時間《じかん》です」

マクゴナガル先生《せんせい》が言《い》った。

「それぞれの寮監《りょうかん》に従《したが》って、校庭《こうてい》に出《で》てください。グリフィンドール生《せい》は、私《わたくし》についておいでなさい」

全員《ぜんいん》がほとんど無言《むごん》で、各寮《かくりょう》のベンチから立《た》ち上《あ》がり、ぞろぞろと行列《ぎょうれつ》して歩《ある》きだした。スリザリンの列《れつ》の先頭《せんとう》に立《た》つスラグホーンを、ハリーがちらりと見《み》ると、銀色《ぎんいろ》の刺繍《ししゅう》を施《ほどこ》した、豪華《ごうか》なエメラルド色《いろ》の長《なが》いローブをまとっていた。ハッフルパフの寮監《りょうかん》であるスプラウト先生《せんせい》がこんなにこざっぱりしているのを、ハリーは見《み》たことがなかった。帽子《ぼうし》にはただの一つも継《つ》ぎはぎがない。玄関《げんかん》ホールに出《で》ると、マダム・ピンスが、ひざまで届《とど》く分厚《ぶあつ》い黒《くろ》ベールをかぶって、フィルチの脇《わき》に立《た》っていた。フィルチのほうは、樟脳《しょうのう》の臭《にお》いがプンプンする、古《ふる》くさい黒《くろ》の背広《せびろ》にネクタイ姿《すがた》だった。

正面扉《しょうめんとびら》から石段《いしだん》に踏《ふ》み出《だ》したとき、ハリーは全員《ぜんいん》が湖《みずうみ》に向《む》かっているのがわかった。太陽《たいよう》が、温《あたた》かくハリーの顔《かお》をなでた。マクゴナガル先生《せんせい》のあとから黙々《もくもく》と歩《ある》き、何百《なんびゃく》という椅子《いす》が何列《なんれつ》も何列《なんれつ》も並《なら》んでいる場所《ばしょ》に着《つ》いた。中央《ちゅうおう》に一本《ぽん》の通路《つうろ》が走《はし》り、正面《しょうめん》に大理石《だいりせき》の台《だい》がしつらえられて、椅子《いす》は全部《ぜんぶ》その台《だい》に向《む》かって置《お》かれている。あくまでも美《うつく》しい夏《なつ》の日《ひ》だった。

椅子《いす》の半分《はんぶん》ほどがすでに埋《う》まり、質素《しっそ》な身《み》なりから格式《かくしき》ある服装《ふくそう》まで、老若男女《ろうにゃくなんにょ》、ありとあらゆる種類《しゅるい》の追悼者《ついとうしゃ》が着席《ちゃくせき》していた。ほとんどが見知《みし》らぬ参列者《さんれつしゃ》たちだったが、わずかに「不死《ふし》鳥《ちょう》の騎士団《きしだん》」のメンバーをふくむ、何人《なんにん》かは見分《みわ》けられた。キングズリー・シャックルボルト、マッド-アイ・ムーディ、不思議《ふしぎ》なことに髪《かみ》が再《ふたた》びショッキング・ピンクになったトンクスは、リーマス・ルーピンと手《て》をつないでいる。ウィーズリー夫妻《ふさい》、フラーに支《ささ》えられたビル、その後《うし》ろには、黒《くろ》いドラゴン革《がわ》の上着《うわぎ》を着《き》たフレッドとジョージがいた。さらに、一人《ひとり》で二人半分《ふたりはんぶん》の椅《い》子《す》を占領《せんりょう》しているマダム・マクシーム、「もれ鍋《なべ》」の店主《てんしゅ》のトム、ハリーの近所《きんじょ》に住《す》んでいるスクイブのアラベラ・フィッグ、「妖女《ようじょ》シスターズ」の毛深《けぶか》いベース奏者《そうしゃ》、「夜の騎士《ナイト》バス」の運転《うんてん》手《しゅ》のアーニー・プラング、ダイアゴン横丁《よこちょう》で洋装店《ようそうてん》を営《いとな》むマダム・マルキン。ハリーが、顔《かお》だけは知《し》っている人《ひと》たちも参列《さんれつ》している。「ホッグズ・ヘッド」のバーテン、ホグワーツ特急《とっきゅう》で車内《しゃない》販売《はんばい》のカートを押《お》している魔女《まじょ》などだ。城《しろ》のゴーストたちも、まぶしい太陽光《たいようこう》の中《なか》ではほとんど見《み》えなかったが、動《うご》いたときだけ、きらめく空気《くうき》の中《なか》でおぼろげに光《ひか》るつかみ所《どころ》のない姿《すがた》が見《み》えた。

ハリー、ロン、ハーマイオニー、ジニーの四人《にん》は、横並《よこなら》びの列《れつ》の一番端《いちばんはし》で、湖《みずうみ》の際《きわ》の席《せき》に並《なら》んで座《すわ》った。参列者《さんれつしゃ》が互《たが》いにささやき合《あ》う声《こえ》が、芝生《しばふ》を渡《わた》るそよ風《かぜ》のような音《おと》を立《た》てていたが、鳥《とり》の声《こえ》のほうがずっとはっきりと聞《き》こえた。参列者《さんれつしゃ》はどんどん増《ふ》え続《つづ》けた。ネビルがルーナに支《ささ》えられて席《せき》に着《つ》くのを見《み》て、ハリーは二人《ふたり》に対《たい》する熱《あつ》い思《おも》いが一度《いちど》に込《こ》み上《あ》げてきた。ダンブルドアが亡《な》くなったあの夜《よる》、ＤＡ《ディーエー》のメンバーの中《なか》で、ハーマイオニーの呼《よ》びかけに応《こた》えたのは、この二人《ふたり》だけだった。ハリーは、それがなぜなのかを知《し》っていた。ＤＡ《ディーエー》がなくなったことを、一番《いちばん》さびしく思《おも》っていたのがこの二人《ふたり》だ……たぶん、再開《さいかい》されることを願《ねが》って、しょっちゅうコインを見《み》ていたのだろう……。

コーネリウス・ファッジが、みじめな表情《ひょうじょう》で四人《にん》のそばを通《とお》り過《す》ぎ、いつものようにライムグリーンの山高帽《やまたかぼう》をくるくる回《まわ》しながら、列《れつ》の前方《ぜんぽう》に歩《ある》いていった。ハリーは、リータ・スキーターにも気《き》づいたが、鉤爪《かぎづめ》を真《ま》っ赤《か》に塗《ぬ》った手《て》に、メモ帳《ちょう》をがっちりつかんでいるのには向《む》かっ腹《ばら》が立《た》った。さらに、ドローレス・アンブリッジを見《み》つけて、腸《はらわた》が煮《に》えくり返《かえ》る思《おも》いがした。ガマガエル顔《がお》に見《み》え透《す》いた悲《かな》しみを浮《う》かべて、黒《くろ》いビロードのリボンを灰色《はいいろ》の髪《かみ》のカールのてっぺんに結《むす》んでいる。ケンタウルスのフィレンツェが、衛兵《えいへい》のように湖《みずうみ》のほとりに立《た》っている姿《すがた》を目《め》にしたアンブリッジは、ぎくりとして、そこからずっと離《はな》れた席《せき》までおたおたと走《はし》っていった。

最後《さいご》に先生方《せんせいがた》が着席《ちゃくせき》した。最前列《さいぜんれつ》のスクリムジョールが、マクゴナガル先生《せんせい》の隣《となり》で厳粛《げんしゅく》な、威《い》厳《げん》たっぷりの顔《かお》をしているのが見《み》えた。ハリーは、スクリムジョールにしても、そのほかのお偉《えら》方《がた》にしても、ダンブルドアが死《し》んだことをほんとうに悲《かな》しんでいるのだろうかと疑《うたが》った。その時《とき》、音楽《おんがく》が聞《き》こえてきた。不思議《ふしぎ》な、この世《よ》の物《もの》とも思《おも》えない音楽《おんがく》だ。ハリーは魔法省《まほうしょう》に対《たい》する嫌悪《けんお》感《かん》も忘《わす》れて、どこから聞《き》こえてくるのかとあたりを見回《みまわ》した。ハリーだけではなく、ドキリと驚《おどろ》いたような大勢《おおぜい》の顔《かお》が、音《おと》の源《みなもと》を探《さが》してあちこちを見《み》ていた。

「あそこだわ」ジニーがハリーの耳《みみ》にささやいた。

陽《ひ》の光《ひかり》を受《う》けて緑色《みどりいろ》に輝《かがや》く、澄《す》んだ湖面《こめん》の数《すう》センチ下《した》に、ハリーはその姿《すがた》を見《み》た。突然《とつぜん》「亡《もう》者《じゃ》」を思《おも》い出《だ》してぞっとしたが、それは「水中人《すいちゅうじん》」たちが合唱《がっしょう》する姿《すがた》だった。青白《あおじろ》い顔《かお》を水中《すいちゅう》に揺《ゆ》らめかせ、紫《むらさき》がかった髪《かみ》をその周《まわ》りにゆらゆらと広《ひろ》げて、ハリーの理解《りかい》できない不思議《ふしぎ》な言《こと》葉《ば》で歌《うた》っている。首筋《くびすじ》がザワザワするような音楽《おんがく》だったが、ふゆかいな音《おと》ではなかった。別《わか》れと悲嘆《ひたん》の気持《きも》ちを雄弁《ゆうべん》に伝《つた》える歌《うた》だ。歌《うた》う水中人《すいちゅうじん》の荒々《あらあら》しい顔《かお》を見下《みお》ろしながら、ハリーは、少《すく》なくとも水中人《すいちゅうじん》はダンブルドアの死《し》を悲《かな》しんでいる、という気《き》がした。その時《とき》、ジニーがまたハリーをこづき、振《ふ》り返《かえ》らせた。

椅子《いす》の間《あいだ》に設《もう》けられた一筋《ひとすじ》の通路《つうろ》を、ハグリッドがゆっくりと歩《ある》いてくるところだった。顔《かお》中《じゅう》を涙《なみだ》で光《ひか》らせ、ハグリッドは声《こえ》を出《だ》さずに泣《な》いていた。その両腕《りょううで》に抱《だ》かれ、金色《きんいろ》の星《ほし》をちりばめた紫《むらさき》のビロードに包《つつ》まれているのが、それとわかるダンブルドアのなきがらだ。のど元《もと》に熱《あつ》いものが込《こ》み上《あ》げてきた。不思議《ふしぎ》な音楽《おんがく》に加《くわ》えて、ダンブルドアのなきがらがこれほど身近《みぢか》にあるという思《おも》いが、一瞬《いっしゅん》、その日《ひ》の温《あたた》かさをすべて奪《うば》い去《さ》ってしまったような気《き》がした。ロンは衝撃《しょうげき》を受《う》けたように蒼白《そうはく》な顔《かお》だった。ジニーとハーマイオニーのひざに、ぼろぼろと大粒《おおつぶ》の涙《なみだ》がこぼれ落《お》ちた。

正面《しょうめん》で何《なに》が行《おこな》われているのか、四人《にん》にはよく見《み》えなかったが、ハグリッドがなきがらを台《だい》の上《うえ》にそっとのせたようだった。それからハグリッドは、トランペットを吹《ふ》くような大《おお》きな音《おと》を立《た》てて鼻《はな》をかみながら通路《つうろ》を引《ひ》き返《かえ》した。とがめるような目《め》をハグリッドに向《む》けた何人《なんにん》かの中《なか》に、ドローレス・アンブリッジがいるのをハリーは見《み》た……ダンブルドアならちっとも気《き》にしなかったにちがいないと、ハリーにはわかっていた。ハグリッドがそばを通《とお》ったとき、ハリーは親《した》しみを込《こ》めて合図《あいず》を送《おく》ってみたが、ハグリッドの泣《な》き腫《は》らした目《め》では、自分《じぶん》の行《い》き先《さき》が見《み》えていることさえ不思議《ふしぎ》だった。ハグリッドが向《む》かっていく先《さき》の後列《こうれつ》の席《せき》をちらりと見《み》たハリーは、ハグリッドが何《なに》に導《みちび》かれているのかがわかった。そこに、ちょっとしたテントほどの大《おお》きさの上着《うわぎ》とズボンとを身《み》に着《つ》けた、巨人《きょじん》のグロウプがいた。醜《みにく》い大岩《おおいわ》のような頭《あたま》を下《さ》げ、おとなしく、ほとんど普通《ふつう》の人間《にんげん》のように座《すわ》っている。ハグリッドが異父弟《いふてい》のグロウプの隣《となり》に座《すわ》ると、グロウプはハグリッドの頭《あたま》をポンポンとたたいたが、その強《つよ》さにハグリッドの座《すわ》った椅子《いす》の脚《あし》が地中《ちちゅう》にめり込《こ》んだ。ハリーはほんの一瞬《いっしゅん》、ゆかいになり、笑《わら》いだしたくなった。しかしその時《とき》、音楽《おんがく》がやみ、ハリーはまた正面《しょうめん》に向《む》きなおった。

黒《くろ》いローブの喪服《もふく》を着《き》た、ふさふさした髪《かみ》の、小《ちい》さな魔法使《まほうつか》いが立《た》ち上《あ》がり、ダンブルドアのなきがらの前《まえ》に進《すす》み出《で》た。何《なに》を言《い》っているのか、ハリーには聞《き》き取《と》れなかった。とぎれとぎれの言葉《ことば》が、何百《なんびゃく》という頭《あたま》の上《うえ》を通過《つうか》して後方《こうほう》の席《せき》に流《なが》れてきた。「高貴《こうき》な魂《たましい》」……「知的《ちてき》な貢献《こうけん》」……「偉大《いだい》な精神《せいしん》」……あまり意味《いみ》のない言葉《ことば》だった。ハリーの知《し》っているダンブルドアとは、ほとんど無縁《むえん》の言葉《ことば》だった。ダンブルドアが二言三言《ふたことみこと》をどう考《かんが》えていたかを、ハリーは突然思《とつぜんおも》い出《だ》した。

――そーれ、わっしょい、こらしょい、どっこらしょい――。

またしても込《こ》み上《あ》げてくる笑《わら》いを、ハリーはこらえなければならなかった……こんな時《とき》だというのに、僕《ぼく》はいったいどうしたんだろう？

ハリーの左《ひだり》のほうで軽《かる》い水音《みずおと》がして、水中人《すいちゅうじん》が水面《すいめん》に姿《すがた》を現《あらわ》し、聞《き》き入《い》っているのが見《み》えた。二年前《ねんまえ》、ダンブルドアが水辺《みずべ》にかがみ込《こ》み、マーミッシュ語《ご》で水中人《すいちゅうじん》の女長《おんなおさ》と話《はなし》をしていたことを、ハリーは思《おも》い出《だ》した。今《いま》ハリーが座《すわ》っている場所《ばしょ》の、すぐ近《ちか》くだった。ダンブルドアは、どこでマーミッシュ語《ご》を習《なら》ったのだろう。

ついにダンブルドアに聞《き》かずじまいになってしまったことが、あまりにも多《おお》い。ハリーが話《はな》さずじまいになってしまったことが、あまりにも多《おお》い……。

そのとたん、まったく突然《とつぜん》に、恐《おそ》ろしい真実《しんじつ》が、これまでになく完璧《かんぺき》に、否定《ひてい》しようもなくハリーを打《う》ちのめした。ダンブルドアは死《し》んだ。逝《い》ってしまった……冷《つめ》たいロケットを、ハリーは痛《いた》いほど強《つよ》く握《にぎ》りしめた。それでも熱《あつ》い涙《なみだ》がこぼれ落《お》ちるのを止《と》めることはできなかった。ハリーは、ジニーやほかのみんなから顔《かお》を背《そむ》けて湖《みずうみ》を見《み》つめ、禁《きん》じられた森《もり》に目《め》をやった。喪服《もふく》の小柄《こがら》な魔法使《まほうつか》いは、単調《たんちょう》な言葉《ことば》をくり返《かえ》している……木々《きぎ》の間《あいだ》に何《なに》かが動《うご》いた。ケンタウルスたちもまた、最後《さいご》の別《わか》れを惜《お》しみに出《で》てきたのだ。ケンタウルスたちが人目《ひとめ》に触《ふ》れる所《ところ》には姿《すがた》を現《あらわ》さず、弓《ゆみ》を脇《わき》に抱《かか》え、半《なか》ば森影《もりかげ》に隠《かく》れてじっと立《た》ち尽《つ》くしたまま参列者《さんれつしゃ》を見《み》つめているのが見《み》える。最初《さいしょ》に「禁《きん》じられた森《もり》」に入《はい》り込《こ》んだときの悪夢《あくむ》のような経験《けいけん》を、ハリーは思《おも》い出《だ》した。あの当時《とうじ》の仮《かり》の姿《すがた》のヴォルデモートと初《はじ》めて遭遇《そうぐう》したこと、ヴォルデモートとの対決《たいけつ》のこと、そして、そのあとまもなく、勝《か》ち目《め》のない戦《たたか》いについて、ダンブルドアと話《はな》し合《あ》ったことを思《おも》い出《だ》した。ダンブルドアは言《い》った。何度《なんど》も何度《なんど》も戦《たたか》って、戦《たたか》い続《つづ》けることが大切《たいせつ》だと。そうすることで初《はじ》めて、たとえ完全《かんぜん》に根絶《こんぜつ》できなくとも、悪《あく》を食《く》い止《と》めることが可能《かのう》なのだと……。

熱《あつ》い太陽《たいよう》の下《した》に座《すわ》りながら、ハリーははっきりと気《き》づいた。ハリーを愛《あい》した人々《ひとびと》が、一人《ひとり》、また一人《ひとり》とハリーの前《まえ》で敵《てき》に立《た》ちはだかり、あくまでもハリーを護《まも》ろうとしたのだ。父《とう》さん、母《かあ》さん、名付《なづ》け親《おや》、そしてついにダンブルドアまでも。しかし、今《いま》やそれは終《お》わった。自分《じぶん》とヴォルデモートの間《あいだ》に、もうほかの誰《だれ》をも立《た》たせるわけにはいかない。両親《りょうしん》の腕《うで》に護《まも》られ、自分《じぶん》を傷《きず》つけるものは何《なに》もないなどという幻想《げんそう》は、未来永劫捨《みらいえいごうす》て去《さ》らなければならない。一歳《さい》のときにすでに捨《す》てるべきだった。もはやハリーはこの悪夢《あくむ》から醒《さ》めることはないし、「ほんとうは安全《あんぜん》なのだ、すべては思《おも》い込《こ》みにすぎないのだ」と闇《やみ》の中《なか》でささやくなぐさめの声《こえ》もない。最後《さいご》の、そして最《もっと》も偉大《いだい》な庇護者《ひごしゃ》が死《し》んでしまった。そしてハリーは、これまでより、もっとひとりぼっちだった。

喪服《もふく》の小柄《こがら》な魔法使《まほうつか》いが、やっと話《はな》すのをやめて席《せき》に戻《もど》った。ほかの誰《だれ》かが立《た》ち上《あ》がるのを、ハリーは待《ま》った。おそらく魔法大臣《まほうだいじん》の弔辞《ちょうじ》などが続《つづ》くのだろうと思《おも》った。しかし、誰《だれ》も動《うご》かなかった。

やがて何人《なんにん》かが悲鳴《ひめい》を上《あ》げた。ダンブルドアのなきがらとそれをのせた台《だい》の周《まわ》りに、まばゆい白《しろ》い炎《ほのお》が燃《も》え上《あ》がった。炎《ほのお》はだんだん高《たか》く上《あ》がり、なきがらがおぼろにしか見《み》えなくなった。白《しろ》い煙《けむり》が渦《うず》を巻《ま》いて立《た》ち昇《のぼ》り、不思議《ふしぎ》な形《かたち》を描《えが》いた。ほんの一瞬《いっしゅん》、青空《あおぞら》に楽《たの》しげに舞《ま》う不死鳥《ふしちょう》の姿《すがた》を見《み》たような気《き》がして、ハリーは心臓《しんぞう》が止《と》まる思《おも》いがした。しかし次《つぎ》の瞬間《しゅんかん》、炎《ほのお》は消《き》え、そのあとには、ダンブルドアのなきがらと、なきがらをのせた台《だい》とを葬《ほうむ》った、白《しろ》い大理石《だいりせき》の墓《はか》が残《のこ》されていた。

天《てん》から雨《あめ》のように矢《や》が降《ふ》り注《そそ》ぎ、再《ふたた》び衝撃《しょうげき》の悲鳴《ひめい》が上《あ》がった。しかし矢《や》は参列者《さんれつしゃ》からはるかに離《はな》れた所《ところ》に落《お》ちた。それがケンタウルスの死者《ししゃ》への表敬《ひょうけい》の礼《れい》なのだと、ハリーにはわかった。ケンタウルスは参列者《さんれつしゃ》にしっぽを向《む》け、すずしい木々《きぎ》の中《なか》へと戻《もど》っていった。同《おな》じく水中人《すいちゅうじん》も、緑色《みどりいろ》の湖《みずうみ》の中《なか》へとゆっくり沈《しず》んでいき、姿《すがた》が見《み》えなくなった。

ハリーは、ジニー、ロン、ハーマイオニーを見《み》た。ロンは太陽《たいよう》がまぶしいかのように顔《かお》をくしゃくしゃにしかめていた。ハーマイオニーの顔《かお》は涙《なみだ》で光《ひか》っていたが、ジニーはもう泣《な》いてはいなかった。ハリーの視線《しせん》を、ジニーは燃《も》えるような強《つよ》いまなざしで受《う》け止《と》めた。ハリーが出場《しゅつじょう》しなかったクィディッチ優勝戦《ゆうしょうせん》で勝《か》ったあと、ハリーに抱《だ》きついたときにジニーが見《み》せた、あのまなざしだった。その瞬間《しゅんかん》ハリーは、二人《ふたり》が完全《かんぜん》に理解《りかい》し合《あ》ったことを知《し》った。ハリーが今何《いまなに》をしようとしているかを告《つ》げても、ジニーは「気《き》をつけて」とか「そんなことをしないで」とは言《い》わず、ハリーの決意《けつい》を受《う》け入《い》れるだろう。なぜなら、ジニーがハリーに期待《きたい》しているのは、それ以外《いがい》の何物《なにもの》でもないからだ。ダンブルドアが亡《な》くなって以来《いらい》ずっと、言《い》わなければならないとわかっていたことをついに言《い》おうと、ハリーは自分《じぶん》を奮《ふる》い立《た》たせた。

「ジニー、話《はなし》があるんだ……」

ハリーはごく静《しず》かな声《こえ》で言《い》った。周囲《しゅうい》のざわめきがだんだん大《おお》きくなり、参列客《さんれつきゃく》が立《た》ち上《あ》がりはじめていた。

「君《きみ》とはもう、つき合《あ》うことができない。もう会《あ》わないようにしないといけない。一緒《いっしょ》にはいられないんだ」

「何《なに》かばかげた気高《けだか》い理由《りゆう》のせいね。そうでしょう？」

ジニーは奇妙《きみょう》にゆがんだ笑顔《えがお》で言《い》った。

「君《きみ》と一緒《いっしょ》だったこの数週間《すうしゅうかん》は、まるで……まるで誰《だれ》かほかの人《ひと》の人生《じんせい》を生《い》きていたような気《き》がする」ハリーが言《い》った。

「でも僕《ぼく》はもう……僕《ぼく》たちはもう……。僕《ぼく》には今《いま》、ひとりでやらなければならないことがあるんだ」

ジニーは泣《な》かなかった。ただハリーを見《み》つめていた。

「ヴォルデモートは、敵《てき》の親《した》しい人《ひと》たちを利用《りよう》する。すでに君《きみ》をおとりにしたことがある。しかもその時《とき》は、僕《ぼく》の親友《しんゆう》の妹《いもうと》というだけで。僕《ぼく》たちの関係《かんけい》がこのまま続《つづ》けば、君《きみ》がどんなに危険《きけん》な目《め》にあうか、考《かんが》えてみてくれ。あいつはかぎつけるだろう。あいつにはわかってしまうだろう。あいつは君《きみ》を使《つか》って僕《ぼく》をくじこうとするだろう」

「私《わたし》が気《き》にしないって言《い》ったら？」ジニーが、激《はげ》しい口調《くちょう》で言《い》った。

「僕《ぼく》が気《き》にする」ハリーが言《い》った。

「これが君《きみ》の葬儀《そうぎ》だったら、僕《ぼく》がどんな思《おも》いをするか……それが僕《ぼく》のせいだったら……」

ジニーは目《め》をそらし、湖《みずうみ》を見《み》た。

「私《わたし》、あなたのことを完全《かんぜん》にあきらめたことはなかった」ジニーが言《い》った。「完全《かんぜん》にはね。想《おも》い続《つづ》けていたわ……ハーマイオニーが、私《わたし》は私《わたし》の人生《じんせい》を生《い》きてみなさいって言《い》ってくれたの。誰《だれ》かほかの人《ひと》とつき合《あ》って、あなたのそばにいるとき、もう少《すこ》し気楽《きらく》にしていたらどうかって。だって、あなたが同《おな》じ部屋《へや》にいるだけで、私《わたし》が口《くち》もきけなかったことを、覚《おぼ》えてるでしょう？　だからハーマイオニーは、私《わたし》がもう少《すこ》し――私《わたし》らしくしていたら、あなたが少《すこ》しは気《き》づいてくれるかもしれないって、そう考《かんが》えたの」

「賢《かしこ》い人《ひと》だよ、ハーマイオニーは」ハリーはほほ笑《え》もうと努力《どりょく》しながら言《い》った。

「もっと早《はや》く君《きみ》に申《もう》し込《こ》んでいればよかった。そうすれば長《なが》い間《あいだ》……何《なん》か月《げつ》も……もしかしたら何年《なんねん》も……」

「でもあなたは、魔法界《まほうかい》を救《すく》うことで大忙《おおいそが》しだった」ジニーは半分笑《はんぶんわら》いながら言《い》った。

「そうね……私《わたし》、驚《おどろ》いたわけじゃないの。結局《けっきょく》はこうなると、私《わたし》にはわかっていた。あなたは、ヴォルデモートを追《お》っていなければ満足《まんぞく》できないだろうって、私《わたし》にはわかっていた。たぶん、私《わたし》はそんなあなたが大好《だいす》きなのよ」

ハリーは、こうした言葉《ことば》を聞《き》くのがたえがたいほどつらかった。このままジニーのそばに座《すわ》っていたら、自分《じぶん》の決心《けっしん》が鈍《にぶ》らないという自信《じしん》はなかった。ロンを見《み》ると、高《たか》い鼻《はな》の先《さき》から涙《なみだ》を滴《したた》らせながら、自分《じぶん》の肩《かた》に顔《かお》をうずめてすすり泣《な》くハーマイオニーを抱《だ》き、その髪《かみ》をなでていた。ハリーは、みじめさを体中《からだじゅう》ににじませて立《た》ち上《あ》がり、ジニーとダンブルドアの墓《はか》に背《せ》を向《む》けて、湖《みずうみ》に沿《そ》って歩《ある》きだした。だまって座《すわ》っているより、動《うご》いているほうがたえやすいような気《き》がした。同《おな》じように、すぐにでも分霊箱《ぶんれいばこ》を追跡《ついせき》し、ヴォルデモートを殺《ころ》すほうが、それを待《ま》っていることよりたえやすい……。

「ハリー！」

振《ふ》り返《かえ》ると、ルーファス・スクリムジョールだった。ステッキにすがって足《あし》を引《ひ》きずりながら、岸辺《きしべ》の道《みち》を大急《おおいそ》ぎでハリーに近《ちか》づいてくるところだった。

「君《きみ》と一言話《ひとことはなし》がしたかった……少《すこ》し一緒《いっしょ》に歩《ある》いてもいいかね？」

「ええ」ハリーは気《き》のない返事《へんじ》をして、また歩《ある》きだした。

「ハリー、今回《こんかい》のことは、恐《おそ》ろしい悲劇《ひげき》だった」

スクリムジョールが静《しず》かに言《い》った。

「知《し》らせを受《う》けて、私《わたし》がどんなに愕然《がくぜん》としたか、言葉《ことば》には表《あらわ》せない。ダンブルドアは偉大《いだい》な魔法《まほう》使《つか》いだった。君《きみ》も知《し》っているように、私《わたし》たちには意見《いけん》の相違《そうい》もあったが、しかし、私《わたし》ほどよく知《し》る者《もの》はほかに――」

「何《なん》の用《よう》ですか？」ハリーはぶっきらぼうに聞《き》いた。

スクリムジョールはむっとした様子《ようす》だったが、前《まえ》のときと同《おな》じように、すぐに表情《ひょうじょう》を取《と》りつくろい、悲《かな》しげな物《もの》わかりのよい顔《かお》になった。

「君《きみ》は、当然《とうぜん》だが、ひどいショックを受《う》けている」スクリムジョールが言《い》った。「君《きみ》がダンブルドアと非常《ひじょう》に親《した》しかったことは知《し》っている。おそらく君《きみ》は、ダンブルドアの一番《いちばん》のお気《き》に入《い》りだったろう。二人《ふたり》の間《あいだ》の絆《きずな》は――」

「何《なん》の用《よう》ですか？」ハリーは、立《た》ち止《ど》まってくり返《かえ》した。

スクリムジョールも立《た》ち止《ど》まってステッキに寄《よ》りかかり、今度《こんど》は抜《ぬ》け目《め》のない表情《ひょうじょう》でハリーをじっと見《み》た。

「ダンブルドアが死《し》んだ夜《よる》のことだが、君《きみ》と一緒《いっしょ》に学校《がっこう》を抜《ぬ》け出《だ》したと言《い》う者《もの》がいてね」

「誰《だれ》が言《い》ったのですか？」ハリーが言《い》った。

「ダンブルドアが死《し》んだあと、塔《とう》の屋上《おくじょう》で何者《なにもの》かが、死喰《しく》い人《びと》の一人《ひとり》に『失神呪文《しっしんじゅもん》』をかけた。それに、その場《ば》に箒《ほうき》が二本《ほん》あった。ハリー、魔法省《まほうしょう》はその二つを足《た》すことぐらいできる」

「それはよかった」ハリーが言《い》った。

「でも、僕《ぼく》がダンブルドアとどこに行《い》こうと、二人《ふたり》が何《なに》をしようと、僕《ぼく》にしか関《かか》わりのないことです。ダンブルドアはほかの誰《だれ》にも知《し》られたくなかった」

「それほどまでの忠誠心《ちゅうせいしん》は、もちろん称賛《しょうさん》すべきだ」

スクリムジョールは、いらいらを抑《おさ》えるのが難《むずか》しくなってきているようだった。

「しかし、ハリー、ダンブルドアはいなくなった。もういないのだ」

「ここに、誰一人《だれひとり》としてダンブルドアに忠実《ちゅうじつ》な者《もの》がいなくなったとき、ダンブルドアは初《はじ》めてこの学校《がっこう》からほんとうにいなくなるんです」

ハリーは思《おも》わずほほ笑《え》んでいた。

「君《きみ》、君《きみ》……ダンブルドアといえども、まさかよみがえることは――」

「できるなんて言《い》ってません。あなたにはわからないでしょう。でも、僕《ぼく》には何《なに》もお話《はな》しすることはありません」

スクリムジョールは躊躇《ちゅうちょ》していたが、やがて、気《き》づかいのこもった調子《ちょうし》を装《よそお》って言《い》った。

「魔法省《まほうしょう》としては、いいかね、ハリー、君《きみ》にあらゆる保護《ほご》を提供《ていきょう》できるのだよ。私《わたし》の『闇祓《やみばら》い』を二人《ふたり》、喜《よろこ》んで君《きみ》のために配備《はいび》しよう――」

ハリーは笑《わら》った。

「ヴォルデモートは、自分自身《じぶんじしん》で僕《ぼく》を手《て》にかけたいんだ。『闇祓《やみばら》い』がいたって、それが変《か》わるわけじゃない。ですから、お申《もう》し出《で》はありがたいですが、お断《ことわ》りします」

「では」スクリムジョールは、今《いま》や冷《つめ》たい声《こえ》になっていた。

「クリスマスに、私《わたし》が君《きみ》に要請《ようせい》したことは――」

「何《なん》の要請《ようせい》ですか？　ああ、そうか……あなたがどんなにすばらしい仕事《しごと》をしているかを、僕《ぼく》が世《よ》の中《なか》に知《し》らせる。そうすれば――」

「――みんなの気持《きも》ちが高揚《こうよう》する！」

スクリムジョールがかみつくように言《い》った。ハリーはしばらく、スクリムジョールをじっと観《かん》察《さつ》した。

「スタン・シャンパイクを、もう解放《かいほう》しましたか？」

スクリムジョールの顔色《かおいろ》が険悪《けんあく》な紫色《むらさきいろ》に変《か》わり、いやでもバーノンおじさんを彷彿《ほうふつ》とさせた。

「なるほど。君《きみ》は――」

「骨《ほね》の髄《ずい》までダンブルドアに忠実《ちゅうじつ》」ハリーが言《い》った。「そのとおりです」

スクリムジョールは、しばらくハリーをにらみつけていたが、やがてきびすを返《かえ》し、足《あし》を引《ひ》きずりながら、それ以上《いじょう》一言《ひとこと》も言《い》わずに去《さ》っていった。パーシーと魔法省《まほうしょう》の一団《いちだん》が、席《せき》に座《すわ》ったままますすり泣《な》いているハグリッドとグロウプを、不安《ふあん》げにちらちら見《み》ながら、大臣《だいじん》を待《ま》っているのが見《み》えた。ロンとハーマイオニーが急《いそ》いでハリーのほうにやってくる途中《とちゅう》、スクリムジョールとすれちがった。ハリーはみんなに背《せ》を向《む》け、二人《ふたり》が追《お》いつきやすいようにゆっくり歩《ある》きだした。ブナの木《き》の下《した》で、二人《ふたり》が追《お》いついた。何事《なにごと》もなかった日々《ひび》には、その木陰《こかげ》に座《すわ》って三人《にん》で楽《たの》しく過《す》ごしたものだった。

「スクリムジョールは、何《なに》が望《のぞ》みだったの？」

ハーマイオニーが小声《こごえ》で聞《き》いた。

「クリスマスのときと同《おな》じことさ」ハリーは肩《かた》をすくめた。

「ダンブルドアの内部情報《ないぶじょうほう》を教《おし》えて、魔法省《まほうしょう》のために新《あたら》しいアイドルになれってさ」

ロンは、一瞬自分《いっしゅんじぶん》と戦《たたか》っているようだったが、やがてハーマイオニーに向《む》かって大声《おおごえ》で言《い》った。

「いいか、僕《ぼく》は戻《もど》って、パーシーをぶんなぐる！」

「だめ」ハーマイオニーは、ロンの腕《うで》をつかんできっぱりと言《い》った。

「僕《ぼく》の気持《きも》ちがすっきりする！」

ハリーは笑《わら》った。ハーマイオニーもちょっとほほ笑《え》んだが、城《しろ》を見上《みあ》げながらその笑顔《えがお》が曇《くも》った。

「もうここには戻《もど》ってこないなんて、たえられないわ」ハーマイオニーがそっと言《い》った。

「ホグワーツが閉鎖《へいさ》されるなんて、どうして？」

「そうならないかもしれない」ロンが言《い》った。

「家《いえ》にいるよりここのほうが危険《きけん》だなんて言《い》えないだろう？　どこだって今《いま》は同《おな》じさ。僕《ぼく》はむしろ、ホグワーツのほうが安全《あんぜん》だって言《い》うな。この中《なか》のほうが、護衛《ごえい》している魔法使《まほうつか》いがたくさんいる。ハリー、どう思《おも》う？」

「学校《がっこう》が再開《さいかい》されても、僕《ぼく》は戻《もど》らない」ハリーが言《い》った。

ロンはポカンとしてハリーを見《み》つめた。ハーマイオニーが悲《かな》しそうに言《い》った。

「そう言《い》うと思《おも》ったわ。でも、それじゃあなたは、どうするつもりなの？」

「僕《ぼく》はもう一度《いちど》ダーズリーの所《ところ》に帰《かえ》る。それがダンブルドアの望《のぞ》みだったから」

ハリーが言《い》った。

「でも、短《みじか》い期間《きかん》だけだ。それから僕《ぼく》は永久《えいきゅう》にあそこを出《で》る」

「でも、学校《がっこう》に戻《もど》ってこないなら、どこに行《い》くの？」

「ゴドリックの谷《たに》に、戻《もど》ってみようと思《おも》っている」ハリーがつぶやくように言《い》った。

ダンブルドアが死《し》んだ夜《よる》から、ハリーはずっとそのことを考《かんが》えていた。

「僕《ぼく》にとって、あそこがすべての出発点《しゅっぱつてん》だ。あそこに行《い》く必要《ひつよう》があるという気《き》がするんだ。そうすれば、両親《りょうしん》の墓《はか》に詣《もう》でることができる。そうしたいんだ」

「それからどうするんだ？」ロンが聞《き》いた。

「それから、残《のこ》りの分霊箱《ぶんれいばこ》を探《さが》し出《だ》さなければならないんだ」

ハリーは、向《む》こう岸《ぎし》の湖《みずうみ》に映《うつ》っている、ダンブルドアの白《しろ》い墓《はか》に目《め》を向《む》けた。

「僕《ぼく》がそうすることを、ダンブルドアは望《のぞ》んでいた。だからダンブルドアは、僕《ぼく》に分霊箱《ぶんれいばこ》のすべてを教《おし》えてくれたんだ。ダンブルドアが正《ただ》しければ――僕《ぼく》はそうだと信《しん》じているけど――あと四個《こ》の分霊箱《ぶんれいばこ》がどこかにある。探《さが》し出《だ》して破壊《はかい》しなければならないんだ。それから七個目《こめ》を追《お》わなければならない。まだヴォルデモートの身体《からだ》の中《なか》にある魂《たましい》だ。そして、あいつを殺《ころ》すのは僕《ぼく》なんだ。もしその途上《とじょう》でセブルス・スネイプに出会《であ》ったら」

ハリーは言葉《ことば》を続《つづ》けた。

「僕《ぼく》にとってはありがたいことで、あいつにとっては、ありがたくないことになる」

長《なが》い沈黙《ちんもく》が続《つづ》いた。参列者《さんれつしゃ》はもうほとんどいなくなって、取《と》り残《のこ》された何人《なんにん》かが、ハグリッドに寄《よ》り添《そ》って抱《だ》きかかえている小山《こやま》のようなグロウプから、できるだけ遠《とお》ざかっていた。ハグリッドのほえるような哀切《あいせつ》の声《こえ》はまだやまず、湖面《こめん》に響《ひび》き渡《わた》っていた。

「僕《ぼく》たち、行《い》くよ、ハリー」ロンが言《い》った。

「え？」

「君《きみ》のおじさんとおばさんの家《いえ》に」ロンが言《い》った。

「それから君《きみ》と一緒《いっしょ》に行《い》く。どこにでも行《い》く」

「だめだ――」

ハリーが即座《そくざ》に言《い》った。そんなことは期待《きたい》していなかった。この危険極《きけんきわ》まりない旅《たび》に、自分《じぶん》はひとりで出《で》かけるのだということを、二人《ふたり》に理解《りかい》してもらいたかったのだ。

「あなたは、前《まえ》に一度《いちど》こう言《い》ったわ」

ハーマイオニーが静《しず》かに言《い》った。

「私《わたし》たちがそうしたいなら、引《ひ》き返《かえ》す時間《じかん》はあるって。その時間《じかん》はもう充分《じゅうぶん》にあったわ、ちがう？」

「何《なに》があろうと、僕《ぼく》たちは君《きみ》と一緒《いっしょ》だ」ロンが言《い》った。

「だけど、おい、何《なに》をするより前《まえ》に、僕《ぼく》のパパとママの所《ところ》に戻《もど》ってこないといけないぜ。ゴドリックの谷《たに》より前《まえ》に」

「どうして？」

「ビルとフラーの結婚式《けっこんしき》だ。忘《わす》れたのか？」

ハリーは驚《おどろ》いてロンの顔《かお》を見《み》た。結婚式《けっこんしき》のようなあたりまえのことがまだ存在《そんざい》しているなんて、信《しん》じられなかった。しかしすばらしいことだった。

「ああ、そりゃあ、僕《ぼく》たち、見逃《みのが》せないな」しばらくしてハリーが言《い》った。

ハリーは、我知《われし》らず偽《にせ》の分霊箱《ぶんれいばこ》を握《にぎ》りしめていた。いろいろなことがあるけれど、目《め》の前《まえ》に暗《くら》く曲折《きょくせつ》した道《みち》が伸《の》びてはいるけれど、一か月後《げつご》か、一年後《ねんご》か、十年後《ねんご》か、やがてはヴォルデモートとの最後《さいご》の対決《たいけつ》の日《ひ》が来《く》ると、わかってはいるけれど、ロンやハーマイオニーと一緒《いっしょ》に過《す》ごせる、最後《さいご》の平和《へいわ》な輝《かがや》かしい一日《いちにち》がまだ残《のこ》されていると思《おも》うと、ハリーは心《こころ》が浮《う》き立《た》つのを感《かん》じた。

J.K. ローリング 作

不朽の人気を誇る「ハリー・ポッター」シリーズの著者。1990年、旅の途中の遅延した列車の中で「ハリー・ポッター」のアイデアを思いつくと、全7冊のシリーズを構想して執筆を開始。1997 年に第1巻『ハリー・ポッターと賢者の石』が出版、その後、完結までにはさらに10年を費やし、2007年に第7巻となる『ハリー・ポッターと死の秘宝』が出版された。シリーズは現在85の言語に翻訳され、発行部数は6億部を突破、オーディオブックの累計再生時間は10億時間以上、制作された8本の映画も大ヒットとなった。また、シリーズに付随して、チャリティのための短編『クィディッチ今昔』と『幻の動物とその生息地』(ともに慈善団体〈コミック・リリーフ〉と〈ルーモス〉を支援)、『吟遊詩人ビードルの物語』(〈ルーモス〉を支援)も執筆。『幻の動物とその生息地』は魔法動物学者ニュート・スキャマンダーを主人公とした映画「ファンタスティック・ビースト」シリーズが生まれるきっかけとなった。大人になったハリーの物語は舞台劇『ハリー・ポッターと呪いの子』へと続き、ジョン・ティファニー、ジャック・ソーンとともに執筆した脚本も書籍化された。その他の児童書に『イッカボッグ』(2020年)『クリスマス・ピッグ』(2021年)があるほか、ロバート・ガルブレイスのペンネームで発表し、ベストセラーとなった大人向け犯罪小説「コーモラン・ストライク」シリーズも含め、その執筆活動に対し多くの賞や勲章を授与されている。J.K. ローリングは、慈善信託〈ボラント〉を通じて多くの人道的活動を支援するほか、性的暴行を受けた女性の支援センター〈ベイラズ・プレイス〉、子供向け慈善団体〈ルーモス〉の創設者でもある。

J.K. ローリングに関するさらに詳しい情報はjkrowlingstories.comで。

松岡佑子《まつおかゆうこ》 訳

翻訳家。国際基督教大学卒、モントレー国際大学院大学国際政治学修士。日本ペンクラブ会員。スイス在住。訳書に「ハリー・ポッター」シリーズ全7巻のほか、「少年冒険家トム」シリーズ、映画オリジナル脚本版「ファンタスティック・ビースト」シリーズ、『ブーツをはいたキティのはなし』『とても良い人生のために』『イッカボッグ』『クリスマス・ピッグ』(以上静山社)がある。

静山社ペガサス文庫

ハリー・ポッター ⑯

ハリー・ポッターと謎《なぞ》のプリンス〈新装版《しんそうばん》〉6-3

2024年10月8日　第 1 刷発行

作者　J.K.ローリング
訳者　松岡佑子
発行者　松岡佑子
発行所　株式会社静山社
〒102-0073 東京都千代田区九段北1-15-15
電話・営業 03-5210-7221
https://www.sayzansha.com
装画　ダン・シュレシンジャー
装丁　城所 潤(ジュン・キドコロ・デザイン)
印刷・製本　中央精版印刷株式会社

 ISBN 978-4-86389-875-2 Printed in Japan
Published by Say-zan-sha Publications Ltd.

「静山社《せいざんしゃ》ペガサス文庫《ぶんこ》」創刊《そうかん》のことば

小《ちい》さくてもきらりと光《ひか》る、星《ほし》のような物語《ものがたり》を届《とど》けたい――一九七九年《ねん》の創業以来《そうぎょういらい》、静山社《せいざんしゃ》が抱《いだ》き続《つづ》けてきた願《ねが》いをこめて、少年少女《しょうねんしょうじょ》のための文庫《ぶんこ》「静山社《せいざんしゃ》ペガサス文庫《ぶんこ》」を創刊《そうかん》します。

読書《どくしょ》は、みなさんの心《こころ》に眠《ねむ》っている想像《そうぞう》の羽《はね》を広《ひろ》げ、未知《みち》の世界《せかい》へいざないます。読書体験《どくしょたいけん》をとおしてつちかわれた想像力《そうぞうりょく》は、楽《たの》しいとき、苦《くる》しいとき、悲《かな》しいとき、どんなときにも、みなさんに勇気《ゆうき》を与《あた》えてくれるでしょう。

ギリシャ神話《しんわ》に登場《とうじょう》する天馬《てんま》・ペガサスのように、大《おお》きなつばさとたくましい足《あし》、しなやかな心《こころ》で、みなさんが物語《ものがたり》の世界《せかい》を、自由《じゆう》にかけまわってくださることを願《ねが》っています。

二〇一四年《ねん》

静《せい》山《ざん》社《しゃ》